亚瑟的悲剧

〔美〕亚瑟·菲利普斯 著 张琼 张冲 译

Arthur Phillips

The Tragedy of Arthur

上海译文出版社

目　录

前言

兰登书屋荣幸推出首部当代版威廉·莎士比亚戏剧作品《亚瑟的悲剧》。

迄今为止，莎士比亚戏剧作品包括38或39部，这一数字上的差异取决于你信任何种相关研究和拥有哪个全集版本。1623年出版的第一对开本收录了36部戏，此版于剧作家去世后7年问世。另外两部合作剧本可能因版权原因被延误，在此后的全集中得以收补。最近20多年来，学术界对第39部戏剧《爱德华三世》(*Edward III*)为莎氏所作的观点越发持肯定态度，认为此作至少有部分是莎士比亚所著，只是因为在莎翁有生之年是以匿名形式出版，故未被普遍承认是他的作品。还有两部作品，《卡德尼奥》(*Cardenio*)与《爱的获得》(*Love's Labour's Won*)在历史文献中有所提及，但无一版本幸存。另外十余部戏剧又称《莎剧伪书》(*Apocrypha*)，是确实留存并有论及的，但无一获得属于莎翁作品的学术共识。

《亚瑟的悲剧》于1597年以四开本形式出版，封面即宣称该作品是"经最新勘误与增补"，言下之意即之前的版本遗失了。但据我们所知，1597年版是首次在标题页上印出莎士比亚的大名，并标注比《爱的徒劳》早一年完成。大概是因为遭禁，或至少被认为在政治上有危险，该作被排斥在1623年对开本之外，1597年的四开本是在20

世纪 50 年代被发现的，迄今一直属于私人收藏，而且只发现了一本。因此，《亚瑟的悲剧》是自 17 世纪以来首本被确认为莎剧的增补作品。

故事情节并非关于大多数读者所知的卡米洛特[1]的传奇，其中未涉及岩石中的剑、兰斯洛特[2]、圆桌、梅林[3]或魔法。莎士比亚此剧的创作似乎取材于他常用的历史文献，即拉斐尔·霍林谢德（Raphael Holinshed）1587年版的《英格兰、苏格兰和爱尔兰编年史》(*Chronicles of England, Scotland, and Ireland*)，最终情节似乎更像《李尔王》，是对黑暗时代的英国的强烈抨击。不过，与《李尔王》一样，贯穿全剧的是一种强烈而明显的、莎士比亚特有的想象和语言风格。

很多人全心致力于让此书成形。没有罗兰·威尔（Roland Verre）教授的学术指导，此书绝无问世的可能。在确认此剧的真实性、以及证实威廉·莎士比亚是其唯一或主要作者方面，威尔教授进行了学术性监督和检验。他对剧本做了一系列计算机数据化的文体和语言学检测，从三大洲的研究同仁那里获取帮助，还监督了对原始资料的纸张和笔墨所做的司法鉴定。去年一年，学术观点和确凿性逐步积累成形，在莎士比亚研究界，对《亚瑟的悲剧》的真实性至今尚无人提出实质性的有力质疑。

在此，我们同样要感谢其他数十位英语语言和文学教授、戏剧指导及编剧、语言学家和批评家、历史学家及莎学专家，他们组成临时顾问委员会，还有彼得·布赖斯（Peter Bryce）博士领导的墨迹纸张

① Camelot，英国传说中亚瑟王的宫殿所在之地。——译者。（后文中无另行说明均为译者注。）
② Lancelot，亚瑟王圆桌武士中的第一位勇士。
③ Merlin，中世纪传说中的预言家、魔术师，亚瑟王的助手。

印刷鉴定专家组，以及其他研究者队伍、编辑助理和法学专家等。还要特别感谢戴维·克里斯托尔 (David Crystal)、汤姆·克雷顿 (Tom Clayton)、沃德·艾略特 (Ward Elliott) (他主持的克莱蒙 - 麦肯纳莎士比亚鉴别所进行了文体学研究测试) 等几位教授的支持。

此作的第一版特别要归功于兰登书屋的作家亚瑟·菲利普斯，剧本得以昭示天下并得到真实性证明，主要得益于他的家人，同时他也受邀为这部不朽之作撰写简要介绍，尽管他本人从未自称是莎学专家。他也编辑并注释了剧本的文字，为此，威尔教授还对菲利普斯的注释予以修订。

虽然菲利普斯在发现剧作一事上贡献卓著，但我们依然建议，普通读者要直接投入剧作，让莎士比亚来证实自己。我们至少首先得关注原作者，而后，如果一些背景知识有帮助，就敬请留意其中个性鲜明的导读，以及即将推出的诸多其他评论者的注释。

编辑

兰登书屋 / 当代图书

2011 年 1 月

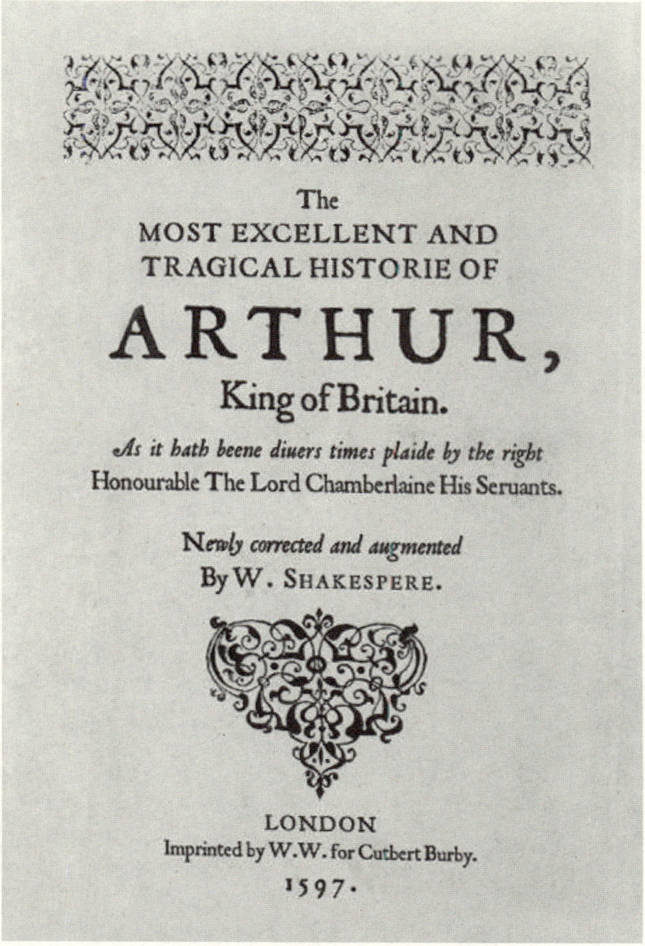

The
MOST EXCELLENT AND
TRAGICAL HISTORIE OF
ARTHUR,
King of Britain.
As it hath beene diuers times plaide by the right
Honourable The Lord Chamberlaine His Seruants.

Newly corrected and augmented
By W. SHAKESPERE.

LONDON
Imprinted by W.W. for Cutbert Burby.
1597.

1597 年威廉·莎士比亚作品《亚瑟的悲剧》四开本的标题页，7.25×5.125 英寸，共 76 页。
“W.W.”即威廉·怀特，此人还印制了莎士比亚其他几部作品，包括《爱的徒劳》(Q1),《理查二世》(Q4),和《亨利四世》(上)(Q5)。
感谢版权人亚瑟·菲利普斯允许使用照片（2011）

如果你不觉得此话不可能出自莎士比亚，我要斗胆说一句，你也许有耳朵——耳朵人皆有之——但独缺了那只耳朵。

——塞缪尔·泰勒·柯尔律治，关于《亨利六世》(第一部)

莎士比亚从未这么做。他从未这么做。

——吹气猴子[①]，“不要放弃”

相信我，朋友们，并不远逊莎士比亚的人们此时正在俄亥俄河畔诞生。

——赫尔曼·麦尔维尔

菲利普斯自己显然想把表演带到剧场之外。

——斯蒂芬·格林布拉特，《世上的威尔》

① The Blow Monkeys，成立于1981年的一支英国新浪潮摇滚乐队。

亚瑟的悲剧

亚瑟·菲利普斯

1

我从不特别喜欢莎士比亚。我觉得他的戏剧读起来更让人愉悦，而不是观看，不过我向来并非无他不可，直到这本不得不出、命运多舛的书。我知道，如此坦言显得我既不文艺，又不渊博，但这是实话。我怀疑，大概没多少胆怯而高雅的读者会悄悄附和我。我得补充说明，《亚瑟的悲剧》和莎翁大多数作品的水准高下相仿，也觉得此作出自莎士比亚是可信的（在词汇、风格等方面）。坦率地说，我是站在从此事中获益最大一方的立场进行表态的。

当我对一位出租车司机说，我签了合同，要写关于莎士比亚的书，他语气颇为讽刺地问："关于他还有啥可以再写呢？"缘由或许如此：除了我的亲戚朋友，大概很少有人明白，我的小说创作事业一直笼罩在我的家庭与莎士比亚颇有渊源的阴影之下，尤其是我的父亲和双胞胎姐姐对莎士比亚的作品推崇备至。于是，一定程度的心理干预必然存在，因为家庭的早期影响，我成年后始终企图用自己的语言和想象来打动那两位唯理想化的读者，总是希望有一天能听到他们评价说，相较于莎士比亚，他们更喜欢我和我的作品。

即便我现在正写下这些话，我也知道它们有多荒谬，尽管我承诺要将此付诸印刷并出版问世。我不可能真正觉得自己是在与这位比我早诞生 400 年的人竞争。在所有形容他是英语写作中最伟大的作家的老生常谈中，也不会有一句话和我、和我在文学上的地位、我家人的爱、我自己的“自尊”(这个词颇为尴尬，很有救赎性回忆录的味道)等有半点关系。我应该高兴，因为他有那么少数一些词我还是喜欢的，其他的我也就不敢苟同了，我也不在乎世人对他狂热的宗教式崇拜。(至于那些不认同是他创作了《哈姆莱特》和《罗密欧与朱丽叶》的人，这些满心困惑的家伙的怀疑态度也同样疯狂。)

与莎士比亚一样，我本质上也并非传记作者。我是个小说家。不过，如果你要理解这部戏，它的历史，以及它是如何成形的，就必须读一点我的自传。大概除了我姐姐黛娜，很少有人能清楚了解我们与此剧的渊源。我当然不是英雄，不过除剧本外，在发现此剧一事上，无论要论述多久，我都有合法权利。没人能就此事对我找茬。因此，如果这是我在兰登书屋出版的最后文字，那它们至少是真实无误的。此话可以立即发表，以免很快就被曲解。

我将履行合同要求，写出剧本由来和情节梗概，加以编辑注释，不过，在偷偷溜下台前，我还有其他话要说，也有一些道歉要致。

2

我和黛娜六岁前，父母一直生活在一起。除了当时的一些重要感情经历，其他的早年回忆都不太可信。回想四口之家的生活时，我能忆起当时的快乐，它们四处弥漫、芬芳香甜，与质感、气候、脸庞相联结。(我觉得那些脸庞其实并不是真正的记忆，它们是旧照片所激发的记忆画面，或者是我从听过的老故事里想象出来的图景。)

首先浮现的是我父亲，他是个征服黑夜、从不睡觉的男人。孩子们心目中有如此的父母形象其实并不奇怪，五六七岁的小孩得在父母入睡前上床，他们醒来时大人早就起床了。此后如果你没有再和父母一起生活，他们在你的记忆里就成了无需睡眠的神奇人物。不过，我父亲彻夜不眠的神奇远不止如此。我记得，有几次他在漆黑的夜里唤醒我（也许当时只是晚上九点，不过五岁小孩早就梦里不知身是谁了），兴奋地告诉我一些重大新闻，或是什么千载难逢的大事件。“醒醒，小熊！小熊！你一定得看看，快醒醒！”

我正在睡梦中，那本心爱的太阳系图书落在我胸口，我的手指还在黑夜为衬群星璀璨的书封上摩挲着。我没醒来，于是他抱起我，我猛地离开床铺，半睡半醒，被他前前后后地晃着，接着我就到了户外潮湿的草地上，依然被他搂在怀里，沉重的眼皮几乎难以撑开，他耳语着催促我，让我凑到他那台支着三脚架、朝向天空的望远镜镜头前。于是，我看到了自己最喜欢的土星，那环状的、超凡脱俗的、点点星云中的巨大陀螺。接着，他转了转刻度盘，好像在调整望远镜的焦距和参数，将景物拉得更近些，我看见了十几位土星居民，他们兴奋地来回走动，轮流通过望远镜眺望着他们那里的天空，还做手势表示自己看到了我，显得很惊讶，企图引起我的注意。

随后，我又被抱回床上，父亲吻了吻我，让我接着睡。

小男孩就此清醒了，首要的事情就是向自己最亲信依赖的人求证此事。我问自己的双胞胎姐姐她是否曾做过什么梦，因为在那段说什么我们都会信的日子里，我们常常做一样的梦。“没有，因为爸爸叫醒我去看土星的，”黛娜一本正经地回答道，“我喜欢那些环圈，它是最棒的行星，除了冥王星。”

“不对，土星最棒，你看到上面的人了吗？”

“看到了，不过冥王星更好。”

我那时和黛娜一样好辩，对什么事情都会表示异议。

爸爸说，像土星那样的薄煎饼，像米老鼠那样的薄煎饼，偶尔也会出现的。他会戏剧化地捂上眼睛，甩下面糊，准保如此，每五片薄煎饼里（我们当时五岁）都必然会有一片像米老鼠。即便在那个已被证明有了私心的年纪，我也常常很开心地把自己的米老鼠煎饼让给黛娜，而每次她都会真的很惊诧，对我表示感谢。我还记得有一块煎饼像我母亲神秘的剪影，爸爸把它放在姐姐面前，久久地吻着她的头顶。“鼻子上还有黄油。”他说着，在她的煎饼左上角蘸上了一点。

（我后来也给自己的孩子做煎饼。我大概用的是捷克面粉，不过作品仅限于椭圆形和鱼形的。孩子们的姑妈黛娜来做客时手艺也不比我好。）

母亲曾带我们去看爸爸的画展。她给我们穿衣打扮，还给我戴了小领结。黛娜和我可以自由走动，我们拿着装了汽水的纸杯，手牵着手，为爸爸和其他人的每张画都编个故事，把彼此逗得乐不可支。我们坐在木头长椅上，看着母亲把手搭在父亲背上，他那爱因斯坦式的黑色蓬松卷发被转台的风扇微微拂动。我们用吸管往七喜汽水里吹着泡泡，我还能吹出放屁的声音逗黛娜笑。

“最后一次画作合展，”我母亲后来曾说起，“真令人难忘。”

我们可不那么认为。父亲越发狂热而悲哀地竭力要成为一名受公众认可的画家，这并未激励我和黛娜。他对世人的冷漠感到愤懑，我们对此并未察觉，因为这是他的事情，或者是因为孩子们对此天性漠然。对我们而言，成人世界就是木头长椅上的汽水，是画作和故事，是午夜时瞥见的土星天文学家，是神奇的薄煎饼。父亲让我们叹服，赢得我们的爱，不是因为他把我们当孩子对待，而是因为我们觉得他视我们为成人，而成年可是比童年棒太多了。

3

“在莎士比亚那个年代，像你们这么大的孩子都能说拉丁语，他们的脑子可以吸收一切，不过假如你们沉迷于《神探南茜》和电视剧，能学到的无非就这些了。”六岁时，父亲开始给我们读莎士比亚，这只对我们其中一个有效，因为不到一年黛娜就开始自行阅读了。她对于莎士比亚的热爱和领悟，在那时的我看来，也许也有点被迫，至少起初是这样的，很显然是想取悦爸爸，但是潜移默化中，曾经的假装会变成真实。

更重要的是，这是黛娜和我第一次在某件重要的事情上没有自动达成一致。我就是不喜欢莎士比亚，可黛娜喜欢。现在尤其要指出这一点，我觉得这之前我们从未如此过。不过，我看到这让她和爸爸很亲近，所以我也假装了一阵子。我没装得太久，后来，等那部厚厚的棕皮书从书架上拿下来时，我就开始溜号了。我认为，不夸张地说，这事对我和黛娜都带有一点创伤，因为当我们意识到彼此间分歧的距离后不久，爸爸就首度“离开”了我们。不知怎么的，这两件事好像有关联，现在我仍然这么觉得。

父亲第一次的被捕和定罪，使六岁的孩子第一次赤裸裸地意识到，成人世界很不公平、很危险，是让人损失惨重的地方，而我父亲对此毫无把控能力。“爸爸得离开一阵子，”坚强的母亲流着泪说。当记忆褪去时，这一幕总是会从潜意识中飞速掠过。

我在当时那个年纪还过于自私，无法理解这就是母亲的失落，或甚至是他的失落或监禁，我只觉得这是我们的失落，尤其是我的。父亲的缺失是对孩子的惩罚，这得归咎于某种任性随意的罪恶，这罪恶并非是爸爸的，还不是。难道是孩子自身犯了某种罪，于是就被剥夺了父亲吗？我被告知说自己哭了好多个夜晚，为自己做过的坏事折磨自身的良心，甚至（上帝啊）还努力阅读莎士比亚，把它当做是忏悔。

好在我还有孪生姐姐。双胞胎拥有其他人渴望的东西，即能与另一人彻底交融，能摈弃所有的孤独。我们生来就笃信这一点，我们是同一个蛋壳中的双黄，这信念深入我们的意识。当内心有自我意识产生，我们首先觉得自己是某样事物的一部分，是比自身更广博的个体的组成。(然而，我们为此付出了深重的代价。与你们不同，我们知道其中的滋味，我们不得不放弃，打破鸡蛋来融入你们，徒劳地寻求一个能包容我们的煎蛋卷。)

第一次，爸爸没离开太久，他回来又和我们生活在一起。不过，两年不到，他又离开了。

我们八九岁时，父母分居了。母亲再婚前，一个冬天的星期六，她早早的将我们叫醒。天还黑，不过明尼苏达州的一月份就是这样。她早就到车库拔掉了插在墙上插座里的小汽车暖气插头，发动了引擎，让车子自行暖起来，然后冲回屋里。我们被迫像上学日一样要吃早饭，穿戴得当，我很不情愿地蜗牛似的慢吞吞行动着，不过黛娜早就做好了准备，她拒绝吃东西，很快就穿上外套和银白色的鞋子。我们坐车驶过明尼阿波利斯市，天气冷冽，天空渐渐灰白，街灯熄灭了。我们开出城，穿越遍是两层楼房的郊区，而后是一层楼房的区域，穿过沉闷的平原，途经白茫茫冬眠中的农场，天亮时抵达安装着最简单安全设施的地方，并被引进家庭会面室，那是一间没有窗户的封闭空间，被灰色水泥墙围起来，里面既没有装饰，也没铺地毯，叫这么个名字可真怪异。

母亲指着一张桌子示意我们去那里坐下，而后她就走开了。也许我记错了，她可能与那人打过招呼，而我没看见。总之，我们要把迟送的光明节[①]礼物给他，而她在房间另一头看着报纸。

父亲被带到我们面前，我记得当时看到他没戴镣铐我还挺失望。我倒不是希望他受苦（没准我就希望如此；我这不是要低估孩子们看重视觉甚于良知的程度）。我想，我当时是在寻找某种被虐待的证据，这样我就可以想象自己去拯救他，或是能承认自己犯下了莫名的罪行，使他遭受了可怕的不公待遇。可是，他的一切显得如此无聊。

我用了些零花钱买了塑形陶土，还为他做了个立体布景，我把一家四口放在房子里（用三个剪开的鞋盒粘在一起做成的），大家手拉手围在厨房餐桌旁，桌子上摆着丰盛的、用些辨别不清的陶土捏成的大餐。这个作品表达了八岁孩子的诸多向往：团聚的家庭、食品（我当时正处于婴儿肥时期，这与他被关监狱的时期正好吻合），还有宗教（这种狂热持续的时间不长，不过那年头正迅速高涨）。雕塑在冷天很难维持成形，家具和人偶上到处都是白色裂缝。父亲对我表示感谢，称赞它“充分显现了技术和情感的交融”，还指出了他喜欢的部分，我觉得他似乎很开心。他向我保证，说回家后会教我怎样使用陶土。他抱歉地说自己不可以留下礼物，不过他让我替他保管好。这时我的泪水决堤而出，我觉得母亲事先早该提醒我他没法留下那立体布

① Hannukah，犹太人的节日之一，通常在公历 12 月份。

景的。我带着哭腔答应要好好保管它，等他回来。

然而，这时，黛娜忍不住了，她没耐心看我情绪爆发，觉得该轮到她了。“爸爸，我也要送你礼物。”

“我都等不及了。”他说，我以为他是真的等不住了，以为狱警要来把他拖走了。

“你一定要等，爸爸！她为了礼物可努力了。”我赶紧说道，冲上去护着黛娜，怕她伤心。

“阿蒂[①]，没事的，我等不及就是我很激动的意思，快让我看看，黛娜。”

她眼睛瞪得老大，从桌旁站起身，双手交叉放在胸口，开始背诵《威尼斯商人》四幕一场中鲍西亚的那一大段话来。开始时她声音很高，直冲着其中一位颇感震惊的狱警，那人正站在通往牢房的隔栅门旁。听她背诵“慈悲的天性”时，那警卫还没反应过来，或是惊讶得忘了去制止她，直听到“下界的人间”时，警卫才大喊道，“小姑娘，给我坐下，保持安静，要不今天就到此为止。”

黛娜可不吃恫吓这一套，她一直比我勇敢。她才不怕这个拿着警棍的大家伙，可是她不想让爸爸有麻烦，也不想探视被中断。于是，她放弃了在监狱的家庭见面室里背诵这二十二行独白，把那里当成威尼斯法庭的初衷。后来，在坐车回家途中，她比我哭得更厉害，还告诉我，她甚至精心挑选过，挑了那个狱警，打算看着他，在读到第一百九十七行时，要激烈地喊出“因此，犹太人”。当然，我们也是犹太人，不过，这并不表示她会认同夏洛克，不认同他针对善良的非

① Artie，亚瑟的昵称。

犹太商人安东尼对法律进行的报复性阐释。

被警官制止后，她镇定下来，再次安静地朗诵起来。起先她太急切，太快了，到中间她慢了下来。我看着大家，先留意外围一圈的两个人，他们专注地盯着对方的侧影，在幻觉中就像是一只花瓶。父亲咬住上唇，轻轻地点头，一边打着拍子，轻重轻重，他那沾了污迹的、被咬过的手指甲叩在斑迹点点的桌面上，嗒-嗒-嗒-嗒，使女儿在朗诵中保持紧凑的抑扬格节奏。

她马上要朗诵完了："我们祈求怜悯……威尼斯严格的法庭/必做出对那位商人不利的判决，"一边朝着爸爸张开双手，仿佛他就是遭复仇的夏洛克陷害的安东尼。然后，黛娜看着他，显然是想得到表扬，可是接下来发生的事情，即便我现在明白了，但那以后好多年我都没法理解。父亲接了下一句台词（是夏洛克的）。他叹息着，而非呐喊，"天地良心，我要依法行事"。他把原文"别浪费怜悯了，把敌人欠我的给我就成"改成了"我应得的就是惩罚"。我现在觉得，那是对女儿的某种道歉，彰显的是自己当时勇于自责的品质。

虽然姐姐成功地完成了一项不可思议的任务，这对八岁孩子而言是不可能胜任的（几乎完整无误地背诵了二十二句艰涩复杂的台词），这才能着实让父亲震惊，也让我钦佩，可她依然坚信自己并没完全发挥出来。这些话是她坐在那辆老旧的蓝色普利茅斯车后座时对我低语的。那时，她戴着露指手套的手拉着我，我橘色的羽绒服因她的眼泪落在我肩膀上而起了僵硬的冻结，当时车子在明尼苏达零下二十摄氏度的空气（零下四十度的寒风）中勉强发出暖气，我们的脸冻得通红，表情僵住了，手指青紫，塑料座椅硬邦邦的，蓝色安全带缠绕着没法用。再次得和父亲道别，她当然会哭了，这已经是我们幼小年纪时父亲的第二次短期入狱，她哭着，因为母亲没有坐到父亲身边，没和他说话，安慰他。不过，几年后，黛娜告诉我，说她当时哭，还因为经历了一次奇怪的幻灭，那是童年幻想可怕的毁灭：原来莎士比亚不能摧毁高墙，推翻狱警，激发体制良心。莎士比亚不是万灵药，什么都不是，他只能给予人暂时的愉悦，这愉悦会在两个人心中逗留（她没把我包括在内，这她早有结论），而这对于一个聪慧过人的小姑娘而言，不啻于痛苦的失望，而她对于文字和幻想的热爱，远远超出了对现实世界的理解能力。

“够了，黛娜，拜托，够了。”母亲愠怒地叹着气，懒得大声责骂她。

4

次年，1973 年，父亲出狱了，我们当时九岁。

在《亚瑟的悲剧》中，亚瑟王被描写成一位魅力超凡、迷人、利己、易怒、有原则却极其感性和生性冲动的私生子。他至多是个有缺陷的英雄，他成功不久，就会因独特的个性而失败。他无法寻找到可以依靠的坚定自我，不断经历危机，等明白自己为何会招致危机时为时已晚，便矫枉过正，走向另一个极端，徒劳地企图纠正错误，却不可逆转地陷入更大的困境。这种描述也适合我父亲亚瑟·爱德华·哈罗德·菲利普斯。

在美国文学和电影里，掌权的犹太人依然是温顺的学者或温柔的居家男人，尽管我最近注意到，电影中越来越多地出现强悍的犹太人，如令人惊讶的战斗英雄、反抗者、纳粹混蛋的反击者，偶尔也有流氓。不过，有着英国崇拜情结、文艺的、波希米亚风格的犹太人倒实属罕见，他被非犹太世界所同化，但这并非出于其自我抹煞的诉求，而是因为他过于与众不同，难以归入常见的犹太人类别。父亲多少算是这类人，他并不像那个年代的犹太人那样一副书呆子气，而是带有浮夸的文艺气质；他并不自怨自艾，而是很有自我创造精神，他对自己是犹太人毫无兴趣，根本不想当无名之辈。

有时候，他会觉得前一次的入狱很有趣，或者，他至少很热衷于扮演那个虚构的角色，对被定罪丝毫没觉得失望或不快。至少当着我的面，他不愿意对此事过于认真，就好像自己与它无关似的。只是在很久以后，他才在狠狠地指责别人时，表示出对此的憎恨或悔过。心理医生会（也曾经）将这种表现解释为可被诊断的医学紊乱。不过，在往昔的、更加浪漫的岁月里，这可是一种英雄气质或是具有深刻的哲学品质的表现。直到最后一次被判刑前，直到别人夺去了他大多的生命力前，他都一直保持着这种态度。

迄今为止，我都不知道父亲罪行的程度，甚至不知道他大多数的雇主（照他的话说，是客户）是谁。我知道对他的所有判决，有一些他承认了，有一些即便他服罪了，私下里还是坚决否认的。他企图淡化自己罪行的严重程度。“这确实是一种误判，是买家和卖家之间知识分布不均，就是市场失灵，所以我入狱了。”他这样对我说。这案件关系到买家对一幅绘画支付的款额超出了应有的价值，因为我父亲添加了一个签名，赋予画作悠久的、可信度极高的、类型化的以及古老的出处，使一幅小小的画作从名不见经传上升为具有伦勃朗的风格。

在宣判前，法官傲慢地问父亲还有什么要为自己辩解的，他大出风头地告知法庭，说自己并没有画赝品，只是签了名。“这帮不了你什么。”法官训斥道。我当时十三岁，本能地讨厌这个一脸皱纹的校监型人物，后来我的几部小说里都有以此为原型的不同角色。他还说，“是你画的，你至少还弄出了点有价值的东西。”

“不，”父亲斥责法官，“大人，我反对。那幅画作无论当时还是现在，都没有任何价值。幸亏有我，人们才相信它有了高出千倍的价值，由此也得到了成千倍的欣赏。要是惩罚我做得不对，我认了，逮捕我，行，骗了大家，也罢，可是不能说我没创造价值！”我鼓起掌来，希望大家也会跟我一样做。如果这是一部电影，法庭上没准会掀起一阵喝彩，盖过无力的木槌敲击声，没准会有新的证据或技术性问题冒出来，引起辩护律师的注意。

“不准假释。”法官判决道。当时是1977年。

在我父亲看来，真正的罪犯是像伦勃朗研究项目里的那些人，是一班荷兰艺术专家们，他们几年前探遍世界各个美术馆，就像探寻事实的复仇天使，或是要杀死圣诞老人的疯子，不断地贬低那些往日的大师们（甚至是署名的画作），将它们归为“某某学派”或“某某风格”，或自以为是地将其“归结为……”。到上世纪90年代我去探望父亲时，他常常语无伦次地数落这些人，仿佛他脑子里只想着这样的事情。“谁想那样啊？”他坐在桌子的另一头咆哮着，“哪个孩子会梦想着长大后变成个混蛋扫兴鬼，满世界地展示那些证据，惹得人人都不开心呢？好像那些证据能证明什么似的。”

“这又有什么用呢？”我问。

“意义完全不一样。”

“为什么？还不是同一幅画。只不过，你不能夸大其实。如果你之前喜欢这幅画，你现在还是会喜欢。是谁画的并不重要。”

“美学经验主义，”他回答道，心平气和起来，“我明白，这很不一样，阿蒂。其实，大多数人都喜欢名牌，名牌让他们喜欢某些产品，也使他们容易信任其他产品。因此，做那个大个子荷兰女王，昂首阔步地走来走去，把那些牌子统统摘掉，让很多人都无法知道自己到底喜欢什么了。哪怕这么做的人是对的，当然也没人说他是对的，尽管我确实知道至少在一件事情上他是对的。他们不愿意说自己喜欢它，就因为担心荷兰人会称他们为傻瓜，说他们看走了眼。”

几年前，我阅读了一本散文集《帘子》，是捷克小说家米兰·昆德拉的作品，并被邀请写一篇书评。昆德拉在书中写道，“试想，有一位当代作曲家要写一支奏鸣曲，要求在音乐形式、调子、旋律上都模仿贝多芬，我们甚至可以想象，这支奏鸣曲写得非常精湛，即便真是贝多芬创作的，也能归于他最伟大的作品之列。可是，不管作品有多棒，要是由一位当代作曲家签名，它就会显得很可笑。创作者至多会被称赞是一个模仿高手。”我当时在布拉格的家中，正躺在床上我妻子的身边，妻子睡着了。我已经好几年没去美国了，很久没见到父亲，那个时候，我才有些释然地发现，想起他时已很少感到愤怒或痛苦了。终于，在那时，在昆德拉的促动下，我哭了起来。我依然不赞同那个观点，即署名对于艺术作品有多重要的问题，不过，这是我父亲的世界观，那天在法庭上，我独自为他鼓掌，是他说服了我，当时我还是个身体超重、其他方面却发育滞后的十三岁孩子，即便是再过一阵子，父亲对我仍然会有说服力，不管事态如何于他不利。

应该说，当时出现了一个明确的转折点。之前我对他的爱是毫无保留的，之后我就有所保留了。另外，前一年我母亲告诉我一件事，这事我早忘了（现在也没想起来），是我九岁时发生的，当时我在明尼阿波利斯参加夏令营。据她说，有一天，汽车送我回家时把我放到了街角，那里一直是母亲等我的地方，可那天等的人是父亲。我走下汽车踏板，看到是他而非母亲在阳光下朝我微笑。我赶紧折回到嗜药成瘾的夏令营辅导员身边，那人好像是负责不让孩子丢失或落入陌生人手里的。我对他说，“我妈还没来，我不该一个人等她。”

“没事的，”爸爸说着走上车，“我是他父亲，来吧，亚瑟，我们去买冰激凌吃。”

“那就好。”辅导员说。

“他不是我爸爸，”我说，“我不认识他。”

辅导员的笑声紧张起来，我退回到阴暗的车厢里，拒绝离开自己棕色的塑料座椅。我猜想，父亲一定会被要求出示身份证，而他一定没带。也许得拨付费电话到我家里，不过肯定找不到我母亲。于是，我坚持不肯走。

“他显然很有耐心，”母亲对我说，“他似乎觉得这样也有道理，换作是我，肯定发火了，不过不知怎的，他一直保持微笑。”

“我真这么做了？”

辅导员对座位上的我轻声说话，试图引出一些线索来，这我能想象到，不过现在记不起来了，他那时的表情一定疑惑又担心。如果这个固执的男人，这个在八月炎夏站在角落里一直朝自己笑的人，若他不是那孩子的父亲，他会是怎样的罪犯呢？如果他确实是孩子的父亲，那这烦人的小胖子到底是怎么了？为什么老爸不朝孩子和大伙儿叫喊，决意凭着家长的权利解决此事呢？

“你一直固执己见，直到警察来了，”母亲笑着说，“我想，后来你妥协了，那是因为你害怕警察是冲着你来的。”

警车来了，我最终闷闷不乐地下了车，我折腾了四十五分钟，还是牵起父亲的手，跟着他去买冰激凌了。

我那时在想些什么？老实说我什么都想不起来了，要不是我妈（她可是我们家最没有想象力和幻想的人），我一定会说那是在虚构。不过，她说的是真话。对此最直接的解释就是，我当时不希望那人是我的父亲。我一定在离婚一事上对他很生气，对他的入狱感到羞耻，对他和姐姐的关系心怀嫉妒，我的幻想战胜了现实。或者，因为我记不得有任何创伤情感，也许这一切都是为了好玩。也许我是想和他玩一个不恰当的游戏，觉得他会喜欢。也许我是想给他留下印象，让他觉得我有能力创造世界或创造自己。也许我早就很了解他，知道他会乐意我是在模仿他。如果是这样，当警察来到时，我就该明白，我就像他一样，没有本事一直演下去。我也许可以走下车准备被逮捕，成为另一个因幻想失败而服劳役的亚瑟·菲利普斯。

或许这么做太胆大妄为了，要保持下去很难。如果他在这事上很拿手，我大概会暗暗地这么想，那么我也会一样棒，甚至更好，那我就值得他赞赏，就像黛娜，或莎士比亚（当时九岁的我觉得他很可恶，很欺负人）一样。而且，在我的理解中，他的耐心，他好脾气地坚持说自己是我的父亲，向有点被逗乐的警察做出解释，甚至还给我买冰激凌，他整个的“父亲”形象（尽管他并没有对我这种任性的假装加以管束）是成功的，他的“父亲”角色，比我想让人认为的绑架疑犯角色更令人信服。

5

不过，如果这确实是我九岁时某个夏日里的感受，这感觉并未持续很久。失望和分离为此蒙上了阴影，各种坎坷反复出现，就像是一个过度使用氯丙嗪的精神病人那样阴晴不定。如果说我九岁时挑衅了父亲的威严，他也许不等我到十岁就不太费周折地纠正了我的行为。我是个小说家，善于依照人物的情感“弧线”来思考问题，可是我的真实生活，我曲折的经历却不像是一条弧线，而是发射失败的火箭运行轨迹，上升后接着就是一次次反复的坠落，重新回到发射点，短暂的飞行轨迹，长久的落地，直到很久以后最终从速率中逃脱，坠入深渊。

现在的我还没到达这一步。

汽车事件之后，父亲仍然能够带来惊奇，鼓吹奇迹，而我也依然热爱着、聆听着、凝望着这颗明星，牵着姐姐的手，眼睛注视着父亲。

我们十岁时，开始在他湖畔街的工作室公寓里和他一起度过每个周末，楼下是图书装订所，那是他朋友恰克·格拉斯哥为他找的工作。他已经出狱一年多了，一直遵守着狱外察看的纪律，似乎变成了一个很普通的离异男人。母亲那时更愿意在周末和她的新丈夫独处。

晚上，我们睡在一张充气床垫上，他会给我们朗读，有我喜欢的大仲马或亚瑟·柯南道尔，也有我不喜欢的莎士比亚。一个六月星期五晚上的催眠故事很符合黛娜的兴趣，是《仲夏夜之梦》。我很快就昏昏欲睡了（尤其是那天晚上收音机里没有棒球节目），因为在这一点上我很赞同塞缪尔·佩皮斯的话：“这是我有生以来读过的最无趣荒诞的戏剧。”

可是，我至少是听到二幕一场时才睡过去的（这得归功于老爸的声音魅力），因为我记得父亲读到的对话：“我为仙后奔走服务，/ 草环上缀满清清露珠。”黛娜问他这句话什么意思，爸爸就形容起“仙女圈”来，草地上那小小的黑色圆环，在莎士比亚亲近大自然的青年时期，在绿色的沃里克郡，那东西可是充满了神秘、幻想、奇迹，同时混杂着恐惧。我也许提起过，要是没有那点烂草在渲染，我们的童年就乏味多了，不过我还是被他魅惑住了，在我的想象中，伊丽莎白时期的英国一片苍翠。

那个春天促成了此后的几件事情。第一，我姐姐那可怕的大学朋克乐队（她在其中“演奏”低音乐器）起名叫“仙女圈”（好过她之前起的“烦恼女人”）；第二，我最终做起了小说家，也许是因为我们之前昏昏欲睡地躺在床上，在那个枯燥乏味的房间里，父亲（他确实在嗓音和词汇上有一手）竭力赞美着那些渲染世间的奇妙、神奇、混乱、困惑、偶然性的人们，他们就像是“巫师”。如果父亲一直努力让我对眼前的生活着迷，结果也不会太不一样。（换言之，如果我最后成了泌尿科医生，我想，我现在也能指出其他的促成我成年后业绩的最初原因）；第三，此后的几周，我对我们三人组合的热衷达到了巅峰，可这竟然是在老爸被拘留，认罪协议，被罚款、在明尼苏达乡下的诺布尔斯县城里做社区服务的时期。

他在朗读这些台词时还说了一些话（我这是在尽力重新建构一个三十五岁男人的谈话；这些话几乎都不准确）：“那些天，你走出屋外，或是走出伦敦二十分钟，就置身于广阔无际的森林里，和你想象中一样神奇壮阔。草丛里遍布奇迹和神秘，那些无形的东西努力想对你说话，惊吓你，俘获你，也许会征服你，或是帮助你，让你找到宝藏，或只是嘲笑你。可是，真是讨厌，太讨厌了，现在我们明白那里并没有什么古怪的精灵。我们砍伐森林，就为了证实这一点。我们明白了是什么让草皮有了二十多种不同的色差。我们有了那么多的事实证据，凭这些我们能砍伐一切。”

我完全赞同，爸爸、森林、冒险、奇迹、黛娜，还有与我相对的监狱、推土机、可恶的人们、事实证据。这似乎能准确地解释这个世界。

此后的两个周末，他再次请我们过去，而母亲也很难得地继续慷慨地与他分享我们，认为他的表现就像是个好丈夫，是对自己负责、无可争辩的监护人。不过母亲判断人的方式很自我，当他可以履行父亲的责任时，她会毫不犹豫地信任他。她不会将自己或我们屡次的失望归罪于他。“他就是这样的人，不能指望有别的什么。”我不止一次地听到她这么说，尽管多年后我才对此观点心服口服。

两周后的一个星期六，父亲带我们外出吃了一顿很棒的晚餐，当时是在明尼阿波利斯知名的诺曼底宾馆里。在我的回忆中，他是用赠券支付餐饮的（这是常事），赠券的印制在真伪上令人怀疑。“是一位女性朋友给我的。”他说起赠券的来历，这名女性朋友大抵是他杜撰出来以证凭据的。（他出狱后的那些年里，这些“女性朋友们”常挂在他嘴边，不过从未出现过，后来我才明白，她们压根就不存在，这些人也许让我心里对他有了另一种怪异的单向挑战的想法。现在我得承认，我此后对女性的不自觉行为或许就是一种企图，想对他和世界表明自己并不是造假者。的确，正是如此！在我回忆那顿晚餐时，我就想，情况是否会这样：假如他对赠券的解释不是那样的，或者什么都不说，今天的一切是否就会完全不同？）

我当时正在专心对付蒙着苹果粒和奶油的嫩猪肉，父亲又老生常谈起来：世人越来越不相信奇迹，这与不断消失的自然世界相关，又与价值令人怀疑的科学知识越来越多地成反比。我记得，黛娜听得很入神，我注视着她，而她盯着父亲，于是我开始意识到，父亲说话时，对我的关注要稍稍少于对黛娜的。我猜想他较少看我，这让我很生气，所以就盯着菜肴，不常抬头，这样他就只对那个对他话题感兴趣的孩子说话。到最后，他就根本不看我了。我已经能让别人把我最可怕的恐惧付诸现实了。

吃完甜点（是从我脑袋大小的巧克力蛋糕上切出的一小块，那蛋糕就像一座云雾缭绕的阿尔卑斯山，云雾就是打得霜化的奶油中加了点糖粉），我们回到他的公寓，不过，他没让我们换上睡衣躺下来经受无韵诗的折磨。他让我们把正式的衣服换成牛仔和运动衫，我的愠怒一下就缩了回去。他让我们出门，钻进他老旧的客货两用车里，我们先是朝西面行驶，再朝南面开，直到7月的夜晚渐渐黑去，夜色里蚊子不断骚扰，嗡嗡叫着，憋尖了嘴巴，像是塞壬女妖的歌声，引得我们不停扇自己耳光。

他继续开车，起先我们兴致很好，渐渐厌烦了，都懒得回答问题。“这些日子，仙女们得走更远的路才能遇到我们。”他逗着我们，当时黛娜和我正在后排座位上打闹着，直到其中一人重重地打到了对方的指关节，让对方疼得哭起来。“我们在反驳事物上的技巧，就像是修建一堵墙，把自己和奇迹隔开来。要跳过那堵墙，你就得有长距离的助跑。”

等我醒来时，车轮已经从沥青路驶上了泥路。天完全黑了：车头灯关着，月亮还没出来。我们远离了城市，我从未经历过这样的夜晚，那种黑暗此后再没遇到过。“现在起，”他低语道，“只能悄声说话。”

他把车停在泥路上。我拿着手电筒。“放低点！”他悄声说，“把它放低点。”他从车后部的防水布下拖出一个我前所未见、此后也未再见过的机器，机器下面有轮子，背后有一个烟囱般的斜道，像是除雪机之类的东西，不过它有巨大的调速轮，两侧和顶上还装有长度不一的可伸缩、可拖曳的缆线。他还拿出红色的煤气罐、塑料桶、铁铲、两辆手推车，以及一块长形的木板，木板两头钉着绳索。

记忆中的这一幕栩栩如生：他嘴里咬着手电筒，用机器拉着我们这支蹒跚前行的小型队伍，使它的轮子驶过公路，走下又爬上一处壕沟，来到栅栏旁。他砍断一处栅栏的铁丝，将铁丝卷到另一头。黛娜和我当时非常兴奋，尽管我们只是借着手电光亮做些体力活，每人推着自己装满的小车。

他似乎对目的地了如指掌，那里周围都是果园，沿小路走下去是一片玉米地，玉米茎秆长得与十岁的我齐腰高。“现在起，我迈步，你们才能迈，要踩在我的脚印里。我们得从中间开始走。”这事太让人兴奋了，那种神秘感与日常生活截然不同，在我们最容易被他影响的年纪，这样的父亲是最棒的。我们悉听遵命，不把它当作任务，而是看作某种不同的、崇高的事情来做。

我们将牵引绳放下，拉起绑着绳索的木板，动手砍起来，再把砍倒的东西铺开，把轮子印和脚印抹平，把砍断的栅栏铁丝重新接好，还把一直延伸到公路的轮胎印擦去。这一切大约花了六七个小时。我们三人浑身都是铺开的东西的味道。在回家路上，黛娜和我尽管满心的问题和困惑，还是睡着了。我不记得怎么走上楼梯进了公寓，忘了自己醒来时怎么会穿着睡衣，已经洗干净了，干净的衣服好好地叠放在气垫床边，也不知道甜甜圈和巧克力牛奶是什么时候送来的。要不是相互看着对方的脸，黛娜和我都怀疑自己是做了个梦（尽管这样也并没有真正打消疑惑，因为我们不时会有同样的梦境）。此时已过正午。

“我觉得 / 我们在睡觉时做了个梦。”父亲说，黛娜扑进他怀里抱住他。

“我们干了些什么？”她问。

“重要的事情即将发生，”他说，“神奇的大事会自行发生，不要告诉任何人，任何人都不能说。”

“你指的是妈妈吧。”我说。此时我才感觉有些狐疑。

“也包括她，不过我并不太担心。我指的是任何人，包括你们的朋友，任何人。”

“因为我们会有麻烦吗？”我终于明白显然是这个原因，便问道。

“嗯，对的，确实如此，”那位被定罪的犯人这才轻声承认，“不过我担心的也不是这个，这就是为什么这秘密如此重要的原因。”

“谁会怕惹上麻烦啊？”黛娜问道，她向来比我勇敢。“我们不像是犯了罪。”她笑道。

“我知道。”我说。

“不，听我说。”他的声音变得严肃起来，这引起了我们的关注。“你们不能对别人说，因为这会坏了我们的事情。所有的快乐，所有的神秘就会消失，事情就变得空洞、愚蠢。但是，如果我们谁都不说，那么昨夜就是精彩的，区别就在这里。你们自己决定，看你怎么对待那个晚上了，是我们的精彩之夜，还是他们的愚蠢之夜。”

父亲不会从这样的探险中盈利。其实，他还为此花了不少钱（他会说这是投资），包括工具设备，花费在实地考察的时间（如哪条公路能到达，要找不通电的栅栏，好的能见度，离开父亲住所的长途距离，还得没有狗），安装好机器的时间（将除雪机改成能将七月的玉米地均匀、分层切割成条条路径的机械），调好铺洒在路径上的黏液，当然，还得有必须支付给沃辛顿附近那位农夫的钱，以及一定要履行的社区服务等。他能获得什么呢？值得这么辛苦吗？他就是为了带来惊讶，为世界增添可能性，为彻底创下一项另类的纪录，使某人（某个陌生人）的生命中出现奇迹。如果撇去他的自负，这简直是一种慈善行为。

迄今，幸亏有我们，这项纪录依然有些另类。如果你用谷歌搜寻“麦田怪圈”[①]，就会发现一些航拍的照片，那东西就是我们当时做出来的，尽管1974年时我们所做的很简单，不像现在的那么繁复。你会看到那些惊异得目瞪口呆的家伙对圆圈的描述，阅读到几位最初目击者的证词，其中对此后的拘捕和人为干涉没有任何提及。你会发现一些关于外星物质（现在在麦田圈里是司空见惯的东西）的描述，虽然据我所知，其真正的配比（这是父亲的发明）依然没有公布。

他保存着《明尼阿波利斯星报》的剪报，那是很久以前一日两报的晚报，但直到星期二，我们的作品才在电视新闻中出现。那时，我们已经回到母亲身边去度过本周的日子，所以爸爸没有享受到和我们一起看WCCO新闻报道的乐趣，听当地主持人戴夫·摩尔的叙述，也就没看到我们当时慢慢领悟到自己所做的事情时的表情。我们当时

① 在麦田或其他农田上，透过某种力量把农作物压平而产生的几何图案。

坐在母亲身边，电视里农夫言之凿凿地告诉记者，“这不可能是人类的机器或工具做出来的。让茎秆弯曲着却没有折断，没有这样的工具。我靠收割玉米为生，这我最清楚。昨晚我睡前离开这里时还不是这个样子的。难道是一个晚上完成的？得有五十或一百个人才能做好。相信我，我不可能什么都没看到没听到的。我入睡从来不深，况且得留下脚印啊。听我说，一个印子都没有。至于这黏液，这东西，不，没有畜产品是这种味道的。整件事情，你瞧见没？我不知道是怎么回事，真他妈见鬼了。”

他们拍下那位农夫沿着麦田圈走，在光滑的玉米壕沟里跪下，从地里拿起一些黏糊糊的绳子。电视台用于交通报道的直升机在田地上面航拍了照片。很快，其他见证者也出来作证，说看到在事发当晚天上出现亮光，接着又出来十几个自愿的附和者，不是撒谎就是偏听偏信地把我父亲做的事情进行了渲染煽情。看到他们，我不知道自己当时由此得到了什么样的领悟，那时我才十岁，不过，现在我当然明白是怎么回事了。

母亲和我们一起看的新闻，她觉得非常有趣，不知道我们与此有关。之后，她走开去做晚饭。黛娜和我还坐着，我们沉默极了，惊讶得恍恍惚惚。要知道，我们才十岁。我们知道这是我们干的，可连自己都不信。我们根本不明白自己干了些什么，不过心里很骄傲。“你相信飞碟吗？”我问黛娜，信念和理解力全都搅乱了。

父亲不希望人们显得越发愚蠢，他不想嘲笑愚蠢，也不以愚蠢为乐。当农夫说，“那形状，那形状可真……真是漂亮，太……”声音逐渐小下去时，父亲的心早就跑到现场了。我想，在与此事有关联的所有人中，他最希望自己就是那位农夫，能被蒙骗到。父亲已经让那位农夫（还有全世界）瞥见了隐秘。他只是不想当那个给予者，他想成为接受者。

这也许是我最接近父亲感受的想法。我们的所作所为重塑了世界，改变了人们对生活，对宇宙，对一切的看法。亏得有我父亲这样的超人，在十岁孩子的眼里，成年变得更有吸引力了，因为会有神奇降临。我们成了精英，是他挑选并训练了我们。那些法官和狱卒们则成了我们的敌人。

两周后，父亲就将我的这种感觉剥夺了。“哎，听着，亚瑟，我知道保守秘密很难。要明白，你一旦松了口，就会觉得这秘密保不住了，或者它压根没存在过。你几乎能让自己相信你并没干过。”我立刻竭力显出天真的样子，这让我看上去更加心虚。尽管父亲有前科，我其实并不太明白自己学校里最好的朋友道格·康斯坦丁的父亲就是亨内平县检察官泰德·康斯坦丁，即加里·弗拉克纳的部下。不过，父亲明白是怎么回事，他相信一定是我向小伙伴吹嘘了，而他又告诉了自己的父亲，而后他父亲又联络了诺布尔斯县的司法部门，后者于是很客气地请我父亲在24小时内去一趟警署。“没人说是你告发了我们，”父亲说道，尽管我的眼皮猛跳，明白他这是有意强调，“可是，要让你的小伙伴明白这个重要的道理实在太难了。”

我知道，自己怎么否认都没用。值得称道的是，尽管父亲觉得是我坏了事，他也不会很明显地对我表示愤怒。这对他算不了什么。他不怕罚款，因为他承认那个农夫（他在某个“无产阶级皆兄弟”的豪爽时刻曾说那人是“一个劳动者”）确实遭受了经济损失（不过这远远比不上他从游客们那里收到的门票钱，那些人在我们的艺术作品中漫步，震惊不已）。

不过他感到愤怒也是合理的。对一个男孩而言，被人冤枉地批评干了什么事，这本身就够糟糕的了，而我当然不喜欢突然觉得自己被排斥出了父亲的神奇世界。但更糟的是，我们的奇迹缔造竟然被弄成了某种肮脏的事情。他所有关于巫术的叙述瓦解了，他成了一个蹩脚的共谋者，得反复思索合伙人中还有谁可以信赖，就像操场上的孩子们进行重组一般，得考虑招募谁，剔除谁。父亲对我的信任（这可是我进入成人世界的早期通行证）此时显得幼稚而小家子气。我不太擅长表述这种愤怒，只是一遍遍地告诉黛娜，说父亲是个蠢蛋。

“他知道不是你干的。”她边安慰我，边摆弄着桌上玩具剧场里的巨魔娃娃们，那可是父亲为她制作的，那小黑人正用一只红色小枕头要捂死那个小白人。“他信任你。”

“我知道。”我撒着谎，巨魔在暴行中邪恶地咧嘴笑着，橘红色的头发因为杀人的兴奋而直立起来。

我的失望并未持续很久，它也不足以让我彻底释然，当我此刻“跨越时间的壕沟”回头望去，我很想如此开导当时的自己：“够了，”我会说，“你不会想成为这样的男人。”可孩提时的自己总是拒绝接受成熟的睿智。

我十二岁生日时，父亲为当时正狂迷特工行动的我做了一本高质量的苏联护照，还贴上了我面目严肃的照片，很专业地盖上斯拉夫语的图章，上面的签证章显示我要去北朝鲜、越南、匈牙利，还有捷克斯洛伐克。我知道这制作得包括前期研究、手工缝制、专门的胶水和颜料，这说明他很爱我。那时，我也明白，爱只是这件非凡礼物的一个部分，其他的则是他的专业虚荣心和潜在的重罪预谋。

我十三岁生日时，他给了我一只签有我偶像罗德·卡鲁名字的棒球，那人是明尼苏达双城队的明星二垒手，后来成了一垒，是来自巴拿马的犹太教皈依者，他无疑是我家方圆一万英里内最厉害的犹太人。倒不是说这礼物有多难得，而是因为我当时十三岁，已开始觉得从父亲手里得来的一切都是假的。我居然把球扔了。

后来，父亲送了黛娜一件可爱的十六岁礼物，是一张"安慰"驾驶证，那时她两次驾考都没过。由于我们十六岁时，父亲还在蹲监狱，那驾照是父亲的大学好友恰克·格拉斯哥制作的，他名义上开着一家杂货店。我们认识恰克好几年了，以前，黛娜和我周末去爸爸那里时，恰克会不时地和我们一起在外面吃饭。他有点像我父亲，很博学，不过不那么张扬。他比我六英尺一英寸的父亲还要高一些。我十二岁上下时，对父亲和成年男人的矛盾情绪达到了巅峰，不过我还是很喜欢恰克，尽管一想到父亲相形见绌我就有些惭愧。当时，父亲形象的黯然失色也许是不可避免的；这是十二岁男孩必然经历的（就像我自己的儿子，现在十五了，也在不停地向我昭示这一点）。

我喜欢恰克骂人时的样子。现在我明白了，那是一种做作，就像援引拉丁和希腊文（他也这么干过）；他骂起人来满是鲁宁式风格[①]，常用刻意编造出来的词句。"她应该考虑把这些怒气都从屁眼里排出来，再放一把火点燃了，"有一次他如此评论"余烬"餐馆那位脾气火爆、穿戴古旧的女招待，我因而觉得他魅力四射。

此人身材极其瘦削，身体各处都细细长长的。一次，他见我正与一位和我年龄相仿却比我发育更成熟的女邻居谈话，便对我说，"阿

---

① Runyonesque，得名于20世纪美国以言语辛辣、文风尖刻而著名的新闻家达蒙·鲁宁（Damon Runyon，1880—1946）。

蒂，对你来说，她太庞大了。不过，我也被吸引了。难道是我此刻的女人？她和我吗？那是在把贾科梅蒂和博特罗[1]叠加组合。”我当时还不太理解这句话，不过他说着大笑起来，浑身颤动。当然，我也笑了，一个十二岁的孩子居然让一个成年人讲了荤段子。

接着，几天后，他给我寄来一张照片，显然是在明尼苏达艺术学院的希腊神庙正门前拍的，愁眉苦脸、瘦骨嶙峋的贾科梅蒂雕像和一尊圆鼓鼓、丰满的博特罗雕像叠放在一起，后者对后插式体位予以平静的微笑。那座巨大的合成雕像就站在大楼梯的左侧。如此引人注目的一幕，我之前从未关注过。

于是我将怒火发到艺术学院身上，在那里，我发现了一直放在主楼梯左侧的雕像：一个天使手持宝剑站在一匹狼或是类似的什么身上。总体看来，这甚至比格拉斯哥的那件作品都更匪夷所思。

照格拉斯哥的话来说，也不知怎的，大概是受了一则笑话的影响，他才拍了这张疯狂无聊的照片，影射了一尊并不存在的雕像，编造了两位素未谋面的艺术家之间的关联和渊源，给城市的美术馆增加了点粗鄙的滑稽。他以自己的口味重塑着世界，除了自我消遣，没有其他目的。他还把空想拿来与我分享，因为他刚有这念头时，我就笑了起来，虽然事实上我只是因为他说了“扎着别动”才笑的。

格拉斯哥是我父亲希望成为的人（我发现自己对此有点前青春期的苦涩情绪），不过父亲本性不可能如此。（当然了，正因为父亲对我的培养，我才会欣赏并敬仰他。）

---

① Alberto Giacometti (1901—1966)，瑞典超存在主义雕塑家和画家；Fernando Botero (1932—)，出生于哥伦比亚的画家和雕塑家，作品人物多肥胖造型。

我记得有一个周末晚上，我们在“余烬”餐馆，格拉斯哥拿着一只棕色的塑料马克杯去装咖啡，对于我们反复问的问题，即“你为什么要穿燕尾服？”他反复作答，每次的解释都不一样。

“我之后要去赌场，不过我得先跟你们这俩孩子见面。”

“干洗店搞错了。”他叹着气，摇摇头，吸一口契斯特菲尔德烟，吐出烟雾，一缕灰烟从吸烟区红色隔板顶部的边缘袅袅升起。

“问你爸爸去，是他想出来的恶作剧，说今晚和你们仨吃饭得戴黑色领结。”

他的想象激发了我和黛娜，让我们不停地想转换各种角色。这种安静的游戏让我们发出不同的声音、腔调、词汇，想看看自己通过角色扮演能否悄悄地接近事实。“宝贝，”黛娜像个温柔的妈妈般说道，“宝贝，说真的，干嘛这么虚张声势呢？”

“我要去参加典礼，是一个烧烤晚会，为了庆祝一位朋友在慈善事业上获了奖，太值得骄傲了。”

“别瞎说了，恰克，”我扮演起十二岁硬汉的角色，“到底为了啥？”

恰克将烟蒂在黑色烟灰缸里彻底摁灭，烟灰缸有裂缝，沾着永远去不掉的污渍。“其实，伙计，我是想震慑全场，我要带她去看歌剧，这是头一次晚间约会。”

“瞎说，查尔斯叔叔，拜托请说实话。”年少幼稚的黛娜柔声细气地央求着，头一次也是唯一一次想软化格拉斯哥。

这个男人，这个我们几十年未见的人，现在拥有了我们全家此后的四分之一财产。

不过这话已太过超前了。

6

我十五岁时，学校的两个捣蛋鬼称黛娜是女同性恋，我决定揍他们一顿。事后，我的鼻子就被打瘪成如今这样子了，而那两个蠢蛋得意地踢着我的肚子，还说，“亚瑟是基佬。”回家后，黛娜悉心照料和安抚伤痕累累的我。

她没费口舌说“你真勇敢”、“这些家伙是混蛋”、“你寡不敌众”，或“谢谢你”之类的话。我们了解全部事实，也都明白对方什么都清楚。她知道我自觉弱小、窝囊、差劲，离自我期许的勇敢和侠义差远了，而且，关键是，我对那些伤害她的人无能为力，为此我感到羞愧难当。

我躺在沙发上，在脑海里重演着方才的搏斗，不过结局好很多，反应也更敏捷。黛娜用布包着冰块，轻轻地把它放在我青紫色的鼻子上，用湿纸巾拭去我脸上的血迹，还喂我吃阿司匹林片，一边朗诵着，“我是您的奴仆，我该做的，不正是/每时每刻完成您的意愿吗？”[1]我不顾伤势，猛地想笑起来，但喉头一震，牵动了脸部肌肉和骨骼，眼支直眨，眼睛里涌上泪水，笑意立刻消退了。

“听着，快听，”她说，好像我可以选择似的，“小儿子需要钱，于是他去了集市，向摔跤手发出挑战，想赢钱。后者十足像个猛兽。大家都说小儿子疯了，求他退出，但是他不肯，就像你一样固执。公主就在观众当中，也许她真的很迷人，她说啊……”她拉长了声音，我

① 出自莎士比亚十四行诗第 57 首。

听到翻书声，虽然眼睛上盖着冰块，酸涩地闭着眼，还觉得眼前黑洞洞地闪着火花，却很清楚地知道房间另一头的她抱着的是哪一本书。“‘年轻人，你过于年少鲁莽，你也尝过这男人的凶猛，若是你多用脑子想想，好好判断，会对莽撞之举产生畏惧，这畏惧会让你避免不自量力。但愿你能有理智保护自己的安危，放弃这样的尝试。’不错吧，是吧？这就是我今天本想说的话。要是我早知道你要干什么，要是能清楚地表达出来就好了。”①

“他让步了吗？”我咕哝着，用手指拨弄着颧骨上干了的血迹，接着马上就后悔不该去拨弄的。

“没有。”

“他被人踢屁股蛋了吗？”

“没有，”黛娜承认道，“他打败了那大家伙，然后去赚钱了。但这不是关键。”

“关键是，”我赶紧自怜地总结道，“我不是英雄，如果你早制止我，就不会这么尴尬了。”

她沉默了一会儿。我闭着眼睛，很得意，觉得愚蠢的自己竟让她哑口无言了。稍后，我听到她叹了口气，站起身，又坐下，翻起了书。“还翻书呢？真的？难道我也得看书吗？”

“等等，”她说。

和大多数十五岁的人（也包括大多数人）一样，虽然父亲不断地灌输教育，我还是不太喜欢莎士比亚。在学校被迫读的那一点内容也不过确证了家庭给我带来的伤害，让我一直很排斥这个男人。他大多

① 出自《皆大欢喜》第一场第二幕。

数的文字都像是外国话，过分冗长、啰嗦。你要不是得费好大力气去理解人物，要不就是觉得太容易（因为十五岁的孩子习惯于制造无数理由来解释自己为何不喜欢一样东西）。那些讨厌的独白，无非是坏人袒露阴谋，或是好人为爱痴狂。

"听着，"她终于说道，声音里还有点得意，"听着，好好听着，你十七岁了，你不知道怎么打架，但是你很勇敢。突然，你得真正带兵了，他们推着你来到前线，说你是国王，让你给他们鼓劲去打仗。你啥都不知道，连部队里的人都不认识。你还是个孩子，你像其他孩子一样是被宠爱着养大的，受女人们庇护，爱抚，而突然战士们都要听你演说了。要倾听亚瑟讲话，依靠亚瑟。你不了解战争，你只知道女孩、学校、惹麻烦。可是，你天生就是个英雄，尽管还没受过训练。好了，现在听你自己说了。"

于是，她读起了二幕三场中的开战动员，声音深沉，这女低音听起来就像是十来岁的男孩在说话，很奏效。第一次，这朗读起效了。我紧闭着双眼，眼前的景象栩栩如生，就在这个时刻，这一整个下午，我觉得莎士比亚还行。

可是诸位，在城里等着我们的是谁？
骄横的撒克逊人扬帆于亨伯河水上，
随后与皮克王率领的反叛之军会合，
他们筋疲力尽，胆战心惊，龟缩于
高耸的约克城墙之后，紧闭起城门，
就像犯错误的小孩子躲进母亲裙下，
最害怕大孩子前来找他们复仇算账。

可现在亚瑟就在门前，不列颠之拳
正重重地砸在行将破碎的城门之上。
如果说英格兰人的鲜血稀薄如甜酒，
那我们就收起刀枪，悄悄离开此地，
嘴角上流淌着滴滴撒克逊人的说话。
你们要学入侵者的语言？天理不容。
那就让我们英格兰军队去教教他们，
给词语结尾会多艰难——但是听啊！【炮声起】
约克城温柔地恳求要朕率大军前去！
各位大臣，时不我待，进去拯救她，
把英格兰身上的撒克逊印记全揩干净！

她读完后，说道："再听我说，亚瑟起初的情况是这样的：他的敌人是个藏身于约克的小男孩，因为此人惹恼了一个大个子，我们要去揍他一顿。战士们可不愿真这么干，于是你再次现身，说，'如果他们征服了我们，我们就得被迫学他们的语言，就像是上拉丁语课，烦透了，是吧？大家说呢？'你猜想这会儿部队对你的话有点动心了，接着大炮就响了，'炮声起'，战争就要打响，于是你再次尝试，抓住最后的机会，而这一次你抓牢了：约克就是这婴儿，她希望我们进城救她。于是，大伙突然间开始点头，拿起刀剑，你懂我的意思吧。"

"你做得到的，"她温柔地说，"这就是今天我所见到的，迫不得已时，你会想出法子做英雄。你寡不敌众，不知道该怎么做，但你依然像个英雄似地在搏斗。"

那一刻，《亚瑟的悲剧》不一定是她最喜欢的，但那个四月的下午，她把它送给了我，就在客厅里，她为我读了整部剧。我想，这花了三个多小时。她耐心地停下来，回答我关于词汇的问题，停下来帮我换掉盖在我僵硬的脸上融化了的冰块，还给我用搅拌机做了点我勉强可以吞咽的食物。四月的春风通过敞开的窗户飘进飘出，母亲和继父下班很晚，父亲在遥远的监狱里（没有恐吓、刺激、权威的大人），只有我和黛娜，还有这部戏，以及她对我表示的感谢，感谢我为她的荣誉而战。

她为我朗读那本小小的红封面的《亚瑟的悲剧》，那是一本装帧简朴但十分精美的1904年版的书，我家里的几位成员都对它心怀矛盾纠结的感情。二幕四场的页端是爱德华时代的卷头雕刻插画（颇具19世纪风格），在画里，亚瑟（他身披中世纪后期的金属盔甲，显然有年代错误）将他的盾牌和徽章交给格罗斯特公爵。这一幕很重要，亚瑟命令公爵和他交换盔甲，假扮他去作战，这样亚瑟就能去追逐某个约克姑娘，而不用返回战场了。

现在，我拥有了1904年版，它就在我的眼前。正如他们在旧书交易会上所言，此书“略有褪色”，封皮上有三两处小小的污迹，封面底边角上有些磨损，书脊也褪色了，不过其他方面都保存得很好。

如果你在阅读时觉得好奇，也许会问自己，为何在便捷的互联网时代你找不到这个版本，在你喜爱的在线销售店上哪里有这个285美元的旧版本？小出版社都会找古怪的东西以赢得一些关注，可新近的再版又在哪里呢？既然已经有了1904年版，兰登书屋干嘛费力去印制这样的副本，还大肆宣扬？拜托，请大家先耐心点。

在出版者信息和出版日期后面，第一张空白页上有淡淡的铅笔字迹，是20世纪初期的正规字体：亚瑟·唐纳德·“唐”·菲利普斯惠存，国王供奉剧社敬赠，安大略省埃德蒙顿市国王学校，1915年6月14日。

书里一直夹着一张我祖父的照片，即亚瑟·唐纳德·菲利普斯，是在男校推出的这部生动暴力的《亚瑟》一剧中穿着戏服的样子，还有一张折起来的戏单，纸张是淡黄色的，褶痕处如浅色羽毛般柔软，他的名字就印在主演一栏。如你所见，这张照片显然十分荒诞：

无论他穿着如何，都与该戏无关。戏装显然既不是亚瑟王时期（假如真有其人，应是公元500年左右），也不是莎士比亚时期演员所穿的表现中世纪早期的戏服（盔甲上有些细节是他当时，即16世纪服装的风格）。不对，我祖父身上穿着的像是遗留下来的皇家海军制服，或是18、19世纪的其他服装，总之很怪异。不过，照片背面确实用黑墨水字迹（难道是女性笔迹？）表明这就是唐，他饰演了莎士比亚戏中的亚瑟，日期是6月15日。

“我得说，你祖父演得可真精彩。”父亲曾常常看着照片，摇着脑袋这么说，还凭着他那点来之不易的聪慧和赞许，轻声笑着。“这位有缺陷的英雄人物，他的个性魅力为他赢得一切，而他的性格缺陷也让他失去一切。这也完全与你祖父相吻合。”父亲叹息着。

当然，书里还有第二处笔迹，龙飞凤舞的，用的是蓝色墨水，写着：赠予新亚瑟王子，永远爱你的爸爸。11/1/1942。字下面还划了一道蓝墨水线。父亲得到这份礼物时应该有十二岁了。

我想，那是在黛娜和我十一岁时，我第一次听说了这个1904年版本。我对这个时间段的估摸错不了，当时爸爸出狱了，但搬去了城里的一所公寓，就在“欢乐90年代”的楼上，那是一家位于亨内平大街的激进派夜总会。记得我当时正躺在沙发床上看一本漫画书（《阿奇》？《蜘蛛侠》？）。黛娜和爸爸在厨房低声说话，后来黛娜忽然大声说，“不可能，天呐！你真的有？多久的事了？你干嘛不告诉我？能给我看看吗？在哪里？你怎么弄到的？”黛娜的兴奋劲可以用各种不同的词来形容，她不太喜欢那些时尚的词（躁狂、过分激动、极度活跃），这可以理解。父亲很喜欢她的这种兴奋劲，不过母亲一发现有此类苗头，就会竭力压抑她。后来，黛娜得服药，她不喜欢这样，因为药物过度压制了这类情绪，但作为孩子，这只是她“活泼”的一种表现罢了。

这时，我走进小厨房。黛娜无法平静下来，声音里有些愤愤然。至少我能察觉到，即便当时父亲有些讨好地笑着，也因为这都是他惹出来的。尽管得知了秘密，黛娜似乎对自己之前的不知情有些恼火。

通常，在这个年纪，黛娜越是激动，我就越受她感染。她掌控着情绪，无论悲喜，都反应得更快些，而我的情绪波动一般滞后于她，从来不过激，尽管我一直希望自己能与她同步。不过，那天，当我发现她的激动与莎士比亚有关，除了淡然的好奇，我没有应和，而且还在沙发和厨房间走来走去。

我不想表示在乎，可是要置身于他们的兴奋之外，又想赢得他们哪怕是一点点的注意，这是不可能的。“亚瑟，来啊，你也会觉得很有意思的，”爸爸说着，但此话不太有说服力，“过来坐下。”

他们挨得很近地坐着，父亲把一本书放在桌上，双手压着，书是合上的，离父亲很近。黛娜的手指在白色的塑料桌面上不安分地来回滑动着，父亲不让她碰那书。他把告诉黛娜的话又对我说了一遍，不过黛娜打断了他，从椅子里跳起来，“不，不，让我来告诉他，拜托，让我说。”她竭力要对我说话，几乎都要咬掉自己的嘴唇了，很孩子气地觉得转述此事是一种光荣，自豪地传递知识，可是她浑身颤抖，因为这事让她格外高兴，尤其因为这是她和爸爸最重要的联系。

这消息就从她的嘴里蹦出来了：爸爸有一本罕见的莎士比亚怪作，此剧广受争议，没有人可以定论，而“他觉得我们应该读一读，得出自己的结论来！”

他附和着黛娜的兴奋劲，点点头，“确实如此。”他对女儿关于此剧的观点很感兴趣。他说只要她喜欢，她可以常读，随时可以改变想法，但是得把所有的想法都告诉他。“当然，还有你，亚瑟，如果你也有兴趣。”我瞥了一眼那本剧本，没觉得它有什么特殊，便回到沙发上，继续看漫画书。

黛娜那时早已读遍莎士比亚，读完最后一部戏时，她还哭了，很沮丧，说没有新戏可以看了，一边还用爸爸的话轻轻地安慰自己，因为爸爸说重读也同样很快乐。在那么小的年纪，她已经体验过曲终人散，体验过初恋的第一道红晕，而此时，发现（也许）还有一本没读，她简直要癫狂了，希望能熬夜阅读，或是将这最后的纯真欢乐延宕几周或几个月。

父亲只有一本，那时还没到网络时代，他不知道能否再弄到一本，因为此书早已不再发行，长期受到质疑，只是一个猎奇本。因此，对黛娜借读此书，他立下了很严谨的规矩。她只能在他的住所阅读，不能将书借给其他人。当然，她可以随意向别人讲述故事，不过决不允许为了自己或别人把书复印了。此书的罕见和重要性，及其模糊不清的价值，都给她留下了深刻的印象。果不其然，在扉页上，下一道的笔迹是*赠黛娜十三岁生日，永远爱你的爸爸，1977年4月22日*。

这些苛刻的规定，还有他对十一岁黛娜的观点所抱有的莫名兴趣，以及那独特而惯有的多愁善感，所有这一切都让我心烦。我没法不心烦，看到父亲的痴迷，看到他将我最好的伙伴黛娜夺走了，影响力不仅越出了他这个假释犯的逼仄糟糕的公寓，还扩展到我母亲住所的相关领域，让黛娜在那里阅读莎士比亚，还主动给父亲写读后感，我几乎难以正视自己的愤怒。

关于这段时期，我想起了童年的一个幻想，此时，这幻想已经可以得到解释了。那是一个不断重复的白日梦，常发生在我孤独和无聊的时候。比如，只要我透过滚筒洗衣机的小窗玻璃张望，就会看到湿衣服跳起又落下，在热乎乎的圆筒中划出漂亮的弧线，这抽象的图形具有催眠作用，让我的思绪偏离原先的轨道，于是威廉·莎士比亚就会坐在我旁边洗衣间的长凳上，问我烘干机是什么，怎么工作。在这种幻想中，莎士比亚被放逐到了20世纪，他无助、绝望，想弄明白时间断层中所发生的一切，完全要依赖我。

我得被迫（是被父亲？还是姐姐？）临时照看他，给他解释一切（衣服烘干机、飞机旅行、售卖机、接种疫苗等），这是件苦差事。我讨厌照顾这样一位五十岁的、用后脑袋的松散长发为露出在硬领子上方的脖颈取暖的男人。不知为何，我很不喜欢这家伙，但我也不愿意：(1) 在自己的幻想中请求摆脱责任，或是 (2) 在现实中停止幻想这种惩罚性的乏味无聊。

于是我继续承担这古怪的任务，向这位伟人讲述《霍根英雄》和《吉利根岛》的情节和故事背景。(“是幻想与论据，”他会这么纠正我。) 他很喜欢我的这些显摆，不过这表明他的智慧十分有限。我向他演示割到手时如何剥掉创可贴的包装 (这样我就可以分散注意力，不至于疼哭了)。我会让莎士比亚带着瘟疫疫苗回到他自己的年代，给他解释电，还教他怎么打电话。后来，这种幻想升级了，我开始对莎翁瞎捣乱，告诉他只有当红灯亮起时才能过马路，于是他就被一辆卡车给撞了。事后，我嘲笑他，“还天才呢！”

于是我顿悟：作家通过写作来创造一个他能掌控和操纵的世界，因为他觉得自己被你们这些无忧无虑之人所谓的“现实”困住了。是的，很可能就是这样。

1904 版扉页上的第四处、也是最后一处字迹是：赠亚瑟，黛娜，于是这本书就属于我了，不过，那是几年之后的事了。

7

黛娜十三岁生日的那天 (我比她晚一天)，父亲把 1904 年版送给了她 (之前的规矩依然有效)，还送了她一张用画框框起来的海报，是 1930 年代伦敦舞台上演“莎士比亚的《亚瑟王悲剧》”的旧海报，艾洛·弗林饰演亚瑟，奈杰尔·布鲁斯饰演格罗斯特。黛娜很喜欢，说自己再读剧本时一定会想到弗林扮演的这位成事不足的国王。“好棒的演员阵容。”她常这么说。海报就挂在她床上。你们可别急着去网上搜索它。

黛娜和我显然不是长得一模一样的双胞胎，不过，就像家人们所言，我们“远不止是姐弟”。我们的相像不足以甚至根本不能迷惑别人，像迪士尼里的诡计似的骗过父母或老师；变声期之前，我们声音上的相像也不足以通过电话骗人中招。不过，我比她小了38或39分钟，发现她在阿伯特西北医院的产房里等着我。如果我说她是在焦急地等着我从母体里出来，当时时钟刚走过4月22日的午夜，这真的算不上是幻想。自从两个卵细胞依偎在一起后（我们其中的一个没遵守规定，在大门飞速紧闭前，溜下了输卵管），几个月里，我们分开最长的时间就是38或39分钟，而后来的几年里，38或39分钟也是我们分离最长的时间。我们一起洗澡、接受喂食、睡觉，一起上幼儿园、小学（经母亲要求，我们每年都在同一个教室），的确从未分开超过几分钟的时间，直到我们进入三、四年级，有了自己的朋友。即便是那时候，我和男孩子们在操场上打棒球，她在娱乐室里和女孩们玩娃娃，我们都有一种感觉，即认为分开的时间就像是为了彼此在进行一个研究项目：我是为她而体验棒球。即便我确实没在想着黛娜，如放学后在进行团队比赛时，我也会莫名地把一切信息都告诉她，如天气、比赛状况、被球砸到胳膊疼痛的感觉、更衣室里用毛巾抽打彼此的基佬行为等。哪怕我最后没告诉她，什么都没说，我也会为她存起来，为她体验着生活，而她也明白，一旦她想要，我都会说的。

我以前常常觉得，我们即使外表上不像，本质上是一致的。在我们的外表之下，有某种比其他人能感受到的更为默契的东西。这不是所有人都能感受的，不过有些人可以（我想到了玛格丽特·惠勒；我后面会说到她的），我们真的可以互换。我记得，小时候，美容院里的一位老妇人反复问我们，“再说一遍：你们谁是谁啊，亲爱的？”母亲对这种对明显不像的双胞胎所开的女人的玩笑报以微笑。不过，我觉得老妇人是真的很迷惑。“黛娜，”我答道，想侥幸骗过她，老妇人点点头，仔细地端详我，想找到明显的特征，让自己记住“黛娜”。黛娜和我一起朝美容院的镜子里看，然后彼此对视，清楚地意识到，不管怎样，别人是没法看明白的。

当她知道莎士比亚也有自己的双胞胎孩子，男孩早夭，姐姐活了下来，她哭了起来。“如果你发生了什么事，我就得永远孤独了。”这想法感人却很可怕，引发了如果谁都不死的各种难题。如果活着就得在一起，那，比如说，妻子该怎么办？

莎士比亚的作品里到处都有双胞胎，有长得完全一样却不知道对方存在的，有异卵双生、性别不同却相貌一致的，还有分离的双胞胎各自受雇于同样分离的另一对双胞胎的，通过《第十二夜》和《错误的喜剧》中的双胞胎，黛娜第一次痴迷于莎士比亚。她坐在父亲怀里，那部厚厚的全集摊在膝盖上，他们俩脸贴脸，一起笑着戏中的德洛尼莫或其他人，还互相让对方扮演角色，而我却在厨房里印着黑色五角形和白色六边形的地砖上摆放蓝色的塑料勇士和弓箭手，就像在扁平的足球上发动单色调的阿金库尔战役。

父亲低头看我，背诵着《亨利五世》里著名的国王对战友们的战役动员。我听着，直到那几个怪异的词出现（是 Crispin 还是 Crispian？），让我联想起早餐的麦片来，觉得饿了，就走过房间，去找东西吃，而爸爸和黛娜不等我就继续往下读对法国人发动袭击的部分。

我得承认，要为新近发现的莎剧写导言，本文差远了；我在这里所写的，简直就是最沉闷的体裁，即回忆录。我想说的是，要了解戏剧的真相，先得理解我的真实生活。

话虽这么说，而且哪怕初衷再好，我依然会受到在回忆录中歪曲事实的误解。近年来，写回忆录这一行当日益难做，而且没有规矩，尽是些自我膨胀的诉求，疯狂的网络揭黑，太多刺激人的毒品上瘾，大屠杀的不幸，太多乱七八糟的辱骂。可是，即便作者想竭力说出真相，却依然无法确保准确。我意识到，我已完全错误地刻画了自己的年轻岁月，因为回忆中（我个人认为）的重要事情并不一定符合（其他所有人眼中）真实发生的事件。我最深刻的记忆，对意义和重要性的感受，都与我较少见到的那位家长有关。从时间长短来看，父亲的入狱和离婚必然造成如此事实，即我大部分的年少岁月是在母亲和她第二任丈夫眼皮底下度过的，可是，在我记忆中，不断出现并占据重要位置的，却是我父亲亚瑟·爱德华·哈罗德·菲利普斯。

换句话说，尽管我竭尽全力，这部回忆录早已引人误解了。

8

在父母之间，姐姐显然是偏爱父亲的，而我则最偏向姐姐。父亲第一次入狱离开后，他与母亲离婚，母亲再嫁给始终好脾气的西尔维斯·迪洛伦佐（父亲管他叫“玻璃窗西尔”，因为他性格坦率通透），父亲搬到自己的公寓里。这以后，黛娜就只有我了。父亲一走，她和我就很自然愉快地彼此亲密无间起来。对此，母亲是鼓励的，至少她不会试图变成小孩来与我们相处，拼命拿怪事或莎士比亚来取悦我们。

即便次数不多，父亲从我们这里也是真心得到快乐的，不过他在享受当父亲的同时，也很乐于被关注和见证。母亲的爱不同，她觉得自己生下双胞胎很棒，没想要干涉我们之间的特殊关系。她抚养、训导我们，支付费用，驾车接送，为我们轻轻喝彩。她是个马拉松长跑型的母亲，不是短跑冲刺型的，她很传统，呆在自己的世界中，并不渴望成为我们的一份子。

关于她的名字玛丽·亚登·菲利普斯·迪洛伦佐，可以说上一则独特的美国故事。玛丽带有小镇犹太人主张社会同化的态度，表明第二代美国移民愿意取非犹太人的名字，以此来安抚路德教会的多数人群体。亚登是地名萨登斯基的缩写，该地位于维尔纽斯和北明尼苏达之间的某处。菲利普斯得自错误的第一次婚姻，说明她曾争取高尚的、超越种族的生活，希望在现实世界里获得某种无法企及的事物。迪洛伦佐则蕴含着安全和稳定、抑制幻想的意思，它源自另一个思想坦率务实的早期移民群体。

母亲出生在明尼苏达州古老的矿区，她父母在那个谦逊恭顺的群体中颇有威望。母亲生于 1930 年，当时经济萧条，于是家族十足而本能的谦逊就变为更明智的自我保护。她父亲是明尼苏达小小的埃利镇上的长者，还在镇议会工作，这对犹太人来说尤其不易。作为小镇最成功的杂货商人，即便不算富有，费力克斯·亚登也能让一家子挺过 1930 年代。大萧条中，他的一家人不像其他人那样遭罪，据说，费力克斯还为那些贫困的人提供免费和减价的食品，为此他后来受全镇人民的尊重。由于他基督徒般的慷慨，全家人都受惠于他的好名声。玛丽成了自家小店的送货员，让人觉得圣洁可爱。她对于漂亮衣服和富裕生活的那种不同于明尼苏达人的品味，也因此被大多数人谅解，否则，在这种路德教风格的小镇上，这种嗜好会受到嘲笑和排斥。她是弗吉尼亚精品店的常客，那里出售矿区最漂亮的衣服，这样人们就不必千辛万苦地赶去明尼阿波利斯买了。她是当地知名的美女，受到售货员姑娘们、甚至包括店主漂亮聪慧的女儿的崇拜。西尔维斯告诉我，精品店店主每年都要去纽约几趟，会带回一些他精心为埃利镇的亚登姑娘挑选的衣服。我母亲的衣服、发型，还有那台非常不具有淑女风格的带侧厢三轮摩托（后来我曾在自己的一部长篇小说中写到过它），都让人崇拜和欣赏，因为她就是那个几年前踏雪给人们送食物的小姑娘，埃利镇上的那些瑞典、芬兰、意大利和波兰移民们不会忘了这一点。

其中有一位意大利移民就是西尔维斯·迪洛伦佐，他倾心于这位有着乌黑长发和银灰色眼睛的杂货店主女儿。但是，在1950年代的明尼苏达小镇上，宗教和阶层差异很重要，哪怕能赢得姑娘的心，西尔也只能坚定地压抑住自己对她的所有爱慕。假如他有意改换教派，或是她也愿意成婚，他们很有可能会缔结非传统的婚姻关系，不过她心里依然怀着一丝向往，希望离开埃利镇，到纽约或好莱坞去当演员，或是获得某种荣耀。她从未尝试过表演，只是当年她送食品时，有太多年长的瑞典妇女抚摸着她的手，说她就像是电影明星。

西尔的父母是意大利移民（我母亲是第三代移民）。只要在德鲁斯的矿区或码头有活干，这些意大利移民就会去那里工作。西尔曾经试过当拳击手，可是后来他“还没大展拳脚就被人揍扁了”。他母亲在亚登家中干点杂活打零工，尽管仆人这一说法让谦和的费力克斯和安妮·亚登多少有些不适，但安妮还是将自己的活让给了维奥莱塔·迪洛伦佐，以免让人觉得这是在行善施舍。

西尔维斯告诉我，就这样，他好些年来一直爱慕着我母亲，而他的母亲则在女孩家里洗熨衣服。他自己在埃利镇是个优秀学生，又是学校曲棍球队的边锋，他看着母亲被邀请去舞会，看着她骑着侧厢三轮摩托，带着不同的男孩，直到1949年，他看着她准备去明尼苏达大学读书。

那年夏天，她即将离开前，他向她告白了。这事我从他俩那里都听说过。照西尔的话说，她几乎没注意到他的存在，对此困惑不解。“她觉得自己是要为欧洲王室贵族表演的，或是要嫁入豪门的，”他说。西尔偷偷溜走了，觉得很尴尬，不过为正视了自己的恐惧而觉得轻松多了。“她像刽子手一样冷酷，”他笑着对我说，毕竟他是最后的胜利者，“她管我叫‘傻子’，很粗暴。那时她看不起我，我母亲是给她刷马桶的。现在我可以接受了。”

“什么，她还喊你傻子？”

“喊了好多年呢。”

这我可从没听说过。

此事在母亲的记忆中就不一样：“我很惊讶，对他感到抱歉。他这是自寻烦恼，真的没这必要，我又没做什么，又不是什么人物，也算不上是镇上最漂亮的姑娘。而且，还有其他原因。你真想听？”

“当然想。”我说，那时正好是去年，是在西尔死后，而我自己也陷入了中年情感的困惑和痛苦中。

“我很惊恐，”母亲坦言，“我想，‘嗯，这不是我期待中的求爱，我幻想中的要更好，不过也并非毫无吸引力。’当时我担心的是，我被诱惑了。可是，到底是被什么呢？我并不了解西尔，还不知道他有那么多优点。我当时只知道他是向我告白的人，是第一个。我并不爱他，但他是一个可爱英俊的男子，身材健壮，又好像很爱我，我也不知为什么，所有这一切都让我陶醉。我差点答应了！可接着我又恐慌了：这就是我想要的一切吗？当你突然意识到，甚至是经过了一辈子的思索之后才明白，你根本不了解你自己，这是令人恐慌的。西尔也一样，他不该这么做的，不该把一个改教的犹太人娶进门。当时即便我答应了，我们也不可能结婚的。”

于是，母亲去明尼阿波利斯的大学读书，西尔当了一名建筑工，在工作中学习工程学（“就像军士自学如何当中尉，而中尉全在西点军校里受训”）。母亲在大城市里生活了一年，当时是英语系的黄金年代（埃伦·泰特是系主任，主持客座讲座，那可是真材实料的，都是由T·S·艾略特那样的人来上课），读了一年英语文学后，她暑假第一次回家，“我困惑极了，真的，我曾经尝试过表演，很糟糕。我又觉得学习很难。第一年我就信心全无。我觉得自己什么都做不成，甚至不信任自己，认为我根本不知道自己想要什么，能做什么。我觉得自己完全绝望了。可是，埃利镇显得比以往更小了，西尔每天早上都站在我的门外，请我和他一起去垃圾场打老鼠。”

就我所能确定的（现在，他们的回忆被我好意而谨慎地中和过），他们那时接吻了（希望是在更卫生洁净的环境下），而那些亲吻的意义也被诠释得各不相同。据西尔说，母亲回大学读二年级，她虽然很困惑，但还是决心在广阔天地里再努力一把，“不要在意大利裔建筑工的树上吊死，一个吻算不了什么的，阿蒂。你这年纪也明白，是吧？”据母亲说，西尔维斯送走了他心意未决的未婚妻，姑娘当时还未肯定是否要与这个善良、有责任心的小伙子厮守终身，后者有了工作，也对未来有合理的规划。

在明尼阿波利斯的第二年，她遇到了A·E·H·菲利普斯，当时我父亲在那个大学里就是让人这样称呼他的。在我母亲看来，他就是她心目中在某个地方存在着的更广阔的世界，他也像她那样，正在探索自我潜力，而且比她更坚定持久。他那时早已是画家，穿着也像，戴着贝雷帽，穿着敞领衬衫，甚至披着披风。他比她文学专业的同班同学读书更多，记忆力超群，“至少是在捕获人心的诗歌方面，他嘴里能立刻蹦出《致害羞的情人》，还有119号十四行诗，以及《鲁克丽丝受辱记》中动人的诗节，如果我没记错的话。他还给我解释了我名字的意思。”他喝过酒后对她说，玛丽·亚登就是莎士比亚的母亲。这她从来不知道。“也许这就是我吸引他的地方。”她说，这倒不是因为她谦虚。

于是，她一直期盼和心动的爱情终于来了。这种爱无法忽略，难以解释，不容讨价还价，不可抑制，可爱、怪异、随性。它像造物的天气和抗药的细菌那样不可回避，它就是黑暗深夜中发动突袭的叛军。这种爱我只感受过一次，我能明白她的意思，她告诉我，说她不由自主地倾心于他，“如果他说我们搬去埃利镇吧，即便我要洗厕所，他要下矿井，我也毫不犹豫。我根本不会想自己是否开心。我就是会照他的话做，他就是这样的人。”

她一直推迟着没带他回家，也没有回西尔写来的那些询问她状况的信。她的父母来明尼阿波利斯时，她也没有将他介绍给父母。当她告诉亚瑟，说在北方的家乡还有一个脾气温和的竞争对手（“我只是想让他保持好状态，”她坚持这么认为），父亲认真地听着，愉快地微笑，镇定地继续工作。当她最终真的把他带到埃利镇去见家人时，西尔维斯已经离开了。“哦，我想我是注意到这一点的，”母亲告诉我，

“我甚至可能还问到过他，我想不起来了。”

西尔走了，因为他接到了征兵通知。通知显然在邮递过程中被耽搁了，因为他得在十天内到北卡罗来纳的部队报到，参加基本训练，而后被派去朝鲜。西尔当时没有我父亲的高等教育服役豁免权，不过他没有争辩，也没有提出合理声明，即自己是母亲和姐妹们唯一的生活支柱。他做了些安排，请费力克斯和安妮照应好维奥莱塔（西尔说自己和他们定下贷款协议，发誓将来会偿还），便坐火车由明尼阿波利斯经芝加哥、华盛顿特区，直到北卡罗来纳。他到达时，部队发现没有给他的召集令。工作人员检查了他的通知书，的确是真实的，只是内容与部队里所有的名单和文件都对不上，于是西尔就呆在离部队一英里的汽车旅馆里等着。结果，十天后，为摆平这一个官僚圈，他收到了美国军队发来的荣誉退役证，退役军衔为一等列兵。“为此我得感谢你父亲。”

同时，我父亲也见过了女方父母，在拜访结束时，还送给他们一幅手绘的萨登斯基家谱，一直追溯到立陶宛的根基，这比家族之前所了解的还要早两代，家谱的一条线最终联接到玛丽·亚登和A·E·H·菲利普斯。一小时前，维奥莱特听到玛丽答应了求婚，她抽泣的声音经过排气扇传到了洗衣房。

对这位光鲜的明尼阿波利斯画家，费力克斯和安妮既觉得喜欢，又心怀疑虑，不过，他们还是答应了婚事，并定下日子，即两年后他们毕业了再成婚。玛丽以平均八十英里的时速开车送亚瑟返回明尼阿波利斯。两周后，西尔回到了埃利镇，他的兵役结束了，可女友也与别人订了婚。

他是从自己母亲那里得到的消息，并给玛丽发了份电报，表示祝贺和友好。就此打住。

“我觉得自己像是赢了比赛，在某部电影或童话故事里得到了角色，”母亲说，“因为我是个傻瓜。”

“对此事，我真的不想多用脑子，”关于那份电报西尔是这么对我说的，“我只是不想输得太没面子。而且，我也明白，那时候一切都结束了，我不能再示爱了。”

9

根据合同，我要为《亚瑟的悲剧》写个概要。我想，该一次写一幕；我不想因为莎士比亚让人们扫兴而失去读者。这也是为莎翁好。

因此，第一幕：在黑暗世纪，英国战火不断。乌特是英格兰和威尔士实质意义上的国王，但他只是整个大不列颠名义上的国王。当时撒克逊人正要入侵，苏格兰北方诸国和皮克兰（苏格兰东部）正爆发叛乱。荒淫无度的乌特强奸了康沃尔伯爵的夫人，之后杀掉了伯爵，娶了那女人，并任命了一位新伯爵。由于战争不断，他把自己因奸情而新生的儿子亚瑟送走，让孩子住在不列颠相对安全的地方，与格罗斯特公爵一起生活。因此，男孩很少见到自己的父母，他在溺爱中成长，虽然公爵对他进行和蔼有加的培养，但他性情任性冲动，轻狂却很迷人。他是被当做国王来培养的，不过，他也一直做好了一旦敌人占领岛国，就要逃离不列颠的准备。

戏一开场，亚瑟王子十七岁。在一次野猪打猎中，他遇到并迷上了一位牧羊女，于是他抛下那位倒霉的养父格罗斯特，去追那姑娘。格罗斯特担心自己抚养的未来不列颠王不争气，巧合的是（这也很符合莎剧特点)，一位信使恰好前来，带来了乌特国王被撒克逊人毒毙的死讯。对此，亚瑟并不知情，他和牧羊女交谈，想要引诱她。他俩的调情被前来找寻新国王的朝臣给打断了。

与此同时，苏格兰北方诸国和皮克兰得知乌特的死讯和亚瑟继位，深陷骚乱。更为强大的皮克兰王权的继承人是莫德雷德，他坚持认为亚瑟是私生子，因此，整个不列颠的王权应该归属于他的家族。他企图让自己的国王父亲加入争夺王权的斗争，可是他父亲已濒临死亡，拒绝这么做。

回到伦敦后，格罗斯特成了护国公，他竭力说服争执不断的英格兰贵族，让他们支持新国王。最终，他们同意接受亚瑟，但这只是对来自北方的侮辱做出的反应，是为了折磨皮克兰的信使，因为此人告知他们莫德雷德要继承王位。第一幕结束时是亚瑟的独白，他意识到面临的诸多困难，权衡着自己的合法性，也疑虑自己是否合适当国王，很羞愧他不是父亲那样的人，不过他为自己壮胆鼓劲，这更多是出于激愤，而不是真正的权欲。

我想，这些和莎士比亚其他戏剧的第一幕一样，给我的感觉无非就是呆板和僵硬。

好多年来，黛娜一直保存着1904年版的《亚瑟的悲剧》，除了那次我的鼻子刚被揍扁后她为我朗读过，我从没打开过它，从不会朝她书架上的这本书看一眼，也不会去想到它。可是，自从父亲在她十一岁时给她看了此书，他俩令人恶心地(其实是我觉得恶心)讨论了它，爸爸还考验她，让她证实此书的作者真实性，她还接受了挑战，找出书信、文章、关于词汇和文体的比较等。他俩还为此剧展开了玩笑似的游戏：他们彼此给出解释，说明此剧不属于第一对开本的合集，反复谈及各种理论。“这是一份送给情人的礼物，是私人的、私藏的剧本。”十四岁时，黛娜提出了这个观点。这不算是巧合，她当时刚陷入自己的一次周期性的全神贯注的浪漫痴迷中，其中细节只有我一人了解。“他是为自己的秘密情人创作的，而她并不喜欢该剧，于是他不顾一切地承诺说此剧永不上演。她让莎士比亚发誓将此剧焚毁，他也答应了。他是不会让枢密大臣供奉剧团得到该剧的。剧本就此消失。当人们出版对开本时，甚至没有人想到过还有这本被抛弃的戏剧。”

我们当时正在探监，表现得彬彬有礼，很镇定，爸爸接过这个故事，继续说道：“很好，黛娜，很好。接着，他的遗孀发现了这部手稿，安妮想把《亚瑟》卖给国王供奉剧团，让该剧收入对开本，可是他们不想付她多少钱，而是想靠炫耀威望就能将剧本拿过来，‘毕竟，我们是国王供奉剧团。’能得到他们的关注，她就应该很开心了。”爸爸当时处于他第三次入狱的头一个月，还一直对朋友们的背叛和卑鄙耿耿于怀，他坚信有人出卖了自己，使他倒了霉。

“她想着那些人的傲慢态度，”黛娜接着讲故事，“这时，一个陌生男人带着花来到她家，说他想拜访她，很敬仰她。他倾听着她关于遗嘱的抱怨，抱怨说丈夫从不回家，还把好床留给孩子们，还抱怨那些仰慕他的女孩们，陌生人对此深表同情。最后，她同意把《亚瑟》一剧交给他，收了他几镑钱，也许还搭上了几个吻，此后他就带着那本被人遗忘的剧本手稿离开了。那么，他会怎么处理这稿子呢？”

(我忘了自己有否在那次探监中羞涩、动情地给他看自己发表在学校文学刊物上的那个短篇小说，我希望没有，不过很可能我给他看了。如果是这样，那么他的反应是否够热烈呢？希望如此，不过我怀疑，那个时侯，他和我对彼此都抱有强烈的不满。)

黛娜关于秘密情人与诱骗者拿亲吻和同情来换事实情况的幻想，这些并非全无根据。她当时情窦初开（十、十一、十二年级时都有），我见了尤为难受。她热烈急切，同时又为自己的胆怯而焦虑，在自己心仪的人面前只好掩藏心意和真实的自己。即便和他们在一起，成了朋友，她都不会透露自己的丁点好感。显然，她不敢向任何人透露心迹，除了我。要是她鼓足勇气坦露心情，她就可以不与我分享心事了。可是，我们当时仍是十五、十六、十七岁的年纪，彼此坦率相对（尽管已开始相互有所隐瞒）。对我，她根本无需孤注一掷地说，“我就这样。”我都懂的，不会拒绝她，她也心知肚明。

在中学里，大多数学生都梦想要独树一帜，可实际上却竭力想成为众所周知的某个其他人物或某种典型，只有黛娜在做真实的自己，即便她觉得有些不自在。她不是“局外人”，也不是“以桀骜不驯来彰显自我的伪艺术女生”。我的意思是，她早已是极少数人，甚至是极少数的成年人能成为的那类人。她泰然自若，安之若素，常常能洞察人心和事态（即便他们并不完全了解自身），并对如何生存做出自己的决定。她比我所知道的任何人都更早地理解自己的感情，能旁若无人地生活。她不伪装，也不妄加论断。即便没有她能彰显的其他各种才能，上述一切也足以显现她的独特了。

她从不否认自己是同性恋，当这种倾向表现得相当明显时，她毫无羞愧与后悔地接受了它。在她还没有正式使用这个名称前，她只是希望其他女孩满足自己对爱和亲密的渴望，因为这事在她看来十分自然。那是自然的。只有我是例外，可即便到后来，我也只是觉得，她觉得仅有我是不够的，而且越来越不够了。

她渴望通常意义上的爱情，并爱上某个特定的女孩，她对此太过渴望了，便常常会受到严重伤害。她模仿科学研究的做派，自我规划，推测某个玩曲棍球的女孩或郁郁寡欢的女雕塑家是否也喜欢自己。可真到了实践，她就一直只成为她们的好朋友。但绯闻依然传开了（被渲染和夸张得令我抓狂）。

在那段初期的时间里，她有趣而怪异。她能洞察人心，却无法把握她们渴望什么。对一个喜好读书和戏剧的人而言，这也许很正常。青春期的感情发展都不尽然，有着各种各样的表现；它是莫罗博士所谓的个性人类之岛。我那起伏不定而古怪的自我是完完全全、彻彻底底乏味无趣的，可黛娜至少看上去很不错，也一定会被美好的感情激发，她喜爱艺术，热爱生命，爱自己的家人和朋友，只有当她渴望爱得更多，当她希望对方也能像自己一样，能彼此感受到同样的激荡身心的爱，只有到这时，她才会觉得忧伤，而这也无疑会导致痛苦。

黛娜在学习一种很难的技巧，比一般的男孩女孩所学的复杂得多，比好色登徒子的那些技巧要难得多，因此也必然爱得很艰难。她无法将真相昭然若揭，只能希望通过某种神奇的潜移默化，像理解自己一样来感受他人。可是，在1979年，在明尼阿波利斯的私立学校，我们是读书求学的孩子，必然背负着痛苦的压力，大家并不清楚是否在穿短裙的女孩子中真有被确认的女同性恋，或是否真有女孩愿意接受那些在烟民、朋克、瘾君子、女艺人或曲棍球队员当中尝试的事情，而这些尝试令我和姐姐这样的人很感兴趣。

我目睹着一个接一个的女孩成了姐姐最好的闺密、煲电话的密友、骑自行车环湖的伙伴。她从不对我隐藏心事，什么都告诉我，不想让我置身事外。她也许是想尽力让我觉得自己和她是一伙的。可是，这只能证明了我空洞脆弱的灵魂深处不断回荡的真理，即越试图证明自己的重要性，却恰恰证明了自己并非最重要。(这很好笑，重读到这段话时，我就想起父亲要再次面临牢狱之灾时我心头偶尔会闪现希望的火花。“也许这一次，”我心里有些隐约的兴奋，“也许这一次我能成为黛娜的全部了。”)

就这样，黛娜从一个群体迁徙到另一个，成了一个社会游牧民，始终想努力融入一个小圈子，因为她内心的罗盘一直在指引她寻找女性密友，而她们偏偏都不是同性恋。她们或许精通文学，甚至喜爱诗歌；也许热爱运动，甚至打曲棍球；沉郁，甚至忧伤；超越传统，甚至怪异。可是，她们都不是同性恋，或还不愿意思考这个问题。她们并非黛娜的阳光，不是明亮的天使，也不是她的黎明。当黛娜委屈自己融入或是激励自己站出来时，我都站在一旁观望着，身处一群丑男孩中，希望自己能帮她，看到她渴望从别人而不是我这里获得亲密，我愤恨不已，同时又很同情她，并憎恶那些女孩，她们看不到黛娜的魅力，没有给予她足够的爱。

和黛娜不同，我沉溺在与众人无异的情感中。因困惑而莽撞，与他人的初衷有冲突，举止不同，因截然不同的动机，会将相悖和格格不入的事实告诉他人，会产生争执，做不成朋友，会打架。黛娜是清澈的，而我是混沌的。我的爱情生活比她的“正常”多了，更受到荷尔蒙的刺激，也更少些浪漫，总是在阴郁、卑微、浮夸、贪婪中摇摆不定。在此期间，我还总是梦想成为了黛娜的……她的什么呢？不是她的情人，这与丑陋的乱伦无关，我梦想能与她无比亲密，完全融合，是灵魂的挚友，不受任何隔阂或误解的侵扰。

十七岁的黛娜很漂亮，对普通的男孩很有吸引力。她也很聪慧，在学校杂志上发表了诗歌，也是戏剧社成员，对博学文艺的男生也颇有魅力。由于我们相对较为贫穷，家长又犯了罪，一些势利之人很排斥我们。到了毕业那年，我们每周日参加明尼通加湖划船社，周六晚加入艾尔斯湖家庭聚会，毫无困难地融入其中。黛娜依然很矛盾，她很想加入那些有钱人的行列，可是又无法真正妥协，她不想和埃文·华莱士调情，根本不想取悦那些男孩子，于是，她就拒绝了所有的毕业舞会邀请，坚持说是我找不到舞伴。那两年，我们和一群朋友租了一辆加长豪华轿车（我们竭力支付自己的那一份钱），一群人共同出行，围成圈子跳舞，在路边呕吐，我还看到黛娜正目睹自己最近喜爱的女孩亲吻一个男生。

毕业舞会之后，我们来到了健伍公园，只有我们两人，清晨的公园里只有我们俩，她穿着妈妈根据裁剪图样制作的礼服，我穿着一套租来的燕尾服，那服装在胸口有一团弗拉明戈褶。（几年后，在那段游荡的时间里，我真的加入了匈牙利的一个时尚弗拉明戈社团。我们还用毕业舞会那晚的夸张照片做讽刺宣传。）

我知道，将她的痛苦视为我们关系亲密的主要证据，这是很古怪的想法，可事实如此。一回想起她朝我走来，而我一个人就能开启她的心扉，就有一种无法抑制的甜蜜。

五月里，凌晨的公园很黑，在树丛中，在狭窄的空间里，人会暂时觉得自己身处森林，远离了20世纪都市的灯火。我那晚有些鬼鬼祟祟的兴奋，偷偷和其他男生的女友接了吻，讽刺了一些意志力薄弱的女生，拿我父亲的坏名声耍嘴皮和调情（十八岁时，“我不想谈这事，就是不想”可算是浓烈的爱情诗）。当夜晚高涨的敏感、羞怯和残酷游戏都结束后，我快活地牵着正在抽泣的孪生姐姐的手，然后揽住她的双肩，披着借来的燕尾服，身处狭小的森林，倚靠在树上，抽着烟，在树皮上无聊地划着。

她的忧伤是对我困惑的青春期思想的证实和辩护，即她很痛苦，因为除了我，她找不到一个灵魂伴侣，而当她陷入痛苦时，除了我，她不想和任何其他人呆在一起。我很害怕写下这些，可现在为时已晚：我明白嫉妒的消散是令人愉快的；这是一种释然，与任何身体的感受一样深沉和震撼。那是一种恐惧的消除，是担忧的消失，是身体的激动，因为之前身体因危险而起的紧张过去了。这并非是勇气或信任的最终获得；嫉妒如潮汐，始终有高低起伏，承认它最终还会来，而当它消退时，就是一种愉快。不会有快乐的终局，也不会有永恒的痛苦。有些事仍然会发生，因此落幕的时机常常是随意的，这就是为何莎剧尾声常常是剧本最薄弱环节的原因。(有人要结婚，或者大家都死了；该回家了，继续过自己的生活等。《亚瑟的悲剧》也不例外。)

黛娜剧烈地抽泣着，跪倒在草地上，我伸出双手撑住她。“她不配。”我说。

“那谁又配呢？为什么不是她？”这是她的爱情逻辑。

“你会找到的，你也许会发现有上百个呢，只是……你只是……只是时机未到。”我希望所有这些软弱无力的安慰能鼓舞起当时颤抖、绝望和忧伤的她。我告诉她，“你是那样善良可爱，有趣，聪明美丽，优点太多了。”

“你今晚吻了多少人？”

“这要看我们怎么算。”

“别告诉我艾米你也吻了。”

“艾米没有，根本不是我喜欢的类型。”

“你根本没有什么类型，你就是一个愤怒的杂食动物。就是不能吻艾米。”

“我有自己标准的，只是还没碰到符合要求的女孩。”

这一段我能以93%的准确度回忆起来的对话令我尴尬。如果我曾是自己所说的（或是所希望的、所假装的）这样的花花公子，那这多半是对我父亲所吹嘘的玩弄女人的本事的一种反应。读大一时，一个秋天的周末，黛娜来看我，我问她，“你觉得他真有过那些‘女性朋友’吗？”

“开什么玩笑？”她在布朗大学才生活了六个星期，就把自己改造成了一个表情凶悍的同性恋者。

“其中有我所不知道的事情，是吗？”

“没有，也许他只是对你讲了一些不同的事情。”据她说，父亲认为自己完全过着修道士般的生活，无论是在监狱内外，事发后，他是忠诚的丈夫，是温文尔雅的爱人，他为自己永远离开灵魂的最佳伴侣即那位失去的玛丽而觉得无比满足。

这些都是假的，黛娜告诉我。父亲突然进行自我惩罚，开始意识到自己在为人丈夫方面的彻底失败，便放弃了对正常婚姻和爱情的真挚自然的渴望，让母亲自由，让她和可靠而乏味的西尔生活在一起。打那以后，他实在是太寂寞了。他绷着脸完成了此项壮举，获得无限制探视孩子的权利，本来故事可以以救赎悲喜剧落幕的。可是，父亲继续生活着，还根本没到第五幕，而是在无休止的第三幕。他对我声称自己是个荒淫无度的人，可又对黛娜说他远远地爱着母亲就满足了。事实是，他身处孤独，越发专注地想要赚到或发现（甚至偷窃到）大量的金钱，做了很多事情（有些合法，大多数不合法），他坚信钱能够弥补自己之前的失败。这种欲望让他陷入牢狱之灾，那是在他第四次被定罪后尤为漫长的刑罚，然而他依然没有放弃这欲望。

“我曾犯下一系列很基本的错误，”1985年，大学三年级的春假，我去探望他，他这么对我说，“不过，我想，我现在要干大事业了。”

“很不错，你还好吗，爸爸？”

“慢慢适应，些微疑惑，真诚内省。”

那天他很伤感，甚至对我大学里的各种喜好多愁善感起来，那个时期我以为自己已经超脱各种情感了。“你们还小的时候，西尔带你们玩了很多双胞胎游戏吧？”他问。

“是的，不少。他可是个统计狂人，你知道的。”

“他也教你们怎么玩？晚上还和你们玩抛接球游戏吗？”

“应该是的，是的。”

“你们都谈些什么呢？”

“哪一次？”

“就是你们玩抛接球的时候。”

“我们都玩了十年了，我这周要和他比赛一次。”

“啊，那随便讲一次吧，拜托。”

“我也说不清楚，我想，我们通常谈论棒球，这是西尔和我的共同话题，还有我们都爱妈妈。”

“我也爱的。”这位长相显老的男人穿着橘色的连身衣裤，说道。

“我知道。”

“不过我真的对棒球没感觉。”

“我喜欢你送我的那个球。”关于那只我已经扔掉的伪造罗德·卡鲁签名的棒球，我撒了谎，想着要对这令人伤感的谈话实施内场高飞球规则[①]。

“我能得到这球真幸运。我知道他是你的偶像。”

我在竭力重现二十五年前的这段对话，但恐怕没能完全做到，没能既在回忆录中说真话，又对父亲（和年轻的我）公平些，也没能清楚地解释，为什么这个片段如此值得我回忆：

“我写了部戏，”我说，“正要上演，不是大舞台，是上电视。”

“开玩笑吧？关于什么？”

“关于种族隔离，关于人类为种族主义制度付出的代价，关于大学迫切需要摆脱来自南非的脏钱，关于贪欲。”

“真不错。”他咕哝着，不过我看得出他不是很感兴趣。我发现，他之前对我写了剧本而即刻表现出来的惊讶已经过去了，我的写作并不能带给他兴奋，我对社会戏剧的看法似乎不对。“不过，精彩之处在哪里？我是说，它让你汗毛倒竖了吗？”

他竭力不提莎士比亚。到 1985 年，我对探监早已有足够了解，明白自己得好好表现，否则会一直遗憾不已，直到下次探监才能弥补，于是我彬彬有礼地和他道别，但心怀愠怒。不是那种盲目的恼火，而是一种罕见的愤怒，体内充满肾上腺素所激发的冷冷快意，即那种明白自己是对了的痛楚。我独自开车回到妈妈家，对父亲以自我为中心的多愁善感感到愤怒，觉得他错过了我的童年，而且显然对我的现在也缺乏兴趣。他错过了我大部分的童年，难道现在我还不够神

---

① infield fly rule，内场高飞球规则用于避免防守队伍借漏球或接拾内场飞球而造成双杀。

奇吗？“去他妈的神奇。”我在空荡荡的车里喊叫着。“去他妈的神奇”是仙女圈乐队的歌曲，直到现在我还有一盒卡带，是他们在布朗的春季嘉年华上的演唱。

可是要从反感跨越到漠然，并不像你所希望的那么简单。

再说回哈佛和我身为剧作家的巨大成功。首演当晚，黛娜坐火车赶来。从大一开始，她就不断转换身份，将那个喜欢朋克摇滚乐的女同男性角色抛在身后，变成了鼓吹爱情与和平的嬉皮士，在她的所有角色中，这种复古姿态至少与她很相配。她披着拉丁美洲塞拉普羊毛披肩，头上梳着一半的发髻。看到我对她嬉皮造型的反应，她耸耸肩，说这式样很快就会过去的。

“没想到你会对别人的痛苦有如此激烈的反应。”她说，在剧院后台拥抱我，那是一间黑立方体似的房间，只挂着一张黑色幕布，四把椅子，两把黑色，两把白色，地板印成了棋盘格。“你这么高尚，真要引来一大群女孩子的好感啦。但你能坚持下去吗？对种族隔离的认识会随性高潮消失吗？”

这当然是她的损话，不过她并不是要挫伤我，只是很快就看穿了我的伪装，就像我也能很快就看穿她一样。我真希望自己能忍住不笑出来，但她的声音太惹我发笑，我没忍住，当着她的面，我无法自持。

那晚，她随我一起去了剧社的晚会，我得意洋洋地接受了浮夸的祝酒，我们为自己庆祝，庆祝自己为南非的自由而奋斗。黛娜和我们一起喝酒，朝着我微笑，她的笑解构了所有的胡言乱语，那笑容不是自鸣得意，而是消解自鸣得意的，而我也真的不在乎。“我喜欢那件毛衣。”她对那个扮演曼德拉夫人的姑娘很上心。上中学后，她的同性恋表现指数性地增长。

几小时后，回到我的住处，黛娜四仰八叉地躺在我的大沙发上。“说真的，”我斗胆问道，“你喜欢它吗？”

“那部剧吗？”她叹了口气，闭着眼睛。

“是的，那部剧。”

“不。”

“不用委婉的，直接说吧。”

“它不像是一部戏，倒是很像……像为你的阳物投标报价。拜托，别把你的才华浪费在写些吸引女孩子的东西上。”我喜欢她提到我的“才华”，好像真有这回事似的。这就够了。我以为她睡着了，没想到她又补充道，“你也知道自己并不是真的对南非有屁点的关心，戏里的每句台词差不多都能看出这点来。”

这话我听了没有丝毫不快，倒是父亲稍稍流露的不感兴趣让我觉得挫败。黛娜没说错，而我喜欢她。我把毯子盖在她身上，把她蜷缩着裹在里面，她是我最棒、最睿智、最精准的批评者。

10

作为女孩子，黛娜很喜欢作家，这与父亲很像。她很关注自己喜爱的小说、书籍、戏剧的那些作家。例如，莎士比亚，此人只有很少一部分被世人了解，他就是黛娜的所爱。她为莎士比亚创作了让自己喜爱的作品而对他心怀感激。我看过她写给父亲的几封信，里面描述了自己阅读莎剧的感受。这里有她 1974 年 3 月 29 日写的信，当时她至多十岁大，其中一段是：

“您知道我是怎么想的吗？在《爱的徒劳》里，宫廷上人人都对演坏人的人那么刻薄。这很残忍，您不觉得吗？嗯，猜我发现了什么？《爱》之后他写了《仲夏夜》，戏里又写了坏人，还有宫廷，这个戏又很糟糕，不过这一次每个贵族观众都真的很好。您发现了没？我想我可能是第一个发现的，而且我有种推论。《爱》剧出来后，真的宫廷里可能有人对他说过，“我们都是你的好观众，威廉·莎士比亚先生，不要拿我们开玩笑，对演员好一点。”他还真听取了！别忘了下个月是亚瑟的生日。提示……提示……提示……猜不到吗？没错，还有我！还有莎士比亚，不过这您知道的。先是我，接着是阿蒂和威尔。十岁和四百一十岁，如果要数的话。读了《爱》后，我会送威尔点什么的，我喜欢这部戏。它也是您喜爱的戏吗？它现在是我喜爱的其中一部，他是该得到女王的大赏。我希望她赏赐他钻石或之类的。我要送点很酷的东西给阿蒂。我知道您也会给他准备东西的。车牌怎么样？开玩笑啦！我希望是有趣的东西。西尔维斯要带他去看双城队的比赛，我知道的。妈妈要带我和我挑的三个女孩子去林肯糖果店。您听说过《爱的获得》吗？他们都知道有这部戏，是他写的，只是现在找不到了。我想找到它，想阅读，不告诉任何人，这样就只有我和威尔知道。当然，我会和您分享的。请您要好好的，这样我们就能来看您，好吗？拜托了，答应我吧！（他确实好好的，三年后才再次入狱。）‘爸！我爱您难以言表！您生下我，养育我，爱我。我尽我所能爱您。’黛娜。”

姐姐那少女的笔迹娟秀细腻（她现在都比我写得漂亮），用了粉红色墨水，在横线行笔记本上满满写了四页，每页纸都是从螺旋装订的拍纸簿上撕下来的，父亲在各处的褶缝上用透明胶带纸粘贴好，现在纸张像兑水的苏格兰威士忌一样发黄。不久前，我读着这封信和其他信时，咬着嘴唇，颇费眼神，还用手掌根摩挲，一边自问，这信会不会是父亲伪造的。我想不起来自己给他写过信，尽管我在他那几捆信里发现过两封短短的商业往来函似的信件，对他表示温馨的生日祝福。可是这一封！这是黛娜小姑娘时写的，有着早熟的文学气质，笔调自然而深情，还援引了《李尔王》，很有趣、有见解，还很关心我。

幸亏看了此信，我想起了自己十岁生日时的一些事。黛娜为做一个棒球场模型，用的是硬纸板和假草（那是从复活节花篮里拿来的），她在上面涂漆，尺寸大小正好配那两个小小的双胞胎人偶，那是她用零花钱买的。她一定花了好几天、好多小时来做，这些时间还得是背着我在妈妈和西尔不算宽敞的家里偷偷干的，由于当时这样的时间很难找，她肯定整个四月份都是一边想着我，一边为我做这事。在要去击球的人偶的运动衫的背后，她还印上了 PHILLIPS（菲利普斯）的字样，以及 29 号（那是罗德·卡鲁的号码）。

西尔维斯那时还没和母亲结婚，只是她的男朋友，他矮壮、秃顶，多余却还没肥起来的肌肉让我印象深刻。我生日那天，他真的带我去大都会体育馆看双城队的比赛，双城队打败了密尔沃基酿酒者，虽然那天还没到 28 号，而且卡鲁很失望，我想当时是 1 比 4，或 0 比 4。我现在还保留着票根，而现在的我，自己都比当时那个矮壮秃头的家伙要年长，头发也稀疏起来，让人觉得光秃的草坪上没植好草。母亲送了我一箱平装本的全套《福尔摩斯探案集》，这些书后来随我到处搬家，漂洋过海，三十六年后，它们还绑在一起，当初的那根带子都发黄了。父亲送了我 1974 年托普斯牌棒球卡，全新的，包在塑料防护套里，是有关双城队棒球二垒手（即我本人）的名人纪念堂品质的职业统计资料。我胖乎乎的孩子脸恰到好处地接在一个男人的身上，正在全力击球，脸前面挥动的球棒很模糊，前排的球迷举着牌子，上面写着：冲啊，阿蒂！

这是我一生中最棒的生日，我不敢奢求此生还有能超得过它的。

从憎恨到热爱到冷漠，而后再次往复。心理治疗师和我策划攻击那只上锁的箱子，里面装着“为何我恨了父亲那么多年？”的答案。我们带着全副复杂的拆锁工具，经过了几个月对我心理不断试探的阶段，猛击着密不透风的前部（那里其实根本没有锁，只是巧妙而精细地造成了视觉幻象），经过了一个春季的搜索，最终，我们用抗抑郁药的重锤击打它，用催眠的强酸浸泡它，可它依然坚守着深藏的秘密。

我当然是爱父亲的，但我最终得承认，我也恨他。他在我童年时屡次被逮捕，最初他说是警察的陷害和折磨，是对他的不公正，可是后来几次就表明，他不在乎我们，不在乎我，显然是更愿意入狱，而不是我们的陪伴。同时，我又很爱他，崇拜他的手艺和理念，觉得他就像医生一般让人们更健康，像律师让一切更简明，他让世界变得更精彩。这种坚信，心理医生们和我都一致认为，对我成为小说家具有一定影响。此外，也使我完全缺乏棒球技术。（大概是意识到了这一点，一位书评人在网上如此评价我的小说，“菲利普斯努力击球防守，可球棒却打疼了自己的屁股。”）

我想保护母亲，因为父亲辜负了她，我嫉妒他和黛娜相互的爱，此刻，我很想穿上高贵的服装，宣称（或只是以回忆录的操控方式来暗示）自己很恨他，因为父亲对不起她们，他每次被带走时黛娜是那么的悲伤。我有实例的。

我们十五岁时，他又被判刑入狱了。那一次判得很重，是十年，对此我得说，现在看来那也不像是很严重的罪。可十五岁时，我情愿他受极刑。我觉得厌恶之极，即便是现在，我和他当时的年龄都差不多，我发现自己依然像个十来岁的少年一样，写下这些细节时会觉得非常尴尬。*他是个奇迹的制造者！他拓展了世界的可能性！他是个魔法师，是个巫师！他教我成为和他一样的人！我想成为他！*呃，他因为卑劣地逃了一点税，被判了十年牢狱（服刑七年）。他对宇宙奇迹般的拓展究竟有多微不足道？他创造奇迹的同伙恰克·格拉斯哥拥有了中等规模的连锁杂货店。很多年来，在纳税的事情上，他通过收集报纸上的优惠券，成功地将岁入税减少申报，而这些优惠券其实从来没有在店里使用过。他对这伎俩所带来的税收减除并不满意，就让父亲为他印制假的更高额打折的优惠券，以及为那些根本没有优惠券的商品制作假券，以此来进一步降低商店的收入和纳税义务。事情就是这样，即所谓的奇迹。格拉斯哥拿走一半盈利，可他才出了二成的钱，而黛娜只是说自己对他很愤怒，却不恨爸爸。不过，我把这事看作是背叛，对我们的背叛，他背叛了自己教给我们的理想和哲学。我怒火中烧，这火烧光了我对他的爱，侵蚀了我内心筑起的世界。

当我打完棒球回家，黛娜正躺在床上，眼睛都哭肿了，她双膝顶着胸口，床上还贴着艾洛尔·弗林的海报：*《亚瑟的悲剧》！正在上演！*她把海报像旗帜一般挂在床上方。我语无伦次地喊道："他是个罪犯，就是这么简单！还说什么关于艺术、爱、奇迹的话，他就是个卑劣的人！"黛娜开始为他辩护，可是我高声咆哮着，不愿听任何一句关于他的好话。"你居然还为他难过！"我叫着，"他没来看你的表演，不是吗？"（青少年们的失望是如此类似，因为该死的家长缺席就像是放鸽子，如她的第一次雕塑展，我的棒球赛，她的朗诵会，等等。）最终，她不说话了，正义的愤怒所带来的快感当时是（现在也依然是）一种大脑化学反应所产生的美味鸡尾酒，会带来一种不可侵犯的道德权利，这种感觉直到情绪缓和后才会消失。“他对你干了这样的事，简直就是混蛋。”我自觉高尚地总结道。姐姐哭得更凶了，这表明我是对的，我这是为她好。

第二天是学校秋季棒球短赛季的最后一天，我化愤怒为力量，狠狠地朝道格·康斯坦丁出气，他是我六岁以后多次分分合合的最好的朋友，他父亲是泰德·康斯坦丁，即不断检举我父亲的人。我的愤怒不可理喻，也很自然。直接的原因是抢球时的冲撞，我从二垒向后飞奔，道格从右外场冲过来，两人撞倒在地上，而球落在了我们身后，两分打，比赛结束。后来，我告诉他，说他完全不想防守，太没用了，于是他尖叫起来，是尖叫，骂我是头猪，没半点用处，就想着要别人什么都迁就自己，自己却啥都不干。

这事最特别之处不仅仅是两个好朋友朝对方咆哮，彼此推搡、打架，在更衣室里甩耳光，而其他朋友和队员们围在一边看好戏，二十个男孩子中没有人想到要上前阻止殴打，而在于它展现了青少年断裂的思维方式。两个有前途的年轻人，能解三角法，说法语，背得出各位总统的当选日，会画原子结构，分析海明威和马克·吐温，可是没有一个人能确切解释他为何要和自己最好的朋友开战。两人本该说是因为棒球没打好，但也都没说对。我生气是因为他父亲害我老爸入狱，而我父亲也许还觉得是我告发的；他生气是因为我和艾伦·哈里森达到了（用一句棒球术语）二垒关系。我并不知道他喜欢这姑娘，而我也没什么兴趣与她发展关系，而且，很奇怪的是，当我的双手触摸到她的胸部时，兴趣减少为零，所有的好感就像落在明尼阿波利斯街道上的十月份的雪一样消融了。我们在学校后面的树林里又打了一架，我们在泥地里滚打，胳膊被困住还要扇对方耳光，湿漉漉的头发上尽是树叶和苔藓。

两个好朋友一番打斗，却彼此不清楚为何，这让我不由得对《仲夏夜之梦》心生敬意，可惜没有仙女来为我们收拾残局，弥补我们在幻灭的森林里受到创伤的友谊。白日里那绿色的、朦胧的敌意不断盘旋飘浮，始终没有消散。后来，在新的不切实际的胡思乱想中，我说服自己，让自己相信，我和道格友谊的终结就是父亲造成的。如果父亲不是罪犯，道格那位可敬而无聊的父亲就不会强迫自己去检举他，那我就不会被迫（正如我后来所理解的，彻底忘掉艾伦·哈里森这个人）在友谊和家庭间进行选择。我选择了家庭！我对自己说，就像一个暴躁的凯普莱特[①]！我不会在乎自己的利益！1988年道格和艾伦的婚礼，我没有受邀参加。

11

第二幕一开始就是一个看似“滑稽”的场景，人物们说着莎士比亚时代腔调的话，倒不是五步抑扬格的。他们大多是社会的底层民众，往往诙谐机智，或者至少现在大家都是这么理解的。在《亚瑟的悲剧》中，负责照管亚瑟王猎狗的是仆人，他想起了亚瑟曾是一个很有趣的小孩，便与他的徒弟谈论起亚瑟是否会变成一个好战的国王，

① Capulet，莎士比亚《罗密欧与朱丽叶》中朱丽叶家族的姓。

能否给不列颠带来和平。好像他们提到了一条名叫苏格拉底的狗，正因为如此，可能我父亲小时候就将一条苏格兰狗取名为苏格拉底。说真的，对此我并不肯定。我们必然可以推测其中的相像之处：我父亲童年时有一条狗，长大后又发现了提及相同名字的狗的这一剧本，这有多大的可能性？微乎其……要不就是他撒谎说自己有一条名为苏格拉底的狗。或者，他撒谎说自己找到了威廉·莎士比亚的一个剧本。我这里扯得太远了。

接着，亚瑟带领自己的部队围攻约克，攻打皮克特—撒克逊—苏格兰同盟军，逼迫他们撤回到林肯，他们在那里潜伏着秘密的增援部队。亚瑟以为自己打赢了战争，决定呆在约克，心里谋划着尚未成形的打算，他让格罗斯特装扮成国王，替他带领军队进驻林肯。亚瑟承诺，在战役打响前，自己一定会赶来的。战士们齐声唱着歌，来到林肯，于是另一个沉闷的场景和粗俗的“幽默”开启。我读得厌倦极了，觉得剧本写的倒像是真的。最终在林肯爆发了大战。亚瑟从约克赶来晚了，于是格罗斯特打扮成亚瑟率领军队作战，打了个大胜仗，杀掉了苏格兰王位继承人赫布理德斯。亚瑟及时抵达，抢了所有功劳，查验了俘虏，包括撒克逊的头领莫德雷德和他的兄弟。他自以为宽宏大量，甚至为自己的慷慨而自豪，竭力不像自己的父亲那样，他放走了大部分的俘虏，要他们保证不再作恶，只将莫德雷德的兄弟扣下当人质。亚瑟手下的肯布里亚伯爵是最军国主义的，他对此种仁慈的表现感到厌恶。

亚瑟童年时的朋友康沃尔伯爵康斯坦丁也前来援助，他和亚瑟一起憧憬着统一和平的不列颠，一个与他父亲统治下的黑暗年代完全不同的世界。然而，没等亚瑟抵达这个目标，获释的撒克逊人就破除休战协议，又打了回来。亚瑟对自己的仁慈感到悔恨，赶紧投入另一场战役。莫德雷德的父亲去世，让儿子做皮克特人的国王，而后者竭力想再成为苏格兰国王。莫德雷德也得知，亚瑟对撒克逊人的反攻很是愤怒，为此杀害了自己的兄弟，由此莫德雷德对英格兰国王的憎恨不断加强，他发誓要报仇。

没错，亚瑟的童年好友名叫康斯坦丁。我也注意到了这一点。不过，霍林谢德的《编年史》(这是文艺复兴时期的历史书，莎士比亚在多部戏中用到过它) 也写到过亚瑟和康斯坦丁的故事，也许这段事情是真实可靠的。

读大一时的十月份，黛娜来学校看我，当时爸爸因优惠券造假案被判入狱已经三年。她下了火车就直接来我寝室，室友和我都在。她站在红色帘子前，前面还挂着我们做的那块巨大的俄亥俄驾驶证的硬纸板，我们在纸板上还刻出了一块可以露出脸的空间。比尔用可移动字母当场拼出她的名字和生日，我用拍立得相机拍照，伊凡切边，罗尼压膜。她到达后一小时，我们就拿着自己的新身份证到“香港馆”喝酒去了，喝到第二杯橘汁鸡尾酒时，她承认说，十岁那年，是她向道格·康斯坦丁告的密，说了麦田怪圈的事。八年来，她一直对大家掩盖自己的错误，我对她的谨慎佩服得五体投地，又为她的轻率感到羞愧，同时很愤怒，她让爸爸这些年来一直以为是我告的密。

在剧中，亚瑟的父亲杀害了一个贵族，让康斯坦丁的父亲顶替他。后来，亚瑟亲吻了康斯坦丁的妹妹并与她成婚，为此拒绝了来自法国的求婚。在现实生活中，在遭到亚瑟姐姐的拒绝之前，康斯坦丁给了她法式热吻，而康斯坦丁的父亲又将亚瑟的父亲告发到诺布尔斯镇的警长那里。(如果我父亲为了炮制这个剧本而扭曲了自己的家庭生活，那我会对这种可能性心存不安，觉得我们生活在莎士比亚所虚构的扭曲版本中，而更荒谬的是，这正是莎士比亚研究者的观点之一，即我们都生活在莎翁的创作之下。）

原来黛娜和道格十岁时就接吻了，我得知此事时，长长的吸管从嘴里滑落，掉到了装酒的塑料桶里。“这是我第一次尝试，”她咕哝着，“我告诉他，嗯，我让他猜，我说起了电视里关于UFO的新闻，透露说自己知道是怎么回事，然后我们又吻了一次，接着我就把一切都告诉了他。”就这样，她为了接吻把秘密透露给了他，让自己成了女嫖客，而道格成了小白脸？“不，是他想吻我的。”于是她就泄露了秘密，而后又希望用吻来封住他的嘴，使自己成为无能的性操纵者？“不，这根本不是一次意外。”所以，道格用接吻使她丧失谨慎，获取了秘密，成了他父亲的特工，让她当了可怜的傻瓜？“不，”黛娜专攻女性研究，这件事被她表述为是自己在徒劳地尝试某种“理想的、媒体宣传的、社会支持的、异性恋的，同时又是共享秘密和肉体的亲密”。这是所有解释中最令人悲哀的。

“那你是怎么让爸爸觉得这事是我干的呢？”

“他从来没认为是你。”

不过，她当然不知道。事实上，父亲几年来一直公开谴责我，不断地将自己这么些年遭受的背叛和我关联在一起。这种关联使他每次被捕时，都多少会觉得可能是我“再次”告发了他。黛娜乐观的自以为是，即*他从来没认为是你*，却如此坚不可摧。她不想看到我如此消极地对待此事，不愿意承认她其实本该告诉父亲真相的。

这件事上，她对于现实的排斥，她坚持认为爸爸好像“知道”真相，并一直以我们的意愿来行事，这些迟早会像气泡一样会被戳破。

12

父母缺席就该遭孩子的恨。孩子们一想起这事，就会生气，如果在此过程中伤害了父母，那也是人人需要经历的必要心理疗程。我们这样的遭遇有很多次，而黛娜对此比我表现得要好，情绪恢复得更快。

1979年，父亲的十年牢狱监禁刚满一个月，十五岁的黛娜终于爆发了她青少年期的第一次反叛，她控诉父亲在创造奇迹上的无能，埋怨他抛弃自己，给自己带来痛苦。对那些让父母觉得难缠的孩子，黛娜的发作也许算不了什么，可从她一贯的表现来看，情况就大不相同了。在父母看来，她的个性（同性恋）早已叛逆，她从来不会觉得有必要“表现出来”，她把那些叛逆的情绪都放在了对付那个敌意十足的世界上了。然而当时，她对父亲进行强烈攻击，比我的严重多了，因为她更加勇敢和坦诚，也因为父亲更爱她，还因为她的这番强烈的反应是冲着父亲，仅针对他发作的。

她成了反斯特拉特福派[①]。

她本来自觉地选择相信或竭力相信，至少是假装相信这事，她假装对爸爸的痛苦（即人们认为所谓“威廉·莎士比亚”的作品不可能真是威廉·莎士比亚创作的，他是个没受过多少教育的业余演员，也是艾冯河畔斯特拉特福当地手套制作商的儿子，是个兼职房地产投资商，这样的人不可能写出英国文学中如此伟大的作品，因为这些作品中包

① 即认为莎士比亚的剧本并非那个出生于斯特拉特福的莎士比亚所写的人士。

含了所有心理学、叙述、艺术性、语言上的精粹云云）表现出惊讶。

她从明尼阿波利斯公共图书馆里借来第一本反斯特拉特福派的书，接着就是一叠类似的书，每一本都验证说，克里斯托弗·马洛或弗朗西斯·培根或牛津伯爵才是莎剧的作者，由于各种难以说明的原因，他们假装自己没有写过这些作品。她研究着那些疯狂的密码，研究愤怒的放逐者的理论，研究伊丽莎白时期英格兰的文法学校课程，以此来参照当时孩子们的学习内容，而剧作家又如何在作品中展现这些知识等。她在这方面花费的时间超过了学校学业，并很快放弃了雕塑学习。她给父亲写信，在寄出这些信前，她还修订评注，并对我大声朗读，进行复核。她一封接一封地写信，向这位众叛亲离的罪犯解释，说他终身的偶像是个骗子，是个输家（即暗示和他一样），"我不想表现得很愤怒。"她温和地表述道。他们的通信来来往往地很频繁，黛娜不断从新书中引经据典，飞快地阅读，就为了即刻打败他（他的图书资料很有限）。

"黛娜，在我尚未一一地指出你所有的事实错误以及每个理论背后的牵强片面前，我得告诉你，所有这些观点归根结底就是一个卑劣的想法，即只有富有的、受过大学教育的，或是贵族才能有想象力，才能打动人心。我知道你也不相信这一点，可是你读的这些书的作者，他们相信，我希望你明白，他们居心究竟何在。都是些明显的势利想法，你自己的体验难道也这么认为吗？你自己是怎么看那些有教养的富人们的？你们学校的？明尼通加湖的房子里的那些人？比如说，他们比你更有想象力，更富有同情心吗？他们能说服你相信这样的理论吗？"

"爸爸，你混淆了观点和论据。我确实相信，一个街头醉汉也许能写《哈姆莱特》，只要他有好的工具。但我的论点是：你相信的那个人没有这些工具，他的遗嘱里没有留下任何书籍，这在人类历史上，在最伟大的作家中，是不可思议的。”

爸爸答复道：“很多人没有在遗嘱里留下书籍。培根，即你们相信写了这些剧本的人，他也没有留下书籍。这并不意味着他没有读过书或写过书。这只能表明，他没有特意提到这些书，就像没有为自己的袜子在遗嘱里编目一样。假如我明天就去世了，我也不会说要捐献私人藏书。”

“好吧，说白了，你是个罪犯，这是关键。没有人会说你应该留下什么证据，来验证自己是世上最伟大的作家。可是，你相信的这人，他应该读过奥维德、霍林谢德、乔叟、泰伦斯等人的书，他也许拉丁语说得不够好，死后没留下什么书。别人没指望你一定要给人留下遗嘱，也没指望你干过些什么。”

她这封信的口吻过火了，她竭力想以文学批评来掩盖内心的怨怒，她等着看父亲的文学讨论，将它视为对自己的一种道歉。她保留了所有的信，我没有看到有任何道歉，不过也许得解码。（还值得一提的是，反斯特拉特福的理论从某种程度上说，就是“拓展了世界的可能性”，可是父亲当然不会接受。）

就在这时，西尔与妈妈要和黛娜坐下来谈谈，关于她的成绩下滑，还有相关老师写来的留言。

所有这一切依然让我很崇拜黛娜。她根据父亲的主张与他展开论战，打他的软肋。她善于把握机会。我却很沉闷，得花更长的时间才能培养出一种安全和健康的成人的漠然和超脱情绪，而且我依然没法维持这种情绪。但她已然冲上去战斗了。她会倾力投入，如这项巨大的研究：她在卧室的墙上绘制图表，就像黑手党侦查员，展示不同年份自己的各种疑点（“1599：伦敦到处都能听到德维尔的名字，为何？？？”），她显然明白轻重缓急和主次之分。可我却对不重要的细节过于纠结，如成绩、大学申请等，这就是我在校成绩高于黛娜的原因，尽管她无论哪一方面都要比我更聪明。说我假装谦虚，在回忆录里故作矫情？根本不是。引用英语文学真正最伟大的作家的话：“亲爱的华生，我不赞同那些将谦逊视为优秀品质的人。在逻辑学家看来，一切都应该以其本来面目示人，而低估自己，就像夸大自己的能力一样，都是对真实的偏离。”

黛娜不是傻瓜，她很快就明白，反斯特拉特福派的所有论点都很弱，可是她不想让步。就像所有反斯派，她并非被逻辑所驱动，但她的不同在于，她有一流的头脑和足够的创意，能独辟蹊径地阐发自己的观点。由于既存的理论无法奏效，她就发明自己的理论。她被迫应付学业，就把自己对父亲（以及他那位剧作家朋友）的愠怒转化为学术研究，写了一系列的论文和附加作业，由此爬出了自己几个月之前挖下的壕沟。她对这些论文进行了巧妙修改，将它们作为申请大学的论文，甚至还把这些文章回收利用和提炼，当作布朗大学一年级的学科作业。（那个关于几世纪来银行系统的部分成了她课程“经济学(1)”的独立论文，也被我当成了作业，为此我表示感谢。）

每当老师指出某处学术观点站不住脚或只是一厢情愿的主观论调时（“说真的，菲利普斯小姐，你这观点有何可靠的依据？”或“黛娜，我想你这里有些过于主观了”或“莎士比亚为什么要同意这一点呢？”或“假如你是对的，你能坚持住，靠它在2014年赚大钱吗？”），她就会对此进行修订，尽量抚平那些新的皱纹。

她的整个规划，就是一项奇怪的、混杂着历史研究、文学诠释、戏谑模仿和纯粹虚构的华丽工程。她化愤怒为弹药，而且从不否认自己对莎剧的喜爱，她对着那位被认为创作了这些戏剧的男人，还有那位站在身旁支持他、给予他特殊友谊的罪犯，进行毁灭性的密集轰炸。

她从细致分析 you 和 ye 的用法[①]入手，提出在某些戏里对某一词具有偏好，而在另一些戏里又没有这种倾向，这并不能以时尚、形式或主题来解释。它们似乎取决于个人喜好。"只有一种可信的解释，"她像个滔滔不绝的学者一样，武断地宣称，"这些剧本的作者不止一位。"

不少经典莎剧是合作完成的（如《佩里克利斯》、《亨利六世》、《亨利八世》、《两贵亲》等），对此，黛娜的观点就更绝对了："两个截然不同的人写了这些剧本的全剧，各写各的，而后由一位无名演员独享名分，其中原委我们要进行一番探究。"就我所知，这个观点很独特，现在也依然如此。其他的修正主义者都是把持其中一个推测的观点，可黛娜却认为是动态的二人组合写就了"莎士比亚"。

最终，她的观点自然是无法论证的，不过她坚持认为，这和我们称为"莎士比亚"的那个荒谬的疯子一样，也是无法论证的。这与所有的反斯派一样。她是如此表述的：

1589 年，如有可能，或许再早一些，一位贵族（即爱德华·德维尔，很可能就是第 17 世牛津伯爵），还有一位犹太放债人，他们俩虽然是借债人和债主的关系，却觉得彼此很有共鸣。伯爵和放债人的儿子都是诗人，两人都无法完全投入振兴伊丽莎白的伦敦剧院事业。投身排练和公司业务会降低伯爵的身份（尽管他用真名为朝廷写了一些

① ye 是莎士比亚时代英语单数第二人称的写法之一，类似现代英语里的 you。

文章），而犹太人的儿子，当时大概二十三或二十四岁，却非常渴望从事戏剧，这在当时的情形下当然是不可接受的。

伯爵是剑桥学子（十四岁毕业的），而放债人的儿子则是一个不知疲倦的自学成才者，他把热心善良的父亲的钱财都花在了漂亮的藏书室上，而他最喜欢奥维德[①]的书，这部伊丽莎白时期绅士的必读之书，他可全看过了。

伯爵并不打算将他和犹太放债人的友谊公布于众，可是他很仁慈（或者说很缺钱），当放债人请他阅读儿子写的几首诗时，伯爵屈尊答应了。父亲便满怀感激地给他看了一首诗，也许就是某部戏的第一幕，接着也以自己纡尊降贵的方式，答应放宽一笔快要到期的债务偿还日。伯爵读了诗歌，立刻意识到作者的非凡实力。他叫回父亲，请他把儿子带来。

于是，一段奇怪而有竞争性的友谊就此产生。伯爵和年轻的犹太人阅读对方的文章，在两人巨大的社会阶层差异之间旗鼓相当，彼此心怀崇敬和嫉妒。他们一次次见面，每次父亲都不在场。他们的对话或许对彼此都是学识上的裨益和增补。伯爵可能很精通军事、法律、宫廷礼仪、拉丁文。年轻人则擅长诵读诠释《旧约》、财经知识，如果他曾经在伦敦之外生活过，也对自然界很有欣赏的眼光，剧本里就有鸟类、花卉、乡村集会、苹果等的丰富语汇。两人都夸口声称，如果能为大众舞台写戏的话，自己准能被称赞为当代最伟大的诗人，会比基德、马洛、李利[②]都更优秀。于是，其中一人出了个主意。

---

① 古罗马诗人。
② Thomas Kyd (1558—1594)、Christopher Marlowe (1564—1593)、John Lyly (1554—1606)：均为英国伊丽莎白时期著名剧作家。

接着，黛娜想象出与其他妒意满满的反斯特拉特福派如出一辙的故事：一位年轻的演员，即威尔·莎士比亚，他从沃里克郡的斯特拉特福镇来到伦敦不久，雄心勃勃，可惜才学平庸。有天晚上，他受邀去牛津伯爵的住所接受私人接见，还受到了不情之请。对方要他此生永远扮演一个角色，他要好好表演自己，并会为此赢得显赫的声名。他会拿到一些署了他自己名字的剧本，如果他愿意，他甚至可以将这些作品印刷并出版，无论钱财收入怎样，他都能留下来享用，名声也全部归他。他靠这些绵绵情话赢得的女人或情郎都属于他。（"说真的，菲利普斯小姐，有任何证据能证明这个叫莎士比亚的男人真有如此癖好？"十二年级的老师怒不可遏。他很恼火，黛娜竟如此述说他的偶像，尤其是将其不可知性渲染得比性欲倾向更甚。）这个演戏团体在排练中对剧本的修改很不错；剧本会带回给伯爵进行修订，而伯爵想到本子被贫民们表演，而他像普通工匠一样地费力修改，有可能会颤抖不安。邪恶的莎士比亚赢得了那两人的信任，并从成功中得到财富，不过在初期，犹太人没有被伯爵提及。

这个冒名顶替者恭顺听话，拿走了两部戏，《驯悍记》和《爱德华三世》。不过，在他离开前，他签署了一份文件，签了两次名，是在一张长长的空白纸上。在纸张的顶端，就在未来发展的可能性这块空白部分上面，他听写记录下："我，来自斯特拉特福的威廉·莎士比亚，并未创作《驯悍记》一戏。"他在下面直接写上："我，来自斯特拉特福的威廉·莎士比亚，并未创作《爱德华三世》一戏。"

这位演员带着这份前途渺茫的礼物去闯荡世界了，他走后，那个犹太人从藏身处走出来，和伯爵碰杯共饮，伯爵对这位黑头发、黑眼睛、了不起的人物大加赞赏，他居然写得和伯爵自己几乎一样好。尽管这种友谊、这种爱是不被允许的，但伯爵依然维持着。(在历史上，伯爵也曾有过兽交行为，不过黛娜没有去写这方面。)

黛娜在她大一的心理学论文中如此写道，“在年轻的艺术家和年长的导师之间，嫉妒和相互操控是两者关系的特征。”年轻男子当然羡慕伯爵的权利和社会地位，而伯爵也自然会担心真相被揭露，他以恐吓和高高在上的地位威胁这位年轻人。他们各自在自身的世界里不断创作出新作品，悄悄地写作，而后将近作带给对方看。

那位演员被再次召来，在摇曳的微光下签了两次名：“……并未创作《维罗纳二绅士》……并未创作《约克与兰开斯特家族之争第一部》。”

这里，黛娜本来可以结束文章的，但她继续写，说莎士比亚“本来可以带走剧本的。”但是人心难测，而恋爱中的人们，“正如我们在这个乏味的手套商儿子名下诸多伟大的幻想中所见”，是最难料的，他们屈服于“超越了理智界限”的情感和困惑。

随着这些并不令人意外的成功，一个名字产生了(确实如此)：“莎士比亚”被人们称道，大家愿意为之掏钱，甚至也有嫉妒的对手公然嘲笑他，说他是暴发户。两位真正的作家起初就接受了必要的匿名身份，可是他们之间的矛盾也不可避免。他们相互希望对方承认自己更高一筹。《约克公爵理查的真实悲剧》的作者与《维罗纳二绅士》的作者彼此对抗，每个人都说自己是更优秀的诗人。他们的争论激烈起来，又冷却下去，而后转入更多的戏剧创作，变成了争执，郁郁寡欢的和解，爱的宣誓，十四行诗，借款和代币的拒绝，但也产生了更多的剧作。“在此期间，年轻的莎士比亚先生创作新剧的速度始终比伊丽莎白时期其他剧作家高出一倍，而且风格具有令人目不暇接的多样性，仿佛他能有许多个分身，”黛娜写道，“他被称赞是最擅长喜剧和悲剧的作家，太不可置信了！”

这两位命运多舛的情人一次又一次地在伯爵家的温室里，在新世界和非洲的花卉间碰面。他们怀着嫉妒和骄傲阅读彼此的新作，相互竞争着要赶超对方，从各自的作品中偷取词汇用作下一部的创作，抢先把对方的主题放进下一部戏中，在竞争中相互污言秽语地谩骂，而后倒入对方的怀中，他们禁不住绝望地想象着，如果以真实的身份现身，或者假如以他们虚构的角色示众，假如夜晚戏散场后，他们走到后台去拿走票房中的剧作家收入，向全世界暴露伯爵和犹太人的作家身份，一切会怎样？他们彼此保证，说这事永远不会发生。

这不会碍事的，他们坚持让对方这样相信，这也是相互的善意。他们的竞争对手不是马洛，观众也不是平庸的站票观众或是没脑子的公子哥。他们的对手是泰伦斯、普劳图斯、塞内加，他们的观众是永恒不朽的。就像在几百年后，人们依然在阅读古代大师的作品，他们的伟大和技艺（这些话里都包括了对方，可意在自身）也会被人阅读和表演几百年，一直到未知的将来，到英国王权已到伊丽莎白二十一世或亨利五十四世的手里。没人会表演基德的那些荒诞戏剧。人们会一直崇拜他们两位情人所流传下来的作品。

“到了那遥远的一天，我们俩谁会被人更推崇？”在黛娜所讲的故事的一幕剧中，伯爵如此问道。这个问题就像伊甸园的苹果一样不可回避；他们非得问到这个问题，就像他们非得呼吸一样。可是，如此永恒的崇拜该怎样来测量呢？他们都被视为莎士比亚。这样就使得答案更加难定夺，不过也更为公平，因为没有人会得到一个倏忽膨胀却很快消失的名字。即便如此，这对相爱的竞争者很明白，名声可能会有不相称的夸大，而接着，也会像肥皂泡一样破灭。他俩将得到一样的评判，伯爵和犹太人，尽管他俩完全不相同。他们一定会享有更长久的声誉。

他们躺在这张铺着毛皮的床上（黛娜后来在剧院设计的课程中曾具体描写过这一场景），再往前500年，乔叟还未诞生，英语当时还是一种完全不同的语言。再经过500年（这犹太人看得很远），英语又会变成另一种新的语言，到了2095年，英国宫廷戏迷所说的语言会有不同的词汇，而思想也会有不同的形式。"到了那时候，像我们这样的真正的天才，其光彩一定会盖过那些在今天舞台上炫耀的平庸之辈，会胜过那些仅仅因为靠得近才似乎烈如骄阳的人。"所有的风格和时尚都会变化，会有十几次的改变，只要坚持，真正的天才会发出光芒。最亮的星辰会因其永恒而非新颖被人们喜爱。

这两人又怎能分出高下呢？（黛娜为英语课写了一首诗，是用现代无政府主义的散韵体写的，她引用了诗中的这个场景："情人间枕间密语/遐想飞扬难以入眠。"）总的来说，他们相信后世，可是谁在后世又能明显胜出呢？难道用剧本的销量来衡量？用今后500年看戏的票房来计算？到了2095年，我们这些戏剧还会被国王供奉或女王供奉剧团上演吗？还能在日常对话中使用他们创造出来的词汇吗？犹太人问道，他当时就已创造了"批评者"、"时髦"、"眼球"等词。

我记得，大概十六岁时，黛娜走进我的房间，问我，"你如何衡量并证实什么才是真正不朽的文学？"

"皇家御前演出，"伯爵说，"冷漠的国王或女王，有时也包括那些君臣们，每年圣诞狂欢时，他们当然希望看到最好的戏。从伊丽莎白一世到十五世，每一任君主都会想看戏的。统计出这些要求，最终就能看出历史上某诗人所占的比重，看到这位戏剧大师仅次于造物主的不朽，这不是很简单吗？”

在经济学课上，黛娜详细解释了赌博机制、模拟汇率和不同时期的货币比较。她假设道，如果1595年的两个人各自将200英镑（即等同于1982年的45,000英镑）放在某类保险的、有利率的账户中，到了2014年，到了这个虚构的剧作家的四百五十岁生日时，其价值会怎样？黛娜数学并不好，她估算2014年的价值是900万美元。

然后呢？然后这位伟大作家最直系的后代，某位御前作家，会来拿这笔钱，并揭示（包括莎士比亚那张袒露真言、签署了名字的长单子），这位暴发户作家的大多数作品都是由17世牛津伯爵爱德华·德维尔，和一位身世不详、神秘莫测的名为“本雅明·费夫尔”的双性恋犹太人所作（这位来自明尼阿波利斯、性取向隐秘、无宗教信仰的犹太姑娘如此写道）。

“行啦，菲利普斯女士，你的幻想撞上了确凿的文本现实。《十四行诗》提到了作家名为*威尔*，是一个*演员*。它们显然是自传性质的，明显揭示了*自我*。这就是我们所瞥见的真实世界中的真人莎士比亚！《十四行诗》并非只是文学游戏！你所想象的那对情人又怎么解释呢？”一百五十四首十四行诗，令人信服地具有自传特色，怎么解释？

1983年，黛娜是布朗大学的二年级学生，那年秋天，她执导《十四行诗》上演，轻松地解释了这个疑问。两个男人（由布朗大学的两个棕褐色皮肤的女学生扮演）相互写诗。他们刚有了写作计划，就管对方叫“威尔”，两人都叫此名，因为当时莎士比亚的名声很大，他们就合而为一。“愚笨的读者们”自以为在《十四行诗》所读到的斯特拉特福的演员自传，黛娜解释道，其实是现实的"影像"：是两个情人各自为对方的创作，并非一个诗人写给两个情人的作品。首先，在十四行诗第一至十七首中，两个男人轮流鼓励对方结婚生子，而不是写给什么神秘的年轻人，否则他们的后代怎么能取到赌资？此后的诗歌则揭示了程度各异的屈从、爱恋、情感冲突、分离与和解。其中一位诗人谴责另一位私会情妇。然后，一百二十七至一百五十二首都是牛津伯爵写的，那位所谓的"黑肤女子"（人们猜测莎士比亚似乎有一位折磨人的、暧昧而禁忌的恋人）就是费夫尔本人，他肤色黝黑，完全符合伊丽莎白时期西班牙裔犹太人的特征。那位"黑肤女子"好像背叛了诗人。"向你洁白的灵魂发誓，我就是你的威尔，"一位扮成了双性恋男子的黑人女演员诵读道。

当两人发表《十四行诗》时，他们的替身就理所当然地成了知名人士。《十四行诗》是他们一团灿若彗星的才智尘埃，它成了畅销作品，就像犹太人写的《维纳斯与阿多尼斯》和伯爵的《鲁克丽丝受辱记》一样。那个真人，即演员威廉，他发现自己卷入了某种丑闻中。他的同事们，他们曾经崇拜他，从他的才华中受益，和他一起饮酒作乐，此时从发表的诗作中得知他还有如此风流韵事……竟然与一个摩尔女人？一个犹太女子？意大利人？

这时，演员莎士比亚意识到，其实，从那年春天他初入此行的第一次重要会面，从他在那张自白单子上写下"……并未写《李尔王》……未写《麦克贝斯》"开始，他就出卖了某样东西，他明白，自己不再拥有所有力量了。他享有了名声，也喜欢自己创下的这个名声，可是到了1608年，当牛津伯爵去世时，将被发现的潜在耻辱发生了改变：此刻，假如其中的伎俩被人发现，莎士比亚会比犹太人或死去的伯爵倒霉得多，莎士比亚的生活，他的朋友和财产，他的爱人都是这个谎言的产物，而他自己陷入的这个错综复杂的网，一旦被撕开，他就会从令人晕眩的高度重重地跌下来。

黛娜为大二心理课所写的关于骗子和专业撒谎人的学期论文中，没有提到爸爸，不过她在其中推测，处于莎士比亚境地的人，如果不相信他写了这些让自己得到报偿和声名（“成为记忆中如此的罪人/计数着自己的谎言”），那他的困难，至少偶发性地，会不断增加。而且，如果他处于如此境地，即必须得承认自己从未写过这些作品（当他在纸上签名以换得新手稿时），他或许会觉得，认知的冲突是如此痛苦，他宁愿接受暴力。

如此处境之人（“未写《卡德尼奥》……未写《一切为真》”）会觉得那份文件如此折磨人，会不停地将其视为伪造的文书、胁迫下的谎言，或是佐证他失信的坎坷人生的该死证据。它持续的存在或许扰乱了他的睡眠和生活，损耗了他的全部现实行为和意义。他在房地产上的投资全部来自这个谎言；他申请家族盾徽时的荣誉建立在这个谎言之上。随着岁月的流逝，他生命的诚实成分在不断减少。他不想签署文件，可是不那么做就不会有新剧，而他又需要并觉得自己应该得到它们。

黛娜文章的剩余部分是公然的虚构。其中有一些是她在大学文学写作班上的作品，但大多数被她的医生视为具有“症状性”，这一点连她自己都不得不承认。

虚名发展到一定程度，会自愿从身体上剥离，摆脱大师的身份。自从莎士比亚决定离开戏剧界后，他径直冲入了此后的秘密会晤，一把抓起自白书，将优雅的犹太人推开，把纸张扔进了火堆里。于是，证据消失了，只剩下两人作品的文体差异，而金钱则归属于犹太人家族的利息和账户系统，不过他本人，即本雅明·费夫尔，已经改名换姓为本·菲利普斯。(我那无宗教信仰的姐姐把自己想象为莎士比亚的后裔，并从犹太人身份上找到蹊径。)

此后又过了几百年。两个家族尊贵相当，即菲利普斯和德维尔家族，他们开始了一场怪异而隐秘的战争，战火遍布瑞士银行、学校董事会、批评著述、大学终身教职委员会。无论涉及者有意或无意，他们竭力怀疑对方的剧作，阻止演出，指责对方淫秽或伪造，希望他们被遗忘，*不被需要*。在整个过程中，家族之间还得兼顾英国王室需要怎样的娱乐，因为这问题越来越特殊，而且，他们还得关注一笔存款，它定期从一个账户转移到另一个，正慢慢得以积累。那为何这笔钱从未有托管人窃取呢？因为托管文件 (它们不时地变更，在新的国家适应新的银行制度) 始终被两个家族共有的一个成员管理着，而且，无论战争、萧条、历史、贪欲，这笔不断增长的金钱只有在德维尔家族和菲利普斯家族的头脑联合签字下才能被管理。

贪欲。它所要求的就是，德维尔和菲利普斯家族的那个成员要同时出现，比起那越发令人怀疑的、不被承认的一半莎剧的作品权，他们各自更关注的是其中增长的财富。这些年里，尽管两个家族确实有人想拿声名换现钱，但不管财政情况如何，此事从未发生过。(我在哈佛大学拿奖学金，而黛娜在布朗大学拿奖学金读书，她还打了两份工来交学费，加上父亲当时在经济上的无能为力，我当时承受的打击显而易见。)

可是，家族骄傲在四个世纪里持续稳定地增长，而父亲对长子揭示真相的时刻就更具有正式的意义。一个临终的德维尔人会将实情告诉继承人，而菲利普斯家的孩子通常是在犹太受戒仪式 (我们显然又在某个时段改回去信犹太教了）的前一天夜里被告知秘密。赌注、保密、债券、长期不和的学校董事会等，这些都会向家族的下一任继承者解释。于是，文件被签署，情况得以说明，一系列的王室演出要求被更新。

这一切都被同样的托管制度记录着，其中也必然包括了越发科幻的2014年的日期，即彼时赢的一方要兑现现金。可是，问题由此变得复杂，尤其当御前演出越来越稀少，君主不再有王室演员剧团。如果说1603年至1616年间，莎士比亚的剧团（即国王供奉剧团）为詹姆斯一世表演了一百八十七场，这并不困难，但他们是否该算上1712年的一场《科里奥兰纳斯》，当时安妮王后在看第一幕时就病倒了？退席怎么算？1888年，此后的爱德华七世下令演出《特洛伊罗斯与克瑞西达》，可谢幕时他却不见了，因为他离席去过自己秘密的生活，做开膛手杰克[1]去了。

那么电影呢？伊丽莎白二世去电影院观看了奥利弗和布拉纳的《亨利五世》[2]，可是她的影碟租金又怎么算？按次计费吗？黛娜写信给白金汉宫公关部，可是其回复语焉不详。她所有的研究只归结出最佳推测。到了1985年，距离兑现日只有二十九年了，彼此分数胶着，牛津伯爵的剧作表演了1401次，而我们的祖先本·菲利普斯的则表演了1384次，他也是未被承认的、从未下令表演过的戏剧《亚瑟的悲剧》的作者，为此黛娜能够进行书面验证，就像对其他她所喜爱的莎剧一样。

---

① Jack the Ripper，伦敦系列凶杀案凶手的绰号。
② Olivier 和 Branagh，两者都导演并主演了各自版本的《亨利五世》。

13

到了大学的后半阶段，黛娜不再致力于这些论证了，可她内心一直关注此事。她对父亲的愠怒（他在我们大四时的三月得到假释）也并未完全消除。由于依然在生气，她还会稍偏向反斯特拉特福派，作为对爸爸的“宣战”。而且，假如她倾向于疯狂的叛逆，就至少得坚持自己的理论，即到了2014年她会继承九百万美元。

反讽的是，她所持的学者视角（即“爸爸，莎士比亚并没有创作这些戏剧”）使自己进入了这种虚构故事，这同一个爸爸最终将黛娜叫到一旁，告诉她有关她要继承的遗产的好消息：“这就是我们家族的秘密，你就是那个见证结果的人！”（2014年莎翁四百五十岁诞辰总让我觉得对我们太随意了。五百岁诞辰才更像是一个目标，那是我的孩子们的胜利，而老迈的、满脸皱纹的黛娜姑妈则在角落里流着口水。）

在她所有的研究里，她从未提及《亚瑟的悲剧》。单从文字上说，她还是将此剧归位，排定创作时间，根据主题和语言特征，认为它是费夫尔的作品（与《约翰王》、《理查三世》、《亨利六世》三部曲等同期），可是她从未就此剧做过任何评论。“你不觉得这很奇怪吗？”我去年还这么问她来着。

“不。”

我相信，她当时心里盘算的大计划中也包括这种自欺，而《亚瑟》一剧的真伪与黛娜潜意识里对父亲是否爱她的疑虑是紧密相关的。要是父亲在莎士比亚一事上欺骗她，她是难以接受的。这种关联如此强烈，就像任何反斯特拉特福派的妄想或是伊拉克战前的大规模杀伤性武器一样，证据缺乏并不能证明事实不存在。

我不知道自己当时是怎么看待这一切的。我真的不太在乎，也并不很当真。这些观点无非是我从未参与其中的莎士比亚“那件事”的延续，因此也没法察觉到她马上会惹麻烦。不过，现在我觉得她那时确实在幻想，她甚至有点相信，爸爸最终真的会告诉她好消息的。她用生活和梦幻的材料，用父亲的生命、文学史、八卦的历史研究等来编织着这个故事。当我问她，“可你其实并不相信这个，是吗？”她回答，“可事实就是这样，即便是真的，你还是会不知情。”

她开始叛逆，写信激怒父亲并以此为乐。可是，1986 年 5 月，当父亲到布朗大学参加她的毕业典礼时，她不再依赖他了，不再是那个喜欢崇拜别人、不断失望的小姑娘了，她的幻想生活已经大大透支。

关于我们毕业那段时期她所经历的崩溃状态，我不想进行夸大描述。很多人到了这个阶段都会觉得有压力，会有暂时的迷惘。这不算是最糟糕的。

另一方面，很多人也经受着和黛娜同样的压力，但这压力没给他们带来任何负面影响。黛娜为此颓废了几周，这让我们在后来几年中对她总是小心翼翼的。我想，即便我自己对精神病学稍有肤浅的了解，这也是我此生第一次真正意识到，黛娜和我在本质上是有差异的。

这种认识很怪异，我知道。我们当时二十二岁，性别不同，经历不同，观点不同。我一直很恼她，也嫉妒她，对她很凶，她对我也很凶。可是，这确实是我第一次真正明白我们在根本上是不同的人，因为我不会情绪崩溃。我不会深陷幻觉并脱离现实。我不会因为自己的幻觉在冷酷的现实中消失而倍受打击，溃不成军。我事实上很安于现实，对此，即便我很同情姐姐，真心为她的痛苦而难过，我还是为自己健康的冷静而颇感自豪。我本质更强悍，对此我很开心。（很不幸，这些信念其实是错误的。）

总之，爸爸的父爱本能爆发，他不请自来地参加了布朗大学的毕业典礼，毫不在乎自己破坏了假释的规矩。（由于他随意漠视假释条规，返回明尼苏达时就被逮捕，由此错过了我的大学毕业典礼。）他选择了黛娜，也大大推迟了我养成对他漠然以待的习惯的时间，那种态度可是大有益于身心的。在即将踏入真实生活和成年的那一周，黛娜对父亲到普罗维登斯来很是惊讶，她相信他是来告诉自己什么的。她带父亲去了自己的寝室，把后来自己的所有研究都展示给他，等着爸爸表扬她“攻克了难题”。最终，她面对的是父亲的不解，并立即发现，他没有祝贺，没有任何馈赠，没有给她通往隐秘世界和顶级秘密的钥匙。当然，她明白这一切，她能理解。她当时还有其他压力，我推测，她还经受着其他的精神挫折。这并非世上最惨的精神崩溃，可她就是忍不住哭了起来。她开始说想要“停止这种感觉”。她真正的意思也许并不是如她所说的，可是爸爸亲自带她去了公共医疗卫生服务部门，他们走过布朗大学校园的花园，那里开满春天的毛茛、荨麻和雏菊。

这并非史上最糟糕的危机，即使对狂爱莎士比亚之徒、夸张煽情的女演员、淹死在想象中的准奥菲莉亚、心理偏执的女性们，这也不是有史以来最糟糕的经历。可是，那个夏天她沦陷其中。到了9月，她搬来和我一起住，那时她已基本恢复，只是少了一些过度的狂热。她有时候会说自己接受了“认知消融”。

她对父亲没有给她获取九百万美元的关键方法表示谅解，更现实的是，她还为自己所认为的“他令人信服的父亲角色的表演”原谅了他。我不知道他们有否将此事正式化，或者，是否有一个特定的时间，她明白叛逆结束了。反正这事确实结束了。不像其他的反斯特拉特福派，当最初的心理碎片被钳子拔除后，她就结束了这整件蠢事。她从中脱身，开始将莎士比亚归还给他的作品（也将一个孝顺、聪明的女儿归还给父亲）。她依然热爱那些剧作。她也喜欢很多戏剧作品，如易卜生、契诃夫、斯托帕德、斯特林堡、贝克特、扬内斯库、迪仑马特、扬森等。她依然能援引莎士比亚所有作品里的话，但她不再提及祖先或父辈天才。她被自己的经历煅烧和改变，成了作品而非作家的热爱者。有一次，我看她排戏，一个女演员说，“他一定经历过此事，这些话语如此打动人心。”黛娜只是叹了口气，说，“我不知道。”她真的不再关心是谁写了《约翰王》，她不再为此感激莎士比亚。她只是喜欢这部戏，对戏本身心怀感激。这变化并不小，我后面会再次谈及。

1986年秋，我们一起搬到纽约。经历了四年不愉快的分别，能与她一起生活，能够照顾她，能再次感受那种从他人身上无法找到的情感，能与她作伴，甚至无需语言就能被了解、关爱、理解，这让我十分兴奋。

在曼哈顿，我们租不起二居室的房间。我在一家广告商那里当低级别的广告词编写人，这类工作看似光鲜，薪水却很低。我喜欢自己职业装束中的浅顶软呢帽，可是这会儿看照片，我发现自己看上去更像是犹太教的虔敬派信徒，而非鲍加[①]风格的。黛娜则靠女招待的小

① Bogart，(1899—1957)，美国演员，在影片中扮演刚强、沉默寡言却是热心肠的英雄人物。

费为生，她还在进行药物治疗，在用餐者看来，有时候会突然令人惊恐地狂躁起来："拜托了，真的，今天请好好、好好地过，好吗？拜托了！"她就是这样局促紧张地对顾客说话，或是发号施令。她决心要成为一名成功的舞台女演员，先是在餐厅当招待，偶尔做做模特，而后又当了"脱衣舞娘"。当舞女的第一夜，她回家时带来了从前当女招待时五倍的小费。她对我说，她才不在乎工种呢，不过她威胁说，要是我涉足这种场合，她就辞职不干了。她开始管自己叫"性工作者"，因为她喜欢这称呼中的无产主义色彩，尽管她只是跳舞和脱衣。她始终是做女性研究的布朗大学毕业生，她把俱乐部的老板们称为性实业家，或是性贸易的头领。

每隔一周，我们轮流睡在卧室和客厅的大沙发。当然，如果我们任何一人带他人回家，那么就得让出卧室。在她不上夜班，或准备剧院面试前，我们常一起出去，有时候也和朋友们一起，不过有几次我们俩会在同时产生同样的渴望。"嗯，你知道我今晚真正想做的是什么吗？"她问我的这个时刻，我也会感受到越来越强烈的、相似的渴望。

我喝酒比她多。我这么说并不是因为回忆录所需，只是想对那些欢乐岁月里我们的生活方式有准确的表述，那可是诸多生活方式中最快乐的一种。当时我们离开了父母，回到相互的日常影响中。我们喜欢彼此的想法，确信有好事即将发生，或至少昨日之事和昨日的我们已经一去不返了。我们挣脱了大学的课程节奏，突然进入永恒的当下，从不担心一切会有或该有尽头。

很显然，黛娜也许不那么认为。上述话中，我不经意地乱用了不少"我们"。我对身边最亲的人总是那么迟钝，这顽疾从未真正治愈过（即使在那些日子里，当我试图在深夜创作小说，揣摩虚构人物的情感时)。当我更为仔细地回望那些生活在纽约的岁月，我不得不承认，被我视为天堂的好情绪和无忧无虑，对她也许并非如此，所以她后来的那些人际关系很可能比我或许曾意识到的要更重要。(“或许曾”，写回忆录的人很轻松地就能让自己显得有些无辜，有些可爱，总是不停地为自己的过错找理由，一点一点地减轻负疚感。)

可是我禁不住会这么做：我记得非常清楚而准确，我对那些日子里的情感回忆压倒了所有的质疑。当时我很快乐，而且，我坚持认为她也很快乐。回顾沉思会让往昔很阴郁，就像一个人透过烧焊工人的眼镜回头看。

所以，我说它曾经是美好的。我们常常一起出门，会在酒吧里怂恿对方与这个或那个女人说话。我们对女性构造有着共同的欣赏观点。“呃，她的那一端构造颇具神性，这毋庸置疑，”我记得黛娜对一个自己可能会爱上的女人感到狂喜不已。那时，她捕捉有效目标的眼力几乎精准，比我强多了。

这很不错，因为我能像肥佬被子弹扫射般接受一次次的拒绝。然而，黛娜经受痛苦时就不那么坚强。她还是那个黛娜，充满激情、迷人、可爱，甘愿敞开心扉，易受伤害，她被拒绝时就难受得多。

话虽这么说，她在这些事情上还是比我更像男性。我坐在沙发上，女人从我眼前经过(有一次在幽黑的深夜，洗手间有幸被女人频频光临，还有一次在早晨，当我呻吟着睁开眼睛时，她们拨弄着门锁，一边道歉着)，黛娜对她们就像是一位完美的绅士。在那些日子里，黛娜就是我希望能成为的那种男人：随意自然、诚实无害、善解人意、自由洒脱。我的一夜情常常以痛苦的尴尬结束，而她的则令人心满意足。

当我回想自己是怎样成为作家时，我想起父亲无数次地对我讲过类似的话，“对男人而言，没有什么比创造更高尚的职业了，而用文字来创造世界又是最为高尚的。”很显然，这话就像是心理的种子。它也是一种欺骗性的工作（让读者凭自己的想象构筑幻想，而当他们意识到所体验的全是虚假时，则离得远远的）。

不过，黛娜给我的影响不同。有时，她会与酒吧里的女人谈话，当断定她们不是同性恋（或者“不那么同性恋”）时，就转而介绍给我，对她们说到我。她会把我介绍为“一位作家”。她描述我坐在逃生梯上写作，一遍遍地修改自己的文字，黎明时分，我会跌跌撞撞地走进屋子，筋疲力尽却很高兴，因为在那段漫长的时间里，我写下了打动心灵的几行字，关于“当今女性”的感受，她对迷人的尤物所说的话令人难以忘怀。“他比我所认识的任何男人都更有洞察力。”这显然不是真的，没有一丁点的真实。我几乎什么都没写过，当然更别提什么有价值的东西了，我只是稍稍努力写了篇略带色情的科幻小说。我从没坐在逃生梯上过，窗户也是刷过油漆打不开的。

可是我喜欢她这么描述我，也渴望能这么做。关于我最后一次希望母亲为我感到骄傲的往事，我已经记不得了，也许不是在少年棒球联合会之后。西尔的赞同很重要，不过也只是在关于阳刚之气这一庸常乏味的问题上：“男人可不能演戏。”西尔的语气很温柔，但话却很苛刻。很多年来，我拼命想得到父亲的赞赏，却毫无结果。可是，黛娜的赞扬却是我既渴望又能得到的。她就是那个能永远塑造我的人。

我努力写作，希望有朝一日我的作品能得到她（和爸爸）赞许的微笑。我工作的广告公司因印制“绝对伏特加”[①]广告而名声卓著，那

① Absolute Vodka，瑞典的伏特加品牌。

鲜明的瓶子造型有着各种包装。我发现了这一点，向艺术部门递交了《暴风雨》一幕二景126行的那句“绝对米兰！”，其中的字母“e”被省掉，那个岛屿就像“绝对伏特加”的酒瓶，而那艘小船正好撞在瓶颈处。

我做着广告文字撰稿人的梦，以为自己能说服业务总监，而后攻克这个小客户，在广告上将第六首十四行诗印在瓶身上。在公共汽车候车亭和夜总会男洗手间挂的海报上，会有一位英俊的男人站在“年轻”一词的那一端，透过雨蒙蒙的窗玻璃向外望。他的手指上醒目地没戴结婚戒指，书桌上仅有的一张照片里是他和年迈的父母的合影。他的脸庞有斑驳的雨水阴影，反映了岁月流年第一次让他有了忧伤感。他下面有几行字：

别让冬日粗糙的手污损了
你的夏日美好，在你青春飞逝前：
撷英采蜜装进瓶中……

还写了精子库的名称和电话号码，以及有捐精证明的优质精子的时价。

喝伏特加酒的人和精子捐献者大多不会看这些文字，两条广告很快就不见了。也许正因为这个我才成了一个小说家：其他事情我一接手就遭殃。闲话少说，回到正题，我就是一个自我贬损、炮制神话的回忆录作者。

至于莎士比亚，在他死后七年，神话制造开始了。在他的作品合集第一对开本的题献页上，我的这位同一天生日的老伙计就被他的朋友们、竞争对手和崇拜者们赞美不已：“他属于一切时代！”我们仿佛忘记了，这些人都想从这一充满偶像崇拜的广告语中获利。“阅读他，”合集的编辑们，他的业务老搭档们催促着，像疯子一般大肆宣扬，“再读，反复读，如果你依然不喜欢他，那你肯定陷入了无法理解他的危机中。”要将一位作家塑造成一个神，第一阶段就是智力上的恃强威胁：如果你不喜欢他，那就是你的错。

14

父亲违反假释规定去参加黛娜的毕业典礼，这让他又多坐了半年监禁。有时候我会想，不知道他是否明白会有这样的后果，是否觉得女儿的大学毕业典礼值得他做出这样的牺牲。这么想很不错，不过这也意味着，父亲为此重回监狱，那意味着他选择了缺席我的毕业典礼。

总之，1986 年 12 月，他结束追加监禁出狱，但孜孜不倦的泰德·康斯坦丁很快又让他被捕了。起初，父亲拿原先同牢房的人的秘密赢得假释，接着，那个受到伤害的人就向康斯坦丁提供了父亲以前没被人注意到的违法细节，这样消息就到了检察官那里。县检察官利用追加的半年时间，将新的犯罪行为立案，准备一旦父亲被释放就开审。

他被传讯时，我坐飞机回到明尼苏达。黛娜在外百老汇的儿童剧院上演的《绿野仙踪》中获得了东方女巫的角色，不想失去候补演员的机会。母亲自打最后一次相信父亲是无辜的之后，几十年来都没再关注父亲的法律案件。父亲曾屡次提起他的一个弟弟，可这个老弟状态不稳定，他一会儿生病，一会儿又出国、酗酒，再生病、变得残忍，又出国、传出死讯，接着又生病，因此没有任何联系。于是，就只有我一个人，只有我作为成年人在父亲的法律问题上给他提供建议。

父亲破产了，因此被派了位公设辩护律师，此人像是八岁的小姑娘，父亲看她困惑的样子似乎很开心。我参与了他们紧张而高度职业化的计划会议。

“嗯，好吧，那下面来谈谈辩护阶段？要是他们说，‘那么，这位先生，你有什么要为自己说的？’我知道，我的意思是，当然了，我知道你了解这些，我只是想对好口径。听着，我还没让你发言。我们先整理一下他们会怎样反对你，他们会怎么说。之后，我们再来看该怎么回答才最好，好吗？什么，编造？”

“我还没见过这么年轻就如此老成的。”父亲说道。

“爸爸。”

“你父亲能好好谈谈吗？”她问我，于是我们都转向他，“菲利普斯先生，你能好好谈谈吗？我知道确实压力太大，可是，拜托，菲利普斯先生，这会儿我们得认真点，因为他们真的把我的客户名单排满了。抓紧好好处理才是最重要的。”

我之前从未见他这个样子过，不过我以前也没在他的司法案件中参与到这个程度。总之，他一点都不好玩。他差不多六十岁了，情绪愤怒、低落，反正是各种能预料的反应。他没心思为自己辩护，他已经没有了原先的幽默感，即那种超脱于一切、年轻足以抵挡一切的精神。

好吧，就算是我这个传记作者的自我谴责：要是我当时……就好了。

告诉他我爱他吗？告诉他我原谅了他？请他来和我与黛娜一起生活？告诉他我认为他是伟大的艺术家？请他慢慢地向我和律师好好回

顾一下证据，看看控方在此案中多有道理？我只做了最后一项。

他没有回答她的问题，只是嘲笑她，还以为她不会注意到。可她发觉了。

“斯塔克女士，我能单独和我父亲谈一会儿吗？”我觉得该让他清醒点了，这感觉就像是来自电影场景。

其实，我根本不再了解他。他的生活没法让我理解和同情，就算我常常去看他，很爱他，关心他的生活，都不行，况且这些事我也做不到。我发现他很尴尬，某种混杂着些许歉疚的责任感仿佛从他身上释放出来，试图缠绕起我的脚踝和脖颈。即便是这样，如果他真的对我的到场表示出兴趣，如果他没有拒绝我想帮他的努力，我也许会……可是他强忍住了，没有给我回忆录里所谓的诉苦。我们说着截然不同的话语，就算他真说过什么，我也感觉不到他在请我帮助，请我关注，或求我关爱。不过，下面的记录表明我确实努力过了。

“你不能只是对她援引莎士比亚，她甚至不会明白你的意思，只会以为你是个怪人。”

“我以前的律师都能用引语回答我，我连伯特都请不起了。”

“听着，爸爸，我们干嘛不——”

“别提了，是这些狼心狗肺的家伙害我这样的吧？这样子，这倒霉事吧？行，五年了，有完没完，就是你那好伙伴的老爸，行，那我就——”

“不是我的伙伴，是黛娜！黛娜告的密！你干嘛对这喋喋不休，好像你认为——”

“我不想浪费时间与这些人争执。见鬼，我要供认的事情他们根本就不懂。”

“什么？你这话什么意思？你到底想……难道你宁愿蹲牢房也不想浪费时间为自己辩护？”

“我不在乎，反正我比他活得长。”

“比泰德·康斯坦丁活得长？这有意义吗？”

他没回答，只是看着我，接着居然闲聊起来，“你现在生活怎么样？”

“你疯了吗？说正题呢，爸爸。反正，你可别这么问黛娜。”我努力说着，心里盘算着怎样利用他的双重愧疚来操控局面，即暗示他伤害了黛娜，还巧妙地示意他我心里明白他从来就偏袒姐姐。

他很痛苦。难道只是那天吗？只是在那段日子吗？这让我确信，身为儿子，有些疏忽我并不自知。我毫无恶作剧的快感。他也没有赞美创造者，诅咒那些灰色人物[①]毁掉了生活中的奇迹。他破产了，没有朋友，受到屈辱，感觉挫败，因为法院侦查的改进而无法洗脱自己怪异的犯罪行为。监狱和检察官让他丧失了迷人和好胜的骄傲。要是在别的什么轻信的时代，他会向国王展示来自新世界的动物标本剥制技术所带来的奇迹，给陛下看狮头鱼身的动物，会因此让人喜爱。在我们的世界，在这起案件中，他伪造了纽约彩票刮刮乐，即被恰克·格拉斯哥卖给纽约酒店老板的那些，为此他们可以比真的票据要少付给州政府一些钱。不知情的彩票购买者刮掉了我爸爸弄的金属漆，没赢钱，这与买真彩票没什么两样，他们不会知道自己为了找乐子把钱付给了某个人，而不是纽约州。“没侵害他人。”父亲再次强调，他对自己的所有犯罪都是这么解释的，可这一次他说得并不准确。因

① gray men，是美国的学生用语，指出生于中产阶级，以后一般在政府部门担任公职的学生。

为他为了自己而偷换了州里的受害者，他们不知道自己的受害被转移了，如果你查一下纽约损失的那些名义上要用在学校方面的税收，所谓无辜的奇迹制造似乎比以往更偏离他固有的理想。“爸爸，你得洗手不干，别再蹲监狱了。所以，拜托——”

他诅咒着泰德·康斯坦丁、老西尔，还有我。“你写那些广告词到底要干嘛？”

“为了你，我有一次用了《暴风雨》，你看到了没？我寄给过你的。”

“你利用他来卖酒。”

“别，拜托，别对我说这些——”

“就好比你是在兜售，在参与这种令人恶心的方式，好比你是个叫卖的小贩，骗那帮傻子，就为了那笔薪水，你靠让傻瓜们相信某个伏特加牌子就能泡到妞来赚钱，不是吗？非洲丛林的俾格米人会知道所有的伏特加其实都一样吗？你干嘛不创造点什么？我承认！我有罪！我不是个好父亲，可是我没教过你这些吧，有吗？你可以帮西尔移空调机，不是吗？”

“伪造彩券就对了？难道你——”

“回你的纽约去，回去。”

我没料到他会这么说。他以前从来没有这样咄咄逼人的。而且，我也二十三岁了，为自己辩解，这也是回忆录作者的最终评判权，好减轻我接下来行为的后果：我拔腿就走了。

我走了，或许这会使他（经过几分钟的思考后）陷入一种强烈自责的情绪，会很想惩罚自己。我也许知道他会产生这样的感觉。我不能说自己知道他接下来会怎么做，手里会事先拿好什么工具来自残；这种坚信超越了记忆的合理怀疑。

我离开房间，走进大厅，告诉明迪·斯塔克，说我父亲现在思路清楚了，可以与她谈话了。接着，我就飞回纽约，去后台接黛娜，她连条纹袜子都没换。此后，我和她喝得酩酊大醉。

父亲坚持要进行无罪申诉，除此他不愿意对此多说一句话。辩护律师并不太了解父亲的犯罪记录，纯属玩忽职守，没有提醒他，甚至不知道，强制性判决刚刚引进明尼苏达，除非爸爸服罪并达成协议，否则对他这样的惯犯会非常不利。父亲不会接受的，他也不会找麻烦不服罪，一切听天由命。根据严苛的法典，法官毫无退路。当时是1987年。父亲最后一次出狱是2009年。

可当时还有几天才判刑。现在，我可以和最亲密的朋友一起喝酒了，我们可以谈论并忘却整件事。

我不太想多说究竟发生了什么。我想永远摆脱他，就做一个无忧无虑的年轻人，有钱、醉醺醺的、很兴奋。我也怀疑自己干了错事，而且像个孩子似的不想谈此事，因为一谈事情就变成真的了。

然而，黛娜却很想谈这事，因为她对自己把《绿野仙踪》的事放在父亲事情的前面感到内疚，对信任我去给他出点子感到担忧。“他真说了？说他的目标就是比康斯坦丁活得长？他的原话是什么？”

我记不起来了，也不想努力。我只是拼命喝酒寻欢，而黛娜是个温柔、善挑逗的烦人家伙，不停地从我这里挖掘细节。“听着，他想呆在监狱里。我想他在里面会更舒服，他不能再惹麻烦了，而且他根本不知道在狱外怎么生活了。你也知道的，”我故意补充道，我曾看过一部电影或某个电视节目，“人在里面养成了自卑情结，他们这么做是故意的，他们给犯人反复灌输一种想法，即你在外面什么都干不成。”

对我的专家之见，她点头赞同，于是我们就喝酒。准确地说，是我喝酒，并劝她也喝。“听着，他和我们玩完了，”我告诉她，有意混淆主语和宾语，“他不和我们搅在一起了，很抱歉，事实就是这样。”

我们当时在酒吧，我很紧张，担心黛娜会怎么看我。“酒钱我付，你知道的。”我又说。

“谢了。”

“好吧，不是，我想他的原话是，‘我会比他活得长，’于是我说‘康斯坦丁吗？’接下来他就没再说别的，开始出言伤人，我很受伤。”

“哦。”她点头，朝屋子周围看，“那是为她考虑。”

“哦老天，谁跟谁啊？”

“我也说不好。”她呷了口酒，头转向我。“你觉得他的意思有可能是他会活得比西尔长？为了妈妈？”

为了不被音乐声盖过，我们说话得高声叫喊。“我可从没有过这样的念头。这么想很感人，可是，呃——”她当然说对了。事情立即明晰起来，我一下子感觉很差，因为我听岔了话，我担心自己因为疏忽而干了错事，同时我也惊讶自己居然如此小看父亲的内心情感。“我不知道。”我说。

黛娜喝得不太多，于是我开始强迫她继续喝下去。总之，我是个卑下的醉鬼，对父亲充满愤怒，还怀疑姐姐早已看出了我的罪孽，而我自己却对干了错事麻木不仁。她忍受着我愚蠢的玩笑话，我的粗鲁，没有对我挑明。

后来，我看到她正在看那个女孩，她和一群女人坐在一张红色的倒弧角沙发上，正用肩膀推挤着想脱身出来，我觉得，她是个醒目的亚洲美人，黑色长直发，白T恤。我再渲染细节的话，就是在嘲弄自己诚实写作的努力了。不过，我看到黛娜在打量她，便稳住自己的情绪，继续喝酒，“真的，只爱男孩，再明显不过了。她渴望的是阳光男生。”

“我不觉得，”黛娜微笑着，就像一个数学神童第一次向大人发起挑战一般，这我本该知道的。她继续揪着话题不放，“当然，你是个很英俊的小伙子。”我本该就此打住她，或是推她一下，可当时是晚上，我像个白痴似的朝双胞胎姐姐鞠躬，还说，“哦，谢谢，亲爱的。”

“你真的觉得我没机会了？”她叹着气。

我也忘了是谁开始打赌的，不可能是我的主意，但是我觉得更像是她的，很有可能是她把这个念头灌输进我醉醺醺的脑子里，并等着我将此建议说出来。

魔术幻灯转了起来，那深褐色的幻灯片在房间里旋转，转过墙面，晕染着相框、书架和门把手。黛娜静静地坐在酒吧的高脚凳上，我坐在那个亚洲女孩旁边，根本没正眼瞧她，仿佛那时我心不在焉，心里什么人都没有似的；姐姐和那个脸庞模糊的亚洲女孩带着某种莫名其妙的优越感俯视着我，她们的脸并排在一起，几乎黑洞洞的，除了她们身后的灯光所映照出的那笑脸猫似的逗乐表情；霓虹灯照着一个字，是垂直排列的，TATTOOS（“纹身”），这个字在黑漆漆的背景前闪亮着；黛娜和一位长着骇人皱纹、双手不停颤抖的女人一起翻着那本设计书，而我则在摇曳闪烁的灯光下眼皮直颤；那个皱纹女人把我叫醒，拉住我的手腕，带我坐到一张牙医诊所的椅子上，那椅子的角度很怪异。

醒过来时，我感到剧烈的疼痛。宿醉本来就不好受，可我本来是可以睡过去的。我被胯间升起的火辣感觉激起，我这样说一点没有委婉之意。疼痛很厉害，它的根源是隐秘的，就像阳光隐藏在薄雾之后。我当然是高声叫了出来。我听到卧室里有笑声，黛娜在喊，“闭嘴，我们正睡着呢。”我蹒跚着，呻吟着，走进洗手间，呕吐起来，接着竭力想拆除炸药的雷管，那其实就是我裤子的纽扣遮盖。

显然，我们在依照赌注行事，我曾说，“使出你最恶劣的手段”或类似的话。那个亚洲女孩越是在她的红沙发上朝我看，我就越是幸灾乐祸。(她其实是在看黛娜；我当时已经无法聚焦了。有几次她看了我，那也只是在判断我和她所注意到的美丽女子的关系，我们一进酒吧，她就留心黛娜了。)“这事你肯定自己有把握？”我奚落着黛娜，“她的心思可完全在我这里，你肯定自己不会临阵退缩，或是嚷嚷着不公平吗？我可不会对小女生有同情，或是对曾经的精神病人心软。”

“我会尽量勇敢。还有，我需要有点女同的标记。”

“这不会对你的试演不利吗？”我问。

“不会的。”

次日清晨，我在洗手间里发现，我牛仔裤的口袋里有两张叠得很整齐的鸡尾酒餐巾纸。第一张上画着一个女性身躯，T恤掀起很高，牛仔裤腰线拉得很低，肚脐眼下面那片地方写着华丽的字体**禁止入内**，旁边还附着一个箭头指着黛娜的腹股沟。

这一点都不好玩，等我后来发现(我猜)在酒吧里这么干确实很诙谐时，我也没觉着好玩。我确实没觉得它有什么意思。它并不有趣，不亲切，也不深刻，只是一个糟糕的笑话，因为当时我喝醉了，又对父亲充满愤怒，我认为他欠了我，背叛了我，于是我想把它永远刻在姐姐的皮肤上。别人亏欠我，而姐姐就该在亚洲女孩以肉体偿还我之后，也用肉体来偿还。

如果在检查刀痕时没在口袋里发现这两张餐巾纸，我也许会惘然不知所措，因为那新鲜的纹身让我有感觉，尤其是在可变的皮肤表面，它看上去还不清晰。

“好吧，要是我不可思议地赢了……”黛娜沉思着。

“除非是做梦，你尽管使出最恶劣的手段吧。”

“我想，送一件礼物给我生命中最重要的三个男人会很不错。”

《亚瑟的悲剧》第一幕第四场很残忍，描述英国贵族邪恶地虐待一位来自皮克特宫廷的纯朴的信使。霍林谢德的《编年史》是剧本故事的来源，其中只提到一位大使遭到虐待。在剧中，那个传信的小伙子有意被要求说话带有挑衅性，那是为了煽动一场反对莫德雷德统治的战争，他辱骂亚瑟王子，要求英国顺从北方国王。护国公格罗斯特没能阻止愤怒的英国贵族。他们扣下信使，直接在这位倒霉的小伙子的前额上用匕首刻下了对皮克特族的答复：ARTHUR REX，即“亚瑟为王”。

年长的纹身艺术家使用的是漂亮的黑体字哥特式书法，可是也许皮肤表面很薄，又有弹性，且容易起皱，刻字工作很艰难，即便我当时静止不动，我怀疑我也确实如此。不过，我最终不疼了，效果变得清晰起来(除了在某些状态下)。于是，上面留下了某种风格化的中世纪王权象征(我承认是个小君主)，刻着庄严的主权宣示Arthur Rex，尽管这玩笑般的钟形权杖只有眼力高超的人才能识别。

黛娜的设计当然更优雅，它也确实是对她的三个重要男人的致敬。不过，在第一周，它有效而激烈地表达了她对我的愤怒，因为除了接受确实的惩罚，我想不出自己还能有其他什么立场。

当冰冷潮湿的布盖在我的膝盖上，前天夜里的一幕幕开始变得清晰起来。“我对爸爸说，我要过自己的生活，随便他爱干什么傻事，怎样想把自己的黄金岁月都奉献给愚钝固执，这对于我，还有你，都无所谓了。”

“对于我？”黛娜重复道，“你说这对我无所谓了？那他什么反应？”

“不，其实，我话虽如此，但并没想真这么做的。不，事实上，我是想让他感到歉疚，因为他抛下了你，或是抛下了一些东西。”

“嗯，那是什么呢？是什么东西？”

“黛娜，你不在现场，说了没用的，他太气人了，我都说不出来。他咄咄逼人，颐指气使，而且满不在乎。说真的，我不知道自己还能说点或做点别的什么。”

“你有没有觉得他很想让你说服他？”

“……”

“亚瑟？”

“你看到她没？正朝这儿看呢？”

“亚瑟，你有没有觉得，他很想让你说服他？”

“没有，”我撒谎了，或者觉得自己在撒谎，如果两者有差别的话，“我没有感觉到他会在乎我的所言所行。他只是想——你不在现场。”我重复道，多了点埋怨的口吻。

“哦，所以你觉得，如果我在场，你会觉得我就能够说服他为自己辩护？”

“是啊，哦，不是，我也不知道，我们再喝一杯，拜托了。”

我相信，那个打赌，就是之后不久发生的。

15

《绿野仙踪》演到档期最后，黛娜飞去明尼苏达看爸爸，并和妈妈与西尔住在一起。一天后，她打来电话，说西尔几周前被诊断患前列腺癌。要不是期间黛娜出现了，他本来根本不想告诉我们的，他不想让我们为这种无聊的事情烦心。"我觉得他都不想告诉妈妈的，假如他能想出怎么保守秘密的话。"

我当时在纽约，觉得很孤单，慢慢地开始意识到，在我和父亲因为争面子的怄气中我所扮演的（失败的）角色，意识到自己对他所经历的事该负怎样的责任。古怪的是，我对西尔的关心更纯粹，毫无杂念、疑虑，或任何自私。这种对西尔毫无芥蒂的反应，与我对父亲的反应形成鲜明差异，就像前列腺扫描中的碘酒印迹一样对比明显。这种感受，就像是我与生俱来的脾气，从逃离愤怒转为后悔不已，再变成想做出补偿。我立即行动，要跨越以往复杂的事实，奔向下一个明亮清晰的目的地：父亲被判刑完全是我的责任。假如我没那么混账的话，要是我没那么纠结于渴望听到他说些什么，而是说些他想听我说的话，诸如此类的，那该多好。他最初关于受害者的重罪，他的固执和李尔王式的行为：我深陷自我谴责，忘掉了所有这些事，这种自责，就像我最初的行为（也是他的）一样，是自我中心的，别人再怎么帮都没用。

我飞回了明尼苏达，去看两边的父母，我去了阿博特西北医院看望西尔，去父亲在法里博的新监狱看望他，还努力为妈妈做饭，黛娜和母亲睡一起，我睡在沙发上。

我的到来惹恼了西尔。“你就为这个来吗？老天。过生日你可以来，这种事就别来了。我有电视看，可是找不到游戏玩。这一年就这么过了。老天，一直到10月份我都得治疗癌症。”

我帮他在袖珍电视上调出双城队的比赛，我们只谈棒球。我想为自己做解释：“西尔，你也知道，我住在……住在纽约，离这里很远，而且，这事之前——”

“你要是想告诉我说你成了扬基队的粉丝，你最好赶紧走，现在就走。”

“不，老天，不，不是这样。老天呐，这笑话一点不好玩。不，我只是想道歉，想说谢谢你，我想说，对不起，如果我曾经——”

“别，别，别说了，阿蒂，别说了，我听不到比赛声音了。”

我想让一切恢复正常，想让大家都知道我做错了，想得到原谅，倒不是为了具体的什么，而是为了自己好受些，我的这种强烈愿望不会被挫败的。我仔细观察西尔那张没有刮过胡子的脸，那半透明的灰色胡须就像鱼骨头。西尔要死了，而我的未来，我要过正常生活的愿望，都得指望我把想说的都说出来，不要让别人没接受到我的感情就走了。

可是西尔不肯接受，他巧妙地阻挡了我的进攻。我坚持不懈地渴望摆脱愧疚，可他对此毫无兴趣。我继续努力想攻克西尔，可是没有一个话题（除了双城队的比赛）能让我可以情感爆发，做一番自我反省。

我对他说我爱他，他笑了一会儿，点点头。他后来又活了二十二年。

“爸爸，”我探监时鼓起勇气说，“我一直很难过，而且……我觉得你关在这里都是因为我，我很抱歉。”试想，要是我真这么说了，那该多好。我自己现在都做了一段时间的糟糕父亲，我想那时我是这样说的："告诉我，你很重视我，告诉我你很抱歉错过了我的青春时光，告诉我我们本来可以不这样的。"父亲毫无疑问想要和善些，想打消我的愧疚，他对我说了实话，"可这样很荒诞，我让自己坐了监狱，你本来也做不了什么，再说什么都没法阻止这些的。你太好笑了。"他还说，"我就该呆在这里，这里有大工程要干，我很忙碌的，有时候我想，别处也找不到这样的快乐。"

"妈妈，"我又尝试着说，"我想搬回明尼阿波利斯。"

"工作碰到麻烦了？"

"当然没有，我只是这么想，西尔病了，也许你愿意——"

"你就在这里晃荡，让我觉得自己很老了？谢谢好意，你可以开车给我送饭，或是给我换人工肛门袋。首先，我这会儿得去换一个了，可就是因为你来看我，我都熬不住了。我上午就叫医生来。听着，黛娜怎样了？她精神状态还好吧？她故作勇敢地安慰我，我没法看出她的情况。你觉得她住在纽约还不错吗？你得帮她，得确保她别让自己又太紧张了。"

于是，我和黛娜一起飞回了纽约。我的情感又有了一次波动，觉得他们根本不在乎我，这样也好，我就是这么个人。我试图就所有这些经历写一些短篇小说，把人物的名字改掉，其他的基本保留，可这些小说总是很糟糕。反正，我用匿名将它们投到了文学杂志，收到了一大堆的退稿信。

第三幕：为了稳固不列颠的和平，亚瑟王必须成婚。他拒绝了法国方面可贵的联姻请求，而是为了爱情结婚，娶了他朋友康斯坦丁的妹妹格温妮拉，亚瑟还是小孩子时，她就爱上他了。(我想，她的名字该读作格温-妮-拉）。驯狗员又来了，讲起了婚事（还有格温妮拉怀孕一事），以及亚瑟与遍布不列颠的非婚生子之间的关系。王后流产了，亚瑟（他深爱妻子，一如他曾为牧羊女疯狂一般）遣散了他的军队，以建立王国的和平与艺术，因为他对自己童年的和平生活充满了思念。他的大部分时间都花在对妻子的宠爱上，疏于管理军事。肯布里亚伯爵对亚瑟阴柔、堕落的宫廷表示反感，考虑要暗杀亚瑟。

第三幕最让我心烦。亚瑟结婚后，他诸多被遗弃的情人中，有一个与一位善良的牧民西尔维斯相爱，她愿意嫁给这个亚瑟的替代品。这情节连最仁厚的统计员都受不了。

16

黛娜在新泽西上演的《哈姆莱特》中扮演奥菲莉亚。有天晚上，她排演结束后，我去那里接她。我到得早了，就坐在幽黑的剧院里，听其他演员在舞台上讨论如何表演一场棘手的戏。

莎士比亚的戏剧和大多数现代剧本不同，很少有舞台说明，从来没有那些指示我们如何阅读或表演的副词。没有"（气愤地）"或"他打断她最后一个词，优雅地挥剑"。相反，每个读者和演员都有机会自己来解谜，来凝视那摇晃不定的镜面，并作出回答。我相信，这也是莎士比亚继续被喜爱的原因之一，他让每位导演都得到一定的信任，可以将自己的见解加入戏剧。这也让演员和导演们有责任对戏剧的缺陷做出解释。例如：

一位年长的扮演格特鲁德的女演员在对台词时提出一个观点："'……她用矢车菊、荨麻、雏菊，以及长长的紫花做成了奇异的花环，自由的牧羊人为此起了个粗俗的名字，可是我们冷漠的侍女'，停，等一下，为什么她要这么做？我告诉你，你的妹妹自杀了，这是很伤感的，可是我却要停下来，指着那种形状像阳物的花吗？"

舞台上传来了夸张的窃笑声。那个扮演雷欧提斯的金发男孩说："她太紧张了，要知道，报告坏消息的人会语无伦次，脑子里先有什么就脱口而出。你可以照这么演的。"

"不错，"导演表示同意，"还有其他意见吗？"

"胡说，"那位扮演克劳迪斯的大胡子苏格兰巨人说，"完全是胡说八道，她才没有语无伦次，根本没有，她这是不由自主，她是个脏货，这个格特鲁德，她知道克劳迪斯正看着自己，在背后嘲笑雷欧提斯，所以，即便是让年轻的雷欧提斯觉得心碎，格特也要朝自己的男人使眼色，开这个猥琐玩笑，因为你我都是罪一魁一祸一首。"说着，他捏住舞台上王后的臀部，而她则开玩笑地用卷起的台词本打了他一下。

我姐姐笑了起来，不过她打断了他们："不，因为她这时已经后悔嫁给你了。哈姆莱特说服了她，让她相信你就是凶手。"

"一派胡言！他根本没有说服她，小妞。"男演员说道。我现在非常讨厌此人，强烈怀疑他不是苏格兰人。"当她在闺房里和他一番云雨时，波洛尼斯的鲜血遍洒房间，可她继续寻欢作乐。她这是在溺爱自己幼稚软弱的儿子。小伙子对她说的话她全知道，她不在乎。她从一开始就对我什么都知道了。她是个心狠手辣的妻子，本质就是。她就是靠那种粗糙的紫色的长玩意过活的。"而他则再次想捏住那个来自蒙克莱尔的漂亮中年业余女演员的屁股，后者也早已为人母。

这一切如此的矫揉造作，后来我一边喝朗姆酒兑可乐，一边对黛娜抱怨起这些人的态度。曾经的我是如此无聊，总忍不住要提出自己的理论。“很好，莎士比亚是有史以来罗夏测试[①]最伟大的创造者，这也是我们为何在数百亿次上演这部蹩脚的戏剧时，要不断回溯到他本人。听着，听着，在威尔思维不清晰的地方，你们发现了一个弱点，演员若是照样子演，威尔就会被人不断笑话，说他喜欢维也纳小香肠状的花朵。显然这玩笑不合时宜，任何编辑都会删掉它的，这破坏了当时场景的节奏感和逻辑。你们那位可爱的老格特鲁德注意到了这个问题，正确地指出了其中的缺陷。其他任何人则应该说，‘哎呀，不能这么演，威尔。’如果是我这么写，他们早让我回家重写了。可是，你们都在干嘛？你们大声地讨论，还为他找理由。是他写的戏，所以必然是正确的。你们六位聪明人组成了特别委员会，为他辩护，当你们尽力而为，参考旧书籍来寻找理由，当你们真的找到很好的解决方法时，你们会为他感到惊叹，他竟然写出了如此微妙的瞬间。”

黛娜回答，“你说这番废话，反复唠叨这些话，你知道这都是因为爸爸吗？你明白你对他感到愤怒，不愿意原谅他，都是因为你气量很小吗？你那么讨厌他喜爱的作家，因为你想指桑骂槐，这你明白吗？”

“我就知道你会这么说，你觉得我的观点不够原创，可这并不意味着我得转过来同意你说的。我甚至可以对你的父亲表示愤怒——”

“——我的父亲？”

“——这么说并没有错。你们是盛名推动者，是这个巨大的、无意识的推波助澜阴谋的一部分，其中所有的人都失去了中心控制力，

① Roschach tests，即墨迹测试，是让人根据墨水点绘的图形来判断性格。

可是奋斗的目标是一致的，即让一个四百年前死去的男人成为一个神。我真的不知道你们这么做究竟为了什么，反正你们就这么做了。”

“这和爸爸难道就没有关系了？”

塞缪尔·佩皮斯，这位17世纪著名的日记作家(他倒更像是因为写了大量购物单而出名的人)认为《罗密欧与朱丽叶》是“我此生听到过的最糟糕的(戏剧)”。持这个观点的不止他一个人，不过今天你要是这么说，就会被斥责为没教养的人。正如赫尔曼·麦尔维尔早在1850年，在莎士比亚大工业中心还没有压垮我们的精神时，曾指出：“这种对莎士比亚绝对的、无条件的崇拜已经成了我们盎格鲁－撒克逊人的一种迷信……此事上早已存在着偏狭。你们要么相信莎士比亚是不可侵犯的，要么就滚出这个国家。可是，对一个美国人来说，这种信念到底是什么呢？”读到这样的话，我就开始喜欢他的《大白鲸》了，我现在也喜欢《大白鲸》。

要不是他把名字放在上面，他一半的作品都会被嘘下舞台，被评论家们认为蹩脚而被人们遗弃，不会被印制。可是，我们说它是莎士比亚写的，他一定有某些深刻的东西我们无法欣赏。例如，有一篇关于《埃及古物学者》的博客写道：“菲利普斯像新生牛犊一样笨拙，开幕就踉跄地上场，不可自控地不停放屁。”

说真的，莎士比亚和我此时必然有着别扭的关系，当我(以及其他人)严苛地评判自己的写作时，我禁不住想指出，他一直以来都太轻松了。你真的不能说这个和那个对话有点过火或欠火候，这里的阐述牵强了点，那里的重复是冗赘的，不可信的，不通顺的，匆促的，或呆板的。不行，任何明显的指责都会受到巧舌如簧的莎学专家反驳，那些公开的辩护志愿者会跳到当页的错误上，给出新的解读或诠释，因为大师不会有错，这是毋庸置疑的。我们发现的任何错误都是自己造成的，只有读者会错。(他也看到了这点：“亲爱的布鲁图斯，过错不在我们命定的星辰 / 而在我们苍天之下的卑贱之躯中。”) 一切都是有意义的、完美、深刻、多层次的，否则你就“滚出这个国家”。否则，“你就是这样谈论爸爸的”。于是我们都成了他的愚人。

17

可黛娜是对的。当我隔着距离看自己“自发”和“最初”的行为，它们显得动机十足，很有历史感。这里有一封 1992 年 4 月 23 日写的信，此信是去伦敦出差结束时写的，从信里我们能读出那个被遗弃的孩子正渐渐逃离他的憎恨和伤害：

D，

抵达此地后，我们有一天的空余，旅馆也不让我们很早就办理入住。于是我顺路到你的树林里去逛逛，即你和爸爸的树林。我参观了可爱的斯特拉特福，看到了你偶像的住所 (现在是一个纪念馆，复制的餐桌上摆放着塑料火腿)。我走进了他的魔力森林 (这片林地位于两条高速公路之间)。我看了演员昂首阔步地列队行进，唾沫横飞地说台词。我也到那些他曾经走过的街道、耕田、教堂庭院，以及他安眠的墓地去寻找他的鬼影了。

本周回到伦敦后，我甚至去看了通灵巫医，那天晚上我喝得很醉，我想探究一下自己和你们的未来，并得到了满意的答复。于是我想问是否莎士比亚正在那头看着我们。好消息，黛娜，“他正在那里写作，正在写！”

昨晚，为了庆祝我们的生日，或者是因为他极端利己的过度干涉，你的诗人和两个德国人展开了对话，那两人我是在旅馆附近的酒吧里遇到的，叫海蒂和君特，他们从迈森过来度假，想到斯特拉特福看皇家莎士比亚剧团演出，此时花两天呆在20世纪的伦敦，而后再回家。喝了酒，我对他们解释说自己能记得的就是伯爵和本雅明·费夫尔，并问他们是否怀疑他们本周看到一半的戏是那个犹太放债人的儿子写的。他们礼貌地笑着，不知道这些话是否在开德国人的玩笑。

海蒂和君特并没有“结婚打算”，君特那时站在吧台前，我们还没喝到一品脱呢，据他说，“我们不觉得有理由要结婚，我们生活在一起，这就够了。”谈话间，不成熟的解释、无端的自我描述怪异地穿插其中，涉及了最近的口角和不完备的化妆等。海蒂一直沉默不语，对我的疑虑不置可否。

我们又喝了几轮酒，君特整整一个小时都在对我说莎士比亚如何在写作甚至思想上是最有智慧的，“他甚至比歌德都有人性”，不管那个词他妈的什么意思。他根本不想停下来，哪怕是问我为了哪部戏来的伦敦。他越说越带劲，大声讲他俩在斯特拉特福看的戏，讲他所看到的和领悟到的“全球的人性”，说这次的感受甚至更深刻了。他说每一种文化中的每个人都一定会爱上他，他如此感谢伟大的莎士比亚，因为是他“创造了我们”并“开启了我们的视野”。海蒂不时点头，并看我也礼貌地颔首。我明白的，只要我的表情中泄露一丁点驳斥和嘲弄，在君特热切愉悦的表演上投下一丝阴影，她就会微笑着喝酒，而君特会以为她在朝自己微笑，就会把手搂在她肩上，拉近她，她会转过来抬头看我，嘴里咬着调酒棒，卷起的舌尖抵着它，用它吸一口椰子酒和可乐，而君特似乎走得越来越远，他对莎士比亚的爱也变得越来越好笑。不止是好笑，还完全不搭调，是非人性的，是宇宙的对立面，是个令人讨厌的爱好，可以如此盖棺论定。

一杯接一杯地喝。出门时三人手拉着手，海蒂站在中间，我们走进伦敦的夜色，直到嘴里黏乎乎地混杂着咸咸的雾气、积累了几个小时的酒气和德国香烟味道。我们蹒跚而行，听到有钟声响起。“你知道，就是今天！”君特叫了起来，这时迪克逊手套店楼顶的钟刚好走过午夜。“今天好像是他的生日，四百二十八岁！你知道吗？生日快乐，威利！”他开心地喊着，从幽黑的角落和百叶窗后面有人在回答他，“生日快乐！”君特一只手撑在一幢公寓楼墙上，另一只手掏出了他的无事生非（要是能允许我这么说的话），并撒起了尿，将一条阴影冲到墙面上，又在行道上形成黑色的镜面，起初是细雨绵绵，接着就是暴风骤雨。

我小心翼翼地拐到角落，不想被人看到，心想我是否已经受够了那两个德国佬，这时海蒂过来加入了我。我们站在阴影处，听到警察来了：“喂！你！”接着，我们听到君特结结巴巴地对巡警解释起来，不过尿液的流动声还在继续，令人尴尬。警察发话了，“你是德国人？”语调似乎在暗示，君特最好说自己是瑞士人。“是的，先生，我很抱歉，警察先生，因为我撒尿了，可是您知道今天是你们的威廉·莎士比亚的生日。”那个警察用滑稽的德国口音说话，带着盖世太保风格的嘶嘶声，“身份证件，请出示。”“您是什么意思？我的证件？好的，好的，我的未婚妻拿着护照呢，您是要看护照？”

啊，黛娜，这会儿他倒是说自己有个体面的未婚妻了。她可不愿接受。海蒂的蓝眼睛瞪得很大，很漂亮。她缩进阴影中，拉着我的手，那带着尼古丁味道的食指涡纹如丝绸般柔软地盖在我开启的嘴唇上。

君特在酒吧里喝了不少，他还在撒尿。他既不能加快，也没法停下来，似乎那警察打算等他尿完，要把每一毫升尿都算在他账上，每一滴都是对英国法律的挑衅。“这在德国是可以被人接受的、卫生的行为，是吗？”他冷笑着，尽管他自己也可能在英国的建筑上撒过尿（没准也在德国建筑撒过，当时他跟着某个足球俱乐部昏昏沉沉地去了慕尼黑，想寻人滋事）。

当君特不合时宜的排水接近尾声，变得断续滴答时，他大声叫起来：“海蒂呢？你在哪里？”那个警察说，“哎，别大声扰民，卷毛，注意举止。过来，跟我们走。”

“拜托，警察，等等，海蒂！”

听到君特被警察带走，海蒂的脸上并未出现优柔寡断的表情，她一点都不犹豫，我都怀疑警察是她最先叫来的呢。

“你肯定自己不想去……”我问。

“‘舍拉国的女人永远无权继承，’”她低声援引《亨利五世》中的话，拉着我的手。你也会像她那样的，黛娜。“‘当今的舍拉国就是迈森。’我就喜欢这一句。他知道我的。”我们听到“海蒂！”回荡在石墙和大街上，一边朝着反方向走。

“他说你是他的未婚妻。”我说道，我只是好奇，不知她是否会为君特的漫漫长夜感到自责，是否曾想过要救他。

“没错，可是未婚妻是个法语词，”她咕哝着，“德语里没有这个词。”君特就此玩完了。

海蒂很会转移话题。她**一点都**不喜欢莎士比亚，其实心里还讨厌他。显然，我们对此不谋而合。“要是我说不喜欢他行吗？”她悄悄地问，多少有些担心当地人的嘲笑和暴力。她和君特的悠长假期都在看戏，这快把她逼疯了。“我憎恨的是，”她说着把我按在泰晤士河边的一棵树上，鼻息吹到我的脖子上，就像狼人在说话，“麦克贝斯遇到了三个女巫，她们说，‘你会成为国王，只要安静地坐着，稍安勿躁。’于是，他立刻就把所有人都杀了。”

“人性吗？”我试探着问道，她的嘴唇似乎要贴上我脖子鼓起的地方了。“也许他要说的是，一旦我们看到了自己想要的，就急不可耐——”

“别为他解释，因为这就是个混蛋。”她愤愤地吻了我，确实只能这么形容，黛娜。“‘看！’守卫说，‘老哈姆莱特王的幽灵刚走过！还有，等一下，不过，先别急，让我们先好好聊聊挪威军队的事吧。’”

“表述得真差劲。”我低语着，在我们共同的生日，我很怪异地想为莎士比亚辩护，一边还嘲弄着另一个男人对莎翁的这种被误导的、溢于言表的爱。

“哦，不！‘不，没什么差劲的，海蒂！他是完美的！如果你不喜欢，是因为你有问题。’”这时，她对君特、对度假、对剧作家开始语无伦次地控诉开来。“每部戏都是这个样子，你知道，每一部都是。你喜欢《李尔王》？尽是关于一个好姑娘大讲诚实，而她是不会这么做的。可是，如果她不那么做，就没有这部戏了。《奥瑟罗》呢？伊阿古什么都明白。他是个恶魔机器。伊阿古真幸运，奥瑟罗将军那么好骗，又穷，很容易被人当傻瓜。我敢说，每个将军都这样。”

“人物的复杂性？”

“别傻了，但愿你可别像君特。《威尼斯商人》呢？你是犹太人，是吧？”

“嗯，是犹太人。”

“好吧，那么你的夏洛克能对那小婊子说的就是，‘嗨，安东尼奥欠我钱，所以他可以切下自己身上的肉，还我那一磅，如果他流了血，或是切得太多，那是他自己的问题。好吧，请偿还我，基督徒杂种！’我没说错吧？”

我其实没有想过解决问题的办法，你呢？（也没想过夏洛克是“我的”。）我把有关你的“安东尼奥”的发现告诉了她，她觉得这想法很聪明。“天呐！真是如此。他的每个安东尼奥都很娘娘腔。有三个吧？还是四个？我要把这事告诉君特。”总之，黛娜，请原谅我不顾你的纯贞，她变得如此坦率，每发现一个新的情节错误、人物矛盾、写作瑕疵、冗长枯燥之处，她就越发兴奋起来，每个缺点都像是打在她被监禁的书呆子情人脸上的一记耳光，她认为君特的罪行和过错与自己无关，而我则再次想问起他来，询问她的过往。不过，她不想谈往事。这好极了。

我会很快再写信的。写此信时，我正在旅程中，是在飞机上，其实……

全心爱你的，

A.

18

那封信很快就被遗忘了。我深深地反省自己，因为我觉得自己很羞愧，至少我对自己的行为、对黛娜会怎么想我，觉得很不安。因为，我想再次努力抛却往事，重新开始。此时，我内心的那个回忆录作者非得表现恶劣。我越是显得糟糕，读者的阅读体验就会越动情丰富，这样，后面必然要写的赎罪章节，即关于我为早先疏忽大意的愉悦而得付出的代价，就会更感人。

“我想离开伦敦，”那天早晨很晚的时候，海蒂在我的旅馆房间里这么说道，“我不喜欢英国。”我对她的渴望之情还没结束，不管这是因为她的天生个性，还是因为我与生俱来的需求，或是因为她在小心翼翼地慢慢施展魅力，我说不清。不过，因为相隔遥远，我的渴望没法得到满足。而且，一刻钟内我得去早餐室，去见我的同事和英国的合作伙伴，此后还要开客户会议。我还得工作十二个小时，做产品介绍分析，撒谎，这个时间窗口开得可真够大的，足以让我失去一个新的不喜欢英国的情人。

“我想去……”她蒙着床单伸伸四肢，转动着眼睛，好像在思考自己的选择，想象自己身处各个地方，衡量走遍全球的满意心情，哼唧哼唧地享受着没有君特的自由，想象着她和下一个目标之间只隔着一张床单的距离。就是她的下一个男人。我还没有满足。

“你想去哪里？”

“我想去威尼斯。”

“那我就跟你去威尼斯。”

“好的，我们去吧。我先冲个澡。”

她说话是当真的。我说起了日常生活，说起工作、会议、旅馆等，可没一句是真的。我就像在背诵句子，草草地迅速讲完，只是为了听她说，听她就想去哪里和我争论几句。我希望自己相信她是真想与我同行的。她不和我争，“你想呆在这里？那行。别听我的。我们刚才很开心，我希望你写一些精彩的广告词，变得很成功，能赚大钱。我真的很期盼。”

这会儿我已经在打点行李了。

她喜欢自己的冒险精神，可我却是在实践冒险。我在付钱做她免费就能做的事，我在丢工作，而她把未婚夫抛在身后，那人没准还进了监狱。可是，怀着对违规和背叛的刺激心情，我们冲出了轨道。

“别带那东西，”在我开始打包工作文件、速写簿、账本时，她说道，“我不想你这样。”于是我不这么干了，她的决定让我……不干了。“我”愿意由她来决定，这样很好。她不可能让我当父亲的儿子。

她知道我在放弃工作，即便我还在开玩笑，说一切都会没事的，到时只要道个歉什么的就行。所以，让我把工作丢在身后，是海蒂在试探她对我的影响力。她想看看我是否真在乎她，结果我就为她丢了工作。没什么两样的，只是，她关于我们要干什么的想法需要有个了断，于是就让我来断。当真这么做了，我就改变了，这还得感谢海蒂。

她也在说，“别带一些将来会后悔的东西”，于是我立即并本能地明白她是对的。我考虑丢下一切，除了钱包和护照，可情况总是这样，我又很担心别人会怎么想我（例如这件事，他们会以为我被人绑架了）。

我们突然疯狂地迅速穿戴好，准备逃离，好像有钟表在计时似的。我倒不是要逃离旅馆付账单（这由广告公司即我的代理商来付），可是我开始表现得像个罪犯，拼命想逃。难道我偷了什么不成？那天我二十八岁，挣脱了公司的愚蠢无聊，我本该泰然地总结为“愉快”。可是不对，这是当然的（我很喜欢自己的工作和同事们）。那样，到三十七岁时，我就能自我赞美，说我盗取了“更好的自我”，成了小说家，借这位性感的撒克逊姑娘追自己的命运去了。这次冒险的终点，这当然是我写信回家的主旨（我们后来真写信了），也是多年来我给朋友们、黛娜、我自己和我妻子讲故事的核心。此时，我四十六岁，应该稍稍自省些，说自己当时只是在追求一个姑娘，因为我还没交够女朋友，我是在逃离成年人的责任，因为我还没理解，成年人的责任超越年轻人的任性。我是在竭力向父亲和自己的过往表示不在乎。这些年来，我从中发现了各种意义，以此来为自己轻率的行为作解释。哲学就爱帷幔重重。

我删去了关于成年人的那句话，我让海蒂把我的文件和资料夹放在同事房门外的报纸上，而我则咬着嘴唇躲藏在转角后面。接着，她和我直起身，一跳一跳地下了楼，像是被人追赶或踢走似的，我们在通往大厅的门口停住，盯着大门，仿佛另一头会有人开枪或被猛烈撕咬一般。

我可以穿过大厅。此时，我的“队友”应该正在旅馆餐厅里与我们伦敦的合作者吃早餐，在大厅隔着如蒙白霜的磨砂玻璃后面。哪怕他们抬头看我，我也是白花花的模糊一片。我低着头，跟着那个德国姑娘走过巨大的塔楼地毯，绕过扭曲树丛间悬着的枯藤。我们走到前门处，在那里停了一下，让两个年龄三十岁左右的男人进来。

“亚瑟·菲利普斯。”前面一个人用英语说道，我一动不动，被逮了个正着，逃跑的冲动让我的脚趾在鞋子里紧紧钩起。

“是那个广告词撰写人吧。”第二个男人说道，他经过我时都没朝我看，却在第一个人提到我名字时丢下这个问题。“客户经理是彼得·桑普森。”我的后脑勺因肾上腺素激增而莫名发烫。他俩朝着花玻璃走，电梯发出声响，不由让人注意，它要载的人我当然都认识。

“走吗？”海蒂问道。

“好，好，[①]我们走。”

我们禁不住笑起来，而计程车司机又特别 唆。“你们来伦敦玩？第一次吗？我叫劳伦斯。”海蒂和我兴奋异常，我们互相抓着手，莫名狂笑着。内心的声音不停地提醒我，说这是我生命中伟大而关键的一瞬间，是成年的开始。大幕拉开，而那个神圣的宣誓每隔几分钟，每当我心头涌上新的感受时，就会重复一次。例如宫殿前被羽毛装饰的骑兵卫队，计程车的气味，海蒂头发的味道，还有我们停在一辆卡车后面，看到后车板上写着**命运搬家公司**（这可不是我编出来的），闻到那绿色、雾蒙蒙的春天公园里的潮湿气味。“瞧这，”我急促地对海蒂说，“你瞧这个！”

“什么？搬家公司？”她说，那俗艳的征兆正在颤动着翅膀，可是她对英语的暗示置若罔闻，我（通过吻她）丢开了心里的想法，不再觉得她和我已经踏上迥然不同的孤注一掷的冒险之路，心怀不同的目的和意义，一致的只有性爱和风景。

“今天要飞去哪里？”劳伦斯问，黑色橡胶椭圆形后视镜里显出了他的眼睛，还反射出他的鼻梁上面摇晃的凯尔特人十字架。

“巴黎，”我撒谎道，可同时海蒂恰好撒谎说了“曼图亚”，没有人在追踪，我们俩却都想掩盖行迹。

“哦，那得在机场伤心告别了吧，呃？”劳伦斯同情地聒噪着，“好吧，我会把你们送到的，别担心。我们会很快到达的，要知道，

① 原文为德语。

你们差点就赶不上了，再晚十分钟，就会堵上两小时。”

我们真幸运！我们提前逃脱了！我们笨拙地撒着谎，而那些漏洞百出的谎言竟被这位饶舌的伦敦人圆了过去。想象中的危险刺激和现实的自发行为让我们沉醉迷狂，不知不觉中抵达了希思罗机场，来到柜台前，我拿到了最后两个飞往威尼斯的座位（隔得很远）。我们得跑过整个机场才能登机，上气不接下气地进入机舱，被迫分开落座，这也是另一种刺激。我坐在较远的后排，感到身子有些肿胀，又很想念海蒂，同时给黛娜写起信来。我夹在两个婴儿之间，小宝宝被不适折磨得脾气大发，束手无策的大人们只能抱着孩子叹气。当我起身去洗手间时，注意到了海蒂的后脑勺。她正在机舱尾部兴高采烈地贴在两个意大利时尚杂志封面男模身前，那两个身材高大、浑身光彩的男模成了她的背景幕墙。这些男模，总在时装秀和摄影棚之间穿梭，在米兰、佛罗伦萨、罗马、维罗纳来回。

我的思绪就像脱缰的野马，将我拖过泥泞和荆棘。我们在威尼斯会怎样？对意大利英雄男子心怀强烈嫉妒（这取决于他们的威胁或是我的挑剔程度），对我将雇主和女朋友丢在纽约感到痛悔，对失业的未来满怀担忧，对无法辨清的自我喜忧参半。我们所到之地，谁人识己？如果没有人认识我，假如没有工作，没有双胞胎姐姐或朋友陪伴，我会变得怎样？当然，会有一个全新的、更好的自己等在马可·波罗机场，这名字起得妙极了。在飞机上，我对海蒂的嫉妒达到了有史以来最强烈的地步，对那两个意大利男人几乎恨得要哭出来。现在，我觉得那感觉很正常，因为在这段过渡时间中，海蒂是我唯一能定义自己的参照物，我只是“那个与海蒂同行的男人”（我都不知自己姓什么），如果失去她，让她被其中某个英俊得不可思议的男神俘获，那我就将陷入彻底消失的危险，会在婴儿的哭哭啼啼中崩溃破碎。

于是，我坐在哭闹的宝宝中，盯着那两个时尚男[1]将她左右夹持，他们弯腰前屈，轻抚引导，抓摸揉捏，涂抹摩擦，直到我难以忍受地激动起来，身体在剧烈的冲动下颤抖着，我要砸碎他们的脑袋，塞进汽车行李厢里，我要用轮胎碾过他们的后背，直到冒烟的橡胶压过皮肤，红色肌纤维从磨损的骨架上光滑地剥落。

到了机场，我回到海蒂身边，也恢复了理智，紧紧挨着她，直到我们坐船进城，劈波斩浪，眼前的海鸥变成了鸽子。我们踏着泥泞的石块，走上离海平面几英寸的地方，进入了幻想城市，这个城市正竭力往高处延伸，尽量不被海水浸湿。

我带着两只行李箱，一只拉杆的，一只扛在肩上，还有她的随身行李。我还尽可能地拉住她的手，轻咬她的颈背，在窄巷里捏她的屁股，那里窄得只能容一个男人拖着拉杆箱走过。我如此渴望触摸她，她一定感受到了，跑在前面，进了一个角落，而我则汗流浃背地拖着她的东西一路上坡，绕过金属灯柱，穿过人行桥，走上颠簸的楼梯。她会稍稍给我一点触摸，就像医生开定量配给的吗啡给那些吵着伤口疼痛的病人。她会在桥下吻我，双手插在我后面的口袋里，然后身子往后退，只有嘴唇还贴着我。而后，嘴唇也离开，她从角落里向我挥手，接着就不见了。当我走到角落，转身发现一处广场，有多个阳台，伸出去十多条桥梁，各自进入不同的通道、楼梯，由你选择。海蒂却不见了。

① 原文为意大利语。

广场上有两家旅馆，都没有她。那里还有餐馆、咖啡店、冰激凌铺，也没有她的踪影。我不敢选择任何桥梁。聪明的办法就是等待，观望，呆在户外。

这个时刻属于想象丰富的年轻人。我想着，穿过其中一座桥梁，我就会发现那个德国尤物。穿过其他的桥梁，也许会有截然不同的生活。可是，坐在这里静候是无济于事的。穿过去！穿过去！穿过一座桥梁！如果此时这事像是作者的虚构，包含了多因素决定的主题意义，可当时我却感觉惊慌，完全没有在意美景（无论是威尼斯的还是象征的、文学的或改变命运的），根本没感觉到那个片刻的意义，只是觉得挫败，眼睛酸疼，手指间歇地松开攥紧，心里怨恨海蒂，恨她粗心、残忍、愚蠢、淫荡、假正经、狡猾、差劲。

天色黑下来，下雨了，我带着行李躲在点灯的遮阳篷下，直到餐馆和旅店的夜班经理请我“走开，先生。拜托，[①]请走开”。

我在那两家旅馆中的一家办理了入住手续，住进一间楼层较高、面对广场的房间，想等着看她回来，看她迷路了，或是很委屈，或是戏弄我，然后我们相互凝望，混杂着疑虑和欲望。清晨来临，带着嘲弄的灰色。我在两家旅馆都留了便条，希望从水上巴士那里重新开启路径，可是我很快就在景象雷同的大街上迷了路。我找到一处有阶梯的码头，那里也许就是我们初到威尼斯的地方，在旅游咨询处留了个便条给她，而后穿过这移动城市的一条条漂浮街巷和镜像幻景，海水扑打着漫过铺路石，浸湿了我的双腿，似乎要试探我的软弱程度，宣布对它的主权。

---

① 原文为意大利语。

她让我坐了免费航班，此时正和那两位时尚男子一起嘲笑我。她也迷路了，正在找我。她遇到了麻烦，正等我去救她。这些都有可能。我对每种可能都觉得很肯定。我想去报告她的失踪。我来到警察局，想做出解释。可我不知道她姓什么？她失踪时我们才认识不到二十四小时。那时，我们算是情人吗，先生？我们相遇时，她把前任情人丢进了伦敦监狱，因为他带她看了太多的莎剧而惹恼了她吗？我们在这二十四小时中的全部对话（也许加起来不过两个小时）就建立在都讨厌莎士比亚之上吗？即那个剧作家吗，先生？

当然，在找警察前，我打开了行李箱。里面没有文件，没有钱，只有衣服、化妆品，还有一本德国小说，封面上是一张蒙太奇照片，上面有一个斗牛士，还有一具尸体躺在停尸房里。她不会将这些丢下的，我想，尽管我为了她，把更多的东西丢在了伦敦，就是想换取人生的新篇章。

这时我明白她的所作所为了。当我不再为不能与她做爱而感到难过后，我就不责怪她了，我甚至觉得，我们彼此不够熟悉，她拒绝我也并不算是伤害。她干脆而欣然地翻开新的一页，这也积极地促使我继续向前，不要再耽误了。我有些忧伤，意识到她对我的影响巨大，超过纽约的任何女人，除了黛娜。独自生活的我越发觉得此事有意义起来，我对海蒂产生了病态的感激，如果她会阅读此书的德文版，我会为她送上最诚挚的祝福。不过，别读剧本，海蒂！你不会喜欢的！

那时，只有那时，我才算到了威尼斯。我竭力寻找这位日耳曼美人，我站在水上巴士上，脸颊被风吹得通红，在我们最后走过的路上，寻找她处于阴影中的臀部，后来几天，我拼命眯着眼寻找人群掩映中的姑娘。终于，我明白她不屑于和我相处，她带我来这里，不是让我陪她，她只是选择了我，让我脱离过去的生活，于是我终于出发来了威尼斯。

我依然会偶尔看到两桥之外有金发姑娘一闪而过，我会有瞬间的激动和凝神，恍惚中觉得那是海蒂，不过我不再寻找她了。我在此地毫无牵挂地漂泊着，这显然是她希望我能有的状态，我也需要如此，等着发生点什么，将往日的自我在四月和五月的微风中抛却，让自己消融在六月和七月的旅馆炎热中，直到手头的剩余必然会推我离开。

我坠入爱河，我最初爱上威尼斯是因为它美丽的外表，就像所有其他人一样。不过，很快的，我就因为它能让我躲起来不被窥探而爱它。无数的建筑和广场呈现出巧妙的相似，而它却能将自己的精粹隐藏其中，消失在数十亿紧盯着的双眼前，仿佛那些游客都患了眼疾或心甘情愿地眼盲，这让我对它痴迷。起初，似乎没有人在那些商店、咖啡馆、教堂里生活工作。我试图跟着那些人，那些商人、酒吧女招待、教士们，进入城市的漩涡。他们带着我走街穿巷，经过路标，好像每天都有孩子们将这些路标移来换去似的。我走过那些似乎每小时都在换颜色的桥梁，经过那些旗帜和横幅能被轻易调换而无大碍的建筑，还有那意气相投的共谋亚得里亚海，它翻起浪花，附和着这一切，让人分神，转移注意力。如气旋般聚集着的鸽子最终会阻拦我的视线，直到我们，这些天真的初来乍到者和那些有钱的游客，在这个不停变换的沼泽城镇里不断被旋转着、哄骗着、抽水般地被引回同样的商业和拍快照的狭小区域。威尼斯的阵阵脉冲让人沉迷。

可是，如果你耐心地等待，跟随，一日复一日，最终你会看到真正的故事，真实的生活。后来，我就整日在满是灰尘的院落里阅读二手书籍，那些蹲坐一边的穿着宽松家居服的老妇人，还有她们那些狡猾的熟人，都在色眯眯地盯着我，充满警戒心，怀着恶意。我才二十八岁，正在写关于自己目睹的那些人的故事，包括游客和牧师，还有我偶尔听到的那些对话。不写作时，我会想象着黛娜与父亲正在看我出版的那些故事。我告诉自己，说自己正在做莎士比亚都从未做过的事。我是户外印象主义的叛逆艺术家，而他则是古板的沙龙画家。我告诉自己，我所有的一切，还有自己奇异地进入威尼斯的经历，都会被写成全新的东西，与之前的一切都不同，它超越我的生活，超越以往的陈腐故事。新的东西将会从这些尘土飞扬的院子和鸽子盘旋的广场上产生。

海蒂就是我的缪斯女神，在刹那的自爱感受中，我理解到了这一点。于是，我怀疑是否她也是我想象的人物，我不记得在我们相处的二十四小时里，我是什么时候丢失最后一件纪念品即她的那本小说的，不过，随着这本书的消失，经过了这几十年，我几乎相信，是我创造了她，创造得如此完美，于是她给我带来了全新的生命，激励我走下去。我抛去了缪斯般的她，这才意识到自己不会再回美国了，而是要在世上游荡，寻找探险和文学，了解、热爱、谱写周围人的生活……也许这计划的另一头就是诺贝尔奖。

我现在手头没有任何其他我写给黛娜的信，不过从她的回信里，我能猜到自己信里的口吻，以及我疯狂而浪漫的念头：

亲爱的逃跑者，

好吧，好吧，威尼斯，是吧？行，我能看出其中的魅力。

自从你乘坐飞机离开后，法庭上的事情安定下来，不过这可全是靠的我。现在，你有了自己的顿悟，我们都为你感到激动。不过，我早就预见到了，可以这么说。你确实得去某个地方，重新开始。

关于玛格丽特·惠勒女士，我不能说你在此事的处理上优雅巧妙。她在附近打探你，差不多有十天了。她早已去过你的办公室，得知你已辞职，这事连你自己姐姐都没通知，她也明白我甘愿最后知道关乎你的事情。

不过，她人很好，你的前女友玛格丽特，我也竭力给她些许慰藉。[注：我回想起来，觉得这是谎言，因为玛格丽特说起话来一直像个坚定的憎恶同性恋的人士。"你姐姐是女同？真的？"我比中学时成熟明智很多，不会揍她的，况且她很漂亮。所以，我倒是和她睡觉来着，而且一直觉得羞愧，因为我竟情愿放弃自己的某些性爱原则。]她对你的了解很有限。你似乎给她展现了一个隐忍、自控的自我，能干、有事业心、干事认真，有些乏味。你真是这么想自己的吗？嗯，她和我一起度过了很多快乐的夜晚，仿佛在重新认识亚瑟，我对她讲了很多你的故事，告诉她真正的你是怎样的，你一直以来是什么样子的。我向她描述了你在国外的生活，比你给我的更加详细。我渲染了你所写的那些东西，她很感兴趣，不过，我觉得，她也将眼前的双胞胎姐姐视为你，或是你的画像了。我想这也是对她的一种安慰。

我们童年的故事把她逗乐了，逗得她乐不可支。确实，现在想起来，尤其是你轰轰烈烈的威尼斯重生，看来一个人的过往是很重要的，也是无法抹去的。你就是爸爸的儿子。

好在你决定认真写作了，终于写了。我真的很为你高兴，我想你是对的，即你逃离工作，离开纽约，抛下我们所有人，这都是有必要的，这样你就能在那里重新开始。这样很好，别让我下面要说的话影响到你的写作，你是个作家，好好写吧。等你觉得能回来时就回家吧。

不过，说真的，如果你觉得自己会在潮湿的威尼斯大地上像新品种的花卉般盛放，展现前所未有的姿态，不带任何与我们、明尼苏达、爸爸、妈妈、西尔，以及那些家园房舍、明尼通加湖等等相关的特色，那你是在开玩笑。难道你会莫名其妙地挣脱历史浴火重生，彻底脱胎换骨？这是神话，痴迷其中会让人发疯，或写出糟粕来，或两者皆而有之。

平心而论，首先，你的新生活早已被往昔沾染，其次，它早就不是独创的了。它之所以开始，是因为那个德国傻子在伦敦监狱里呆了至少有一个晚上，你由着他被带走，这样你就能占有他的女人了。这就像大卫王，或乌特·潘德拉贡。毫无独创。至于那个女人，我承认你毫无选择，只能将她视为缪斯，她是个没有自己生命的自由灵魂，她的存在只为了将你拖出枯燥的公司苦差（我一直以为你是喜欢并擅长这份工作的），并以欢迎的姿态将你带入壮丽的新事业，可自己却立即逃走，留下你独自面对辉煌，不让她自己的需求、家庭、衰老、肠胃感冒等将你拖垮。可那是因为你受不了像我那样地想象她：被强奸、谋杀，在游荡时溺水于运河，无法呼救，或是迷了路，要寻找那个陪着她冒险的好心美国男人。你的故事建立在其他诸多故事之上，有一些故事你是知道的，大多数故事被你无忧无虑地忽视了，这也是可以理解的。你的故事并不是关于威尼斯庭院里老女人们的虚构生活，不过我倒是相信这些故事会很吸引人。你不可能脱离我们塑造“自我”。那要是我们都不是原创的呢？

因为，事实上，我们的确并非原创，都是早已有过的，而你竟然声称自己完全不受到影响？我那焦虑的弟弟，他与你共享生辰，你为何非要否定他呢？你莫名其妙地淡化他、打击他、忽略他，难道是要证明你不归属于他？即便这些都不矛盾，你忘了是他先创造了你。难道你忘了那个坚持要脱离家庭的男孩？那个在意大利游荡着想寻找灵感的恍惚的艺术家？那个威尼斯的犹太人？你从他身上，或是从那些从他身上学到这一切的人们那里，学到了所有这一切，却把它变成了你自己的情景喜剧和伤感电影。我们也都是他想出来的。说句公道话，他也是从另一个人那里学到这么多东西的，不过他至少不欺骗自己，不会声称是独一无二的。你知道，他也同样担心自己不是原创的，和你一样：

倘若无新可言，一切只是已往的
存在，那我们的大脑可大大受骗，
它们竭力试图创新，却错背起了
前一个孩子的二手负担。[①]

可是他挺过去了，他和其他人一起游荡，如马洛、皮尔、格林、洛奇、纳什、沃森等人。他像个疯子般从那些人身上掠夺着，结果，他就很原创了。他像个拿到多个奥斯卡最佳改编剧本奖的得主。这样会让他显得不太咄咄逼人，是吗？

所以，好好干。是的，去干吧，去写。我不是说你不该写，你应该，我希望，应该将所有的一切拼贴成新的形式。也许你该摆脱这种独一无二的把戏，也许吧。这是一场英勇的斗争，可这不是关键点。如果你一开始就否认自己在到达意大利前曾经有过的一切，那你肯定

① 选自十四行诗第五十九首。

不会成功。你知道自己现在是什么吗？你还是爸爸的儿子，只不过身在意大利。

我肯定朝着黛娜一顿咆哮大骂，所以她此后的信是这样的：

你对我的愤怒完全放错地方了。我没有、也不想使你气馁，根本不是。我只是想让你避免浪费时间的妄想。至于玛格丽特，我认为你根本没有资格批评或发表意见。难道她该为了你殉情？拜托。另外，我喜欢她身上的胎记，有五个小点，就像樱草底部的深红色点印。

我想，姐姐的意思是，我要努力的目标是徒劳的，我早就经受打击了。我读出的意思是，她对我没有信心，因此我会垂头丧气。我只是个自命不凡的傻子，放弃了工作，企图成为压根成不了的人。所以，当我遇到一点点麻烦，例如当我从初稿时的癫狂兴奋中镇定下来，发现不喜欢那则故事时，或是我在美丽的威尼斯，认为一切都该顺利，却在写作上遭受挫折时，我就会放弃。我会投降，我要发挥自由意志，要摆脱威尔[①]。这显然是很孩子气的，是懦弱、任性、自我的，如果我放弃了，那我就注定是失败的了。

因此，为了向自己证明这不是懦弱，我逼迫自己花了好几年来彰显勇气。我拼命练拳击，和西班牙公牛周旋，在东欧干建筑工人的活，在德国慕尼黑啤酒节上喝酒闹事，在布达佩斯酒吧里跳着仿弗拉

---

① “意志”在英文中和“威尔”是同一个词 will，只是文中首字母有大小写差异。

明戈舞，还试图和有钱的已婚女人睡觉，可往往只是惹怒了她们的老公。为了证明自己并不孩子气，我写了十几篇半学术性的（并不完全关于老爸的）文章来抨击莎士比亚，每一篇我都向美国的那些小型文学期刊投稿。我逃离父亲、母亲、双胞胎姐姐、自己的工作，甚至所有的生活，二十八岁时我就摆脱这一切，认为那些都是非原创的，是一种失败。我就像自己的父亲，好几年都没回家。

19

回忆录作者是可以自我选择的，他们希望讲述自己的故事，无论是美好的还是令人不快的。我却与此不同。我的脑袋对着枪口，这你们会看到的，我慢慢地被迫说出忏悔，揭示出自己是一个冷漠的人，是个糟糕的朋友，多变的弟弟和儿子，我嫉妒心强，会伤害人，也会自欺欺人。我这么说并非出于自豪。情况会越来越糟糕。

而且，我得承认，我越发沉溺于自己曾经都嘲笑的自我揭露的快感中。写回忆录需要一种勇气，而这种勇气，公正地说，是莎士比亚所匮乏的。（“什么？”狂热的莎翁迷会尖叫起来，“难道他从未使用过自己的生活素材？难道他从未在作品中揭示过自己？”二十五年多的时间里，不下一百万字。没错，他确实很有可能偷偷将油腻厚重的自传成分掺进新鲜嘣脆的虚构故事中。可是，这种事实影射的存在，尤其是在四百年后，并不意味着你就能从那些幻想、恐惧和想象的自我中汲取到它，更别说他那些隐藏严密的对他人真相的影射了，即那些你不知道的人，如朋友、家人和敌人等。）

但是现在，为了解释这部戏，我必须得再说说后来的那几年。因此，此处合唱响起：试想，接下来，在第五篇中，我们放入捷克共和国布拉格的尖顶和阴影。我在那里定居，娶了一位捷克姑娘，因为我由衷地觉得自己恋爱了，而她又很美丽（是个模特，我很高兴朋友们无需我介绍就能看出来），与我往日的生活和曾经的自己大相径庭，别看她外表美丽，她是个来自连我都不知何方的乡村姑娘。她经历了各种政治动乱，这些事件我只能从书本了解到。她身上集中了几百年的文化、宗教和社会关系的积淀，这就能证明，当她爱上我时，我一定摆脱了往日的自己。海蒂挣脱了我，此时，那种不想被孤立的渴望，想要在妻子身边重新找到自己年轻时与黛娜在一起的情感，找到我失落的孪生姐弟情，这些愿望让我熬过了各种妥协和误判。我身体的一部分感觉自己非得在尽可能陌生的异国他乡流浪，并找到这位最不可思议的伴侣来解决难题。这样你才有希望变得中立。哦，上帝，人的无意识、心理分析、神话、本能，这些我都能叙述并建立理论，可依然无法充分解释：我爱上了雅娜，确实爱她。

地理学的解决方法能起效多久？在对差异和中立的争取上，你可以坚持多久？十一年。随着岁月的加速推进，年、月、天、时、分，时间鞭策着我们，我们仿佛穿越了离心力，抛却了悔恨的碎末、记忆的残片、被蒸馏的失落回忆、虚掷的潜能、耗费的机会、被打乱的优先权。在这十一年间，我终于进入成年期，它带给我一生中最快乐的几段时光：结婚、育儿、立业。

“真是波希米亚风格啊！”1994 年父亲给我回信时如此写道。他祝贺我结婚，合乎情理地表达了自己遗憾无法参加盛会，黛娜是我的女伴郎，西尔和妈妈受到了雅娜母亲彬彬有礼的接待，我岳母不情不愿地为那些同样不情不愿的游客担任向导。“一个有着狂野海洋的神奇之地，”爸爸很煽情。这并不令人震惊，比起卡夫卡、哈维尔、昆德拉、史考弗瑞奇[①]、斯托帕德，以及我笔下美丽的内陆风光，他更喜欢《冬天的故事》中梦幻的海洋之国。那时，这些都没关系，我可以对父亲一笑了之的。“亚瑟，他的流浪和反抗如此彻底，他娶了老婆，接受了皇冠！这让我想起了一个故事，而这次故事会有个不错的结局。”

1995年，遗传毫无创意地再次让一对双胞胎降临，是两个男孩，即便我再迟钝，依然很吃惊地看到两个小子长成了捷克小孩，有一阵子，他们觉得自己的外国人父亲还行，可是后来就越发为他的口音，格格不入的气质，以及对捷克小孩提出的问题所给予的愚蠢回答等感到尴尬。这个阶段差不多结束了，现在我们彼此更加了解，我对他们进入二十岁充满了希望。

我不打算将自己的孩子牵涉进来，除了要证明以下相关的三点：

1. 身为双胞胎，他们长得很迷人。他们不依赖我和雅娜，这是单胞胎孩子做不到的。他们有着同样的完整感和信心，一旦有了意识领悟，他们超大的斯拉夫人棕色虹膜就能很快显现灵感乍现的表情。他们的双胞胎关系，比黛娜和我有着更多的拳脚相向和显在的冲突，不过雅娜和我很早就认识到，我们对双胞胎争执的好意干涉只会让他们斗得更久，结束得更惨，而若是由他们激烈争斗，他们的互殴只能进行到必要的程度和时间段，而且此后会缔结某种更紧密的、共谋者的合作关系。

2. 他们一下子就喜欢上了黛娜姑妈，他们三人在一起时，说说笑

① Josef Skvorecky (1924—)，捷克作家，著有小说《懦夫》(1958) 等，1968年移居加拿大。

笑，很快就有一种非捷克式的愉悦。七年里，黛娜两年来访一次，直到后来她与雅娜产生了矛盾，没法再来看我们。双胞胎兄弟会私下和她来往，在他们自己的房间，在花园树丛，后来还在布拉格的大街上见面。

3. 他们现在十五岁了，尽管相互间依然关系紧密，他们会预先准备好斗争，我也乐意帮他们预热，也许我会真诚地解释，说明自己之所以不再和他们一起生活，是因为这样更有益，不会让人尴尬。于是，我为他们写了一份说明，不过这里就不说了，也不适合说。

我要说的只是，我在波希米亚根本没有找到自己失落的那一半，尽管我尽力让自己适应她，她可爱而善良，有着独特的个性，而我却棱角分明、不可调和，伤害了她。

不过，我在布拉格坚持写作，也有了一点成功，在 2002 年到 2009 年间，发表了四部长篇小说。每一次，我都让自己陷入可笑的矫揉造作和迷信状态，让自己相信可以不付出代价就完成一部小说，如依然可以参加双胞胎的生日晚会，能够对妻子和善，可以去探望生病的父母，可以对其中一位朋友真诚，而我在捷克朋友本来就很少。我在作品巡回推广期间不时回到美国，去看望家人，不过随着图书事业的萎缩，这些旅行越来越短，次数也更少了，出版商指望有更加吸引眼球的作品来遏制崩盘的局面。(我得承认，此事也包括新莎剧，这样我们还能相互拯救。)

而且，在父亲一事上，我依然未能真正漠然，这点雅娜可以证明。她很久以来就不断地照顾我，让我度过那些愤怒和反复的恐惧与痛苦，只有在我声称自己已经“跨过这道坎”时，她才会责备我，因为她知道，当下一次父亲又让我失望时，她还得忍受我新的痛苦和愤怒。她凭着自己中欧人的智慧，明白这个目标是虚幻的，她会将黛娜对爸爸的谅解嘲笑为美国式的感情用事，认为这是软弱和自欺欺人。你是跨不过这些坎的，雅娜教导我，*你要无止尽地忍受*。我很难不爱这些捷克人。

她完全正确。我给父亲寄了自己专门印制的处女作，小说名字就是我的新家乡，我等着他的回复，却徒劳无果，一个月后，我去看望他。*致父亲，他教会了我如此多的创意。致以我全部的爱*……我坐在他对面，眼前是另一张胶木面板的桌子，身处同样的没有窗户的房间，地毯颜色仿佛呕出的燕麦粥。在这类环境中，我觉得自己在那里的感觉（我是个小说家，是位父亲，三十八岁）与童年时去家人探监室的压抑感受混杂在一起。那一幕幕一下子又涌现在眼前，我意识到自己的一生与他有着那么多的牵扯，意识到自己是如此渴望听到他说我现在是个大作家了，说我对他就像他对我一样重要了。时间仿佛停了下来，颤抖起来，而我却不知该如何开口说话。

过了一分钟，至多十分钟时间，我问起他的日常生活，并夸赞他仍然那么年轻（他七十五岁的年纪的确看上去很不错，与上次我看到他时差不多，那是三四年前了），我禁不住这么说。我很不酷地问他是否有时间（！）看了我的小说。

他热切地点点头，很友好、很热情，的确如此，并夸了这本书，如形象描写、故事情节，等等。我很难表述自己感到的轻松和爱，骄傲和爱，快乐和爱，那种同时的谅解和被谅解的感受。我应该感到满足，本该去吻一下他，而后很快飞回捷克共和国，继续创作下一部作品，回到我的漠然、成人，以及婚姻状态。

可是，我却继续说错话，哭着说，"在伊姆雷那章中，有关于你的，你也知道的。”

“是吗？我—我没有……觉得自己像他。”

他迎着我的眼神，于是我明白，他甚至都不必明说，我就感觉突然有一阵失望袭来，让我不可自控，我趴倒在桌子上，想拼命长吸一口气。

“我想他那是要拿它换点香烟。”返程途中我经过纽约时，对黛娜说起这事，竭力想掩饰痛苦开个玩笑，却无济于事。

“第一版吗？还有你这么深情地题献？一定是换了一整条吧。”

“我倒是这么希望来着。”我在她的沙发上重重坐下。

“嗯，说说吧，你到底想要什么，说真的？书早已写完那么久了。这半吊子的男人，他憎恨自己，去看自己巫师般的父亲，希望得到他的肯定，希望自己能得到自由，成为完整的人。听上去很耳熟啊，是凯列班的话吗？”

“不是，这听来很牵强，毫无关联，让人厌烦。”

黛娜正在读一本哈罗德·布鲁姆的作品，此人是耶鲁教授，他经过不厌其烦的详细研究，得出了这一个集大成的疯狂理论，认为当今人们生活、交流、思维的方式都是莎士比亚开创的。在莎士比亚之前，一切都不同，而自他的戏剧问世后(经过教学、诠释、表演、搬上银幕，以及被后来的艺术家们改编成其他作品等)，我们渐渐地、也确实地变得越来越像他笔下的人物。我们的思维就像是他笔下展现的人物思维。生活就像是他笔下的作品，而不是作品模拟生活。我们对一个作家的盲从热爱的极端发展，自然就演变成了一种渎神行为，即我们认为他才是真正的造物者。黛娜痴迷于此书，她的热情让我担忧，怕她会终止药物治疗。她坚信，我最像《暴风雨》里被老魔法师奴役的野蛮人奴隶。“告诉我，你知道这个想法非常愚蠢。”我央求她。

她依然生活在我们昔日租住的单寝室公寓里。我一到纽约，就很快适应了与她一起生活，沉浸在对早年生活的怀旧情绪里，除了有一两天我得和兰登书屋及代理人接洽，进行关于《布拉格》的访谈。她起先似乎一切都很顺利，非常适应环境（我以前常常用此措辞来形容其他人的快乐，因为那时我意识到自己在布拉格是如此焦虑，越发有失落感）。她不缺朋友。周围到处有人和她打招呼，语音信箱和电子邮件里尽是邀约。她三十八岁时和以往一样有活力，也许更甚。她单身，有需要时依然出去与女人约会，不过次数不多。我到那里时，直接就去了她的排戏现场，她正在排外百老汇的贝克特戏剧，显然在那里很受欢迎。中间休息时，演员们都过来坐在我身边，看到黛娜的孪生弟弟来，他们都很兴奋，听着我讲述她过去的生活和爱情，直到导演不得不在舞台上打断我们，“不好意思我不得不清场，请家人和朋友先离开，拜托请大家安静下来，非常感谢。”

尽管如此，黛娜的孤独还是显现出来，深重的孤独。她拉着我的胳膊，倚靠在我身上，见我去探望她，她觉得如释重负，这让我吃惊，她如此需要我，询问我的下一部作品，还问了孩子们的事。她不想外出，还谢绝了演职人员的所有邀约。

她和我在旧公寓里单独相处，我们吃着白纸盒子装的餐食，盒子侧面印着我们信任的古塔，我们一起看年轻女演员安妮·海瑟薇的影碟。黛娜非常喜欢她，她曾在好莱坞的聚会上见过此人，不过没有和她说过话，当时黛娜去西部试演一部电视剧里的角色，不过未被挑中。每当影碟中出现那个小明星的脸部特写，出现她超清晰的体形，以及炯炯有神的眼睛时，她就按暂停键。“我对她有种怪异的感情。”

黛娜说着，当时我们已经吃完了一大堆古塔餐盒，喝掉了两瓶酒。“当我看着她时，我有种感觉，觉得就是她，不知怎么的。如果我们碰面，那就是她了。”黛娜甚至还给她写过影迷来信，这种屈尊谄媚的行为她以前只对哈罗德·布鲁姆有过。她还邀请海瑟薇来参加外百老汇和外外百老汇戏剧的开演晚会，那都是黛娜的职业生活，而且，在一封最袒露深情的信中，她还对自己的同名者引用了十四行诗：“她把‘我之憎恶’从憎恶中丢弃，/她拯救了我，说‘并非是你’。”[①]

“这些信我从未寄出过，”见我毫不掩饰自己的担忧，她对我这么说，不过我知道她是在撒谎。“我可没有到这个程度。”不过，她还是建议我，说“也许你可以为她写个剧本，这样你就能介绍我们认识了。”黛娜是个职业演员，不过她从未让我给她写过戏，却让我为她心仪的人写东西。我给了她一些捷克的抗抑郁药，她试用了。“你还在服药吗？”我问。“都快四十了，只有傻子才会赤手空拳地出来混。”

我不想用一种色调来描述那一周的黛娜。她依然保持着多彩的自我，无所不问，还讲到了妈妈和西尔的事情，对我们这些男人的事，她富有洞察力，说话诙谐，亲切而豁达，兴趣盎然。她整夜不睡，在我次日一早坐飞机离开前，读完了我下一部书的手稿。她提出了不同的结尾，于是我根据她的建议重写了作品。（“这次你很聪明地避开了女同性恋，”她说，“你并不很了解她们。”）这是我最成功的小说，有些书评还引用了黛娜写在我手稿空白处的段落。

我又回到布拉格，由于那里与家乡的差异，加上我觉得黛娜很需

① 莎士比亚十四行诗第145首，最后一句前半句的“And she saved me”被认为读起来与“安妮拯救了我”（Anne saved me）十分接近。

要我，还有我常常想起父亲撒谎时的表情，我越发感到疏离。我努力适应捷克的日常生活，融入我的外国家庭中。我身上出现了一种奇怪的症状：我开始丧失自己的语言技能。我越来越记不得捷克语的词汇和语法，对重返语言学校心怀挫败感，尽管我口语一直很流利，而且有一次，我的口音和俚语还一度让人在起初几分钟里以为我是捷克人。最终，我去看了诊疗师。

童年的白日梦又回来了：我再次与莎士比亚的戏剧缠到了一起，尽管这次他完全是现代版的，打着手机电话，和我的出版商谈话结束后，就乱穿马路去小摊买热狗。我依然不喜欢他，他还是同样的发型，不过穿了牛仔裤和扬基队的运动衫。我依然很想询问他，也是我希望父亲能作出回答的同样的问题：*我行吗？这样可以吗？*可是令人抓狂的是，每次的白日梦结束时，我都在愚蠢地拼命想引起他的注意，可他却总是心不在焉。“请您先停一下好吗。”我说。

“什么？”莎士比亚喊道，飞机上的头戴式耳机屏蔽了一切，除了他正在观看的浪漫喜剧。我用哑剧手势示意他拿掉耳机。“这玩意不能暂停。”他说着，半认真地掩饰着对我的打扰感到的懊恼。“她是个宾馆服务员，很粗俗的。那个家伙……等等，不是他，等一下，他，那个家伙，他，他是宾馆的客人，是个百万富翁，很暴躁的。他们两人很般配，只是彼此还不知道。”

于是我让他继续看电影。

在布拉格，我依然给父亲写信，还是为了他写信。据这位渐进疗法者对我的耐心教导，疯癫的定义就是一天一次反复做同一件事，并期待不同的结果。我依然为了他写信。我现在已经写了四部小说，设计出了一个点子，几年来都让他诠释一个变位词。我小说题目的第一个字母分别是S、P、E和A。我计划在余下的岁月里，我的创作能形成S、H、A、K、R和E为首字母的小说，接着，也许就是A、N、D、M、E[①]。

莎士比亚的诗句是其他更优秀的作家的题目素材，诸如《微暗的火》、《幽灵出口》、《无限的玩笑》、《君臣人子小命呜呼》、《喧哗与骚动》、《反常之举》、《致命快感》、《反对波兰》、《生存还是死亡》、《兄弟连》、《随意杀戮》等。至少，我还没有一本书是引用他的话的。

20

第四幕：亚瑟王听任自己的宫廷日益女性化而颓废堕落，王后每天有一个小时可以治理朝政，她以粗鲁无礼或情感不轨之罪来审讯骑士。此举直到重整旗鼓的撒克逊军队再次入侵英格兰才结束，这还得归功于亚瑟软弱无力、心不在焉的国防措施。这一惨痛的教训最终让亚瑟明白，他治理国家的方式，以及生活的本质，会始终与别人发生冲突。他没有同盟军来帮助自己抵抗撒克逊人，因为他一意孤行地为爱情而结婚，回绝了法国人。由于亚瑟还没有继承人（格温妮拉两次流产），他无奈只能指定莫德雷德为继承人，排除了所有自己生育的孩子，以换取军事协助抵挡撒克逊人。格温妮拉又怀孕了，她等着林默斯战役的消息，并进入了分娩。莫德雷德在给予亚瑟必要的军事协助以抗击撒克逊人后，发现自己对亚瑟心怀嫉妒，同时又受到他的迷惑，意识到自己上当了。亚瑟根本不会让他成为大不列颠的国王。他

① 这些首字母形成的英文意思为：莎士比亚和我。

发誓即刻做出决定，没准还要亲自勾引格温妮拉，要和她生一个孩子，来证明上帝的意愿。在亚瑟奔赴爱尔兰战役的途中——那是一次自行选择的战斗，他返回宫廷看望妻子，后者第三次流产了。年轻的约克郡的菲利普出现了，他声称自己就是亚瑟的儿子（也许他是第二幕中亚瑟在约克郡神秘逗留时的产物）。亚瑟正在解决政治争端，为此耗费巨大，冲动之下就让菲利普成了他的继承人，并强迫王后接受他。后来，菲利普在独白中承认自己确实是冒名者。

是左边页码边缘反复的对话标题“亚瑟，菲利普，亚瑟，菲利普，亚瑟，菲利普”让我疑虑重重吗？

黛娜打电话给我，那是2009年7月18日的晚上，我在布拉格。她说西尔的病症发生突变，我如果想与他告别的话，应该立即飞去明尼阿波利斯。西尔病了很久，让我一直以为病症是暂时的。

次日早晨，在从公寓赶往机场的途中，妻子和我又毫无必要地吵了一架，冲动之下各自恶语相向，这是我们无数争执之后的再一次无聊冲突，也是此后斗争之前的无聊序曲，就像一张影碟总卡在同一地方，让那个平日里英俊的演员露出眼睛眨了一半的蠢脸。

雅娜的母亲曾经具有迷人的当地风情、可爱的异域色彩，根本不干涉我那性感的捷克模特女友的事，可现在和我一起生活，她成了我的噩梦，完全就是我越发陌生和坏脾气的妻子的母亲。雅娜的母亲和姐姐所嫁的男人都不忠诚，无情并且从不内疚，所以女人们就在我准备行李去看望临终的西尔时抓住时机，当着我双胞胎儿子的面，在早餐桌前断言我出轨了。雅娜完全就是她母亲捷克式抑郁寡欢和不幸受害的牺牲品，任由自己被人指使和摆布。房间里充斥着她们对雅娜的提醒，说我如何专横叵测，如何带有美国人的多疑等等，雅娜则当着儿子们和她不停点头的母亲和姐姐的面，声泪俱下地数落我。控诉让她觉得有砸东西的需要，于是她沉浸在纯粹戏剧性却很经济实惠的飞盘子的举动中，一边骂出一连串伤人的捷克污言秽语，托马斯和米洛斯都觉得好笑起来，当时他们快十五岁了，反正要跟我断绝关系。我镇静而愤怒（由衷的）的拒绝激发了她防御性的攻击，她坦言自己和人睡过觉……不管是谁。我说我才不信呢，其实这话有严重的战略错误，因为这表明我觉得她没有魅力，不是吗？难道是生育双胞胎（我颇为轻蔑地朝咧嘴笑的儿子们挥着胳膊）毁了她？觉得她没法再吸引其他男人了？“傲慢的美国犹太人！”天哪。

于是，在长途飞行中，无尽的白昼像时区一般朝着一个方向进发，而时间以同样的速度朝着另一个方向走，在我的下方，正午几个小时地维持着，后来，我在肯尼迪机场的等候区迷失了方向，那里的反恐怖主义渐渐变成了反旅游主义，假如我让自己相信雅娜背叛了我，那么这感觉就像是时差反应、压力和沮丧的幻觉，只是这一感觉，如有必要，我以后还是可以从行李中拉出来的。

21

我抵达了明尼阿波利斯。当我在密闭的机舱里打瞌睡时，继父已经去世了。

这是一段爱情故事的结束，至少，由于它具有诸多不同的诠释，还是个很不错的故事。也许这是西尔维斯的喜剧，他是个忠诚的爱人，他的专情战胜了我母亲第一次的错误选择（是莎士比亚教会简·奥斯丁这种技巧的）。或者，这也许是我母亲的悲剧，她最终接受了这个枯燥、差强人意的爱人，因为她的真爱太无常，太爱玩火，无法让自己安定下来做一个正常的、凡俗的爱人，女儿贴在墙上的海报每天都在提醒她第一任丈夫的悲剧。那么如何来定义嫁给初恋情人的第二次婚姻呢？所有新的证据都在重新诠释故事，就像一位好导演能够决定亨利五世究竟是要成为一个英雄，还是残暴之人，或是装腔作势的精明人。舞台说明越少，重述故事的空间就越丰富。

“哦，谢谢你能来。”我到得太晚，一走进黄色的厨房，母亲就这样对我说。她抱住我，很感激我，仿佛我什么都不欠她的，只是在表示善意，于是我开始哭了起来，抱了她很久，我随身的旅行包一直挤在我们中间。黛娜站在一旁，对我们俩满怀同情。

六个月前，黛娜就搬回了明尼阿波利斯，在我们当地的老私立学校里找到一份戏剧教师的工作。不久以后，她开始在当地剧院获得大角色，比她在纽约时强多了。她在母亲住所附近的公寓居住，不过西尔最后一次住院后，她就一直和母亲住在一起。“我爱这里。”她说道，这时母亲去睡午觉了，我们俩在厨房里喝咖啡，从童年开始，我们就觉得厨房越来越小。“我真心觉得——”她低下声音，几乎是在耳语，“这里最开心了。当然，我为西尔难过，确实如此。而且，我，我很担心母亲接下来的生活，不过我很希望你和雅娜及孩子们能来这里住一个月。一切都不一样了，简直可以说，之前我一直都在做梦，”黛娜拉着我的双手，“就像我之前从未快乐过，仿佛根本不知道快乐这个词究竟是什么意思。其他的一切只是……在打伏笔。我必须得和你说说某人的事，我一直在和她交往，其实，她已经和我同居了。”

22

是时候我必须得使用回忆录作者的最佳手段了：化名。我的家人、我可怜的姐姐、我的德国姑娘、委屈的老婆，用的都是化名。这个故事中的恶人用的是我本人或父亲的名字。可是不能暴露身份。这种保护算是犯罪吗？或者，换言之，当回忆录从记忆的安全港里解锚，漂进了幽黑的幻想中，而绝望的作者必须牺牲点合法性，否则整件事就会被拆得分崩离析。

不，她是真实存在的。她仍然是真的，如果她不像有些人那么无辜的话，她也并不罪恶，远距离来看，她并不罪恶，我要为她和她的女儿送上我卑微的爱，但更多的是我诚挚的歉意。

我该怎样掩盖她，同时又向你们展现她的原貌呢？我越是爱一个人，她的细节就越重要。涂抹线条，描摹胎记，用检测人员蜂鸣的黑笔划过她的双目，将她社保号码的两个数字进行调换，我这么做是在毁坏她，让一切更难解释，因为身为回忆录作者，我需要这个小小的权利：假如你看到她的每一个细节，觉得一切与她的名字吻合，你也会像我一样做的。如果你要苛责我，那只是因为，周全考虑之下，我只能不太充分地形容她。

承认她比黛娜和我年轻十岁，这倒不太有风险。我能同样安全地透露她来自不同的种族吗？不同的宗教呢（就像犹太教于黛娜和我一样，这对她是不相干同时又是必然有关联的）？我能说她是一位作曲家和音乐家，很专业地在电影和明尼阿波利斯的剧院里弹奏泰勒明电子琴吗？或是黛娜称她为“我幼发拉底河的母老虎”吗？如果这是真的，明尼阿波利斯会有多少人会立刻明白我指的是谁？如果不是真的，这些描写有多怪异，我塑造的她，还有我自己，以及即将发生的一切又会多么的让人难以理解。

"还有我自己。"当我开始写作，再怎么与所思所想有差异，我也希望能被理解，希望被谅解，希望你们能相信我，赞同我，并支持我。如果我得不到你们的承认，那么我就得说，"那就这样吧，我来扮演恶人好了。"你们也明白，这就是《理查三世》被人所接受的心理深度吧。

允许我自我缓和一下，让我有一点常规的借口好吗？怎么说呢……说黛娜和那姑娘关系并不密切，和我与之前自己偏僻的波希米亚生活的那种关系一样紧张，如何？不，我并没见她们之间有过什么争执，两人促膝交心谈话时，也听不出对彼此抱有怀疑。不，黛娜确实恋爱了，与我后来经历的完全一样，不过是她先爱上的。许下诺言，也得到了承诺，她寻寻觅觅这么久，就是为了找到这样的爱人，希望自己亲爱的双胞胎弟弟，这位多年前最好的朋友，能举止体面谨慎一些。这我都明白，要让愿望成真，确实很难，不过也不是没有可能。

我就不能埋怨其他人，一点都不行吗？也许我母亲会愿意分担一点点。嗯，没错，我现在明白了，黛娜安排了特别的头七服丧，期间，妈妈对西尔那些或是远房或是近亲的亲戚们感到有些厌烦，便让我带她出去呼吸新鲜空气。她很快走出门，走上大街，和平日里一样，我不得不加快脚步赶上她。她说要去艾尔斯湖的环湖路，于是我们默默地差不多绕湖走了半圈，这时她的心火（或是郁闷）才爆发。

"怎么了？"我问。

“这问题真好笑，我刚葬了丈夫。”此时，我们正缓缓地步行，手牵着手，我扶着她轻木般的身体，骑车和轮滑的人在我们两旁忽地穿梭，美卡犬套着古巴领队裤子，湖畔能望到明尼阿波利斯城的天际线，它仿佛一个有着雪花的球形玻璃器一般独立完整。

“他爱你。”

“确实，”她回答，心里似乎确凿无疑，“而且，他坚持到了最后，也许比我做得更好。他至始至终是爱我的，待我很好，支持我。‘别指望钱，玛丽，我觉得自己不太会赚钱，但我们的日子会过得不错。’”

“你对他的印象很好。”

“我想是的。嗯，他倒没留下什么，这是事实。”我由着她说，很快她倾诉够了，语调恢复正常。“他给了我所承诺的一切，他能有的一切。”

“确实。”

“再要说不够就太糟糕了。”

“我不知道，这得看你是对谁说。”

“他不会变，西尔就是这样，他也是这么爱我的。他的爱从一开始就是永恒的，果然，那爱不会停止，直到他生命结束。”

“真美好，这样的爱，是人们梦寐以求的。”

“是吗？你也渴望？”

“我现在记不得了，不过能肯定我也有过。我从没听你抱怨过他。”

“没有，怎么可能呢？怎么会？你能说这是一个错误？它不是。真怪，我有过两次很好的选择，而且两者都拥有过，我真的没什么好抱怨了。”

我终于刺了一句："你好像有备而来要抱怨了。"

"你能在服丧时抱怨吗，不管当时发生了什么事？"她走到一棵树下的长椅处停下，轮滑、狗爪、奔跑的鞋子在我们周围掠过。一只蜗牛像一个装饰物般，也不消停，正在爬过椅背。母亲抓起它，把它放到苔藓地里，免得被人伤害到。接着，她坐下来，看着眼前机架上的那些独木舟，开始说话，"差不多三十五年，到今年10月就三十六年了，三十五年里，他用言行表达对我的爱，所以我觉得自己是可爱的。他就像温和的毒品，只要我靠近他，一切就满足了，而且一点都不会厌倦，除了他能给予我的那点，我其他什么都不想要。但是，他能给的真的不多。我超出他太多，而他能拥有我也太幸运了。他奉承我，但是很真诚。我也爱他，确实爱他，现在也爱。我只是，亚瑟，我能有点困惑吗？你父亲，当时，我感到困惑时就想着自己得到的幸福，并尽量远离困惑，而西尔在身边，让我感到安定，感到不一样，他对我更好，他救了我，而我超出他太多……说真的。是真的吗？天杀的。"我退缩了一下，而后对自己的过激反应感到好笑，不过我这辈子之前还从未听她讲过哪怕是一点点脏话，不管过去黛娜和我怎么乖戾。"天杀的，我那一点点的不敬，一点点的不甘，让我震惊，让我思考，我真是那个幸运的人吗？这样会害死他吗？他只是坐在那里说，'老天，我是多幸运的男人，能让你看上这么卑微的我。'他从来不会让我觉得我得好好留心点，否则会失去他。天杀的。"她还真的很解气。"在他眼里，我不会犯错，他这到底是怎么回事？"

"不就是他非常爱你吗？"

"不，这，这，这，这说明，我只是一个好点子，而他，他是那么，那么的，是那么——"母亲几乎对着我哭起来，"然后他完了，先走了。”

这事也关乎莎士比亚：在喜剧的尾声，婚礼开始了，生命的轮回，那舞蹈，那将指向家庭、新生、生活，而后是未知的结束的爱情。可是，这并不存在，在婚姻和舞蹈之后，在一起生活了几十年后，在葬礼后，剩下了这个女人，她老了，沉思着，对自己为他感到愤怒而愤怒着，当每个人都明白自己尽了力，可是是谁坐在柳树下，想说，“这真令人厌倦”（天杀的）。“我走了一条省力的路，为此感到后悔。”如果黛娜和哈罗德·布鲁姆是对的，如果我们都只是莎士比亚想象中会行走的虚构人物，那么经典作品中哪里是我母亲呢，她没法确切地说出自己究竟生活得怎样，不能说西尔的爱是不够的，他的善良和尽力是不够的。

“我是不是忘恩负义？是个泼妇？”

“不。”

“我真的觉得自己不是，我只是知道，这种情况下说这种话的人就是忘恩负义，人家尸骨都未寒呢。”

“你对我说什么都行。”如果后来我听出她此话的意思就是在提醒人们别一切求安稳，不敢好好体验生活，不敢冒险，爱得太少，唉，那我就不必承认，自己最大的错误就是没有好好听母亲的建议。

我当时还没想到，她这番话会存在我不安分的脑子里，最终变现。我还以为自己就是个善良又善解人意的成年儿子。可是，她说到悔恨，我想起那一周开头的日子里，雅娜对我说的那些告别的话，后来我把母亲的悔恨视为深刻睿智的证书。她后来对黛娜说了截然相反的话，（“为西尔感谢上帝，我得到了所需要的一切，也欠他太多，我是如此*知恩*”），这是表明智慧的精神适应力，或是情感共鸣，抑或是阿尔兹海默症吧。她和我的对话也许只是情感发泄，只是她的某个侧面吧。

我们一路走回家，回去继续此次重要活动剩下来的一些事情，黛娜还组织了一些剧团朋友来帮忙。妈妈和我回去后，到了下午，西尔的亲戚们就在卡拉OK机上唱辛纳特拉[①]的歌，机器还是黛娜租来的，承办餐饮的酒吧侍者正在摇着马提尼酒，他穿着双城队队服，背后还印着球手莫尔的名字。

就这样，我看见了她。

欲望瞬间掠过，那种欲望比单纯的性欲更罕见，不过21世纪的成年人没人敢说确切体会过，即"一见钟情"。身体感到激动，不过是腰部以上的部位。思想激动了，坚信有意义的事情马上要发生，会觉得突然进入了某种田园风景，某部喜爱的电影，某种重复出现的梦境，那里的人都是没有脸部特征的，就像向游客兜售的木刻。我有一种飘飘欲仙的感觉，但并不肉欲色情，我很想触摸她的脸，将指尖碰到她的脸颊，划过她嘴唇和鼻子间的人中。夕阳下的海滩，从她肩膀上的皮肤一直划向与下巴、耳朵、脖颈相连融汇的交叉处，这些沉闷的解剖学词汇，脖颈、皮肤、耳朵、鼻子，没法用来表述。

我当时还不知道她是谁。她却在我之前就认出了我。"你是黛娜的双胞胎弟弟。"陌生人说道，而我则僵尸般蹒跚地走向她。

"没有人像你这样认出我们的，我们其实不太像。"

"那是你的想法。"她微笑着，我开始觉得自己愿意为这女人放弃一切了。"可这并非事实，我——"她说出了自己的名字，这下子我完

① Frank Sinatra (1915—1998)，美国著名歌手与电影演员。

全迷惑了。为了便于文字表达，我必须得说出她的名字，这名字有些古雅，让人联想到黎凡特[1]，带着香料气息，深金色，“佩特拉。”

我拉住她的手，然后又放掉，好像会伤了自己似的。我重复着，“哦，哦，哦，是啊，是啊，我姐姐的，姐姐的——”

“是你姐姐的。”她笑着肯定。

(一位苛刻的评论家有一句箴言：“阅读亚瑟·菲利普斯的对话就像在细读结巴人的话语细节。”)

“我为西尔感到难过，我和他见过几次，是个绅士，真的很亲切。”

“谢谢你，他确实是的。他对你说过他和我妈妈是怎么认识的吗？”

黛娜和佩特拉刚一起买了一条狗，是一条比格公猎犬，她们管它叫玛利亚，这是黛娜好多年的梦想了，她就是有这种具体的家庭生活的幻想。黛娜读中学时，第一次想象着要与一个女人一起生活，养一条狗。她读了《第十二夜》，听到托比爵士夸他的女朋友玛利亚，这就是她想知道的莎士比亚喜爱的品种的证据：

安德鲁爵士：在我眼里，她是个好村姑。

托比大人：她是条比格猎犬，纯种的。

因此，黛娜就决定自己有一天也要养一条比格犬，她和她心爱的人将喊它玛利亚。她等了三十多年，才等到了这个女人，而此人在瞬间就让身处拥挤的守灵人群中的我感到浑身震颤，她捕获了我的想象。

---

① Levant，地中海东部地区，包括希腊、埃及以东诸国及岛屿。

“那条狗怎么样？”我问。

“可不是一般的狗，它叫玛利亚。”

“玛利亚，‘啊，她是一条比格犬。’”

“纯种的，”这个遥不可及的女人应和着，如此可恨地让我无法接近，“黛娜简直太挑剔了，我们还得面试养狗的人。真是同性恋父母的过度补偿失调症。终于，她问那个威斯康辛的家伙，‘你的比格猎犬怎样？’他说，‘我的狗品种来自斯巴达勇士，它们的脑袋上挂着的耳朵可以拭去朝露。’”

“‘能膝盖弯曲，垂肉就像帖撒罗尼迦公牛’？”

“你认识那家伙？”

“我了解我姐姐。”

23

父亲当时还剩不到两个月的刑期。要不是我此番来送西尔最后一程，我原打算飞去明尼阿波利斯接他出狱的，不过我并不确定。这段时间里，我觉得自己对他的冷漠达到了最接近理想的状态，那是一种真切的感觉，不是为了让自己确信而硬装出来的。我记得自己不很在意他出狱的日期，到了明尼阿波利斯后才弄清楚日子。于是，等他走出监狱就像是我应该做的一件事情。我试着向雅娜解释这事，当时我应该在布拉格，应该早就赶回去处理婚姻问题，想想自己究竟还有多想挽救婚姻，弄明白谁还在生气，谁该出来道歉，或是计划离开。可是，我并不想回去。我深陷在明尼阿波利斯宾馆的床上，觉得像在家里一般轻松自在。我每天都和姐姐呆在一起。我看着她录下收音机里的广告，这让我想起了爸爸以前常给我念故事的声音魅力。我看着她跟师傅练习武术，那师傅眼睛都不眨一眨，面部表情凝重。我们在她的公寓里一起做饭，长时间地喝酒进餐。我还在劳瑞公园里和她的狗玩耍。我不禁注意到，她的情人几乎一直陪着我们。

西尔下葬后两周，我去看望爸爸，准备表演那个不自然的儿子的角色，希望听到他对生活的最后一章的规划，他余下的时日必然是十分短暂而忧伤的，为此我做好了完备的自我防御的武装。

但我驱车前往法里博的一路上都想着佩特拉的脸，大声地笑起来，想着在黛娜的剧团朋友举办的“弯断”派对上，她扮成男人时的模样，想到她的手落在我的背上，抓住我的海绵胸罩。“你换装后就像兔八哥一样诱惑人，”她说。当我经过层层安检，进入访客停车场后，我心里满溢着对爸爸的宽容。我决定对他负责到底，对得起他，对得起他的努力。我们俩中得有个人为对方做点好事。我打算给他租套公寓，给他经济补助，为他在老年中心找份教艺术的工作。我不期待什么回报，哪怕是感激的眼神和话语。

我在最近重新命名的家庭中心里等他，那里现在提供食品，有一堆干瘪的、长须的、快成果干的葡萄，还连根带土呢。我等了十分钟，想着过去探望他的情形，想象佩特拉坐在我身边，我该怎么对她介绍这房间，她会怎么评价生我的那个男人。接着，他被人带了进来。我都认不出他了。

怪异的是，他看上去像是年逾八旬的老人。他一直随时间不断变化，可是这一次的变化，尤其在西尔死后，却非常惊人。他像个虚弱的老人，晃荡地穿着橘色的连身衣裤，头颅骨明显可见，下巴至最上面一颗扣子间是斑驳的蜥蜴般的条状胡须，他摇晃了一会儿，我开口问，“爸爸？”语调完全变了，他用手撑着身子，缓缓地在我对面的椅子上坐下，还是当年那样的胶木椅子，一脸孤独、悔恨和羞辱。只有他的眉毛还在生长（或者至少没有萎缩），现在浓密得就像是赢得长须比赛的胡须，让人不由得注意到它，仿佛一片银色的草皮。

我几年前在做图书巡展时还见过他，可现在他老得太多，我再次要被他的冷漠击垮，挫败、消融。比可见的变化——如体重减轻，皮肤松弛，原本毛发浓密的地方现在很稀疏等更糟糕的是，他说话的方式也变了。“我有个主意，我已经开始做了一点点，确切地说，是做了一些研究。”几年没见，这是他对我讲的第一句话。

“你好，爸爸。”

接着，他说话了，“亚瑟，谢谢你能来，很高兴见到你。”他点了点头，打开了话匣子。“我有个主意。”他回到了方才的话题，“我已经开始做了一点点。”

“西尔去世了。”我说。

这话似乎让他顿时没了精神。他点点头，盯着手上的斑点看。“温柔的西尔维斯，是的，你姐姐写信告诉我了。他是个好人，他做得很好，把她照顾得很好。”

“的确。”

“这本来是我的责任。”

“是啊。”

我们都停下了，等待着，希望谈话不要出乎我们的预料，又回到以前胶木桌旁的情形。不过，他接着继续说起前面的话题，就像一位没有经验的导游，尽力不被各种提问扯远了：“更确切的是，我一直在研究着。这也对你母亲有好处，还有你那对波希米亚的孪生王子，对大家都好。这主意。我已经等了很久，竭力想尽可能地多等等，只是别等太长时间。”

这好像得花很多精力来解释。他显得精疲力竭，我趁着话语间隔，凭自己的见解，赶紧接过他的话来：“爸爸，我知道，我也这么想。我已经等得太久，太久了。我离开得太久了。”

这话令他失望。“是的，可是。”我们很快都意识到，他明白了我希望做些感情倾诉，并希望我打住，于是我停下来，不过这样很好，我甚至觉得很好笑。我可不能犯错误，对他怀有太多期待。我能感到自己重新戒备起来，于是他说，“我可不想显得无礼，我——你是个著名作家了。”

“不算有名。”

“可是你写了那些书，”他坚持着，突然显出失望的表情，几乎有些惊慌，好像我不假思索的谦虚反应不仅劝住了他，还给他提出了难题。“你还跟出版商有联系，是吧？”

“是的，没错。我刚才是说我——”

“我不想显得无礼，我知道你会怎么想，我老了，可是问题就在这里，是我造成的。所以，现在你和我，我们应该一起做点什么，怎么样？我一直在等，要干点伟大的事情，我需要你。你是我唯一可以一起做这事的人。你是个著名作家。你干的事情很伟大。我很骄傲，这你也是知道的。我不知道该对谁说，说我为你骄傲。我也从没对你说过，你创造了奇迹，亚瑟。”

我很难将这些令人惊讶的话再进行夸大，一股热浪冲走了我所有的冷漠，这说明我心里的阴影是如此浅薄。我自己的家庭生活摇摇欲坠，我的判断倾斜了，现在我又突然从这个衰老、沧桑的男人，这个与总是让我失望的父亲和扭曲的童年有着关联的男人那里，听到了如此难以置信的坦言，他突然对我说了这番我期待了几十年的话，听到这些有关我整个一生的话，说我竟然莫名地达到了他最高的期望，我抽泣起来，激动地咳嗽着，自从孩提时期作为家人探望他以来，我还从未这样过。

“谢谢你，爸爸，谢谢。”

“哦，当然了，不过，听着。”此刻他稍稍坐直了一些，好像受了我的一些鼓励。“所以有了这个主意，现在我必须做起来，我需要你的帮助，不能缺了你，必须做起来。这是为了你母亲。你现在继续在创作吗？还在写吗？现在？”

我告诉他，说自己的第四部长篇小说（关于主人公和他父亲之间理想化的情感）已经在四月里出版了，不过自那时起我就没有了灵感，这很不正常，我还没有想出故事大纲来，没做笔记，腼腆的缪斯们还没给我抛过媚眼。做出这一承认时，我大概有些情绪消沉。“我回去还有很多事要做，”我叹了口气，“雅娜和我，我也搞不明白，我一有压力就写不下去。我需要放松，需要明白自己是……是安全的，就是这个词。我需要好的环境，现在还真不是时候。”

“你在开玩笑吧？”他很严肃地问。

“是的，哦不。”

“莎士比亚在罹患腹股沟炎时写了《维纳斯与阿多尼斯》，那一定很有压力的。”我只能点头。“嗯，”他对自己的语气有些歉疚，“其实，你并没有错，时代不同了，你需要好的环境。你是个伟大的艺术家。我不太懂，不过这样最好，你放松一段时间，你得有事情好好处理。你现在怎么样，有四十五岁了吧？名声呢？你在文学圈里算是个人物了，对吧？你有出版商吧？”他重复道，忧心忡忡的样子。

“有，爸爸，我有出版商。”

“他们不错吧？名声很好？”

“是的。”我噙着泪水笑起来。“兰登书屋名声不错。”

“我很对不起你和黛娜，还有你母亲。幸亏有西尔，感谢老天，你明白的，这是真话。我啊，我样样都失败。”

“不，爸爸，不。”我中了圈套。

于是他下钩子了：“别插嘴，否则会打断我的思绪。现在有个难处。”可是，他的话语重点越发突出，语势也强了起来。“你默默地思考了那么久，越来越偏离正轨，从大声疾呼或是摔门而出，或是电路短路偏离出去，这叫什么来着，叫转换，神经元……突触……为了反击，你开始高声表达，记录事情，于是你有了名气，成了牢骚满腹的老男人。接着，当有人可以对话时，那些都是荒废了的技艺，这你明白的。我很高兴你来了，真的高兴。时间不多了。”他不说话了，好像意识到自己跑题了。

“爸爸，我们有的是时间。”

“拜托请告诉我刚才我都说了点啥。”

“你在说呆在这里，那声音——”

“这我知道，但是之前呢，不过这不是重点。”他摇着头，看着自己的双手，接着朝天花板望去，然后再看我，此时的手势非常富有表现力，没准他稍稍练过，我后来回想。“关键是，我可以弥补，稍稍地，弥补做错的事情。”即便这表述很混乱，还是听得出其中的暗示，即在这种情形下，我无法拦下那个在这幕中取代了我的位置的男人，没法提醒他可能要犯的错误。

“你不必弥补什么，”我说，“你只要再次为出去后的生活做好准备就行，想想自己渴望什么，想见谁？”

“听着，阿蒂，这就是我想做的事，我不打算打高尔夫球，在余烬餐厅里蹒跚着去拿给老人准备的咖啡。”我不忍心告诉他“余烬”已经关门，明尼阿波利斯完全不一样了，居民都变化了，或是去世了，都换过了。“我不打算做那些事，无论你们认为一个老犯人应该做些什么，我不开玩笑的。”

“我知道。”

“这个城市，你的朋友康斯坦丁，他们都欠了我。你老是把我的事情告诉他，使他又能铐住我。”

“你其实并不是真这么想的，爸爸。”

他垂下目光，用手指推挤脸颊，咬着嘴角的皮肤，胡子刮得很糟糕，皮肤红肿皲裂。“不，我没有，对不起。只是，你忘了哪些谈话是很久以前的，哪些是最近的了，你很愤怒，你明白的，接着你忘了为啥，再后来你又想起原因来，不过想起的不是为何愤怒，而是你生气是很久前的事情了。”为此，他笑了笑。“现在不重要了，也没时间了，我生气时失去了太多时间，我整日满脑子都在争辩，时间就这样没了。”

“你还有五周就出来了，你知道的，对吧？”

“那以后我就没多少时间了。”

“你会习惯外头的生活，黛娜和我会帮你安排好一切的。”我主动说道，不等我细想，一个画面在我内心闪过：我接了他，开车带他去黛娜那里吃晚饭，我坐在佩特拉旁边，我们四个人，还有那条狗。

“时间不多了，我说我知道的，你相信吗？”

“也许这里的时间感觉是不同的，出去以后，你会——”

“我不想闲聊，亚瑟，听着，拜托了，我没有多少时间了，我希望你做点事，和我一起。”

这话当中有跳跃，有时间差吗？难道此话的意思是：“我希望你和我一起做点事”？难道话里还暗示了另一个词，“我希望你和我为我做点事”。我现在明白，此话肯定是“我希望你为我做点事”，但当时我听成了和。最后，我听出父亲是恳请我给予特别的帮助，而不是别人，不是求黛娜。我当时四十五岁，差点没了婚姻和双胞胎儿子，每天早上还要把前一晚留在枕头上的脱发扫掉，可是老爸竟然想和我做点事，我差点没站稳。

“你得给伯特·索恩打电话，就今天。你还记得他吗？他还活着，仍然有办公室。答应我，就今天，成吗？告诉他我想让你拿到钥匙。马上。然后，请你别抱成见，想一想。我要给你写封信。他们让我用电子邮件，一周用一次，可是他们全能看到的，我才不傻呢。”

“我就在这里，直接告诉我你想要什么。可是——”我为自己有如此想法感到羞耻，“我不想犯罪，您也明白的。”

“当然不会了，一切都过去了，所以才会有现在的事，我再也没法想啥就说啥了。”他结巴起来，嘴唇撅起来，脸部紧缩。

“老天呐，爸爸。”

“我不会了，我以前能边想边说，现在只能做一件事。”

“嘘，爸爸，没事的。”他摊在胶木桌子上的双手开始颤抖起来，接着一拍桌子，挥舞起来。我抓住他的手，稳住他。看守深吸一口气，把我俩喊开（探视规则3：不许触碰），不过他只是摇摇头，转开目光，接着，父亲哭了起来。“那就别说了，就想吧。”我说道，觉得这话有点愚蠢，父亲还在哭。“就想想出去后和我们在一起的事。”

过了几分钟，他停住了，紧紧抓住我的双手，嘴巴张开，但是接着只是站起身，走回了陪同他来的狱卒那里。他又有事没做成，我想，我看着他离去，非常希望自己能帮到他。

像所有的乖乖儿一样，我的大部分努力都成了自欺欺人。

24

事情发生的顺序都模糊地搅在一起，隐隐约约，摇曳不定。于是，我根据回忆中的情感来进行重构，例如A一定是最先发生的，因为它会让我生气，只有我生气了，才能解释我在B事情上的行为。然而，假如先发生了B呢？这不可能，不过此刻我也不能肯定。那么，我这些悉心积累的辩解，我的故事发展会怎样呢？

凭着我租来的那辆车里的导航系统热情妖娆的指示，我从监狱开车去父亲从前那位律师的办公室。我给雅娜打了电话，告诉她我打算在明尼阿波利斯多住一段时间。我理智地等着她顺从的态度，等着她谈各种要做的杂事，略带歉意地提到之前告别时的事情，甚至也许会用温柔的声音问我，“你想回到我们身边吗？”可是，她在电话那头咆哮着，“谁在那里对你说话？她是谁？”

“什么？没人，哦，是车载导航这玩意。”

“她听上去像个荡妇。难怪你会选这种声音。”

现在我能通过某种特殊的方式来理解雅娜这个我曾爱过的女人了，可当时我原初的迷狂的爱从来就不成熟，不稳定，也不深沉，虽然她确实很期待这样的感情，但不是我不合适，就是她不合适，或者我们就是配错对了，要不就是时机不对，抑或在我母亲无意中排出双卵而不是单卵或其他的时候，我就出错了。我现在能理解这个女人，她和我一样觉得挫败、恐惧和愤怒。

可是在当时，她的行为的确有一种怪异的侵略性，于是我，我那时为这寓言式的假面舞会装扮成被动愚钝的人，便欣然由她将我推上了我自己也莫名渴望走上的路，扯掉了最后那点折磨人的愧疚感，否则它会将我拖回原来的荒诞生活，又变回那个住在波希米亚玩具城堡小镇上的观光客丈夫。

我正在开车去父亲过去那位律师的办公室，雅娜在电话里告诉我，她把我换成了我们的一位朋友杰里，很早以前她曾经拒绝过此人的求爱和真挚的感情。她说那人这些年来一直在等她，愿意只做朋友，甚至也愿意和我交朋友（他很讨厌我对她的态度，她坦言道），不过她已经不能一错再错了，她要接受他。“我希望你们幸福。”我喊着，车子猛地拐过了35号州际公路上的车道线。

这事表面上与我父母和西尔的关系相当像，有时候，我会想到莎士比亚童年和《仲夏夜之梦》里的精灵们，它们会捉弄大意的游客。“我要带着你到周围走走/穿过沼泽，穿过灌木，穿过树篱，穿过荆棘。”如果其中一个精灵能有捷克口音，还带着手机，它们很轻易地就能玩这些精灵游戏，把我们全毁了。

我们的这些顾虑分布得如此怪异。当它们被均匀分配在我们的一生中，我们就被视为好人。不幸的是，我的这些似乎是聚成一团的。我无意中惹恼了雅娜，使她跟着某个捷克人或其他的人跑了，这种事，用她情感扭捏的英语说，就叫做既成事实，我很愿意将其视为分手宣言，以及对我随心行事的允许。我不否认自己的伪善，我自欺欺人地按照自己的心愿行事着，并觉得这么做在道德上是纯洁的。我麻木地应对此后的所有事，在此后的好多个月里，都听到最美的天使在对我低语，我都一一予以嘲弄，让它们无言以对。(我仍然每天晚上都给儿子们写电邮，写得很长。哈！糟糕的回忆录，我竟然要声称自己是个好父亲。)

“我这是活该吗？”雅娜挂电话后，我冲导航仪问道。

“前方300码左转，”她咕哝着，“就那样。是的。是的！就这样，就这么着吧。”

25

伯特·索恩的破办公室似乎从来其貌不扬，甚至在当年他有合伙人，而我父亲还能支付他们的服务时都名不见经传。他的佛罗里达大学法律学位证书上方悬挂着一条误导人的口号“布雷维，索恩，托诺斯和奥格耐克：我们把加图尔公司送上法庭”，还配着卡通插图。那薄薄的黑木护墙板上的胶合板脱落了，积满灰尘的文件堆里满是乏味单调的诉状。那破旧而松垂的活动百叶窗上是打结的绳索。假发看上去太过明显、巨大，是波纹状的，很矫揉造作，这只能是他的真发了。

“他指示我这么做，说孩子们会来拿的。”伯特说道，他的声音里带着古怪的伤感，我没想到这么一位年长的律师会有这种口气。但那名年轻律师尽力为他年轻的客户辩护，然后看着他一次又一次接受判决，等他被关起来后，就失去联系，然后就要接待那个消失了的客户的儿子，儿子是来取那些年留下的古怪的祖传遗物的。时间突如其来，轰地一下就非法侵入进来，我看见这位律师被打晕了。“你那时还是小孩子，”他对着办公室里的那个中年男子说，“一个小男孩啊。”

我还是小男孩时，十分孤独、胖乎乎的，很容易独自幻想，有时候会想象自己就是死神本人，觉得除了能见到我的下一个受害者外，没人能看到我。我也许在城市公交车上，即那种老式的糖果红的1B公交车，我坐在一位老人对面，一根带子将他的双手缠绕在一根手杖的弯曲处，手杖就在他叉开的双膝中间摇晃着。我能想象自己用善良的小男孩的声音对他说，“是时候了，”于是他点点头，站起身，和我一起走到公共汽车后面的紧急出口，直接穿过它，抛下开动的汽车，将它留在身后和身下，而我抓着他的胳膊。他丢掉了拐杖，我们穿过空气走向终点，只有到了终点我才能放了他。

有时候，我会对这些人进行评判，这些脸上流露出（在我想象中）恐惧或失望的人。一位老人，他还根本没做好准备，盯着我，“你只是个小孩子。”他低语。

“来吧，老家伙，轮到你了，要坚强点。”我责备道，俨然是不苟言笑的死神。

伯特就像这样子，对我的到来，我的成年，我提出要拿传家珍宝等事感到恐惧。他颇费技巧地掩饰着自己的惊慌和忧伤，重重地坐下，鼓起腮帮，说，“嗯，好久的事情了，我都觉得有点久远了。”

他的保险箱里放着钥匙，箱子就在一幅画后面，画上画着一个敞开的、空荡荡的保险箱。那钥匙是开保管箱的。我肯定描述得戏剧化了一些。不过，当这位类似家族守护人的老人移交我父亲长久保护着的秘密时，这么夸张也并不过火。

保管箱就在城里的本地银行里，在最近高度融资的混乱局面中，银行的所有权已经屡次更迭，不过看到它，我总是会想起明尼苏达双城队比赛的赞助广告，都是在夏季的晚上传到我卧室里的，当时窗户开着，我通过用电池的收音机，戴着单只的白色耳机收听着，那耳机都用得发黄了，在那段令人沮丧的天还未黑透就得上床的夏日，我期待着能依照钟表时间，而不是看天色睡觉，我躺在床上，偷偷地收听托尼·奥利瓦、罗德·卡鲁、哈门·基勒布鲁、伯特布莱列文等连续抗击老虎队、酿酒人队、印第安人队和天使队。所有这些温暖的童年夜晚都拜赐于这家银行，它的名字和格言每隔半局就被重复一次，直到我睡着，耳机掉在枕头上，那上面还有孪生队比赛的标志，即击球手们退入了嘈杂的喧嚣声中。

无论父亲的这件礼物是什么，我决定都与黛娜分享。对于父亲选择我而不是她，不管我如何想都感觉有那么点骄傲。但也许是看到了伯特的惊慌，或是想到了自己童年时的那段入睡时光和温馨，想到了黛娜，那点骄傲很快就消失了。因此，我一离开伯特那里，就给黛娜打电话。“爸爸让我为他做点事。”我说，好像这是世界上最自然不过的事情，好像他也想好了有不少事情要她做。四十五岁的年纪了，我还像个小男孩一样爱吹嘘，对那个自我出生以来就最爱我的女人做出一副满不在乎的冷酷样，狠心地对她表现得漫不经心。可是，还没等我讲下一句，我就自行更正道：“我想让你一起来，当然，事情已经变得有点古怪了。我想与你一起做这事，会很有趣的。”于是我们说好了，我到她那里去接她，然后我们一起去银行。

可是，等我到那里去接她，等我做好了准备让她来打开保管箱，由她来接管里面的无论什么股票证券时，她却离开了，只有佩特拉在那里为黛娜做着解释。黛娜被叫去参加最后的试演，匆匆离开了，我只好一个人去了。我怀疑这是不是真的，也许黛娜故意让我独自行事，以免自己受我的负面伤害。于是，我请那位替黛娜表达无法参与的遗憾的人和我一起进行“一次前往秘密地下室的旅行”。

“哦！家族地下室！是什么啊？”

“菲利普斯的隐秘事业，黛娜一定告诉过你我们耻辱的过往，你要来吗？”

“当然。”她说道，带着斯堪的纳维亚的口音。她先是用手指触摸屏幕，在手机上发了些短信。“好的，开始任务！”

我们驾着那辆租来的车，跨过河流，还谈起了欧洲。“你有老婆和孩子们。”

“孩子们。谈不上什么老婆。”

“你还有开启秘密的钥匙。”她用嘉宝的口音嘀咕着，我不得不提醒自己，她说的是真正的钥匙。

“你和黛娜在一起多久了？”

雅娜不算什么；佩特拉才是一切。到底是什么机制在如此改变着我们？那些我曾经以为会心怀永不熄灭的热情之火的东西为何此时却像黯淡的灰烬？若是青少年，也许还能将这些归咎于（或归功于）新欢的熠熠光彩，她好*太多*，也*更为*丰富，这使得我曾经爱过的一切都显得黯淡无光、灰蒙蒙的，毫无价值。罗密欧一见朱丽叶，就毫不犹豫地甩了罗莎琳，轻而易举地忽略了自己之前的所有感受和煎熬，仅仅将其视为幻梦。我们都和他一样，找着各种理由，说自己懂得了*真*爱。可是当我们人到中年，当情人不再是十五岁的孩子，当那个要忘却的女人不再是陌生人或一时的迷恋对象，而是自己娶了十五年的妻子和双胞胎儿子的母亲时，那这种爱就不是命中注定，而是耻辱的，这爱不能证明新爱的高尚完美，而是揭示了男人的脆弱、不忠和胆怯。

所有这一切，我都承认是自己错了，不过，不过，不过我认为，我的承认对她是公允的，为了她我愿意放弃从前的一切，为了她我晕头转向，丢弃了原则和誓言，回复了原来的自我。难道我能说自己娶过的女人只是幻梦，而这个陌生人却是现实吗？我觉得自己做不到，可是……“爱过的人谁不是一见钟情？”马洛曾这样写过，马洛是让莎士比亚多年来心怀畏惧的更优秀的作家，这位写下这些文字的人，为数以百万的青涩少年们和成千受过太多教育的中年傻瓜们的痛苦进行了辩护。

黛娜和我都对她有如此强烈的好感，这是否令人惊讶？不仅这些，她应该对我们俩都很合适；这给人一种几何学的对称感，就像雅娜和黛娜长期不合，它早就该提醒我，我的婚姻注定失败。

当莎士比亚还是个年轻作家，在写《维罗纳二绅士》时，当主人公最好的朋友失去理智疯狂地追求主人公的所爱时，他说，“爱情让我宣誓，爱情也让我背誓……/最初我爱慕闪烁的星辰/可现在我崇拜天空的太阳。”可是后来，在《十四行诗》中，当这样的女人出现时，当她破坏了两个男人的友谊时，诗人却对此轻描淡写，说她并非古典美人，她根本不像太阳。

因此，莎士比亚也遭遇过与我此时同样的困惑，而且他放弃了，改去描述动人的情感对象，即天空的太阳，通过描写她的魅力来表达效果，或是略过整件事，承认这是不可能的，并说她根本不像太阳，尽管也自有魅力。我还足够年轻，足够天真，足够有能力用笔墨纸张、像素和字节来捕捉她，这样她就能活得更久，不会改变，更值得欣赏，在我的作品里永生，这也是每个伟大的艺术家希望做到的。

26

佩特拉和我被领进银行的地下保管仓库。“你的箱子还未被开启过，已经——”那个衣冠楚楚的小伙子查看着一张蓝色的索引卡，“已经二十三年了。”

“如果这事现在是舞台上的表演，我肯定会批评说它是不可能发生的虚构故事，”佩特拉说。这话有道理，保管箱这类东西大多数人在生活中都不会用到，也许只是在危机时才有。对大部分人而言，寄存品保管库只存在于电影中，所以一旦走入其中，你会觉得是在电影里。不过，其实我们说的不过是一间阴冷的地下室，里面全是储物柜和上锁的抽屉。所有那些虚假夸张的庄严感，都是银行用来让客户感到安全的，佩特拉和我对此觉得很滑稽。即便到了地下室，她还是拒绝拿掉太阳镜，直到那东西被打开；即便在做身份核实和愚蠢的密钥比对、把我们的钥匙和银行雇员的那把一起转动的时候，她还是抛不掉自己的斯堪的纳维亚口音。当银行职员把我们留在一间秘密查验室，自己离开时，“亲爱的，”她对那人说道，“哪怕你听到有人尖叫也别进来，听明白了吗？”

父亲的保管箱是一个正方体，不像是一个小抽屉，每条边大约有十八英寸长。箱子里面有一个小小的木盒子，盒子一侧印着严谨而断续的大写字母BANANAS，像是军事番号或咖啡商号，仿佛是一条小型货船刚刚停靠卸下的小堆货品。“太怪异了，”佩特拉说，“你们家，真的，简直超乎想象。”整块木盖子很容易就拿掉了，里面是帆布遮盖物。一层层帆布被掀开后，我们看到的是一只黑色的金属连锁箱子，方方正正的，只有几英寸高，每一侧都上了扣，就像乐器盒一般。当我们将六个扣子一一打开，黑色箱盖就直接被掀掉了，上面还连着密封条，橡胶都裂开了。

最后，在一块泡沫衬垫上，在一个密封的塑料袋里，是一本大约普通平装书大小的书，不过厚度更薄一点。

我哭笑不得。这不是我要的东西，和我一点关系都没有。难道他在监狱里呆疯了，忘掉了究竟是自己的哪个孩子才喜欢这种东西？“黛娜会后悔没来的。”佩特拉说，她那斯堪的纳维亚的玩笑口吻依稀可辨，而我则更恼怒了，因为我突然强烈地感觉到自己做了错事。“我觉得黛娜应该来，这是什么东西？”

一本四开本的书，1597年版，是《亚瑟的悲剧》的剧本，或者，根据标题页，更确切地说应该是《关于不列颠国王亚瑟最出色的与悲剧的历史》。我们家有1904年版的同一个剧本，是我祖父当年因为对他的加拿大高中戏剧社做出了贡献而获得的，就是我小时候黛娜为我朗读的那部戏，不过除此之外我从未听说或想到过它。一部莎士比亚戏剧，他的名字就在标题页上。

佩特拉盯着它，不敢去碰，她的脸靠得很近。“是真的吗？他有真正的……？”在那个过于戏剧化的地下室里，她的兴奋感染到了我，那兴奋燃尽了必要的疑虑，因为对她“是真的吗？他有真正的……”的问题的直接回答就是“不，当然不是了。他当然没有”。我父亲完全是个伪造者，几十年来，他拥有并偷偷保存着一份真正的有四百一十二年历史的文件？不，凭我对他的了解，凭经验这就是假的。可那一天，只有我和佩特拉，还有那个让她满怀热情的东西，这玩意让她激动得直喘气，而我也想渲染一把，于是也就顺水推舟了。“我们能读吗？”她问。

信念、轻信、自信。回头想，信念简直就像是病毒，你只有在痊愈后，才会意识到自己曾经如此狂热迷醉。身处银行的保险库，我的免疫系统十分脆弱。当他告诉我说这是一件礼物时，我发现的究竟是什么？是什么蒙蔽了我，把我弄得像某个谈话节目主持人，对这种难以置信的回忆录的道德力量柔声细语地解释着？像个荷兰艺术专家，对维尔米尔伪造了凡·米格伦[①]的画确凿肯定？像所有的莎学学者天天把自己的名字添加在推荐《亚瑟的悲剧》的卷册之上？

我觉得那至少是一件仿制品，这样的怀疑不无理由。“这，嗯，很有趣。”我们都同意将它重新包装回原样，带回到她们的公寓，然后再细看，等着父亲曾经答应过的要用电邮来进行解释。我们一同面对此事，就她和我；这是我最重要的感受，我们应该去找黛娜；这也是我次重要的感受。“我们是否应该戴上乳胶手套，或是其他什么的来触摸它？”我问。

“哦，我在家里有好几盒子呢。”她莫名其妙地微笑着，于是我让她带着小箱子走出银行，上了车。

我发现，关于手套，她并没有开玩笑，这很有趣，尤其是她尴尬得都没法解释为什么会有这些东西（最后，她承认，这是用来清洁泰勒明电子琴的，无伤大雅）。我们检查着剧本，接着就大声朗读起来，肩并肩地坐着，而后站起身，脑袋紧靠着，戴着乳胶手套的双手不时

① Van Meegeren（1889—1947），荷兰画家与肖像画家，被认为是20世纪最杰出的伪作者，维尔米尔（Jan Vermere, 1632—1675）是他模仿伪作最多、最成功的荷兰画家之一。

地触碰着彼此。

16世纪的印刷版图书都很难立即读进去，何况身边不到两英寸的距离还站着一个令你神魂颠倒的女人。字体歪斜，扁扁的，很模糊，不均匀。拼写也很怪异，甚至每一页都不同。例如，在《亚瑟》中，“moue”和“moove”都表示“move”。文中没有j，u和v是可以互换的。有各种s的变体，我们现在都不用了，看上去就像f或其他之类的。各幕各景有时候会标上数字，演员登场和退场也标得不太明确。标点符号似乎很随意。台词标题中人物名称的错误和变化也不少。最后，我们还是习惯了。佩特拉和我，我们一起，整个漫长的春天的下午，都呆在她那里。

为了弄明白意思，有几句话我们重复了好几遍，还经常停下来到网上查询单词。佩特拉多次想找到图解，这样她就能对剧本中的花卉、城镇、河流、苹果等有具象的感受。

这个剧本和我所回忆的三十年前的差不多，当时我十五岁，鼻子被人打破了，为了鼓舞我，黛娜给我朗读剧本。当佩特拉和我读到亚瑟王第一次集结了他的军队时，我几乎能感受到自己破裂的鼻窦腔里有怪异的细丝在游动。

“这是什么？”一起阅读时，佩特拉常这么问。她也会说，“哦，我喜欢这句话”，“难以置信我们在阅读它”，“你觉得莎士比亚曾经摸过这个剧本？”，“老天，他太神奇了”，“他是最棒的”，“我都起鸡皮疙瘩了，瞧！”，还有“来读点新的吧！”。一想起读到亚瑟亲吻他新娶的王后时，我们靠得越来越近，我几乎透不过气来，我的欲望和希望已经超越了肉体，嘴巴变得干涩，一边祈祷黛娜别回家。

我们就这样读了一个多小时，也许两个小时，小心翼翼地翻动每一页，那纸张光滑苍白，线和胶水将书页粘在一起的地方并未露出来，显然还是硬硬的。我们停下来，对此大为惊异。“那么这就是你的了？他送给你了？”她问，“他想让你为它做点什么吗？他是怎么拿到的？”

“我也不知道，我们接着读吧。”我知道那个吻就要来了，我像个十几岁的少年，觉得如果我们继续读下去，就像这个样子，紧挨着，躬身于这册小书，轮流成为王子、国王、士兵、驯狗师、牧羊女、报信者，那一切都会被改变的。我们的手不时地发生触碰，假如这部戏，假如莎士比亚让她亲吻我，我敢肯定她会做的。第三幕第一场：

格温，过来吻我，半闭起你的眼睛，
在这飘浮着金色斑纹的晨曦雾霭中，
让我们尽情呼吸，聆听鸟儿的晨歌。
格温，过来吻我，戴上这金花王冠，
和我一起在树荫下静坐亲吻，格温。

其中并无舞台提示。但是，她伸手过来，用蒙着乳胶盔甲的手背抚着我的脸颊，而我的脸则压在那有着双层盔甲的骨头上，完全依照剧本，可我的心跳却背叛了体验式表演者的严肃性。

“她等了他这么久，”佩特拉说，“她忍受着他所有的彷徨不定，这种爱很奇怪，不是吗？她亲眼目睹他和其他女人们在一起，还准备好原谅他的一切。”

“你不信任他？他说他愿意为她放弃一切。”

“我相信他，我不信任的是她。我觉得她只是想当王后，还为此对他进行了估量。她这是在耍他。她知道自己在政治上一无所有。法国大使在大厅里，准备好了要献上一位公主，附带土地和财富。格温妮拉在这方面是没法比的，她对此沉默不语，可并不真诚。然而，她拥有其他东西，她有青春，不是吗？”

“她并不比亚瑟年轻多少。”

“不是她的青春，是他的。她让他想起了自己在树林里的年少时光，扮演一个国王。那是在战争爆发前，在他被出卖前，在从政前。她给了他一个新的童年，于是他扑了过来。瞧，他没法很快就求婚。她把他的冲动娴熟地把玩于股掌间。他会喝醉，他打算娶法国公主的，于是她和他呆了几分钟，让他恳请她要相信他的忠诚，不仅仅是与她睡觉，而是给她王冠。他在恳求。唉，莎士比亚，男人啊，男人啊。”

这是我第二次听一个女人解释这部戏。

“我不这么认为，”我说，“他知道她想要什么，他不是傻瓜。他已经结束了过往之事，或者说想与过去有个了断，他想抹去自己的过错，而她也有同样的需要。这不仅仅是权力博弈；她有一段历史，她只是暗示了自己也有错误行为，但都过去了。伊丽莎白时期的任何一位观众都知道亚瑟的故事，在故事里她完全是个放荡女人。她自己在爱情上也有错，她希望能再次纯净新鲜，于是两人间发生了点事，又回到了孩提时期。她身上发生了些事情，仿佛有印刻作用，那是瞬间产生的，或许不一定会起作用，但这并不意味着她就能摆脱它。你看，她确实企图摆脱的，她让自己目睹他和其他女人们在一起。她自己也很徘徊。她过着老处女一样的生活，反正是过了一段日子的。可是她知道，自己只有一条出路。让我们再读一遍这一场，从头再读。”

可是，门开了，玛利亚从沙发上跳下来，汪汪叫着，黛娜走了进来，一边说着，“宝贝，你在家？我得到了，我真的得到了！”然而，她看到我们俩伏案读着那本书，戴着手套的双手紧挨着。她是从被电话召去的《两贵亲》试演现场回来，那是莎士比亚晚期的一部合著剧本，该剧有女同性恋的暗示，是她喜欢的剧本之一。她走到我们面前，拥抱我，吻了吻佩特拉，接着倒吸一口气，“这是，哦，老天。”

“是爸爸的，就是他让我去拿的东西，我都不知道是什么。”

“哦，老天，哦，老天呐！不，怎么回事？”她一边颤抖着，一边从佩特拉那里拿过一双手套，吻了吻对方，对自己忘了早点戴上，尽管这会儿记起来了而表示歉意，佩特拉则摸摸黛娜的头。黛娜立刻低头看书本，深深地吸着气，再吸一口，一遍又一遍地吸着。“就是它，是吧？哦，老天，这怎么会……”

一个月前，她去看过爸爸，她说，而他并未提及此书。我是怎么知道的？我什么都不知道，我说；爸爸答应会解释的。我脱下手套，累散了架一般，瘫坐到沙发上，让她和佩特拉围着这本小书。我想让她来处理。我已经没法再承受了。我假装无知，假装没有能力，扮演着我的莎士比亚的冷漠，尤其是对爸爸的不解。我让她好好保管，她认为该怎么处理就怎么处理。“它是不是需要放在某间有湿度控制的房间里，或是其他什么的？”

她抬头看看，显然很不情愿的样子，她考虑我的感受，然后放弃道：“不，不，不行。他这是有原因的，这不是给我的。”她不像是受伤害的样子，尽管我也不明白她怎么做到的。但是，她坚持说自己没有受到爸爸的邀请或指示，不可以勉强的。“我只是想，哦，老天，我只是想读它，摸摸它。它和 1904 年版的有什么不同吗？”

“我很想创作一个音乐作品。”佩特拉说道，她的手搂着黛娜的肩膀。

“哦，你要把它唱出来，听起来会怎样呢？”

“会很有表演性，是文艺复兴式的，遵照此类层次，或者更阴郁，是中世纪的，或者更早些，在场景上类似，或者你就出场，直接表演起来，不考虑时代背景……”她用牙齿咬下手套，走过房间，来到立式钢琴前，开始用左手弹奏起间乎格列高利圣咏和爵士低音旋律复奏的音乐。黛娜优雅地翻动书页，找到最喜欢的一段话，合着音乐大声朗读起来，并随之变换声调和语气：

> 莫德雷德家族高贵，我何不能尽快
> 植下我自己的王子以确保我的王位，
> 借她子宫来证明莫德雷德称王之权。
> 对。这样，我就能上自英格兰贵族
> 下至各类需要花钱买通的藩属人群
> 获得可以收买的尊敬，服从与畏惧。
> 此计成功在望，我要把抵抗的念头
> 化为行动，以兄弟的名义开始复仇。

她们俩我都喜欢，我喜欢她们对剧本的热爱，她们如此迅速而本能地开始表演，对它进行塑造，为它注入了生命。这显然就是一部莎剧，因为我对这两个女人怀着不同的爱，而她们又同时都那么喜欢它。我希望自己能成为其中的一部分。我不知道自己该扮演什么角色，或是如何来扮演，可是这个角色来了，而我莫名地相信，它会让我们凝聚在一起，让我和佩特拉在一起，而黛娜会满足于成为我们心爱的姐妹。

她从卧室里拿出了1904年版的《亚瑟的悲剧》，开始比较起两个文本来。它们并不完全一致，其中的差异也并不明显，只是有几处词语变化了，句子不同了，甚至在1597年版的四开本里，有四行或六行台词，它们在1904年的精装版里是没有的。

“这上面有莎士比亚的名字，”黛娜继续说道，“我知道，真的，我一直都知道。佩特，爸爸以前常问我是否相信这是莎士比亚的作品，我说相信，而这本也有他的名字！这么大，我在别的地方没见过这样的。遗失的亚瑟系列剧作，你听说过的吧，可是这，这么大。”

“这并不算确证，”我说，“也有一些书用了他的名字来售卖，但作品并不是他写的。”

“对我而言就是确证。”黛娜声称。

她叹了口气。饭后，她让我拿着书，把它包在袋子里，放进盒子，再用帆布和板条来包。“真希望我能保管它。”她说。

“那就拿去吧。”

“不，不行，他让你做点事情的，因此，请拿好，一旦他有什么指示了，马上告诉我，拜托了。”

“好的。”我吻着她的面颊。

“再见，亚瑟。”佩特拉在房间另一头招呼道。

27

次日是大宅的收发电邮日，我在宾馆里自己的手提电脑上读到了父亲的长信。他脑子里想好要给我的任务，比任何我能想象的都要巨大。我的第一反应是感到骄傲，他竟然让我，只让我，来为他，和他一起做这件事，因为他爱我，信任我的能力。我们即将成为某件史无前例、惊天动地的大事情的合作者。

那种骄傲，反过来，也激发了某种内疚。他那么信任我，而我有时候依然会觉得，他服刑这么久，我得负一部分责任。这种凡事希望公正的疯狂愿望折磨着我。通过帮助他，我也能尽力弥补我所造成的创伤。

这种内疚转而激发了一种怨恨情绪，即那种吹毛求疵的感觉，即假如我帮他，那么我也该被感激，或者按理应该得到我们所谓的因果报应或上帝的仁慈之类的，可事实上，这无非是小孩子希望得到奖品的心理罢了。于是，我想到了佩特拉。

接着，我有了这样的计划：这事需要我在明尼阿波利斯住上一阵子。我将这念头甩掉，一边自责，并默默地祝福黛娜和佩特拉。

日期：2009 年 8 月 4 日，星期二，15:05:02—0600

你去找过伯特了？你找到了吧？它在那里吧？你把它放在安全地带了？现在你已经看到过它了。你还想戳我的伤口吗？行啊。你想好了就做。小心点，它很古旧的。你不可以在有别人在场时让它跑出你的视线。他们不可以复制它，这很重要。这是重中之重，不可以被复制。这事得负责，你得不惜一切，要心怀疑虑。我现在也只能指望你了，因为我已经不再有疑惑，这样肯定不好。用显微镜来看它，或者用 X 光照照，或用激光来射一下。我不清楚他们现在怎么做的。我现在的居住环境也表明我没法真这么做的。让专家来阅读，评论一下文字和风格。我能推荐这方面的人，不过我这么做时，你不可以就此相信他们，你有你的方式。当你做好后，你会知道我早已知晓的事情。也就是说，不管你现在在干啥，这对我们都是一种耽误，所以尽快行事。不过，你尽管做，以使自己相信。快赶上我。这样并不公平，因为我超前了 50 年。可是你得赶上来。等我们同步了，等你知道你有了一部威廉·莎士比亚的剧本，那时你和我就能成为合作者了，不过你，我的儿子，地位会更高一些(不包括莎士比亚)。

地位会更高一些(不包括莎士比亚)。这几个字对我仍然有着莫名的影响。我觉得就像后背下方产生了一阵抽动，于是我就立即用反向力量来抵消它，就怕如果不做出调整，这抽动会持续下去。就是一阵喜悦(而后是反向作用的怨恨)。我是他的宠儿(除了其他人)。我对他不可或缺(虽然程度不像某些人)。我是他的作家(不包括那另一个家伙)。

等你准备好了，我们就开始。可是动机呢，我疑虑着。你也疑虑着。我疑虑你会疑虑我的动机。好吧，就这样吧。你会，你当然会这样做，尽管我希望你不这样做。或者，我希望你不必那样。我做这一切并不是让你不必疑虑我的动机。或者尽管我做了这一切，你得记得我从来没有对你做过此事，从不奢求会轻松就得到你的信心，或凭你的信心从任何人那里骗取毫厘或是丁点声望。那好，说说动机吧。这里的噪音让人分心，我没法集中精力。我离开你时，我走回去，躺下了。有人在敲击自己的床铺，声调越来越高地喊着“嫁给我！嫁给我！”好吧，动机。显然是钱。下次见面时我会解释的。你什么时候再来？不，我会写信的。钱，显然就是。这事会有很多钱。不过不是

为我。根本不为我。亚瑟。我不需要钱，我也没处花。钱是为你的，还有黛娜，你母亲。归根结底。而且是取之有道的！说到底。其他呢？是给你的礼物。是你的名声。你自己的创作很重要，而你也名至实归。你的名声对我们的任务是至关重要的。但这事的级别不同，开局的胜利归功于你（还有莎士比亚）。

（又来了。）

你会为此声名大震！你的名字与他靠在一起！你为他推出此作，而他会将你引向数百万的读者。你帮了他这个忙，他欠了你，一定会立即加倍偿还。你点亮了道路，从此你可以随心所欲地做事。你曾说出版上遇到点麻烦。他会解决的。会帮你的。

我不知道自己该做什么。我不明白，假如这个四开本是真的，有什么意义，或证明了什么，因为之前有人已经出版过该剧了，我们还有 1904 年版，而我的祖父还在 1915 年演过该剧。我在这事上并非专家，也不知道最新的有关莎士比亚研究的进展，可是，找到一本人人都早已知道的戏剧似乎微不足道，哪怕这是博物馆级别的遗物，于是我猜测它或许应该值几千美元。我甚至都想象着这书会值一万或五万美元。可是，有什么可激动的呢，爸爸？也许在 1987 年听上去还值点钱。

我不是在声称自己过于理想主义。老人们总有点特权吧。我们都会说一切都将完蛋没得救了，可是我得做点什么吧。他是值得的，不是吗？全世界都会得到快乐。想想你将会给世界增添那么多小时的快乐。给每个阅读它、即将看到它的人增添快乐。剧场、课堂、演讲厅、读书会等。校园餐厅里的求爱时刻，写给矜持的姑娘们的情书，小伙子们援引该剧的台词来争取时间。你将促成所有这一切。你将得偿所愿，可是你的作品达不到如此优秀。

点到要害了，显而易见的要害。此时我应该加一句，基于我自己在学校时好几个学期都闷闷不乐地硬是要挤出点干巴巴的关于莎士比亚的东西来写，这种快乐的增加，必然会让几代的学校孩童在无尽的未来付出惨痛的代价。

你说你目前手头没作品要写。所以时机绝佳。出版这书吧。告诉世界这是他的作品，是杰作。将它搬上舞台。让好莱坞拍部电影。电影！我好希望奥利维尔还活着。布拉纳活着吧？还有学校。写它吧。写脚注。在报纸上做出解释。为它辩护。让学者们加入阵营。他们现在有计算机来计算字数，来证明是他创作的，什么年份，合作者是谁。做这一切吧。他们会证明这是他，是他的作品。你也知道的，不是吗，亚瑟？问问黛娜，她知道的。当你了解了它，当你和我（还有他）每天都携手工作时

(叹息)

你就会对每一行都产生感觉。我真羡慕你！你能与他合作！每一行都读上百遍。这些曾遗失的词汇、双关、典故。追随他创作的足迹。让

每个人都看到他是如何创造奇迹的。你会感觉到他的存在。我已经感觉到了。他会与前来光顾者成为朋友。同样身为作家，你会理解他的，就像理解自己的同伴。读一读他是如何利用资源的。阅读霍林谢德。它几乎就是直接从霍林谢德关于亚瑟的章节中得来的。我如此羡慕你，儿子！你是其中一位真正的创作者！你创造了人物、世界、情节。在那么多方面，你比他更是一个创作者。他是在改编，扩展了别人的人物，将其他人的扁平世界吹得鼓胀起来。可是你！你在空无中仅凭想象就创造出事物来。我时间不够了。我再过一周会再写的，你需要我做什么就写信给我。永远爱你的父亲。

几个小时里，我在他的溢美之词的波浪中飘浮着，直到睡去，我甚至都没有好奇到去打开那只箱子，因为黛娜和佩特拉没在我身边，我没有热情做这事。我打起盹来，想着父亲很爱我，认为我比莎士比亚还有创造力。

28

他电邮中那些令人晕头转向的废话最终把我弄醒了，我还躺在床上，就给黛娜打了个电话。

“他有没有因为什么事而对你很生气？”

“我没觉得。”

“那么他为何要让我来证明这部戏呢？这不是我的所长。这是你擅长的。”

“确实是，可是他想这么做……我也不知道。再给我读一遍。”

于是我把整封信又向她读了一遍。

“嗯，也许他要你做就是因为他知道你，你明白的，你离他很远，比我更远。他和我都有点古板。他可以把这个给你，你知道的，告诉他你的感受，这是一种握手。”

“哦。”

“而且他想让你将它出版，”她说，“这也是为何找你的原因。”

“可它早就出版了，有什么不同呢？”

于是，我上网去搜寻这部戏。肯定会有其他的印制，其他的版本、文章，关于它有争议的历史价值评述等。这是我有生以来第一次要去探究。我给黛娜打电话。

“为什么我在易趣上买不到另一本1904年版呢？”我问她。

“我不知道。”

“为什么谷歌上没有提到它呢？”

“不知道。”

“有一本伪版的梅林戏剧和托马斯·休斯写的亚瑟戏剧，却没有莎士比亚关于亚瑟王的戏剧，甚至连冒牌的都没有，一个字都没有。”

“啊哈？”

“为什么你从来没有去找过呢？”

“因为我早就有一本了，”她说。这话当然有道理。自从1974年得知此剧的存在，自从1979年我听她朗读过之后，我从没再想过此剧。黛娜从1974年开始就爱上了它，1977年以后又拥有了它，她从未质疑过它的真实性，除了爱它，她从未想过还能干嘛。我们很少会为自己拥有的和热爱的东西找证据；它们的存在常常就是不言自明的。“当我在进行那些研究时，”她说，即那些反斯特拉特福的时期，“还没有进入网络时代，我常常认为它被人遗落了，而丢失的东西通常是找不回的。”

“可是，听着：我们现在早进入网络时代了，它是不存在的，”我说，“任何地方，亚马逊、阿里布里斯[1]、谷歌、易趣等都没有。根本没有这部戏，它并不存在。”

“可它的确存在，它就放在你面前的那个盒子里，”她说。“现在我膝盖上就摆着呢。”我听到佩特拉插话进来，这才想到这个通话她用的是免提。“我昨天还和你一起读过，亚瑟。它是存在的，不是吗？”

“不，说真的，听着。这没用的，除非我们承认明摆着的事实。”

“是什么？”

“你开玩笑吧？”

现在就是这个价值数十亿的问题，这问题对我和兰登书屋，还有律师、学术界、剧院、电影工作室都至关重要，价值连城。我是怎么从2009年8月开始游走，一路循着“不言自明”的踪迹，直到2009年9月和兰登书屋签了一份诚心诚意的合同，目的就是编辑和出版（首次）一部之前未知的、未经证明的威廉·莎士比亚的戏剧的呢？

“亚瑟，说真的吗？”黛娜说道，“他没开玩笑。你看看它，摸一摸，闻一闻，读一读，他没开玩笑。”

---

① 一知名二手书和旧书网站。

29

我对父亲说了那些动人的话表示感谢，感谢他信任我，我还问了一些基本的问题。现在看这些问题似乎礼貌得吓人，就像是一个充满渴望的孩子问的问题。

1）你从哪里弄到这部戏的？

2）既然黛娜已经读过红色精装本，那这又有什么了不得的呢？

3）假如它早就出版了，为何除了黛娜的书架，世上任何地方都再也找不到呢？

然后，我又等了六天，直到他又能使用电子邮件。他的回复非常简略，只是让我去监狱一趟。下一个探监日是三天之后，8 月 14 日，我驾着那辆租来的车穿过降临于明尼苏达平原之上的密集蚊幕。

“爸爸，什么事？你先是说没法当面对我讲，可现在又说没法在电子邮件上说。”

我们又回到了那张令人郁闷的胶木桌旁，不过这次他很专注和坚定。他身子前倾，用双手遮面，两个中指顶在一起，搁在突起的眉毛上。他低语：“你先回答我一个问题。你见过它了，你怎么想？”

“我不知道，这毕竟不是我的东西。”

“行，好吧，行。”他并不生气，确切地说，他只是有点沮丧，并拼命克制着不流露出来。“你有疑虑，行啊，这只是……时间问题。”

他开始解释了。1958 年 3 月，他前往英国，“为一个有钱客户干点活。我是坐船去的，你也许会找到记录，船上的旅客名单，或诸如此类的，用来证明此事。你可以去查的，请便。总之，我的客户，这个家伙，他住在一所宽敞的乡村宅子里。”

“什么？别扯了，是谁？什么工作？什么乡村宅子？在哪里？恕我冒昧，可这听起来也太——”

“打住，拜托了，我会解释这一切的，我保证。你会明白的。你可以核实一切的，任何人都可以。”

1958 年 3 月，他前往英国，“为一个有钱客户干点活。”这家伙住在一所宽敞的乡村宅子里，尽管战后，他每周向游客开放住所两天，以此支付维护费。在这片巨大的房产上，在他的大庄园里（据爸爸说，画家康斯特布尔[①]曾经描画过它），有一间祖上留下的藏书室，它在家族中已经存在好几百年了。在那间藏书室里，父亲可以尽情饱览书籍。“他有第三对开本，第二版的，”这只是其中一件珍品，“我不工作时，就呆在那里。花园、庭院、马匹什么的都不是我的兴趣所在。”

“工作，什么工作？”

父亲是被请去制作复制品的，“为了保险的目的，完全是合法的。”他要仿制大宅艺术收藏中的一幅小画。“我那时候做大量的此类工作，不过，我自己的东西卖不出去，我不知道你是否知情。有一阵子我这类活干得不错。”

“是什么画？”

“打住，你能不说话吗？就一分钟？我马上会讲的。”

---

① 约翰·康斯特布尔（John Constable，1776—1837），英国风景画家。

那是一份很不错的差事。他在豪宅里住了十六天，每天工作六七个小时，那时候的光线好。其他时间，他就间乎于雇佣者和贵客之间。他睡在一间空余的屋子里，不画画的时候他可以随意去藏书室。他细细查看每层书架。“我没想去看莎士比亚，他的书我全读过，一半都记得住。我是想找些以前没读过的书。我在那里读得很多，有不少那些日子里搞不到的书，除非有像这家伙一样的人允许你去看他的藏书。”

在放莎士比亚作品的书架上，和1664年第三对开本一起的，还有十几本或更多的自己装订成的戏剧集。“这并不奇怪，”父亲解释道。显然，人们过去常买那些小册子大小的四开本，而当他们有了六本或八本后，就会将这些书以他们自己喜欢的形式钉在一起，弄得像一份演出剧目册，这样他们就有了一套组合，加一个漂亮的封面，“摩洛哥皮革，也许再印上17世纪戏剧或莎士比亚喜剧的标题，摆放在家族藏书室里。”他们会在前面写上一张目录。“所以此人，我的主顾，就用了几个长书架来摆放这些自制书籍，要看完可真是一大堆呢。”

“你看那一类书时需要戴医用手套吗？”

“什么？当然不用，干吗要用？”

“没什么，接着说。”

于是，有天夜里很晚了，父亲打开了另一套这样的书，里面那个手写的目录上写着：《驯悍记》、《希杰努斯》、《人各有癖》、《捕风捉影》、《爱的徒劳》、《仲夏夜之梦》、《穆赛多鲁斯》[1]。“这套合集很怪异，

---

① Mucedorus，伊丽莎白时期一喜剧，作者佚名。向有人认为莎士比亚写了部分或全部。

确实。”他同谋似的对我低语，好像一定不能让明尼苏达监狱警察觉到其中的丝毫乐趣。他的双手依然遮着眼睛，手肘放在桌子上，其实这样并不能保护谈话的私密性，只是排除点外部干扰罢了，这样他叙述起来就不会思绪偏离。“四部莎士比亚喜剧，两部本·琼森的戏剧，还有一部伪作。”他从未读过伪作《穆赛多鲁斯》，所以就问主人如果将此书带上床阅读是否多有冒犯。

得到了允许后，在令人昏昏欲睡的灯光下，他快速翻到了合集中的最后一部戏，可它并非是《穆赛多鲁斯》，《穆赛多鲁斯》是倒数第二本，若是根据目录，他翻到的是第七本。可那里不止有七部合集，而是八部。最初合成选集的人（“第一代软蛋子爵”）忘了将第八部的标题写在前面。第八部戏剧是父亲从未听说过的1597年版四开本，由威廉·莎士比亚著。

“莎士比亚的名字是在1598年才第一次出现在扉页上的，”他说，完全不是两周前那副困惑苍老的囚犯形象了，“此剧根本没人知道，我也从未听说过，怎么说都太奇怪了。那晚我读完了它。

“于是，早餐时我问那位雇主，他是否读了很多莎士比亚作品。他是个粗人，从未在自己海量的藏书室里读过任何东西，他只知道卖掉一些艺术品来支付宅子的维护费。于是我问他：家里有人读那些书吗？他打算卖这些书吗？”

“他叫什么名字，爸爸？”

然后，父亲回到指定给他干活的房间去，继续“以复制来保存画作”。那天晚上，他又想起那本锁在自己狭窄的客房里的选集，他想起了这部《亚瑟》。他又读了一遍，毫不怀疑地相信那封面，并意识到它若的确是真品，那他就有了了不得的发现。“任何知道莎士比亚的人都会意识到这是他的作品，绝对是他写的。”于是，他想到了不远的将来，便从梳洗袋子里拿出指甲剪刀来，将最后一个四开本从集子里剪下来，将书放在了自己行李箱的最底部。次日一早，他就当着那位他很瞧不起的主人兼雇主的面，将缺了页的书放回书架。

“这事很简单，”他说，“一切都很顺利，而且从哲学意义上说也令人愉悦：它的主人从来不关注书，它也没有被写在目录上，因此这部戏确切地说不算丢失，因为它从来没有真正在那里过。”

他带着书回到明尼阿波利斯，回到妈妈和他们还未生养孩子的小公寓里，当时是在丁克镇[①]，房间里到处是油彩和松节油的味道。“你告诉她了？”

“没有，我忍住了。她和我的兴趣激情并不一致。这样也好，婚姻都是这样的。我也没把它当做要做成什么事情的对象。我只是喜欢它，这也是我拿了它的原因。我喜欢它，而那英国佬也不在乎。我就是喜欢它，一直喜欢它。它是我的了。我比他更值得拥有它。另外，假如主人，不，这说法都不确切，那个持有者，没意识到自己拥有它，而后也不知道自己没有了它，那这就不是偷窃。我对他什么都没做，他没有遭受任何损失。都不能说他遭遇了什么事。”

“不对，事情发生了，是偷窃，那就是偷窃。就是这个词，是英语词。他是谁？”

这时，他微笑着，真的是朝我微笑起来。“我不会告诉你的，而且我要对你说我为何不会告诉你。因为你会把它归还，是吧？或是告诉他的后代？你知道你会这么做的。而且，我当时还在那里帮他犯

---

① Dinkytown，明尼苏达大学附近的一处商业文化休闲街区。

罪呢。”

“你刚才还说完全是合法的。”

“我所做的是完全合法的。他在我这活之上要干点啥，别人不必太聪明也会明白的。可这不是重点，拜托。我等了很久，看他是否注意到了。已经五十多年了。他没留心，因为他最初就压根不知道。如果他还活着，即便我们接着处理这事，他也不会提出索赔的。”

“接着处理？难道你要我保护你的赃物？我可不会——”

“不，请听我说。”

起初，父亲只是自己保留着《亚瑟的悲剧》，因为他很爱这书，因为他想看看自己是否会被抓。他阅读了它，并进行研究，查找了所有不认识的单词，还很喜欢触摸它。“我就像那些日本商人或黑帮，买了盗窃来的名作，然后将它们放在地下室里，独自看着它们，毫无装帧。”（这是一种普通人脑海里直接会出现的比照。）“而且这样我就觉得满足了，我是唯一的那个人。我喜欢这样。莎士比亚和我成了秘密至交。我们只在暗中相会。我喜欢这个想法，即如果这样的书不多，那么没准他还亲自摸过它。他也许摸过。总之，我是唯一阅读它的人，就像他是为我写的。我得承认：他的亚瑟似乎很亲切熟悉，我也喜欢这种感觉。”

此后，他稍稍松了口气，觉得自己已经不被注意地得手后，就开始进行研究了。他写信给别人，在明尼阿波利斯市的图书馆和州立大学的图书馆里花了不少时间。慢慢的，他开始相信，自己在英国所遇之事很可能是这样的：鉴于他对伊丽莎白时期文学的所有了解，他从未听说过该剧，因为这是孤本。有些麻烦的是，也没有人对此剧有任何提及，知名的遗失剧本只有《卡德尼奥》和《爱的获得》。“《亚瑟》不在米尔斯[1]的书里，也不在书业公所，即宫廷表演的枢密大臣供奉剧团的剧目单中。在所有我们关于剧院的记录资料里。没有人提到过它，我根本找不到任何信息，不过现在你也许运气会好一些。如果你能找到相关涉及就太好了。”

“还有艾洛尔·弗林的演出，黛娜还有海报呢。”

“什么？不，别这么说。不，不，告诉你这是我为她伪造的。”这我倒没想到过。“不，从来没人提到过莎士比亚写过一本《亚瑟》的戏剧。”

“所以它是假的。”

“不，我的意思是指，没有人提到过它。没错，有一些戏剧我们知道是他写的，直到他去世，它们被收入第一对开本，才有人提及。《亚瑟》是真的，而且我们能猜到为何谁都不提起它，不过那又是另外一个故事了。”父亲竭力想直接明了地讲述的故事（尽管一边有小孩吵闹，铃声不断，门开了又关；尽管我会焦躁地不时问问题，而且内心像是胃酸倒流般涌动着对父亲的怀疑）是关于他的领悟。“不过这部戏不在对开本里，很显然。当他的朋友们根据自己在剧场的那些被标高售价的手稿来编辑全集时，并没有将此剧包括在内。”

“所以它是假的。”

“不，别这么说，它是真的。不过其中有原因，所以他们没有收录。请让我说下去。”

“抱歉。”

可是，他沉默了，开始摇头，咬嘴唇。他用大拇指关节压着眼

① 可能是指 Francis Meres (1556—1647)，其《哲人宝典》(*Wits Treaury*, 1598) 一书广泛收录当时的英国诗人及作品。

睛，问道，“我讲到哪里了？”

“没收进对开本。它不是假的，只是没收进对开本。”

“是的，它不是假货，只是没收进对开本。而且是孤本，当时没有人提及，不在对开本里。不管是没有复制品，或是有四本复印本，不管是什么，反正这部戏只有一本，还不在对开本里，我拥有了唯一的文本——”

“是偷了这唯一的文本。”

“是拥有这唯一的文本，而这一重要性我很多年都没意识到。”(这完全是事先想好的话，他多少是操练过的。)

他和一位律师一起做了点研究，那律师和他曾住过一间牢房。当年他还支付得起律师服务时，他给伯特写了一些提到各种假设性的信件。等到父亲最终明白拥有唯一文本的商业价值时，他当时的情形又使他无法处置此剧了，因为他已经入狱。这事，后来表明，其实是幸运的。我现在明白了，为何入狱对他并非总是坏事，因为这样他就无法贸然行事了。

此时，坐在胶木桌子旁，父亲深知自己在法律上的情况。“我们不仅要证明这是真品，别无其他复制品，还要证明合法拥有它，可以将文本作为我们的物品来处置。”

“可它是莎士比亚创作的。”

“是的，但如果只有唯一的一本，那么无论是谁拥有它，就能有权任意处理了。”

与父亲的这次谈话后，又过了几天，我自掏腰包找英国的版权律师咨询，因为涉及英国作家作品的最终支配权问题需要由英国律师来解答。两周后，这位律师确证了父亲多年前所发现的事实，相关内容更为细节，也牵涉到法律术语：

亚瑟·菲利普斯先生
c/o 马凯特宾馆
700 马凯特大街
明尼阿波利斯，明尼苏达州 55402
美国

2009 年 8 月 29 日

亲爱的菲利普斯先生，

在此回复您 8 月 18 日我们当日电话交谈后的来信。

希望我当时已解释清楚，如此假设的前提使回复也多少会有些含混。抱歉，如果情况确实如此。不过，若能提供更多信息，我们就能给予更准确的估价。

在此告知范围内，若您拥有一出版的文献，若该文献的作者已经去世 75 年以上，那么该文献的内容就进入公共领域。您并不拥有该文献内容的版权，其他人也无法拥有。然而，若如您所言，您将拥有该文献的唯一印本，那就要符合一些条件。

在此情况下，印制该文献新版的权利就完全归您。另外，您所授权的任何该文献出版的版本，其版权都归您所属。实际上，您可以控制并拥有该文献出版的所有版权。

还有一些相关限制：您首先得进行调查，确保没有其他方对它们拥有更高序列的所有权，此后方能行使相关权利。其中包括该文献作者的后代、原出版商的后代、该文献原先拥有者的后代等。这是一个长久的、代价昂贵的过程。本事务所对此可以提供帮助。

另外，若该文献的原作者属英国籍，那您就可能遇到如此情形，即英国皇家判定该文献关乎国家利益。如果是在这样的情况下，您的拥有权将会受到影响，要依照英国相当于美国法律的……
（以下略）

爸爸把家庭访客中心的那天称为“版权之源”。你并没有对此剧的拥有权，可你是唯一能许可该戏中的文字被印制或发行的一方。没有人可以印制那些衍生的特许书籍；你得获得它们的版权。其他人若要免费印制，就必须得找其他版本。可是，并不存在其他版本。

“而且，没有人会说我们不拥有这个版本。”他此时说起话来平静而缓慢，用的是那种阴谋老手几乎不动嘴唇的单音调。“你要说是西尔维斯把它交给你的，你只知道这些。他告诉你，说他在自己名下的房子阁楼里发现了它，就是发现《泰特斯·安德洛尼克斯》四开本孤本的地方，是在瑞典人的小阁楼里！一个阁楼。你继父在阁楼里发现了它。你就知道这些。没关系的，因为现在它归你了，因为他把它送给了你。没有别人知道的。别人没有权利拥有它。不过，不是在英国，西尔不是在英国发现的，因为这样皇室没准会要回去，这样我们就没这幸运了。埃利镇。他以前住在奥尔巴尼，曾经在埃利有一幢小房子。有这样的记录。你继父在明尼苏达州埃利镇自己的房子阁楼里发现了这个四开本。是在1950年代，在一所完全属于你继父的房子里。”

“那我这位神秘的继父为什么五十年来对它都毫无举动呢？”

“你也不知道，这与你何干？与他们何干？就这么简单。坚持这个事实，很容易记住的。”

“可这并非事实。”

“你跑题了，没有人会说这不是莎士比亚的作品，因为它就是的。那就是事实。上面有他的名字，纸张、墨迹，这一切都是真的。我检验过了，很肯定的。用光子来照照吧，不管怎么检测，它是真的。我也完全相信，世上没有其他版本。真要有，我们就没那么幸运了。要是有第二本，那我们的就只是漂亮玩意儿，也不是说没有价值，这是当然的，是件古董珍品，很令人着迷，可是真正值钱的，值大价钱的，就是拥有孤本。那就是口油井，是喷油井，是一片喷油井的油田。我们有的就是这个，我就是要给你这个，让你来养活你母亲和姐姐的，并且让你成为一位知名作家。”

后来，当我通过电话问皮尔斯·斯特里克兰先生这相关文件究竟是指什么时，他是这么阐述的，“每一个版本，每一个剧院使用的版本，每一份学校的印制品，每一盒录音磁带，每一份德语或斯瓦希里语的带有可拆卸彩页的儿童插图版本，还有电影，拉脱维亚语的电影，以及马来西亚售卖的光盘。”斯特里克兰无意中就是在重复我父亲的意思，父亲一旦说起这个留给受自己牵连的倒霉家人的战利品时，眼神就变得年轻起来：“威廉·莎士比亚完全就是签字将他最新的剧作那遍及全球的利润转让给了你。全世界都会无比好奇地想要阅读、看看、估价、诠释、讨论这部剧作的，哪怕他们讨厌它。”

“不，爸爸，你错了。我很抱歉要说不好听的了，它并非孤本。”

“什么？真的吗？有人……”他流露出我从未见过的难过和惊慌的表情，双手跌落到桌面上。

“你给了黛娜 1904 年版的。”

接着，他喘息着轻笑了几声，接着就开始大笑起来，“老天呐，你差点把我打懵了，不，不，那是我做出来的。”

“什么？为什么？”

他没有理会我愚蠢的问题。“拜托，我才不会拿着四开本到处走呢。我不会在公共汽车上阅读四开本，也不想弄坏它。假如它值上亿美元，我想最好是藏起来。难道你……”他停住了，没问难道我会傻到这个地步，我知道他的意思。“我不会带它去图书馆做研究，懂了吗？去让人评说。你，黛娜更是了，的确如此，就是最好的读者。当黛娜阅读《亚瑟》时，她能判断是同一个作者写的。她立刻就知道了。我想听到她的评价，她受过教育，想法又很新颖。”

我想过各种问题，偏偏忘了问那个我个人最关心的问题，倒不是说在钱财上有多大干系：他为何要伪造那个题词，即他自己的父亲从戏剧社得来的题词？而且还伪造了他父亲写给他的题词？包括那张他父亲的照片，假如那真是祖父的照片的话，而且背后还要伪造标注？他送给了黛娜，带着诚挚的爱，这我很肯定的，送给她自己伪造的传承了好几代的传家之宝。

但我是这样问的：“这事你为何不找黛娜呢？她热爱莎士比亚。她依然有着独到的见解，不是吗？”

“你是作家，而且我们会得到点乐趣，不是吗？难道我们不会有乐趣？”

“这倒确实是的。”确实如此。“可是为何要现在呢？”

因为他得等，他别无选择。耐心，这是蹲监狱给逼的，必须要耐心。他得等着看是否有其他版本出现，等着那幢乡村大宅里有人喊“小偷！”，他也必须得等着，等到自己那件事上不再会有其他个人利益了，或是整件事不会被他的案底给污损了。“就是狼来了的问题。我的职业生涯使得我讲什么话都是白搭。‘瞧瞧！被定罪的伪造者发现了莎士比亚剧作！’我只会坏他的事，而这会是无法原谅的悲剧。这会是罪恶。即便没有人能获利，我们也得为他做点什么。”

“小说家并不比伪造者好到哪里去。”我指出了这一点。

“那要好很多。”他吸了口气，开始用手指计算着要干的事情，可是只数了一个手指。“找版权调查人得花点时间，你得做这事。和我睡上下铺的那家伙解释过这事，而伯特也这么认为。得证明其他人对文本无权拥有。显然，再也找不到一句莎士比亚写的话了。唯一重要的权益就是威廉·怀特或卡特波特·博比（即印刷人和出版商）的财产。我们得证明他们都已经离世，我们需要找个英国人，我认为。那样你就赢了。你和你姐姐，还有你母亲。”

“那个乡村大宅里的家伙呢？”

“我不会告诉你那人是谁。永不。我不会相信你，你会去他家，会把你母亲的油井拱手让给他的孙子们。”

“那我得谢谢您。”

“那可真不是赞美你，鉴于这样的情况。”

“所以我们都是你偷窃一事的同谋咯。”

“不是同谋。你们不可能参与。是受益人，没错。配合者，不对。其实，这事更像是，你父亲是某位大亨，他几年前凭计谋智慧打败了一些人，建立了自己的事业，而你们则继承了股票证券。否则你们要怎么做，难道去向他早年的合作者道歉，说他在股价低廉时买下了一大笔？”

“你什么都没买啊，你是偷。”

“你这是鸡蛋里挑骨头，阿蒂。我从来不去试图批驳莎士比亚，我也不想。可是我想让你的母亲和姐姐因为他而变得有钱，希望你因为他而成名。这就是要你干的原因。”

30

两个下午和晚上，我和黛娜、佩特拉以及玛利亚坐在她们的公寓里，大声重读剧本，试图找出漏洞来。我很庄重地让黛娜将手举起来放在胸口，承诺以敏锐、批评的目光阅读剧本，一旦有读起来稍显不那么莎士比亚风格的地方，就毫不留情地指出并严厉攻击。我们要迅速记下任何能找到的疑点，包括读来感觉不对的词汇，看似太过时髦的人物，书页底部排字工人的记号，将纸张钉在一起的线条，诸如此类的一切。我最不搭调；几乎像个傻子或是自命不凡的家伙："哦，别提了，莎士比亚可不会这么干，对吧？"于是黛娜或佩特拉就会微笑着，引用某部经典剧作中类似的写法。"PLAIDE？"我怪叫着，指着封面。"爸爸在开我们玩笑吧，是吧？"她们就上网，找到了正统的四开本封面，上面恰恰就是这样来拼写"played"的。

困难比我预计得还要大。我以为稍加努力，剧本就会像受了惊吓的疑犯一般，迫于压力而崩溃。可是，即便是我们最强烈的疑虑都非常抽象。佩特拉觉得第三幕和第四幕中的时间进行得有些怪异，太像电影中的蒙太奇。她想不出有哪部伊丽莎白时期的戏剧会有如此结构。在一幕一场中，亚瑟显然已经十七岁。在三幕一场中，他回忆自己的青春期，仿佛那是很久以前的事了。到三幕二场，又过了几个月，至少三幕二场和三幕三场之间有九个月的差异。到四幕一场之前，又过了几个月，诸如此类。到了四幕四场，亚瑟肯定至少有三十岁了，因为他已经有了十二岁的儿子，或为政治目的他至少可以假装如此了。

“对，可又不对。”黛娜争辩着，喝了这些酒后，这么说也情有可原。玛利亚躺在她的脚下，身子朝上倚着她的膝盖，黛娜抚摸着靠着她大腿的那对耳朵。“他在这段时间里做了各种奇怪的事情，几乎没有重复过。他总是想打破统一。《哈姆莱特》中的时间也这样。这就像是相对论：艾尔西诺的时日就像只有一两天，可船却要一直驶往英格兰并折返。《亨利六世·下篇》就更古怪了。在《上篇》里，第一场中历史上的国王实际上还是个婴儿，可是他看上去至少十几岁了。《佩里克利斯》中，时光飞逝。《冬天的故事》一下子就跳过了十六年。这里他也许是在尝试新的手法，大大超前了。是时间推移或蒙太奇，只是当时还没这些说法罢了。也许这就是这部戏不火的原因；也许观众觉得摸不到头脑。”

换言之，那些不太像莎士比亚的地方只是拓展了他创新的领域。假如我的反应偏执些，硬要找到根本不存在的伪造迹象，那黛娜则会做出相反的回应，将所有的怪异处都视为证据，表明这必然是莎士比亚写的。假如，不管为了什么原因，你选择阅读了此剧，我敢保证，你也会有同样的感觉：即假如你觉得是他写的，它就会像是他的作品。假如你觉得不是的，那它就不像。

“难道连亚瑟都像是莎士比亚的人物？”在循环往复的辩论中，我精疲力竭，如此问道。那时，我正躺在房间中央的地毯上，玛利亚已经转移过来，躺在我胸前了，它的鼻子顶着我的鼻子。“为什么他想干嘛就干嘛？难道莎士比亚的人物就是这么想的吗？”

黛娜在厨房台面的另一边，正在开酒瓶。“他实际上是个傻瓜。”她说着，我的视线正透过玛利亚的鼻子盯在佩特拉相互紧闭交叉的双腿，后者正坐在沙发上。“他比莎士比亚笔下的其他国王都过分，他质疑自己的合法地位，质疑自己是否能胜任统领的位置。他真的是一个傻瓜，你觉得呢？他心怀如此危险又合理的疑虑，可是他一意孤行，怀着疑虑一直到登基。难道你戴上皇冠还要质疑王权身份吗？国王本人竟然不相信自己的身份？这要搬上舞台是很危险的。”黛娜不知疲倦的样子，她为我们斟满酒，小心翼翼地又翻起书页，回到了亚瑟那段知名的独白：

> 我明白自己并没有戴上王冠的权利。
> 主教们称我为国王我当然不会反对，
> 可是在私密的议会上国王能讲真话：
> 我并无权，我的权利决不高过罗斯。
> 我是私生，是暴君般父亲播下的种。

“这与《亨利五世》中夜晚的哈里那段完全不一样。他在说他不是上帝选出来的，而也许没有人会如此。那也许会让观众犯迷糊，或是引起娱乐官[①]的反胃。于是作家会陷入麻烦，我这么想。所以剧本玩完了，不再出新版，不收入对开本。”

她这话有道理，也多少解释了该剧失传的原因。从《约翰王》到《亨利八世》，其间的每部历史剧中，莎士比亚一部接一部地在观众眼前展现了不同的人性和各种无能的国王，揭示着内心的脆弱。莎士比亚让人们将国王视为常人，同样容易犯错，在应该屈从人类法律时，

① Master of the Revels，亨利·赫伯特（Henry Herbert, 1595—1673）的称号。赫伯特是伊丽莎白时期英国宫廷上负责娱乐活动审查的官员。

同样远离了神圣的权利。如果亚瑟是莎士比亚写的，那么人们会看到，这位国王竟然会承认自己没什么特殊。直到 1649 年，英国人竟拖延着不要他们自己真正的国王，这太令人惊讶了。（至今，剧院依然会这么做，激起臣民的反抗，或是激发当权者对叛乱的恐惧。我在大学时参与了一部讽刺时事的滑稽剧，在一次表演中，对当权者尤为不恭。于是，那天深夜有个醉汉在宿舍电梯里拉了大便，我们就为此遭到谴责，就像莎士比亚的剧团在表演了一出关于政变的戏后被指责企图发动政变。）

“那怎么样呢？”佩特拉用脚趾戳了我一下，“你打算怎么做？”黛娜当时在洗手间里。

“你觉得我该怎么做？”

“我吗？嗯，我觉得是莎士比亚写的。”她用赤裸的脚抚过玛利亚的背，那狗的头还在我胸口呢。

“我也这么想。”我把双手放在她脚上，将它们搁到狗身上。

“那就干吧。”她微笑着，迎着我的目光。

那就干吧，接受这部戏，相信父亲的话，她的双脚和目光还在那里。《亚瑟》、父亲，还有佩特拉，这三者瞬间变得十分可信。你能重新设定历史，回到事情发生变故的地方，“返回正道重新开始”吗？那样，后面的几十年就会让本质发生改变，剥离悲剧，让它成为温和动情的喜剧？

31

日期：2009 年 8 月 25 日，星期二，14:23:52—06:00

拜托，有消息吗？有结果了吗？你还在吗？我知道你不太信任我。你凭什么要在这些事上相信我呢？任何做此事的人，都会偷偷进入假莎士比亚的泥沼，声称他的精品是自己创造的。太逼真了，阁下，逼真无疑。如果我如此欺骗了全世界，而后落在别人手中，被如此辱骂，那我会含笑九泉的。因为被人尊崇为莎士比亚而死！我不会否认对我的上诉的，亚瑟。假如我试图否认，你是不会相信我的。不过，我不会让这事发生的。我绝不会——不停地打字，没完没了的欺骗，无尽的时间花费。我永远写不出任何与此剧堪媲美的东西。我是个造假者，彻头彻尾就是。可是我从不伪造真正有质量的东西。你曾经对我说过：我只不过是个伪造赠券的家伙，是吧？

我原以为这凄惨的抗争会让我踌躇很久，可是我将它像个贩卖内疚的稻草人一样抛开了。我从未想过父亲会写出此剧；我最多只是怀疑他从其他文本中伪造了这遗作，伪造了莎士比亚的参与，从其他次要些的作家，如罗伯特·格林等人那里发现了某个剧本，而后伪造封面，充其量如此了。

你能相信我吗？你能理解吗？

这男人就这样问着我，而我十岁时，他带着我伪造了麦田怪圈，而后又把自己被捕怪罪于我。

不，我明白你做不到的。

这男人就这样自问自答，随口说出了我可能的想法。

可这件事情能做成。因为现在你是个著名作家。现在你和你母亲及你姐姐都需要钱，而我能给你们。现在我也是要死的人了。

最后一句话让我身体一颤，比任何莎士比亚写过的（或是我自己写过的）话都更有震撼力，在我还未感到脖子发烫、脸部紧缩前，在我还情绪稳定时，我就明白自己几乎失去了他，耗费了他那么多的时间和一切，明白自己会不惜一切弥补，尽可能给予他尚存于我们彼此生活中的关爱、机会和时间。

所以现在你得开始加速。

我直接去了黛娜那里。我得去见她，告诉她。我没打电话就去了，生怕自己在电话上就透露了消息。她没在家；我忘了她正在排练《两贵亲》。忘了，当时看似如此。我当然没有忘。难道我会如此机械地自欺欺人？好吧，让我们想想，最先得到我告知父亲得了不治之症消息的人，最先在我震惊、难过、悔恨、决绝时安慰我的人，不是我母亲、妻子，或孪生姐姐，而是佩特拉，是让我倾心的半个陌生人，我到达时，她就在那里，一个人，假如这不算是一种多层次的背叛行为，那我就不知道其他还能有什么说法。佩特拉比黛娜更早得知黛娜父亲倒霉的事。我并不是有意背叛；我是情不自已，禁不住自己那专横傲慢和始终庄重的情绪。

我为佩特拉，和佩特拉一起哭泣，泪流在佩特拉金色的双手里。

我为所有这一切道歉，她不介意地抹去了我的歉意，仿佛我们之前的关系发生了改变，她吻着我的额头。“你爱他，不顾一切。”她说着，极尽所能地使用各种词汇、手势和爱抚，而再过几小时，她的女友也会需要这些的。她届时得再复制了，因为我偷去了原创。她似乎在所有方面给我的都是原创，甚至是同情：“你爱他，不顾一切。”这些话很平常，可是她似乎从我凝结的血管里抽出了隐藏着的神谕，将其中的文字读给我听。“是的，”我点着头，很是惊讶，“确实如此，我爱他。”我将头放在她的怀里，她抚摸着我的头发。

几个小时后，我与雅娜通话，告诉她我要在明尼阿波利斯呆得再长一些，因为工作，因为父亲糟糕的身体。她几年来早就看到父亲对我的影响了，便说，“你爱你父亲，不是吗？依然爱，全身心的，不管他做过什么。”她的话大意如此。

32

我的事业。是的，短期内连续出了四部小说之后，我知道自己注定会在布拉格的书房里萎靡不振，假如我在那里还有书房的话，那公寓的费用是我用与它同名的小说来支付的，里面装饰着关于我的宣传和出版的纪念品。我会凝视着，呆呆地望着空白的纸张，直到意志消沉，而后我会盯着空白的打字屏幕。我父亲感受到了我是如此匮乏灵感。“你在写作的空档期。”他无辜地说道。也正是因为这个原因，《亚瑟》计划对我不啻久旱逢甘霖。

在落实事情上我向来不擅长。决断力和行动能力不是我的强项。我通常是无意中进入了情况，注意到我非常喜欢，难以拒绝（于是我愉快地创造那些与我反差很大的人物，那些充满冒险精神和自信的男人们）。可是现在我热切地开始做，为了父亲的生命而奋斗。我变成了一个汗流浃背、胡子稀少的研究生，饮食怪异。我至少读了二十多遍剧本，做了词汇和语法表，做着各种参考研究，标注各种文件夹，如素材来源、风格、结果、文辞等。我阅读霍林谢德《编年史》和马洛里的《亚瑟之死》中的相关信息。我坐在公园长椅上，阅读皇家莎士比亚剧团的戏剧全集，姐姐的小狗就坐在我身旁。我阅读莎士比亚的各种传记和分析（夏皮罗、贝特、坦纳、布莱森、格林布拉特、伍德、加伯、布鲁姆、文德勒等等），以及关于莎士比亚语言（克里斯托尔的书）及计算机文体学研究（艾略特和巴伦扎）的各种书籍和文章，詹姆斯朝剧场实践（约瑟夫和威尔），伪作（爱尔兰），还有那些没有进入官方名录的"疑似伪作"的剧本（塔克－布鲁克）。这是在测量我的狂热——包括对金钱的渴望、贪婪，对名声的追逐，受内疚的驱动，以及对父亲的讨好等，我很享受这一切。我让黛娜进行学术指导，我在她的住所或剧场的绿室里花了大量时间，等着她排练结束，我也经常看到佩特拉，不过我尽量集中精力在父亲的大事情上，在他去世前几个月里，我成了世上最专注、孝顺的儿子，也以此证明自己不想玷污佩特拉（这样我就值得拥有她了）。

我让我的娱乐业律师拟定了保密协议，并将颇有挑逗意味的信寄给了当地各大学的学者，这些男男女女的著作和文章大多是我一直在研究的，我以"莎学研究中非凡的、百年难遇的机会"来吸引他们的注意。

我终于笨手笨脚地开始编辑该剧了，将它打入我的电脑，每一诗行10个音节，每一次都慢慢输入一个音节，对单词拼写做一些当代的、标准化改变，同时查找网上牛津英语词典，做脚注，给诗行和各幕计数，复核出场和退场，增添原文本中隐含的舞台指示。

我不再怀疑自己究竟在做什么了，对于一个小说作家而言，这种感觉不多见，很值得坚持。我正在为家人、为父亲，也为全世界做重要的事情。尽管我看似像往常一样只是将词语排来排去的，我正在做着事情，正在选择立场，正站立于真实的世界，正从小说的隐身处走到台前。我运访问别人！对相关的专家进行访谈，征询他们的观点！我还雇佣他人！我不断上网搜索，直到键盘都磨损了！我不知道佩特拉会怎么看我。

“这是什么？”我在笔记里草草记录着。“难道《两贵亲》就好比是我们已经发现了之前不为人所知的埃及金字塔？或者就像是我们正好注意到了卢浮宫前的玻璃金字塔？或是像拉斯维加斯某个赌场上的大金字塔，其间充斥着金发碧眼的古埃及法老王样子的泊车服务生，喊着‘座驾不错，先生，好棒’？”

我喜欢这活，喜欢这部戏，喜欢那些作家、教授，还有律师们。我喜欢所有人，当各种发现（爸爸的，威尔的，以及我的）顺利推进时，我感到愉快，各种意料之外的确证纷至沓来，例如那天我第一次去亲自拜访真正的莎学研究者汤姆·克雷顿，他是明尼苏达大学的莎学专家。

他的房间摆满了书籍，就像是律师办公室，好像互联网不存在似的。“1597？”当我说明此事后，他问道，说着漠不关心地瞥了一眼我的对开本，我是不会让他打开看的。“亚瑟王？哦，先看看这个。”他拿下两本书，一本是《英国戏剧年鉴》，这里的索引能查到当代提及的每一部伊丽莎白时期的戏剧；还有一部是复制的菲利普·亨斯洛日记，此人是海军大将供奉剧团的经理，当时此剧团是莎士比亚的枢密大臣供奉剧团的劲敌。“这里有一部托马斯·休斯写的亚瑟剧，是在格雷旅舍演的戏，1588年。这颇有道理：莎士比亚也许在那时到了伦敦，很可能看过了《亚瑟的不幸》。他试图将自己所见吸收采纳，这常常得有几年时间。他也许看了休斯的那部戏，于是八九年后就自己写了一部。这里还有《梅林的诞生》，是罗利1622年出版的。有人曾试图说明那是莎士比亚的作品，不过这已被证明是错误的。还有……”他转向亨斯洛的日记，“这里，瞧，这很不错。”他把书拿到我面前。“亨斯洛的剧团1597年上演了一部名为《乌特·潘德拉贡》的戏，这里，在1598年4月，他付给理查德·海瑟微五英镑买下一部‘亚瑟剧，已佚’。”他用手指点了点词条。

“就是我的这部戏？”

克雷顿教授看着我，就像看一个不太聪明的孩子，而后语速缓慢地说话，以防我有疑惑而他一时注意不到。“不，你的剧本上说这是威廉·莎士比亚写的，而且是莎士比亚剧团，即枢密大臣供奉剧团演的。这部戏不同，是海瑟微写的，由海军大将供奉上演。在你这部戏之后一年。明白吗？这就是他们的做事方式，他们是对手。海军大将供奉剧团在1597年上演《乌特》，1598年买下《亚瑟》，这说得通，即枢密大臣供奉在1597年左右有一部亚瑟剧，而且可能是他们的其中一位作家写的，即莎士比亚写的。”

“那么它是真的了？”

“我也不知道，我能读一下吗？”

我喜欢莎士比亚被人像一个常人那样提及，一个奉命按主题写作并定期交稿的雇佣作家，因为其他人，实际上就是住在对街的作家，已经写出了成功的亚瑟剧。为了符合记录的真实，我得附上以下一封电邮，而不是依偏好行事。没有此信，整个故事就会失真：

“爸爸，”那个连做愚人都嫌智慧不如的小伙子写道，

我正经历着一段奇妙的时间，这是我人生的巅峰，真的。感谢您。我得承认这确实令人惊讶。我觉得自己慢慢将他视为伙伴，当做朋友，我自己也在走着他的路，走向剧场或是酒馆。我观察他工作，跟随他的思路，从霍林谢德的编年史想到这部戏。我感受着他身为作家的所思所想，看到《亚瑟》如何从当时的其他剧本中一点点渗透出来，它如何从最初的尝试变成了后来的作品。您在《亚瑟》看到了《哈姆莱特》和《亨利五世》的影子了吗？我觉得自己有时候能看到，是在独白的部分。他已经跨越了《理查三世》，不过尚未到达《哈姆莱特》，不过，比如说，他想到了如何比《理查三世》写得更加内省。黛娜真厉害，她促使我想到了这些。您知道我从未真正和您，还有她一起探讨过莎士比亚，不过我在努力赶上来，而且我从未像此刻那样对工作充满了愉悦心情。这甚至都不是我自己的作品，可是我感觉更愉快，好几次觉得对它比对我自己的作品都更亲近。

我几乎每天晚上都在黛娜和佩特拉那里吃饭，黛娜常常不在，因为戏上演前几周，她的排练要到很晚。佩特拉做饭，她不用菜谱，靠的是本能的天赋，每一口都充满了爱，还撒着茴香粉。玛利亚对残羹都充满渴望，会在我进餐时把头伸到我的腿上，假装是我的餐巾或小地毯。黛娜在时，她会练习台词；随着排练的进展，她越来越接近自己扮演的伊米莉亚的角色，那是个未婚女子。扮演这样的角色，是对

四十五岁的黛娜的才华和美貌的考验。佩特拉陪她搭台词："你不该爱上任何身为男人的人。""我保证我不会的，"黛娜回答，"我 / 还有我所叹息并提及的她都是天真之人，/ 为爱而活，并喜爱这些东西 / 不知所以不问究竟，却受之影响 / 成为被操控的稀有者，我们的灵魂 / 也如此对待彼此。她所爱的 / 就是我所认可的，她所不爱的，我所憎恶……"我在一旁吃饭，那只性别扭曲的小狗的鼻子就在我脚下的碎屑中嗅着，而我的孪生姐姐拉着她女友的手，将它放到唇边，佩特拉看着桌子对面的我，我觉得她的表情有些尴尬、困惑、期待，甚至有歉意。

毕竟，在《第十二夜》中，女人最初爱上的是女扮男装的孪生妹妹，而后，当她遇到那人的孪生哥哥后，就毫无芥蒂地立即将所有的爱都转到了男人身上。我几乎能想见黛娜站在我的立场追求佩特拉，让她为我的到来做好了准备，而黛娜就做那个开放、可爱的自己，那是一个更优版本的我。在佩特拉转移了的爱情的促动下，我也将升级到那个版本。

对于这个想象中的佩特拉（她与世上 99% 的人都不同），不知怎的，浪漫爱情比性别更重要。身份，那可爱的本质，其存在是脱离于性别的。她也不是不在乎性别（就像我期待她会爱上我的男人身体），可是她要是爱上我的性别，那只是因为它相应地揭示出了我无性却浪漫可爱的个性。（神经科学已经证实了这一点，即莎士比亚在《第十二夜》里所描写的，人大脑里有一小部分会闪烁着欲望的火花，它与被人视为性欲的东西接近，却不尽相同。在一些罕见的情况下，它们可以独立运作，变成无性的欲望，无性的爱，仅仅是灵魂之爱。）

当我们十六或十七岁时，黛娜和我常常沿街漫步。那是一个春天的晚上，温暖而明亮，大概是5月或6月里。我无法准确说出年份，不过我确信当时我们是离开商业区去看电影。我对她抱怨起一个女孩来，尽管我忘了自己当时说了什么，但我清楚地记得黛娜说，“也许你追不上她的，她太迷人了。”我也知道，那时我读了一部小说，好像是格雷厄姆·格林写的，尽管我记不清了，不过我确定那本书对我影响很大，就像成人小说常常能对年轻读者的自我认同产生深刻影响，甚至重新塑造他。

我们交谈着，天色渐渐黑下来，路灯嘤嘤作响地一一亮了起来。在路旁，就在我们面前，有一只麻雀。它受伤了，我们靠近时它也不企图逃跑了。它的一条腿无力地摇摆着。我蹲下身子，它试图蹒跚地走开，可是我将它拿起来。我感到很惊讶，也有一点不安，它是如此虚弱。它的一边翅膀还有胸脯上有血，它已经无法康复了。

“哦，我们得帮帮它。”黛娜叹息着。

“我会的。”我说着，同时感受到了她对小鸟的怜悯，这会促使我要证明自己对生活和成年期的适应。我得将自己仁慈的情感转化为现实的果敢行为。“有一些事男人必须会做。”我想着，很可能我对那本大概是格雷厄姆·格林的小说人物的话援引错了。在书中，主人公遇到了一只受伤的鸽子，当时他正与一位他倾心的女子在伦敦的一个公园里散步，于是他羞怯地，几乎有些尴尬，迅速而富有男子汉气概地，心怀怜悯地扭断了那只鸟的脖子，将它扔进垃圾箱，这样那位女子就不必看到小生命受苦了。他很明白如何保护她，如何终止生命的痛苦。

可是，我也许没有那么冷静，我从来没做过这事，同时又为有机会证明自己而异常兴奋。在这重要时刻前，我甚至都没有触摸过小鸟。我们从一盏街灯走向另一盏，黛娜不断重复着“哦，哦，可怜的小家伙。”而我则想努力背对着她，靠近一只垃圾桶，这样她就不用目睹这简单、必要的动作了，虽然我也不明白为何我会觉得黛娜需要保护，不能看到这一幕。我抚摸着这只鸟儿，一边跑到拐角的垃圾桶那里，那是一只绿色有棱条纹的桶，里面衬着一只黑色袋子，上面印着湖畔之城的字样。“你在干什么？”我听到她在喊，“这里有一个……”

我得赶紧做了。我扭动小鸟的脑袋，等着听到平静的咔哒声，而后很快会是令人感恩的静止。可是，它发出了低低的尖叫声，我这是在伤害它，也许只是在折磨它，在我的警觉和惊慌中，我怕黛娜会看到这善良之人的秘密仪式，担心我无法做好这件必须得做，而且也是黛娜需要我去完成的事情（无论她是否意识到），于是我猛地扭动小鸟的脖子，用力太大，几乎将它断成了两截。

我鲜红的手抓着它的脑袋和大部分翅膀，另一只紧握的拳头里，是颤抖着的，器官凸起的胸脯，还有另一边的翅膀，冒着泡的内脏，肌腱和骨头还连着，那是小鸟结构分明的半拉身子。我的双手和衬衫都溅到血了，还沾着块状物，我低下头，看着鸟儿最终但绝非迅速或感恩地死去。

我把所有一切都甩掉扔进垃圾箱，用一些旧报纸擦着身体，把双手在牛仔裤上抹着，我转向黛娜，她的表情是如此严肃忧伤。

后来，吃着佩特拉做的薄片蜜糖甜点时，我又说起这个故事，“你当时就像是连环杀手。”黛娜说道。

“我当时状态不佳。”

“你告诉她我本来要怎么说的，变态鬼，在你对那只鸟做了这么怪诞的事情以前。”

“没错，情况反而更糟糕了。黛娜站在那里看着我，然后她说她一直想对我说，湖畔街上有一家动物诊所还开着。”

“于是你就哭了起来。”黛娜对这件往事总结道。

“于是我哭了起来，然后黛娜就抱住了我。”

“所以我的运动T恤上都是麻雀的内脏。”

“哦，老天，你们俩简直太可爱了。”佩特拉说着，同时捏着我们的脸颊。

33

纽约兰登书屋坐着满满一房间的人，代理人和我向他们做了情况介绍，言简意赅，毫不浮夸。在宣讲过程中，不断有人被叫出去，每个人都得宣读保密保证后方能进屋。在整个会议进程中，出版商和公司理事会都在场。

至少我得这么说，这个场面，在我此前的合同谈判中从未有过。父亲说得对：莎士比亚把握着我无法自己打开的门。接下来的十分钟对我的代理人而言也是独一无二：我们俩和满桌子的矿泉水及水果一起留下，其他人全都离开房间。八分钟后，詹妮弗·赫希（我的编辑）、出版商及一位律师拿着一份格式合同回到房间。

我提交这个四开本时，还附上了我咨询过的那几位明尼阿波利斯当地教授的初步报告，还有一份名单，是全国各地一些教授的名字，他们都十分乐于担任顾问或鉴定人。合同答应支付我一笔数目不太大的鉴定费，若鉴定结果与我所言相符，我就能获得比我干这一行以来所获要多好几倍的出版预付金，事实上，要比我迄今全部职业生涯中所获得过的预付金总和还要多，也超过了我这位女士代理人迄今所谈成的任何一笔合同，而这笔预付金还只是众人期盼将会发生的结果的很小一部分。

兰登书屋承担麻烦重重的鉴定工作，从各位莎士比亚学者那里汇集评论，收集对文本本身进行的法律鉴定，尽管我提出的条件之一(拜老爸所教)是，在整个过程中，剧本必须在我掌握之下，所有的验证过程，无论在明尼阿波利斯还是在其他地方，必须有我在场。(“如果亚瑟必须离开本市去接受检验，相关费用由对方承担。”我的代理人玛莱·卢索夫煞有介事地说了一句，其他人也都走形式似地点了点头。)剧本的所有鉴定人都必须在受监控的情况下进行研究，以防止任何形式的复印，同时还得签署严苛的保密协议。兰登书屋的法律部门会全力协助我在英国的版权律师，解决我对文本的所有权问题。

编辑詹妮弗·赫希清了清嗓子，用十分机巧、十分温柔的声音说，他们当然希望不让我做任何我“觉得不想做”的事情。这包括编辑文本，做文字注释以及写序言。我不必使自己的名字与这些事情相关，如果我想“回去写下一本小说，我们对此真的翘首以盼”。显然，我们在这里要谈的不是*我*。他们并不需要我，甚至不再要我在场，这层意思，他们说得相当隐晦。我尽可以去准备一份财务文件，以接受和容纳即将如海啸般向我滚滚而来的稿酬。

可是我不愿意向我这位资深合作者屈服。我说话不假思索，但十分真诚。这是我家族的事业，我热爱这个事业。我们的名字要出现在整个过程和最后的出版物上，这对我的家庭和我都事关重大。必须得这样。众人都愉悦地点点头。詹妮弗又补充问了几句，提醒我要明白，如果我不愿意把文本编辑一事交给某位广受认可的莎士比亚学者，我的工作量将极其巨大。我不愿意。“如果出版社不相信我能负起文字编辑的责任，我宁愿不出这本书。”大家一片静默。

“那太好了。”他们强调说这对他们不是问题。不过我看得出，他们只是在重新安排阵势，准备稍后再对此发动攻击。

当鉴定程序得出“物件与文本基本符合真实”这一结论后，我就将获得预付款中更大一部分份额。与此同时，兰登书屋负责所有的宣传推广和营销工作，包括封面设计以及最终版本要包括的任何附加内容。我来写导言，考虑到他们显然不愿意让我来写的情况，我坚持，没有我的同意，他们不得删减或改动任何部分。他们很吃惊，微笑着，最后同意了。导言包括剧情简介，历史背景概述以及一篇关于文本真实性的文章。我还要和詹妮弗一起，为“广大观众”做好必要的准备工作。书出版后，我要做讲座，参加见面会；我还要授权给他们，以便日后出版演出用的简装本，还要与他们所选定的大学出版社合作出学术版，里面要附上知名教授撰写的论文。

出版社的宣传机器已迫不及待地轰鸣起来。吉恩·马丁一直是我的推广人，她本人又是一位获奖诗人（在本世纪，诗人们无法依靠贵族资助维生）。精通写诗又精通推广的她立刻激动起来，开始谋划该向公众透露多少信息，该何时透露。出版业正处于分崩离析的黑暗年代，夜空里划过的闪电预示着这一行业行将毁灭，此时，救星莎士比亚，这个一生中从未考虑过出版自己作品的人，又一次策马飞奔而来。他将拯救我们的信仰：我们是会读书的人。

合同起草的速度之快是玛莱在纽约出版界从业三十年都未曾有过

的，她关于具体条款所提出的委婉质疑，也得到了兰登书屋法律部门温柔宽慰的回应，而且是在几小时而不是几天之内。

与此同时，她与伦敦纽约两地的剧院展开了类似的卓有成效、内容不得公开的谈判，这些谈话的结果可能眼下依然在进行中：通读排演，筹集资金，安排日程，评估时机，准备开演。

我飞回家，姐姐在行李提取区外等着我（独自一人）。今天是老爸的出狱日，黛娜和我一起开车去监狱接他。

34

我替父亲租了一个一居室带家具的公寓房，从房间的落地玻璃窗能俯瞰卡尔霍恩湖以及通向艾尔斯湖的水道。这地方是小说家罗伯特·亚历山大替我找到的，他和我共用一位代理商。这段时间是我父亲自 1987 年以来第一次不在监狱或医院之外的建筑里生活的日子。湖面上，游艇嘭嘭嘭地来回漂荡，落日下，纤细的波纹开始呈现一派金绿色泽。二十二年来，父亲第一次坐在沙发上。他话不多，我也没怎么说话，只是不停地给他递东西。可是他更感兴趣的是世界的丝丝细节，真是个老小孩。他老是抓起靠枕，用力挤捏着，哈哈大笑，然后起身走到窗前，双手用力压在温暖的玻璃上。他让我一遍遍讲述与教授们和出版商们的会面经过，讲述我们在曼哈顿荒野里掘到金矿的种种细节。我问他为什么觉得这个剧本一直消失于历史之中，直到被他在那幢无法提及的乡间宅邸里偶尔发现。

“你没把这事告诉他们吧？”

“当然没啦。西尔维斯的阁楼。”

“好的，好的。”

“那这么多年来，《亚瑟》到底怎么啦？”我用十几年来对他说话时最温柔的语气问道。他像个小孩那样盯着湖面上的船只，我把手搭在他渐渐失去活力的背上。

“阿蒂，这么问很自然，可你问错了。谁都无法证实到底发生了什么。我只能提出一种迄今尚未被推翻的可能。我知道，大家都需要答案，可这个问题提得没道理：剧本是哪里来的？四百年前发生了什么，居然没人写下来？”

不对，这么写读起来太顺，太合逻辑了。去年他不可能这么说话。这是他回答的基本内容，但他说的时候没那么顺溜。

“渐渐会有人想知道的。”我继续问下去，因为我写导言需要一个答案，而不是因为我对自己有什么怀疑。

但是他说，“关于此事就别再问个不停啦。”这句话，他的确是这么说的，我笑了。我是作为一个已经相信了这一说法，并对此颇感兴趣的人提问的，可他回答我的口气，好像他是一桩犯罪事业的主谋，当一切正按计划完美地按部就班时，不得不给那伙心神不定的下属打气。“我们没必要什么都知道。我们可以坦承我们所不知道的东西，也许是我们永远不可能知道的东西。说我们不知道《亚瑟》在哪里上演过，不知道它上演过多少次（根据剧本封面所说，多次上演过），这一点根本不会减弱《亚瑟》本身所引发的惊叹。我们不必知道它印过多少本，或剩下的那些剧本现在在哪里。封面上说‘修订并增补’，那就是说，可能有一个更早的印本，一个未经授权的坏四开本。但我们不知道。这剧本是否受到审查，是否被禁演，是否被忽视或遗忘，我们都不知道，我们也不必知道。我们对其他一些经典剧本也同样知之不多。别忘了这一事实：大多数东西根本没有留存下来。也许，莎士比亚的佚作比我们所知的要多得多。大部分东西都不存留。阿蒂，这就是逝者如斯的意思。”这几句话我记得非常清楚，当时他边咕哝着这几句话，边转身看着湖水，那个时候，我感到一阵深切的怜悯，如果他是一只麻雀，我真想立刻把他一撕两半，了结他的苦难与悔恨。这种深切的怜悯，在此后的一个月里，不时在我心头闪过。

他转过身，问我是否允许他打开冰箱看看。

“是你的冰箱啊，”我微微一笑，那是表示善意的俯就，“你不用问的。黛娜和佩特拉都给你塞满啦。”

他喝了一罐无糖可乐，一脸极度不满意的样子(而且明白这样的不满意实在很荒唐)，因为他再也不能喝泰博啤酒了。“其实我想喝的是那玩意。太想喝啦。”他冲我笑笑，边喝边点了几下头，可最后他还是问道，“我们刚才说什么来着？”

“《亚瑟》在1597年和这幢乡间宅子之间到底发生了什么？”

“你没把乡间宅子的事情告诉他们吧？”他问道，好像这是他第一次问似的。

“没说过。相信我，没说阁楼。”

我做着笔记，这是我关于此题目要写的论文的基础，就是按合同我必须放在导言里的那篇。当时情况不同，现在，为满足合同条款，我在此提供我2009年9月30日的笔记，塞在标点符号之间的文字，未经编辑。合同完成。

“尽量按我们不多的已知事实推论。爸：1597年合理，但可能不是创作年份。此前所作？‘修改并增补’有肯定之意。另，早期WS[①]：五步抑扬一行到底。后期WS灵活处理，行中断句，跨行完句。这是早期的。风格测定学可确证。也许/可能/应该是早年的，也许甚至早于93—94剧院因瘟疫关门。然后觉得应该稍迟，可让—博比—相信—出97版书—能赚$$$。

“其他证据‘推测’。主题：WS常把一主意一剧用过又一剧，试不同角度。用透了才换新的。约翰，理2，两亨4，都是95—98，都写国王统治权。主题变奏，四人（包括亨4的哈尔王子）能力不同，职业不同，与王位关系及合法性不同：绝望，狂傲，担忧，愤世。亚瑟完全合拍：与前四略异，但绝属同类，也许是亨6和理3后的首次尝试。关于WS主题的新角度：好国王的条件？谁该做王？国王不合适或不想做，怎么办？亚瑟=哈尔的对立面，至少是成为亨5的哈尔。亚瑟不可能成为亨5。亚瑟从未成英雄，努力+努力。缺陷太多，出生就有污点。WS只能写1100年前的事才安全。

“推测：人们喜欢在剧中寻找WS自传。完全推测，但请看：WS的儿子死于96。也许写在两贵亲。爸感觉到了。‘感觉到一点。’两贵亲‘显然关于丧父失子’。父亲所写？肯定。失子之父所写？很可能。因此：写于96，也许当年或后一年，97出版？也许。

“爸似乎觉得要么在亨6/理3之间，要么在理2/亨4之间。

“没有演出记录，但并不证明没有此剧。两贵亲和其他一些剧本WS一生也无演出记录。可能只是没有记录下来。封面或许没错：‘多

① 以下是一系列人名与剧名缩写：“WS”是威廉·莎士比亚，“约翰”是《约翰王》，“理2”是《理查二世》，“两亨4”是《亨利四世（上、下篇）》，“亨6”是《亨利六世》，“理3”是《理查三世》，“两贵亲”是《两位高贵的亲戚》。

次上演’。也许在宫廷——伊朝无记录。在帷幕剧院[1]、剧场、旅舍天井和斯图文顿 (Stewington?) 等地上演的戏，百无一存。

“亚瑟是第一部封面上有 WS 名字的。98 版爱的徒劳现在是第二部。因此 WS 名字 97 年时已足以推销剧本。但两贵亲从未重印，还被排除在对开本之外，甚至第二、三对开本。所以。不得不尽量推测 4Y。Y？

“爸的推测 1：写女王不育——不可能，伊女王 1 时年 60。

“爸测 2：答案在此：时间说明问题：1598：女王在爱丁堡的代理人乔治·尼克尔森 (George Nickleson，拼写？) 给皇家司库与顾问博利 (Burly，拼写？) 勋爵写信，抱怨英格兰舞台上对苏格兰人大肆污蔑！！！语气很重。消息的确来自苏格兰国王詹姆斯 6。大多数人明白，伊女王一世死后他将继任英国王位。绝对可能，此信一出，禁演剧本，中止出版，甚至销毁已印行的书。不仅亚瑟。回想：剧院关门，剧团停业，演员 / 剧作家入狱，甚至受刑，就因为在错误时间做了错误的事。1597 年印行亚瑟。1598：针对苏格兰的一切都被禁。亚瑟完全反苏格兰。两贵亲反苏格兰又反皮克兰人：懦弱、狡诈、恶劣、反叛、凶手、绑架者。

“98 遭禁，然后被遗忘。1623：合集。但苏格兰人詹姆斯 6 此时为英国国王詹姆斯 1 (两贵亲是最糟的例子：不列颠的苏格兰国王。) 海明斯 + 康代尔看完剧本，看到亚瑟，笑一笑，摇摇头，扔一边。不进对开 = 无法存活。所有的四开本后来全消失了。只有对开本保证对

[1] The Curtain，1577 年开张，被认为可能是伊丽莎白时期开张的第二个剧院。

剧本的记忆。

“除非再出个更好的推理。”

詹姆斯国王对反苏格兰的剧本的不满，恰好是用来解释《爱德华三世》从莎士比亚作品中消失的论据，该剧佚名印行于1596年至1599年间。不过，据我自己不太专业的搜索研究，这一说法直到20世纪90年代才有人提出。我知道，《亚瑟的悲剧》最晚在1975年还存在，当时父亲给我们看了被推定为1904年出的那一个版本。我知道，四开本从1986年来一直放在保险柜里，没人动过。因此，如果《亚瑟》本身是赝品，那它就得益于一个极大的幸运：它可以用发生在假设伪造剧本之后的一个历史事件做注脚，解释其消失的原因。

爸爸就此开了句玩笑，我根据做在律师笔记本上的记录还原如下：“当然啦，1623年还没有女性解放运动的反诽谤联盟，所以《威尼斯商人》和《驯悍记》讨了巧，可苏格兰人显然十分敏感，感情很容易受到伤害，这样，就丢了两个很棒的剧，来抚慰那些心灵柔弱、‘缩在花格呢短裙下’的乡亲。他们居然没要求重写《麦克贝斯》，真让人惊讶。”

关于朋友间的终生奉献和生意伙伴间的忠诚，我父亲向来有着充满感情且自以为是的看法，他认为，莎士比亚的朋友们就出于这样的心情，于1623年聚到一起，做成了对开本。他们在艾萨克·杰加德印刷所里审视着身手各异、专注不一的排字工，看他们如何排出上百万个字符，来纪念他们逝去的友人。任务完成后，他们来到酒店，举杯庆祝里程碑式的成就，第二杯是怀念老威尔，再为他们不得不排除在全集之外的每部剧本各干一杯。《佩里克利斯》、《卡德尼奥》、

《两贵亲》：凡是公认的合作作品，若合作者不同意，他们就无法收入（我并不想去批评极度严格的版权保护）。他们怎么都找不到《爱的获得》，因为人们已经好久不演它了，而且谁都不喜欢这个戏。他们也不能把《爱德华三世》和《亚瑟的悲剧》收进去，因为现在坐在王座上的是一个苏格兰人，90年代的人们会对此忍气吞声，可这人是绝不会容忍这样的东西的。于是，他们就尽可能地收了36出戏。只能这样了。他们雇了个荷兰人刻了封面上的威尔像，灌醉了本·琼森，让他乘着恰到好处的醉意写了一首题献，后者居然把自我压抑了足够长的时间，写出了一首不错的东西，（本的阴魂回想起来也许会说，可能写得太好了些，因为他的前言诗只是那棵神秘的神话大树的胚芽，那神话说，威尔根本不是那伙人中的一个，甚至不是他们中首当其冲的佼佼者，而是一个永恒的神，在他身后留下的，就全都是凡人了）。

父亲走出浴室，他自己的浴室。“刚才我用洗手间时关了门，”他说着笑了。“怎么样？”他走到冰箱旁，端详着把手看了一会儿，想起我们之间的新安排，拉开门。他坐在铺着地毯的地板上喝了第二罐无糖可乐，望着窗外九月末的阳光。“你和我并肩工作，我太开心了。你知道，你太让我自豪了。你成了作家，我太自豪了。你不必担心我会把这件事情搞砸掉。我会离这件事远远的。我知道，没有你，这件事情就不会发生。我爱你，亚瑟。”

倒数第二句话肯定不是真的：这个剧本即使没有我，出版也是轻而易举的事情。这句话，就像玫瑰花芯里的溃疡，也把腐败散发到相邻的字句中，结果就是，无论怎么说它是真实的，都根本不足以证明那无法证明的东西。

35

我搬出旅馆，住进父亲的公寓，做室友，也做监护人。他终于先后对我和黛娜透露了他病情的细节，说他颅内有肿瘤，不断生长，但无法动手术，因此，对他（也对我）而言，所有的治疗都比注定的死亡结果更糟糕。他不需要别人的同情，也不需要任何治疗。他无法阻止别人对他表示同情，但他可以提出交换条件，那就是坚持要承担“我们的工作”中的一部分。

“庭院甩卖。”他直言不讳地说要以此为我们的项目筹款。

他的世间之物包括几箱书籍，一些爵士乐密纹唱片，还有一些艺术用品，所有的东西他都存放在母亲住处的地下室。“当真？她能让你把东西存那里？”

“但愿如此。你能否给她打个电话？”

“该你打。”黛娜说道，语调里透着皆大欢喜的浪漫喜剧中最后一刻婚介媒人说话时的古怪腔调。她打开自己的电话，替他拨了号码，把电话贴到他耳朵上，等着他自己一手拿过电话，另一只手依然拉着黛娜的手。

“喂，玛丽。”说完他便停顿下来，很长的停顿，让黛娜和我都皱起眉头面面相觑，妈妈竟然一开口就说个不停，把我俩都惊呆了。最后他开了口，我们的胡思乱想也随之消散：“是我，亚瑟。我在明尼阿波利斯。阿蒂和黛娜替我找了个地方。希望你过得不错。嗯，我有几个箱子放你这儿的，但愿还在。我要用到它们了。也许我们应该在电话上谈。你一定知道怎么和两个孩子打电话。啊，这里有电话。好了。再见。”他把还没有合上翻盖的电话递给黛娜，解释道，“她有答录机。”

按妈妈的要求，我独自前去搬回了箱子。（“合情合理。”爸立刻就妥协了。他还是二十年前那个打算活过西尔把她赢回来的他。）

与此同时，黛娜和佩特拉带他去买衣服，尽管两人断然否认他第二天穿着的那件印着“我要做自己”的T恤衫是出自她们的意思。

他把不多几件可卖的所有物（除私人信件以外的一切）摊在一张毯子上，放在公寓楼前的小草坪上，我们就在一旁的楼梯上坐着，喝着无糖可乐。“太甜了，”他说，“缺少了泰博啤酒的那种久久不退的刺激。”

“那是加了糖的。对你身体不好。”

“遗作保管人要做的事情很多。”他似乎在替我担心，要给我指条出路。“肯定要占用你大量时间。更糟糕的是，可能会让你把自己的写作暂时丢到一边。”

我接受了他的担忧，出发点是好的。“别担心。我们的项目结束时，我的作品也在那儿啦。再说，项目比我的作品重要。更重要，所以没问题。我们的项目太重要了。会改变世界的。而且我们是在一起做。”

一年之后，我却在痛苦挣扎，以求逃出这张由两个死人编织起来的网，遗作保管人一职，也成了但丁所能设计的最抹杀自我的方式，用以惩罚自大狂的作者。又有了一位作者，与我和威尔同月同日生人，他是我心目中的英雄，他的儿子毕生致力于推广和保护父亲的作品。我把他们想象成两具放声大笑的尸体，不停地往我脚踝周围飞着大刀。

不过那天，我急着让他放心："爸，你还会和我们一起呆一段时间的。即便到了后来，你还是能放心让我干下去的。"我们坐在他挂起当告示的床单下，床单上用油彩写着："庭院大甩卖——我快死了。"

"你快死了？开玩笑吧？"一位顾客问道。这位女士边寻找着物美价廉的东西，边对这位爽朗的老人表示最后的致意。

"嗯，我是认真的。"

"你真的要死了？你看上去可开心了。"

"我可不是想要情绪就能有什么情绪的。总有一天你会明白。"

"哈哈，我看你说得不错。唉，真为你可惜，可你也真了不起，真的，你让人振奋。斯坦·坎顿[①]的多少一张？"

孩子的记忆很可怜，因为在发生那些异常事件——我参加了聚会！我自己系了鞋带！——的世界中，星期五很多，却没有规律，时间时而膨胀，时而缩减。年迈的大脑经常出毛病，因为再没有什么事件能在回忆的深沟里刻下印记。到头来，所发生的事情中，很少有未曾在千百个同样的昨天发生过的事，昨天昨天昨天，渐渐在你身后退去，消失在视线之外，你的脖子日渐僵硬，无法转头回望。监狱生活加剧了这样的情况。他在十月蔚蓝的天空翔游。

"你懂的。开始，你眼清目明，看着一幅画，比如说《代夫特即景》[②]，你说，'上帝啊，瞧这家伙画得这么棒！他竟能画成这样，就像真的蓝天白云下的代夫特！'你很开心，或自觉雄心勃勃，满腹嫉妒，或兼而有之。然后，一年年时光流逝，遮住了你的眼睛，蒙住了你的

---

① Stan Kenton (1911—1979)，美国钢琴家、作曲家、著名爵士乐队编排者。
② *View of Delft*，荷兰画家约翰内斯·维尔米尔 (Johannes Vermere，1632—1675) 的作品。

大脑。再然后，你看见了像画上一样的真的云，你思忖着，‘唔。看上去就像那谁画的画，那荷兰人。’”

“我记得我们做飞碟那天的天气，”我说，“就像这个。”

“嗯，你得花更大些的力气去记忆，”他说话的语调中带着怒气，像莫名甩着鞭子，“因为那是在七月。”

那天我们除去彩布的花费赚了大约六十五美元。我们把卖剩的全扔了，父亲的所有物就剩几件衣物、梳洗用品和一箱子书信。我问他是否想去博物馆、图书馆、电影院、公园、海滩，或坐船玩玩，还是想要些现金，独自一人去花销。“我想为这部剧本做点事，”他说，“然后睡觉。”

还真有他能帮着做的事情（他不在睡觉的时候，有时一天中有十五个小时）：教授们要来，总得有人注意看着点。

我们可不能让那本价值十亿的小书片刻离开视线，学者们要么得邀请我带着书前去学校，或亲自到雷克街我们的寓所来拜访。那四开本，他们想看多久就能看多久，还可以做笔记。要拍照，最多只能拍四页，他们不得把剧本带出房间。

父亲或我就坐在一边的沙发上，看书，或听音乐播放器。那玩意让父亲很是印象深刻。尽管有些学者对限制十分不满（一次我走出洗手间，正好逮到一位从口袋里往外掏袖珍扫描仪的），大多数人还是把这样的情况看做是自己领域中最常见的挑战，能获准翻看这本东西，就已经让他们激动万分，几乎忍不住要窃笑起来。这帮人都挺有趣，大概就是你指望莎士比亚学者能有的那种有趣。其中有些人我挺喜欢，是我把他们拉进这个泥潭，很过意不去。我再次表示道歉，而且不是最后一次。

“他这人还有点魅力，不是吗？”十月的一天下午，佩特拉提起戴维·克里斯托尔时说道。此君是全世界莎士比亚语言学家中的领军人物，刚从威尔士飞来，坐在我的客厅里研究着《亚瑟的悲剧》。

佩特拉和我在厨房里分喝着一瓶红酒，喝完后又在厨房里开了一瓶。父亲睡着了，黛娜在剧场排演。对面房间的大窗下，克里斯托尔教授把剧本摊开，放在身前的玻璃桌面上，笔记本电脑上开着网络版的牛津英语大词典。他仔细研读着，偶尔或放声一笑，或一声咕哝，或大声嚷嚷，“啊，瞧瞧这个！”似乎根本没有注意到佩特拉和我正在对面厨房的吧台后醉意渐浓，咯咯傻笑，不停地挥舞手臂，想象力把我们领进了未来。

日落得早了些，佩特拉去接黛娜，而我没动身，依然微醺，盯着这位语言学家快乐地全神贯注于工作，电脑词典蓝光闪烁，他也越发全神贯注，越发开心，而我却陷入一片忧郁之中。醉意渐退，佩特拉已经离开我去我姐姐那里，几分钟过去了，接着是几小时，我只能与那只沾着她口红的酒杯为伴，痴痴地把杯子捏在手里，脑海里重现着、重想着她手上的皮肤碰到或几乎要碰到我的手的那四个时刻。“她很漂亮，对吧？”我实在忍不住，问克里斯托尔教授，见他头也不抬，又问了一遍。

“不好意思。是谁？”

哪一个更好呢？(A)我生性忧郁，会因一时的兴高采烈或激情冲动而开朗起来，但绝不会长久，还是(B)我自二十四岁以来就一直在服用抗抑郁抗焦虑药，还不时吃一点惠特曼牌巧克力或其他情绪安定剂，但效果时有时无。

我也更喜欢(A)。奇怪的是，尽管我问诊用药，情况有了改善，我在家里的名声却一直未变：总是莫名抑郁，有点像“表演女王”。孪生姐姐黛娜尽管和我有许多相似之处，且她用于治疗同样心理特质的处方更重一些，却似乎是我俩中更强健的那个，靠着比我多那么一点点的第二条X染色体所提供的复合胺，有如芹菜条上多蘸着一点幸福牌鳄梨酱。她之所以给人这样的印象，可能因为她的兴高采烈，比我的兴高采烈更高，而她的抑郁低沉，也比我的抑郁低沉更低，而人们所记得的，就是那几个高点。其实，她对药性的反应一向比我更敏感，老是抱怨自己的“敏锐”被药物谋杀了，即她那温和狂躁的一极被融化了。

我愚蠢地冲淡了自己掺在设拉子红葡萄酒中浓度有限的复合胺，坐在沙发上，猛压着自己的太阳穴，想多挤掉几滴掺了药的酒汁，摇晃着脑袋，想着我曾和佩特拉走得那么近，却听任发生了如此不可能的情形。另外，看对面这个留着胡子、戴着眼镜、有天赋的威尔士人，他的快乐来得那么轻而易举，真让我妒火中烧。只见他就着单柄台灯的光专心研读，弯腰弓背，身影衬托在一边暮色渐浓的大窗上，从不抬头朝昏暗中的我看一眼，直到我那做着美梦的父亲在卧室里嚷道，“不，那些是我写的！”

这时，克里斯托尔教授注意到了我。他摘下眼镜（反正，他也看不见在一片昏暗中的我），揉揉眼睛。“嗯，的确是一部绝妙的作品。在很多地方，的确很像他的手笔。格温妮拉和侍女十分可爱。不过，不像是97年的。如果是他写的，应该不迟于1595年，其实，甚至可能更早。也许不完全是他写的。可能是合作的产物，如果是93年之前的，那可能性更大了。那时候他很少单干。”

“但这是他的作品，对吧？您能做出鉴定吧？”

“我得再花点时间。语言方面没问题。但我还需要一些时间。”他打量着我，“如果非要你说，你觉得那国王的悲剧性缺陷在哪里？”

“他有躁郁症。”我答道。

“哈！我倒没这么想过，不过是的。千真万确。一针见血。一般人会说他极度幽默，无拘无束，甚至不适合治理国家，因为他生而不幸。由于这一错误观点，伊丽莎白时代的观众也许会觉得他注定不幸，他所做的一切努力都徒劳无功，都是在傲慢自大地顶撞上帝的意志。可即便如此，剧作家却把他写得令人同情，给了他一些力量。不过，他的确不是人们定义下的英雄，对吗？除非他能安定一点，找到一点智慧。格罗斯特说了一段关于君王激情的台词，他是对的。这是伊丽莎白舞台上又一位失败的君王。你得去什么地方吗？我很想再读一遍。你妻子很快就回来了吧？”

我乐于被他误解，借着又一杯酒，充满爱意地让它发展成一个完整的臆想。最后，父亲从黑暗的楼道里现身，他尚未习惯天黑了要开灯。“嗯。这位是谁？”我把两人相互介绍一番，这时，黛娜来了电话，说有急事，让我立马去剧院一趟。

“佩特拉没来？她走了有几小时了。”

“你快来。”

我让前罪犯负责照管那位世界知名的语言学家和我那十亿美元的资产，自己歪歪咧咧地一路开车从上城区赶到仓库区，黛娜正在舞台门下的进货平台上浑身颤抖。

我车还没停稳，她就跳了起来，动手去拉开乘客边的车门。“谢谢。开车吧。谢谢你来。我做了件糟糕的事情。你快开吧。”

“回家？”

“不不不不。不回家。让我想想。”

“好吧。出什么事了？”

“请你让我他妈的想想好不好？”

下面就是事情直截了当的来龙去脉，我听故事时也并不费力：黛娜感受到日益逼近的首演日压力，认为自己的表演“依然很不完美”，并认定原因就在于她服药比例不对，所以老是感觉晕眩迷糊。她觉得，稍微冒一点险，允许发生一些焦虑和抑郁，只要能使她获得演出所需的更多的“真实感”，更多一点“生活的喧嚣”，就不成问题。于是她近来开始在用药量上做文章，这在她，在我，在所有患有轻度抑郁的人中十分常见，这些人既离不开药物，又痛恨药物。通常的情况就是，这种自我诊断、自开处方、自我监督的尝试是完全错误的，其结果总是，试了错，错了试，再试再错，再错再试，循环往复，错上加错。

可这一次，她觉得自己找到了恰好的平衡，今晚的带妆彩排效果完全如她所愿，她十分激动——“我承认过分激动了一点”——彩排结束在后台——激动得几乎到达沸点——她拥抱了在戏里演她情人帕拉蒙的演员，然后拉过他的脸，“冲他脸上就是一口。”对方或许在几周的排练中也积蓄了一些自己的情感，随即回了她一个吻，而这个吻，她“不知怎么的，就迎了上去。其实这与他根本没有关系，也与吻不吻没有关系，或者……或者……或者与情欲也没有关系。不是那么回事，尽管看上去好像有那么回事，我能想象，他似乎有点喜欢那样，我就得对他说对不起，可结果却成了这样，我承认是非常愚蠢的结果，我好像在听任事态发展，不想让它结束，我想因为彩排结束，好像我是在庆祝，不是我在吻汤姆，当然不是，甚至……甚至不是爱米莉娅在吻帕拉蒙，倒更像是女演员在亲吻剧院或别的什么，缪斯女神，或者……或者……或者……结果……结果……结果佩特拉看见了我”。

佩特拉站在一边，看着眼前两个化妆室之间除了亮着的日光灯别无他物的楼道里，自己的女友和一陌生男子之间正发生的这个极度激情、极其性感的时刻，而剧情中根本没有这样的桥段。目睹事态失去控制，进入完全可预见的那一幕时，佩特拉走出剧院，开车离去，把手机完全定格在语音留言功能。

“回林代尔去，”黛娜说，“左边。左边！靠—左—边！”她让我停在一家花店门前，我在车上无所事事地等着，她奔进跑出，随后让我再开了八条街，停在另一家花店门前，我在车上无所事事地等着，她奔进跑出，这一次，她出来时手里抱着花。“总得做点什么。”听她说话的口气，倒像是我犯了错误，该我来做一番恰当的补救。“对不起，我不是那个意思，”她立刻说道，“刚才的口气并不是我的意思，如果你知道我是什么意思的话。”我当然知道。

我要她保证立刻用回医生处方的药量。她一口答应，没有说她的表演是冒险进行的，什么都没说。她只是点点头。

我开车去了爸爸那里，把黛娜介绍给克里斯托尔教授。教授依然心满意足地坐在桌边做着笔记，而爸爸则坐在幽暗处的沙发上，确保这位面相良善的学者不会带着我们的四开本乘隙溜走。“所有的韵脚都是按当时的发音押的。”这位威尔士人神秘兮兮地说道。

随后，我按照黛娜的指令，独自开车把她送回自己的公寓，还带着一坛三色堇，给我的指令十分清楚，甚至还写了几句话，要我向对方解释，说那个吻根本没有意义，说佩特拉对黛娜才意义重大，说黛娜愿意做任何形式的补救。我还得练习背诵一段《亚瑟》的台词："告诉她：我最期待与她一起度过宁静的时光，/在战舰前将我的头枕在她胸脯上。"可是我从来就没有好记性，所以我一回到车上，就把此事抛一边了。

"是你，"佩特拉开门后说，"好吧。"

"希望这些花能做一点弥补。"我喘了口气，一时间失语了，身体像脱了水，喉咙口显得最为干燥。我把三色堇递给她。她闭上眼睛，把并无气味的花贴在自己脸上。花茎被弄弯，有的甚至折断了，可她依然用花揉擦着自己的眼睑、鼻子和脸颊。她睁开眼睛，看着我。

"也许吧。"

我和她一起坐上沙发，玛利亚立刻过来趴到我膝盖上。佩特拉给我倒了她已经开始喝的酒，立体音响里放着类似爵士-教堂-中东风格的音乐。

"她很难过，"我开口说道，"那事没有一点别的意思，真的，真的不是你看见的那个意思。你是她的全部。她什么都愿意做，只要——"

"我知道，"佩特拉面无表情地说。酒精掩盖了她的表情，使她的脸微微发红，但并没有酩酊大醉。她问，"你还带了什么？"

"说不上。莎士比亚的一句台词。"

于是她吻了我。我别无选择：我让小猎犬给钉在了沙发上。

她边吻我，边谈起死亡和生活中令她开心的琐事，用手指抚弄着我的脸，这几根手指，我曾看着它们抚弄她的苹果手机显示屏，一下一下滑动点击着网页页面。那一次，我内心充满向往。"幸福与愉悦，你得尽量自己去抓取，"她说（你知道的，这都是你说的话），"反正到头来总要付出代价。这是一次‘无限量餐饮’，无论是吃到撑死还是空腹而去，要付的价钱是一样的。当然啦，你死就是在付钱，你父母死也是你在付钱。但如果你邻居的孩子被车撞了，你目睹她父母伤心欲绝，然后你搬去了一处新家。那又是什么呢？那也是在付钱。你没有乐趣，你还是在付钱，就好像是你让死神割破了你的钱包。它骗了你。你死了，你不活了。你是死神要骗的傻瓜。到头来，我们都在付钱，无论你是否回吻我。不过，你要能回吻就更好了。”

“那么——”

“别。”

“刚才你是在生气，为的是——”

“别说了，别说了。我有生气的样子吗？我有生气的感觉吗？”

瞧。就这么回事。

莎士比亚时代的人都相信魔法。现在，我们对魔法的相信只剩下一点点了：魔法般的思维。如果我能在她那只数字时钟上前后两个分钟的数字间数上整六十，从清晨五点二十三分数起，在数字翻进二十四时精确地停下，那么，等她一觉醒来，就会爱我，而不说这是一场可怕的误会。如果我能闭起眼睛猜，就五秒钟时间，猜猜卧室墙顶端一共砌着多少块砖头，那黛娜甚至会为重新定义我们这场三角关系予以祝福。如果我能在三秒钟里数清楚，黛娜也许会原谅我。如果我能在两秒钟里数完砖头，黛娜甚至会为自己和我们感到开心，她会说，这恰好是她所希望的局面，还说她也许潜意识里就明白，她在排演厅里吻搭档，就能加速这一了不起的结局的发生。

我睁开眼睛。“你这头蠢驴，”佩特拉呻吟道，“你干嘛不趁暗一走了之？”

“早上好。”

“早上好。”

“你想谈谈……？”我把三色堇推到她眼前。

“改日吧。现在不谈。”

“完全合理。那我俩得有一人去和黛娜说说？”

“我不知道。别。以后再说。”

“完全合理。”

我那调成静音的手机上有八条语音留言和十四条信息等着我，尽管它们说的都是同一件事。

36

我极度内疚，羞愧难当，但我不会涂一幅文字画去赢得任何同情。我也不会去费力解释那些说我在哪里过夜的谎言。那天早晨我给我双胞胎姐姐带去的希望，是经过反复考虑的，但也是可以轻易推翻的。我明白的。我明白的。“谢谢你把最新情况告诉我，”我走进家门时她这么对我说，“其实我也没刻意在等什么消息。”我明白的。

她在我们的沙发上睡了一夜，当时正披着毯子，双手捧着咖啡杯啜饮着。克里斯托尔教授已经回来在起居室里开始工作了，见我进去，很开心地同我打招呼，走到远离那四开本的地方，去喝自己那份咖啡。父亲依然睡着。厨房的吧台上，装在兰登书屋白红蓝三色信封里的一式三份合同已经躺在那里，等我用墨水笔副签。我需要找公证。我暗自感谢能有这么个借口，说完飞也似的逃出房间，而黛娜得再坐着监视一小时，耳畔还回响着我刚才那几句让她半信半疑的谎言。

我去亨内平路上的文印店和联邦快递跑了一圈，就这样无可反悔地把自己与出版商和莎士比亚绑在了一起。我返回家中，发现黛娜没挪过地方，只是手里的那杯咖啡换成了手机，只见她双手紧捏着机身，两眼凝视着屏幕，可手机依然顽固而高傲地沉默着。父亲还在睡着。“我要你去拿点东西，直到她打来电话说我可以回家。”

“那是你的公寓。”

“她不开口让我回去我决不回去。”

“我肯定她只是需要点时间理理思路。”

“我真是个白痴混蛋。”

“求你了，别这么说。”

我去拿了点她的东西，但佩特拉不在。十月里有十五天，她不是睡在爸爸家，就是睡在妈妈家，再不然就睡在剧院化妆间的沙发上。我的起居室里，教授们进进出出，父亲酣睡的时间一天比一天多，尽喝无糖可乐，说自己对此日益产生了依赖，即使我给一家可乐灌装厂打了电话，被告知亚登山有一家超市依然有泰博啤酒卖，他还是丢不掉无糖可乐。佩特拉依然不和黛娜说话，而我则半心半意地尽量远离我爱的这个女人，等着她们俩把关系厘清再说。不过，要真有诚意，我应该承认自己不过是在发扬公平竞争的体育精神，等着发生新的安排，使之与自己的希望合拍。我两次溜出家去，一次，佩特拉接受了我和我送去的三色堇，另一次，她让我回家去。

《两贵亲》于 10 月 22 日首演，我坐在母亲和佩特拉之间，期间还短暂地趁黑拉住佩特拉的手握了一会儿。妈妈和我去舞台边门迎接黛娜时，佩特拉也一块去了，两人略有尴尬地打了声招呼。我带母亲回家，留下她俩说话。

我回到家时，发现父亲正精疲力竭地监视着一位出生于布鲁克林的常青藤莎学专家，见我走进去，爸爸呻吟了一声，“总算回来了。”我谢谢他监视了那么久的时间，答应给他弄一张黛娜次日晚上的演出票，让他赶紧去休息。“悉听尊便。”他咕哝道。他已经站不太稳了。“各位，晚安。”说完就走过黑暗的楼道去睡了。

凌晨两点过不久，黛娜打电话过来。“我不知道会发生什么事，”她反复地说着这句话，“我不知道该怎么道歉她才能相信我。有什么东西断了，而我却不知道该怎么去修复。”我听着，劝着，为她担心，对她表示真心的怜爱和同情。真的。但是我在所有的话语中，听出了进入一种新的更好的关系的开头几步，相当困难的开头几步。反正我觉得，那更好是对所有人都更好。我开始悄悄计划去为我和佩特拉另找一处公寓，因为我觉得无法在老地方继续住下去了。玛利亚当然得归黛娜，尽管我十分喜爱它，十分可怜它，而且说实话，我内心为此倍受煎熬。又来啦。好啦，没错。可是她却不愿意面对显然对大家都好、能让我们各自走下去的结果，对此我还是有一点不开心。又来啦。“你觉得我该怎么办？”她问道。

“你要做的，就是告诉她你爱她，说你希望和她重新开始。如果这就是你所希望的。你有权和那个对你合适的人在一起享受幸福。”

“你真聪明。”

第二天，即 10 月 23 日，我把四开本锁进盒子里，一路带去明尼苏达大学的化学实验室，与从纽约来的兰登书屋编辑和律师在那里见面，另外还有两位文献日期和年代真伪的鉴定专家：一位是从芝加哥来的墨迹鉴定师，另一位是从伦敦飞来的纸质鉴定顾问。两人都由威尔教授提名进入鉴定委员会，而教授本人虽未到场，依旧被兰登书屋任命负责和协调有关鉴定的一切调查事务。各人签署了保密协议，保密协议被再次锁进手提箱。

英国人彼得·布赖斯一脸白须，脑后扎着一个白发马尾，完全是退休的20世纪70年代低音摇滚歌手的风格，那个就在乐队成功前夕被杰斯罗·塔尔解雇掉的家伙。他一脸兴高采烈的样子。“你今天真的想盯在一边看？”他开着玩笑，“检测可能会使所有者感觉很糟糕哦。”在搬上任何一件检测仪器之前，在取出那四开本原件之前，他们向我做了详尽的解释：真相即将大白；21世纪的科学是不会被蒙骗的，而实验室里弥漫着的空气似乎是我正在试图欺骗他们。“任何伪作需要克服的最困难的事实，其实是一条十分简单的真理：每一件作品本身就隐藏着自身的历史，而那历史是可以被读出的。所有的纸张都有年龄。凝胶的品质会退减，纤维会脆弱，而这些东西无法根据伪造者的时间表得以加速。”

“明白。我们开始吧。”我说着打开盒子。

可是，布赖斯的话还没有说完。我觉得他最拿手的党派伎俩就是凭演说取胜，即不使用任何具体的工具，仅凭自己的知识大锤，瞄准了，狠命来一下，便击碎了伪造者脆弱的信心。（“布赖斯飞到明尼阿波利斯，还没认真看上一眼，就让那小伙子吓得供出了伪造的事实。这桥段你还记得吗！”）他用起了我没想到的伎俩，显然是等着看我如何接招，然后他趁乱收起我的四开本，拔腿开溜。“伪造的纸张？原料与过去不一样。麻布片不一样。现在种亚麻处理亚麻的方式都不同了。16 世纪 90 年代没有杀虫剂。关于亚麻的这些事你知道吗？”

“不知道。你要知道我关于亚麻的知识有多么少，准会被吓一跳。”

“好吧。即使有人能找到法国人或热那亚人摊晒的纸，那纸张也会因为年代过于久远而不吸油墨。更别说还有这样的情况：现在的东西，油墨会印在黄斑之上，而不是出现在黄斑之下。这世界上总共只有四个人能仿制 16 世纪的纸张，而他们四个我都认识。他们不会干这事的。因此，如果你把原来的字迹从印刷品上抹除，再往纸上印东西，或是找来古旧的亚麻织物来仿造当时的纸张，现代的洗洁剂里掺有亮白因子 OBA。纸张上就会留下 OBA 的痕迹，在紫外线照射下会呈现特殊的淡蓝紫色调。这你知道吗？我要做的检测就是这个。”说着他从包里掏出一支紫外线灯，盯着我看我如何反应，然后点亮了它，那满脸不情愿的样子，活像一位武士，尽管内心满是和平情怀，却被迫要砸烂我的气管。

我略有点色盲，因此不知道检测时发出的荧光到底是否正确，只见他一页一页翻下去，最后说道，“好了。嗯。”此时的他十分讨人喜欢，显然十分开心自己遇上了挑战。“接下来，我们要研究书籍装帧的每一个细节。针脚，线材，黏合剂。再接着，我们就得沉浸到文本之中，看看纸质，纸页走向，线型，签名形式，等等。此后如果需要，我们还要极化光显微镜和光谱仪。然后，我们从芝加哥来的朋友维克托会钻研墨迹。再多的细节符合都不重要，只要错了一两处，这玩意就可疑啦。”

“继续查，继续查。”

“好。咱们找点乐子吧。”有些答案是当场出的，还有的得等上一两周才能拿到最终报告。

在六个小时里，显微镜、光谱仪以及我们这一个世纪以来发明出的各种玩意都被放在滑轮车上推进推出。一封封信件做成幻灯片，放大后与威廉·怀特印行的其他四开本对照本并排投射到一起。用镊子在纸页表面夹下一些东西，拍照，刮下细小的墨迹放进小瓶里溶解，从页面边缘摘取微细的线头，放在玻璃夹片下。单张书页（“菲利普斯先生，转过脸去，这一下可能会让你有点难过”）从边缘被剖开摊平。

“非常平滑。几乎没有痕迹。书一直被压放着，是吗？扎好的？没有暴露在光线下。我猜是直放的，这意味着书的顶部和底部之间会有一点厚薄差异。”的确有。

我们握手，他答应会通知我结果，我把宝贝放回盒子。英国人说了句略显尴尬却让我略感开心的告别辞：“菲利普斯先生，我的工作有一个特点，证明真品十分困难，证明赝品却比较容易。”我转身回了家。

父亲亚瑟·爱德华·哈罗德·菲利普斯一动不动地躺在床上。也许他已死了几小时，也许我清晨离家时就已死了，甚至也许我在电话上给姐姐提恋爱建议时他就死了。

37

“我不会为父亲的行为辩解。他的所作所为是他的事。他犯错，他犯法，他倒霉，那都是他自己的事。正如莎士比亚所写，‘我宁愿它们就是这样’，而这也是父亲所愿。不过，对于他的一生，我要这么说一句：他相信这世界能完全改变，哪怕只是一时的改变，哪怕一次只为一个人，那样的改变就很了不起，值得一试。有时候我会想到他那些了不起的创造，他那些最不自私的创造，和他希望在自己的工作中所成就的东西相比，我觉得自己就是一个胆小鬼。

“写小说的写人物，试图用一句话（写龙套角色），或用一段话（写次要角色），或用一整页（写主要角色），或用整件作品来写主人公，可要描述一个真实的人的一生，该怎样去写？不是他的行为速写，也不是固定在取景框里的描述，而是整个一生？父亲就是我无法书写的人物。我可以写上一段关于他的文字给各位阅读，可即使所写的完全真实，它似乎依然遗漏了所有的一切。

“亚瑟·爱德华·哈罗德·菲利普斯是一个花花公子，一位了不起的艺术家，一个有着非凡头脑的人，他可以用三种语言念诵诗歌让你着迷。他自学成才，他特立独行。他为艺术和奇迹而生。他深爱着一个女人，可失去了她，出于自我牺牲的精神放弃了她。他爱自己的两个孩子，希望能赋予他们对文学和艺术的挚爱，以及世界上无限的令他人欢欣的能力，他做到了。可是他也是这样一个人，他最高尚的原则过早朽败，世人对他创造力的漠然使他愤怒，他需要更多的钱，尽管自己也说不出到底要多少，他发现自己最大的天赋就是能重现年代久远的天才们的精神，可是他却在人们想象中最卑下、最令人惊奇的越轨行为中浪费了人生。如果他径直做了他一直声称自己非常害怕做的事情，做个办公室编辑，或广告插画家，每天五点下班回到城郊的家，回到爱意浓浓的妻子和满心敬佩的孩子身边，恐怕也比干了那些事情要好很多。可他却干了那样的事，这本身也是一件奇迹。

“至于说准确描绘我父亲，我不知道上面那一段文字写的是不是他。这种作家创作式的虚拟化写法，写出来的只能是他的虚影，他希望的虚影，他忧伤的虚影，因为描述中砍去了太多关于他的东西，却使用了太多的矛盾修饰，太多的避重就轻，太多的附加，太多的章节。似乎根本不可能在一瞬间或仅凭一个决定，就能写透他一生的所有层面。我甚至想到了他犯下的一次普通罪行，我自问，他到底出于什么动机？他最糟糕的时刻可以用下面这些来解释：他渴求奇迹的哲学，痛苦和愤怒，对自己的巧手绝技感到骄傲，纯粹是习惯，不可避免，单纯的贪欲和没头脑，几近犯罪的天生自私，爱。我实在无法抹去表面的纹路以看清下面的那个人……”

以上是完全出于自我中心意识的赞美之词（我写了那么多，爱上了这些词的声音，陈词滥调！）我把它插在这里，是为了要完成合同规定的一些要求，而且也因为，要准确说明下一个月发生各种状况时我的内心状态，这段文字是最好的证据。

“尽管如此，我脑海里依然出现父亲给我和姐姐读书的情形，听得见他的声音和教诲，听得见他的笑声和智慧，这使他的那对双胞胎儿女始终急不可耐地要和他在一起度过充满惊喜的周末时光。尽管如此，他慷慨大度，他甘愿为儿女做出牺牲，甘愿为他所爱过的唯一一个女人做出牺牲，给了她一件极其特殊的礼物，因为他明白自己无法给她一件平常礼物。”

我搂住母亲的肩膀，她拍拍我的手。她一点也没有因悲伤而心碎，她早就打定主意，不让父亲走近她的内心，这一关她把得很牢。佩特拉站在黛娜身边，抓住了她戴着手套的手。我们四人相互拥抱，默默地一起开车离开，前往 43 街上的以色列教堂墓地。

此刻，我正在从教堂去墓地的路上，心里只虔敬地祈祷着三件事：一，父亲爱我，无论如何，他还是希望那些事情本不该发生，而且我们最后还是相互谅解了；二，佩特拉，无论如何，她爱我，也愿意接受我的爱，黛娜终究会免受真正的痛苦，我的儿子会爱她也爱我，我们三人之间终将度过早期的戏剧性事变，形成一种对所有人来说都是最好的、最快乐的结局；三，《亚瑟的悲剧》的确是莎士比亚所作。这三件事表面看来互不相关，实际上却互助互补，在土壤下面根蒂相连，它们无法分开的根系分享着无形的地下水。

“我要你接手这一事情，”我对黛娜说，“或者和我联手干。我要你保存好这个剧本，写上几篇论文。我们得分享这个。我觉得我不能完全退出，把它完全交给你——我向上帝发誓，要是可能，我情愿退出，可是我和出版商已经谈到这一步了。我本该一上来就退出的，我真的很遗憾，真心遗憾，非常遗憾。现在你加入进来吧。求你了。”

一个神秘的手势在坟地里呼哨而过，但我心领了。我觉得当黛娜知道了我和佩特拉的事之后，她会感觉好一点。我觉得可以把这件事看作类似某种交易的无礼条件，我从黛娜那里把佩特拉买过来，用于交换的是彩票份额。我不是说就是那么回事，但恐怕黛娜就是这么看的，好像她知道我的脑袋早让迷幻之念重重裹住了。

“不行，”她说，“他要你来做这件事。但反正你在做的都是为我们大家。所以，别感觉自己是在从我这里拿走什么东西。好吗？”

38

那天，我发现他死了，并在他的尸体边坐了一小时。一个多星期过去了，现在，要扔掉一些衣物和洗漱用品已不是件太困难的事。所有带着情感价值的东西都藏在那箱书信中。

我坐在起居室桌旁把所有的信件读了一遍，那张桌边，也曾坐着所有的莎士比亚专家，读着另一位谜一样的亚瑟。我读着他孩子们的信，他妻子（后来成为前妻）的信，他律师的信，还有像报告卡一样的监狱记录。我发现了他艺术生涯所留下的一些纪念品，但我原先希望的是能发现他所有伪造品的目录，也许，这可以成为我下一部小说的素材（我感觉大脑深处有什么东西在勾引着我）。可不幸的是，他并没有留下这种内容丰富的东西，没有客户名单，没有提到什么在英格兰乡间宅屋的名字。但的确有一张检索卡：

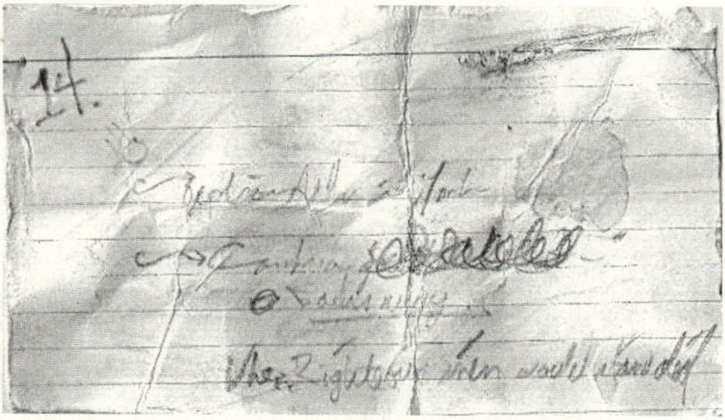

用铅笔写的，字迹已然黯淡，没有标注日期，但显然年代久远，流逝的时光已将纸页抚摸得相当柔软。左上角有一个数字“14”。卡片上有一处轮廓似澳大利亚地图的模糊印渍，我发现，它表面硬硬的，但依然有黏性，把这张卡片粘在了一本油印的艺术品展目录的背后，那是1967年在丁克镇举办的艺术联展，目录中列了两件“AEH Philips”（拼写有误）的作品：《拿百合花的女子》和《疲倦的母亲》。小册子最后一页的背后有一个与卡片上相应的印渍（形状相反）。

有四行文字。在一颗随意涂成的彗星或呼啸而来的炮弹下，工整地画着两个箭头，箭头后写的是想法或要做的事情。第一行是“在约克解释亚瑟”，第二个箭头指向“肯布里亚下。”再下面是一行诗文，文字上淡淡地标注着音节划分记号：“当正义之士漠然旁观”。

这行诗文几乎与第三幕最后一行完全一致：*而正义的人士却怀揣良心驻足旁观*，这是肯布里亚伯爵的一段独白，说他要退出支持亚瑟的计划（不过他从未解释*他在约克的所作所为*）。

父亲是在试着设计肯布里亚的话。这张检索卡所指的是该剧本较早的一稿，是至少十四稿中依然传世的唯一一页，它能流传下来，完全是因为书页上被洒了什么东西，被人放在了自己觉得能安全保护的什么东西的背面，一直放到了二十一世纪，就是那本展品目录，那目录标志着用真名出现的他作为艺术家的失败，而那真名还被恰到好处地写错了。

骗局显露时，那种震惊的确让人浑身难过，我心里突然涌上一股怜悯，为多年来遭我父亲偷盗的所有艺术家感到惋惜。关键时刻，他一走了之，死了，葬了，还受到我的赞扬，尽管多年来我一直对其中的是非曲直相当清楚。

在我而言，启示就像是被掏空的感觉，就像（原谅我用不太雅观的比喻）肚子里一阵风起云涌，好像有什么东西正倾泻而出，从心底、从脑海里奔涌而下，掏空一切，让我感觉浑身发烫发酸，感觉泄得通透彻底，远超过我肌肉记忆中最痛苦的动作。

这种即时的信仰荡涤使人苍老。皮肤松松地从骨架上、眼眶下耷拉下来，部分脂肪和肌肉随着那阵倾泻而消失了，脸上开始阴影重重。

这些阴影，它们根本停不下脚步。蒙上了眼眶下的半月区，蒙住了整个房间，蒙住了整个世界，然后，便开始为蒙往日时光盖上阴影。他这头和我们这边所有曾经的温暖时光：急切的求助、相互发送的电子邮件、泰博啤酒、公寓间、往后、往后、再远远往后，阴影一路蒙住过去。《亚瑟》之死意味着亚瑟之爱也一路向后地死去，坐在他房间地板上的一个个夜晚，神秘的麦田圈、我睡意绵绵躺在他怀里时出现的小小衣神，都和其他肮脏东西一起被冲了出来。亮光消失，阴风嗖嗖，一切都萎败消失。

太过分？太老套？（我同意让他成为共谋！）也许。可是，这种美学诡辩在启示时刻并不适用。

失去这一切的唯一补偿，是我的视野突然并永久地清晰了，我有了X光般的视力，而且这位仁慈的福音传道者相信，这种清晰的眼光，是可以赶在人们亲身体会其灼伤之痛前教会他们的。有时候，这一点的确不错：当一群人都因伪造者制造的假象而感到痛苦时，清晰的眼光突然间会在人群中传布开去。

一件作品，长时间（有时甚至几十年间）被人当做真品，转眼之间被指认为赝品，而且显然就是赝品，这其中的原因究竟在哪里？去谷歌搜索一下凡·米格伦的维尔米尔作品。小孩子都能告诉你，那些纳瓦霍人和患唐氏综合征的女仆的画，绝非那个画了《戴珍珠耳环的姑娘》的人画的。再去读读詹姆斯·弗雷的回忆录，严谨派人士可以发现上百处不可能的细节。有时候，科学进步打开了我们的眼界，但更多的时候，我们的感觉是魔咒消除了。我们眨着眼睛，四下看看，揉揉眼皮，搓掉那些神话灰尘，弄不清自己到底是否真做过那样的梦。一旦你知道那不是莎士比亚所作的，那就没一句台词听起来像是莎士比亚的。怎么会是这样？如果我没有写这个，那就不会听起来像我写的东西。

首先，我显然不会把它拿去出版。我要了结这一场闹剧。同样明显的是，你正在读着这段文字，我已经失败了。现在我唯一的希望就是评论家能替我来完成这一任务。聪明的人会立刻引用我的话说，“这是一部仿作，是一部拼贴，显然是假的，太放肆，太鲁莽，太自负，不可原谅。”他们很可能会这样说，哪怕只是为了免于被人当做傻瓜。或者，我们也可能听见那些担心有凡夫俗子之嫌的人这么说，“这是一个了不起的发现，这是一件珍宝，足够学者戏迷和莎迷们今后几年忙乎的了。这一精彩故事，很可能来自为我们写了《麦克贝斯》的那个天才？”

总有一天，会有人在剧本里发现我在剧本之外发现的东西：那有问题的某样东西。也许根本就不是这样，也许并没有刹那间的时代错误，没有使用时代差了五十年的动词。相反，某位可信度不错的、对我家的渊源不甚了解的人士会产生像柯尔律治对《亨利六世·上篇》的类似感觉，“莎士比亚不可能写下这段台词”，从而令所有人幡然梦醒，谁都不需要去加以证明，于是这本书悄悄绝版，2011 年版从此加入 1904 年版，成为这一家庭越来越稀奇的祖传。

“他再次对我干了那样的事情。”我抱怨道。

“对你？”母亲笑了，“好啦。这就是我没法和他生活一辈子的原因。受不了他这样。要是一个人突然变成不是你一小时前还觉得熟悉的那个人，还怎么生活？你无法这么活着。生活不是去制造惊奇和奇迹。生活已经够艰难的了，你得一刻不停地把散碎的现实感觉往一块捏。生活中充满了太多的不可能和不平稳。你看看生活中都有些什么！车祸，癌症，怀孕，头痛。然后呢？嫁给一个一眨眼就会变成另一个人的家伙？听他高喊，奇迹！结果你发现此前那段生活竟然只是他在地下室里制造出来的奇迹。”

“可你说过没留在他身边是犯了错误。你说西尔无聊透顶。你说……”

“噢，不是的。亲爱的，别说了。亚瑟。真的。你还真以为我能给你什么生活准则？哦天呐，你的确这么想的。好吧，我得开始管管自己的嘴了。你就是要我这么做吧？简单的念头，但前后一致？那我们会变得多无趣。再和我说说你觉得他是怎么做的。”

如果我父亲的所有作品都是仿制品，整个故事也就简单了。在20世纪50年代或60年代之间，他在明尼阿波利斯的一处画廊展出那幅《拿百合花的姑娘》，画并没有得到什么好评，却给他挣来了第一批佣金，有人出于保险的需要，让他“复制”一些画作。他反复思考了一下：他到底能画一幅什么样的最有利可图的赝品？等最终金钱到手得等多少年？如果他有足够的耐心，如果他为此回报愿意等上五十年，情况会怎么样？他意识到，最丰厚的奖品就是取之不竭的版权，因此便需要有一部全新的莎士比亚戏剧，而且绝不能有出现第二本的可能性。这就把一些众人皆知的佚作排除在外了：《卡德尼奥》、《爱的获得》、《前哈姆莱特》等，因为这些剧本也许依然有出现的可能。他要写剧本。可以说是写剧本。真的吗？他坐下来，紧张思考如何写那些非重读音节。一个人？在监狱时？写完剧本后，他伪造了1904年版，测试了一下，利用它来引诱专家评论，清除掉词汇方面的谬误。然后，当他对文本相当有把握了，便伪造了1597年的四开本。挑选那一时期的印刷商时，还刻意注意挑一个没有后代、没有房产、迄今无人继承文本的人（要证明这一切，需要英国一整个律师事务所好几个月的工作)。万事俱备，他用纸张油墨印出了1597年版的剧本，还得保证通过现代法医检验和学者的研究，而那些检验手段，在他蹲监狱的那段时间或他把剧本锁在保险储存箱的1986年前，甚至都尚未问世。他写了这个剧本，而该剧本的消失却是莎士比亚研究发展到20世纪90年代才得以完全解释的事件。

说到这里，母亲插话了。"哼。亚瑟，你听过这句老话吗？有时说谎者口吐真言。你要倾听自己内心的声音。当时那些监狱里连图书馆都极少有，而且他调制的是16世纪的油墨吧？"

"也许他还有个帮手。为什么不可能是格拉斯哥？"

"因为恰克·格拉斯哥是开杂货店的，又是个贼，他不是个天才，而且当时他已有二十年不在国内。不过到现在，真的，谁还在乎？你干嘛还忧心忡忡？你还有别的事情要担心啊。"

"为利益到手，他愿意等上五十年，这样他就可以把它留给家庭，情感上得到一些满足，好像他已经完全弥补了我们。真让人恶心。"

还没完呢。他最后知道自己赢了，他临终时的念头，脸上的笑容，独自躺在有家具的出租屋里，租金是他龙凤胎中的儿子付的。这是伪造的伤感部分，这个专干恶作剧的小个子窃笑着。他一直在制造奇迹，无论他怎么说，那奇迹中始终包含着讥笑的因素，讥笑那些蠢货，讥笑那些乡下人，讥笑那些假伦勃朗的买家。还有那个自我！他为这世界增添了快乐和神秘。就凭一个仙女圈。真可怜。他竟然感觉自己就是莎士比亚，和莎士比亚不相上下。他当然不及1600年的莎士比亚，不及写《哈姆莱特》的莎士比亚，但和1593年的莎士比亚毫无二致，与第一批历史剧一样的好。他骗过了所有的人，学者、科学家、读者、评论家。他骗了我们，他骗了我。"他没有让黛娜来负责这件事，”我说，“因为他知道姐姐不会去做。他无法像愚弄我一样愚弄黛娜。姐姐比我聪明，而且也不像我那样贪婪。”

“她当然也有贪婪的时候啦，”妈妈说，“她是演员，你觉得她会不喜欢更多出现在媒体面前？‘女演员发现了莎士比亚’？拜托。不过，亚瑟，我觉得……你肯定那张目录卡的意思就是你说的那样？那可是很大一笔钱。”

我完全同情这一立场：那的确是一大笔钱，要把这么大一笔钱扔掉，还真得好好思考一下自己一贯声称的原则，特别是那笔钱，你久经磨难的母亲可以派用场，你在恋爱中遭遇背叛的艺术家姐姐也可以派点用场。我答应妈妈，说在采取行动之前会好好思考，我这么说也决非仅出于善意。我也需要丢下电话，直接开车去见佩特拉，看看到底谁在她家，边开着车，边背着心中仅剩的一篇信仰文章。

我尝试着。我等待着，反复思索那张目录卡片，但依然只能（现在也只能）看出一种答案。

39

葬礼过后一周，伯特·索恩打来电话，告诉我说有一份遗嘱。在同一个电话里，他要求我“以绅士的风度答应”他，一定会“在处理过程中相应关注”他为遗嘱检验所花费的咨询时间以及父亲旧账上尚未支付的一笔费用。

除了提到我父亲这笔遗留账务一事稍让人不快之外，遗嘱本身激起了我内心最有贪欲的那份怀疑。他草拟这份遗嘱，是他从监狱出来前两个月的事，是在他犹豫不决却十分真诚地把我蒙进这场愚蠢的骗局之前。尽管如此，他的口吻却好像我肯定会答应参与此事似的。首先：

“我指定我儿子亚瑟·M·菲利普斯为我的遗作保管人，我指定他负责威廉·莎士比亚所作之《不列颠国王亚瑟最辉煌与悲剧的生平》之出版、保护及推广，以最大限度保证此剧所得归于各受益人。我在此将该剧之1597年版本以及全部可能由此而得的收入，按如下比例分配给予并遗赠：28%归于我的儿子亚瑟·M·菲利普斯；24%归于我女儿黛娜·S·菲利普斯；24%归于我前妻玛丽·菲利普斯·迪洛伦佐；24%归于我的朋友查尔斯·R·格拉斯哥，如果我去世时他尚在世。若他已故世，则我指定将此份额在前述三位受益人之间平均分配。”

母亲在电话上一听我读到最后一个名字，立刻用一阵尖刻的、纯正的明尼苏达口音的咒骂打断了我的话。我第一次看遗嘱时，对遗产的分配比例略有些迷惘，不过当时我只是对父亲如此捉弄我既觉得不快又感到有点好笑，可等读到下一条指令时，我自己的骂人话便开始脱口而出了：

“《不列颠国王亚瑟最辉煌与悲剧的生平》为威廉·莎士比亚所作。若未来任何时候我儿子兼遗作保管人试图以自己的名字出版、或导致演出、或以其他任何方式传播此剧，或以任何方式公开暗示此剧为他本人所写、或此剧为任何其他除威廉·莎士比亚之外的作家所写，我在此剥夺上述给他的遗赠，而他的28%的份额也将在上述其他三人之间均摊，条件是他们能采取一切可能的法律步骤来实施我的指令。”

换句话说，他只能接受一个与自己一样的小偷儿子。他还没问我是否愿意参与其中，就已经在防御这样的可能，即我可能把他的剧本偷来满足自己的文学伪造野心（瞧啊！我写了一部莎士比亚戏剧！），或者也可能一气之下把他的计划全扔了（就像我是那个向道格·康斯坦丁泄密的告发者），而在任何一种情况下，我都会失去遗产继承权。同时，他将唆使他妻子、女儿和犯罪同伙一起来迫使我执行首脑的规定。

我在迄今为止的整个生活中遇上过不少让人气得浑身发抖的事情，但是我觉得没有一件事让我像坐在伯特那间破事务所里时那么怒火攻心。我冲着到处表皮起泡的天花板直眨眼，牙关紧咬，几乎要扭伤了下巴肌肉，脸上的肉抽一阵，拧一阵。黛娜在上午场结束后也过来了，我在发火，折断了一支铅笔，语无伦次地骂那个死人是大骗子、侮辱人、伪善者，她却笑个不停。我发誓要一下毁掉整一件肮脏的交易，她却拍拍她这位发了疯的孪生弟弟的肩膀。“那是他可怜的小把戏，是这头可怜蠢驴的幻觉，尽管这么说还算大度，他是个疯子，还不仅是个骗子。”这么一说，似乎有可能在生命的最后关头，他真的以为他就是莎士比亚，写的是威尔的遗嘱。“他竟然没把次好的床[①]留给妈妈，这让我很惊讶。”

---

① Second-best bed，莎士比亚在遗嘱中将“次好的床”留给妻子，有后人认为是暗指其妻曾有不忠行为。

“唉，我真的很恨那家伙。”我们离开伯特事务所时，黛娜这么说。

“我知道。死就死了，还在捉弄我们。”

“不是不是。”她笑了。现在我们已开到了尼柯莱特购物中心。“是恰克·格拉斯哥。我恨恰克·格拉斯哥。”

“当真？你还念叨他？”

“你不念叨？你怎么能原谅他？多少次了，爸进了监狱，恰克却溜之大吉？”

查尔斯·格拉斯哥，拥有着我们那笔预计有数百万的财产的四分之一，因为杂货店购物券逃税蹲了两年监狱，出来后却因朋友鼎力相助活得更好了，可我父亲蹲了七年才获得假释，脑子蹲坏了，而且很快又进去蹲了更长的时间。

在那之前，还有伪造葡萄酒。我真的记不清那件事是怎么结束的，我也不想费力弄清真假，不过恰克和我父亲想过印制一个并不存在的法国酒庄的标签，印得十分精致，还印了那座酒庄和葡萄园的宣传册，宣扬其早先的贵族之家的历史，甚至还包括葡萄树种的历史，对土壤成分和葡萄嫁接的科学分析等。这一切都是在有互联网之前做的，因此，当这种法国至尊红酒在明尼阿波利斯小批量露面，每瓶标价 150 美元以上，而且只接受最精英人士的预订时，着实在当地品酒人中间引发了一阵盲目的追捧。其实，那酒是廉价的美国勾兑酒，格拉斯哥和我父亲看中其价格而特意挑选来的，口味不明，瓶塞和瓶塞包封上都没有标记图案。

我看不出还有别的解释方法：格拉斯哥的名字出现在遗嘱里，唯一的作用就是确证了那张检索卡片已经揭示的事实。

“你从这里要去哪？”我沿尼柯莱特开着车，问了黛娜这么一个模棱两可的问题。我现在最希望得到的回答是我被原谅了，可以自由地搬去和佩特拉住，而黛娜也很开心。“最近是什么情况？”

“我们在谈着呢。我也不知道。原来我不知道这一切之前还发生了那么多错误的事。我们得好好理理清楚。误解太深，一眼看不见底啊。不知道该怎么做才能好好了断。我不知道。我想……我想她已经在和什么人交往了。”

“真的？”

“我不清楚莎士比亚会怎么写精神病药，”她说着叹了口气，此时，我正愁着找不到问相关问题的合适气氛，“你知道吗？这么多年，我们一直都在用这垃圾。服用这玩意时，我们都和其他人差不多，一切都似乎清晰起来，容易起来，不那么忧虑了，但也有一点点不那么真实。很难相信他会觉得用那玩意是好主意。‘拿去，拿着这个：像你爸一样做个手套商，你会很开心的。拿去，拿着这个：做个新教教徒你会很开心。拿去，拿着这个：嫁给那个老女人，住在斯特拉特福，你会很开心的。’可我不这么想。”

“不过，如果那是为了他女儿呢？”我说，“为他所爱的什么人。朱迪丝自孪生兄弟死后便心情忧郁，神志恍惚，一直在河边转悠，编织着象征性的花束。你觉得莎士比亚就不会转悠到药店去弄点抗抑郁的左洛复？”

“还有以治感冒为借口去讨要《穆赛多鲁斯》[①]。”

那天黛娜要演双场，早场和夜场，于是我把她送到剧院，拥抱了

① 伊丽莎白时期剧作，据传部分为莎士比亚所作，但大部分莎学专家都不赞同这一说法，认为这是一部伪作。

她一下，转身飞一般去了佩特拉那里。

我进门时边走边说着，声音有点含混。“是你去对她说还是我来？我觉得她早知道了，多少知道了一点。我觉得她感觉即将发生一次变故。我觉得她不会有事的。我觉得她反倒会有一点开心。显然，我们都得做点什么，但是……”

“你不该在这个地方的，”佩特拉说，“这里什么都没有了，我们的事完结了。”

真的，这的确是讲故事时的一个谜。分手，难道还能有比当事人所感受到的更戏剧性的吗？在《仲夏夜之梦》中，分手那场戏还算能引人入胜，那是因为恋人们都让小神仙弄得快疯掉了，而他们之间的分手对话，都思维错乱、措辞恶毒。而我的情况，我只是进入一种境地，我在其中听不见她的话，并希望如果我不承认听见了，她就会不再说了。

“你打算去告诉黛娜吗？”我又问了一遍。

“当然不。我干嘛要去伤害她？”

“因为你——她觉得你在和另外的人见面。那你打算和她继续在一起吗？”

“不知道。不，我不知道。你走吧。”

“你会改变主意的。”

“不会。”

“只是精神紧张了。小紧张。最终结果出来前总是这样的。我们来决定最终的结果。”

“和紧张没关系。”

“会过去的。我们只是得……我们得下决心，不然就不能……最终结果是由我们来决定的。”

“不是。”

“我爱你，佩特拉，我爱你。”

“那会过去的。”

“不。不会。那不会过去。”

“肯定会的，当然会的，始终会的。然后，就会有其他的事情成为最终结果。”

“我一定要向你证明我们这条路行得通。就耐心等待，答应我你会等我。”

40

第一份专家鉴定通知是通过语音邮件传来的。编辑打的电话，喜形于色。她欢呼道，“果不其然！果不其然！你早知道了，而他们也证实了！祝贺祝贺！”背后还有其他人欢呼的声音，活像一房间的鸽子，都为自己撞上了一袋有毒的玉米而欢呼雀跃。我真为他们感到可怜，等得知真相，还不知道他们会有什么感受呢。我明白，得阻止事态继续这样发展下去，我已经拖得够久了。当然啦，没错，保持缄默依然有着很强的诱惑力。这我不否认，特别是得知至少有一位教授站在我们一边，这使我在棋盘上继续走了一步，要支付下一笔款了。“本周要给玛莱事务所寄一张支票去，我来负责办妥。”詹妮弗说着在支票上签好名。我承认，我需要那笔钱。我喜欢钱。就这么办了。

我真没指望此后还会有教授做出肯定答复，我觉得我们弄来的，不过是不入流的理工学院里的某个年轻的助理，也许还是个反斯特拉特福派，因此很容易就被蒙过去了；当然也可能是某个一心钻营终身教职的内行，为了出名就来胡乱鉴定一番。第一笔鉴定费并非我们的全部家底，我觉得，不会再需要更多的钱了，因为我们永远走不到下一步。于是我决定，怎么说呢，想想再说。惭愧啊。

可其他的冲动更强烈：例如，对自己职业的自豪感。我不是期盼完全靠父亲的罪孽来自我成名，哪怕我们从来没被揭穿。我十分担心会被揭穿，那对我的职业和自豪感来说就很糟糕了。我会失去面具，就没人来读我的东西了。现在谁都不读克利福德·欧文[①]的小说了。(去查查这家伙。) 即便我们未被揭露，即便我那数以百万计的钱滚滚而来，我同时也在积攒起刑事犯罪记录，就像我父亲那样。这就是我肩上天使[②]那最终的、压倒一切的观点：我在任何一点上都绝不能与父亲有半点相像。另外，千万不要忘记报复的事：我不能让他就此脱身，哪怕我需要耗费上一千万美元。再说，美德之行也许还能给佩特拉留下印象，可以使她重新对我产生信任，使我能摆脱剧本的纠结，专注地想她。

41

我给黛娜留了个语音邮件，说我打算终止剧本的出版，一小时后，她到我现在已成光棍公寓的住处来了。“你怎么能这么做？”她刚

① 克利福德·欧文 (Clifford Irving，1930—　)，美国调查记者，小说家。20 世纪 70 年代早期仿冒霍华德·休斯之名写作了一本传记，后被起诉入狱。

② Shoulder-angel，指艺术作品中经常出现在人物肩后上方的天使形象，往往象征人物的良心。

进门就问道，而我却担心她说的是佩特拉。

“他玩弄了我，他玩弄了我们俩。”我痛苦地说。我希望谈话的气氛能回到过去那种让人感觉舒服的情感发泄模式中去，希望她不会说佩特拉要把她拉回去。“他以为能把这个蒙混过去？他太不了解我了。”我把那张检索卡给她看，可她并未表示出太多的兴趣。

“拜托。这玩意儿？你没开玩笑吧？你读过剧本吗？他把剧本给了你。你读过吗？你是个什么——你现在怎么能退出？”她十分生气，同时也引发了我的一肚子怒气。

“不想干的是你。你对我说你不愿干。”

“是啊，可你干了。他就依靠你了。你答应了他。他是在补偿你。我又不要那东西。而且他写遗嘱是早于你们两人……你不能把遗嘱当做侮辱。你和他还没有……另外，现在你还得处理格拉斯哥的事。要是他觉得你在贬低我们共同财产的价值，他会怎么想？他会告你。你以为他参与此事是为了你的名声？还是为了文学？你一揭穿，他的钱就没了，危险的是你。另外你知道，那笔钱妈妈也许也能派点用场。如果你在意她的话。如果能解决你的问题，你尽可以留下我那份。”

“我不是在谈钱的事，谢谢啦。而且我也没什么问题。”

“那你读过剧本吗？真的读过吗？你没注意到那剧本写的就是你？”

“哦？所以你就同意他写啦？”

“你这个大白痴，哼哼唧唧的蠢驴。写的是你，还有我能想起的其他十几本书。因此，爸爸要么是为你写的，要么是让你使这剧本名扬天下，因为他在剧本里看到了你。所以你就别整天哭诉说他不了解你啦。他把这东西给了你，把这一切都给了你，你还想要什么？”

（这绝对是个假象，当然啦，是个诡计，说那个剧本写的就是

"关于"我的事。完全可以说它写的是1564年出生于斯特拉特福的一个人，也许就是4月22日或24日，或者是英国黑暗时代任何一个真假难辨的少年国王，或者是我父亲自己，或者是他心目中的我或我祖父或恋爱中的黛娜，或者或者或者。)

"黛娜，剧本是谁写的？"

"你答应过爸爸的。"

"可那是件伪作！是犯罪。"

"你还真是个清教徒伪君子啦！你担的哪门子心啊？"

"我的名声呢？"

"算了吧。现在你相信自己的宣传包啦？你的名声？就那几本小说给你的名声？"

"说得不错。"

"对不起。可你想想。认真想想。我才不管是谁写的。剧本棒极了。打我们十岁起我就喜欢上了那个剧本。反正爸爸是第一个给我的，这你知道。轮不到你来羞辱它。剧本很棒。现在已经是我生活的一部分了。比《一报还一报》更重要，比《辛白林》更重要，比《佩里克利斯》更重要，还有《亨利六世》。比《爱德华三世》写得还好，你这个蠢蛋，那剧本上面连莎士比亚的名字都没有，可人人都争先恐后地把它收入全集作品中去。你怎么啦？真的，你回答我，你到底怎么啦？"

"他最先给你的？简直太荒诞了。他给了你一件伪作，上面还伪造了他父亲的题赠。简直是一件祖传垃圾。你怎么能原谅他这么对你？"

"原谅他？我觉得……这和现在的问题无关。"

"而你明知这完全是一场骗局，就为了钱。他是套着莎士比亚的锁链在跳舞赚钱。”

“但是他有生之年里并没有去出售它。他就守护着它。即便他是伪造了，那也是为你而伪造的。是他对你的爱。”

“那你就是承认剧本是赝品啦。”

“我才不在乎呢。你这是在兜圈子。如果真是莎士比亚写的，那你就是个混蛋。你让妈妈损失了一大堆钱，你在文学史上就成了个白痴，真品就在眼前，居然读不出来。反过来，如果不是莎士比亚写的，你依然是个混蛋，因为你把爸对你的爱，还有对我的爱，如果你还在乎我的话，全扔到了已故的他的脸上。而这都是为了什么？因为你情感受到伤害？你要我告诉你《安杰丽卡》和《奥瑟罗》一样好？可以啊：‘亚瑟，《安杰丽卡》和《奥瑟罗》一样好。爸爸也这么认为的。’够了吧？不够？那你就把两个父亲都杀了吧。事情就这么简单。你是第一个受双重俄狄浦斯情结之害的人，而其中一个父亲已经四百多岁了。快点啊，冲西尔发一通牢骚，你就能来一个勾手三周跳了。伙计。如果是爸爸写的，他就把你写进去了，但很好。你要说《亚瑟》不够好，算不得莎士比亚作品，是吗？而且你讨厌莎士比亚！或者你是想说《亚瑟》还不算差，没差到莎士比亚的地步？”

“它是一部伪作。”

“它是一件礼物。”

“如果是一件礼物，他为什么不承认是他写的？”

“你还真是个没良心的家伙！是他让莎士比亚写了一个关于这孩子的戏！就像有一次他让你崇拜的一个棒球手为你在一个球上签名一样。”

“黛娜，那也是伪造的。好几年前我就把球扔了。”

“哦，我的上帝。你真是个混蛋。他签名的时候我在场，我和他在一起。”

“哼，我就说嘛。”

“不是的。是他本人。爸在球场外看见你的英雄，就请他等一下，他自己去买只棒球。这家伙——卡鲁？——”

“罗德·卡鲁。”

“——卡鲁。卡鲁正有事，他说，‘不行啊，对不起，先生，到球场再说吧，’诸如此类，爸爸担心要失去使你开心的机会了，就说，‘卡鲁先生，替我看着点我的小姑娘！’说完他就跑开了，把我丢给了一个陌生的球员。他知道这能管用。还真管用。一开始，你那位英雄有点不高兴，但我让他觉得此事还有点好玩，他笑了，然后我和罗德·卡鲁聊了十五分钟，尽谈你的事，后来爸爸回来了，买了只棒球，罗德·卡鲁就为你签了名。”

“我才不相信呢。你为什么从来没对我讲起过？”

“你这家伙到底怎么啦？”

“黛娜，剧本是谁写的？”

“去问你那些教授吧。”

“我在问你。你不能说是谁写的吗？我觉得莎士比亚是个神，是巨人，不知高超到哪里去了，是使用英语的最伟大的作家。*无法模仿！*”

“不，剧本都可以模仿，包括《亚瑟》。”

“谁写的？你说呀。谁写的？”我不停地追问，口气越来越有逼迫性，用了最能表达我愤怒的词语，指责她站在爸爸一边，指责她妨碍我追求对生活的热爱。“说吧，黛娜。就这个价值十亿美元的问题。谁写的？谁？机灵鬼，告诉我啊。是谁？”

黛娜站起身，拿过外衣，走出门去，在门厅里高声嚷着，“莎士比亚写的。混蛋。”说完她甩上了门。

没过几个小时，她冷静下来，给我写了下面的信：

发自：“黛”

日期：2009年11月8日星期三，23:41:42—0600

主题：你混账你混账你混账

好吧。你把我当假想敌，挡箭牌。你把所有愚蠢的站不住脚的观点都塞给我，这样你就可以尽情抽打(我)，证明你是个多么多么聪明的家伙。你是聪明，但却不是因为这个。

我根本不在乎是谁写的——搞明白没有？我也不要钱，所以我出版它不是为了自己。我并不喜欢那个来自斯特拉特福的家伙，我也不喜欢你；我甚至没说过我喜欢他写的戏，也没说过喜欢你的书。明白吗？之前说的话，对不起了，但这么说还不够吗？到底要我怎么做？？你想知道的就是这个，是不是？你和他一样有独创性？一样好？行啊。你就是的。我向你保证。现在，请你千万千万就此住手。

就别再管了。因为你不知道自己不知道的事？因为你参乎进去也许会造成更大的伤害？因为我非常非常喜欢这个剧本。我每读一次就更喜欢一分。是他写的也好，是爸爸写的也好，我完全准备好了会继续喜爱这部剧本。(顺便问你一句，你是否想过也许是妈妈写的呢？或者是我写的？而爸爸只是为我们准备好了笔墨？想过我们三个不辞辛劳，就为了让你开心？）我认为这剧本应该有人读，有人演。如果我能从你这个夏洛克手里夺过版权来，也许我会亲自上台演出它。

你怎么想“美妙之物乃永久喜悦”这句话？他没有说“鉴定合格之物”。所以，就让它出现在世人面前，让它为一些人带去快乐，美好，喜悦。

请你让这样的事情成真。求你了。为了我。就让人们认为是莎士比亚写的，因为它的确是他写的，或有可能是他写的，或还不如就认为是他写的，这样，大家就会去读它，其中有些人会渐渐喜欢它。如果实际上的确是爸爸写的又会怎样？人们会喜欢它吗？这么做，**你**就是给了他一件无上的礼物！他需要给你留下印象，而你就让他在世人面前**为了你**而炫耀一番（即使你对此心知肚明）。

你的名声。好吧。别把名声想象为一座纪念碑，想成是一个银行账户吧。现在你为爸爸耗费了一些。人们读了剧本，认为是莎士比亚写的。如果爸爸真如你所想象的那样可怜，那你这么做是对他在天之灵多大的善举，一个可怜的失败者，一个在各个方面都与你不一样的人。证明你完全原谅他了，这是你可以给他的唯一的慷慨馈赠，也许这正是他所期盼着的：原谅，尽管他期盼的方式有些笨拙。他期待的是**你**，因为只有**你**才知道这一礼物到底有多大的价值。你是作家。

小家伙，你这么做了可真的功德无量啊！

如果这的确**是**莎士比亚的作品——你用自己的聪明脑袋稍微想一想——**如果的确是**，而你却在吵着闹着说不是，情况会怎样？那么，也许人们会相信你，而你就成功地毁掉了莎士比亚本人，剥夺了他的读者群，一劳永逸地证明你和他不相上下，即便不是绝对意义上的他的爸爸。你是可以这么做。那么，向不太有名气的作家略施怜悯又有什么关系？你风头正健——这我知道，那你就不能让他最后胜这一次？再过四百年，没人会去读他的作品，可他们会读你的作品，所以，你完全可以优雅地把自己的名字放在这件事业上，说几句好听的话，退居一旁，让这家伙享受一次胜利？就算你是为姐姐这么做的，作为你姐，我内心依然对他存有一点温情，即使我再次宣布承认**她更喜欢你的作品，并认为作为作家你比他更强**！海明威曾承认写不过托尔斯泰。梅勒承认自己写不过海明威。我肯定，如果莎士比亚在世，也一定会承认他写不过菲利普斯。

再认真地稍微想想另一方面的可能！**他们不会相信你的**！随你怎么嘶吼“赝品！”，他们只会一笑了之。那你就比反斯特拉特福的小丑们更糟糕了。这位严肃认真的美国小说家，读到莎士比亚的东西时竟然认不出那是莎士比亚的手笔？土渣，那个亚瑟·M. 菲利普斯，写过这个那个和其他什么，就是一堆土渣。你全部的作品就会立刻遭人贬斥：“你还在读菲利普斯的东西？就那个莎士比亚白痴？现在没人读他的东西啦。”

混蛋，你好好想想吧！

又及：当真？当真？当真？是莎士比亚写的。

42

日期：2009 年 11 月 10 日星期二，08:33:56—0600

致：詹妮弗·赫希

抄送：玛莱·卢索夫

主题：大问题

詹妮弗，我写这封信，真的十分对不起，特别是考虑到你上周显得那么激动。我的确十分茫然。说真的，我觉得自己出问题了。我觉得自己是头蠢驴。但是我们得就此罢手。对此事我改变了主意。我觉得我们手里拿着的是件赝品。显然是件上乘赝品，但终究是赝品。十分遗憾。你是否能就此掉头？当然，我会把预付款全额退还。(请安排一下，玛莱。)**十分十分**遗憾。亚瑟。

发自："詹妮弗·赫希"

日期：2009 年 11 月 10 日星期二，10:22:42—0500

主题：回复：大问题

亲爱的亚瑟，

从事我们正在做的事情时，这样的问题可能十分常见。我得承认，前一晚我的确觉得有点怪怪的。我凌晨一点醒来，认定一切都出了问题，一定是有人在我们不知不觉中开车拉我们跑了一趟。你有过这样的夜晚吗？我从来没参与过这样的事情。哼！说真的，谁参与过啊？我觉得你的反应完全正常。发生了什么事啦？你是不是知道了什么情况可以对我说说？当然，我希望一切依然正常，不过，说真的，如果真出了问题，那让我们现在就找出问题所在，好不好？如果你觉得我的语气不那么担心，那是因为今天上午我们的学者名单上又可以剔除一位了。就在你写信之前，我收到鲍尔的信，他说他"无法在文本中发现任何可以证明封面内容为伪的东西"。我太喜欢这句话了。尽管不那么令人鼓舞，但还是让人开心的。我坚信，等威尔拿到最后的鉴定报告，我们脚下的冰层就会厚实许多。更好的消息是，版权搜索进行得十分顺利。怀特没有后裔也没有转让，律师团队差不多就完成了排除博北的工作。皮尔斯·斯特里克兰干得棒极了。真的。我觉得一切会顺利的。你今天方便吗？现在我打算试试拨你的手机。不然的话，你这里三点后给我拨过来？

詹妮弗

又及：我无法打开图像软件。是明信片吗？说到明信片，我附上一些东西给你看看。我觉得美术部门干得太漂亮了。"pdf2a"是一张卡片，会出现在所有账号、评论页面和博客上。

图像附件是一张双面印制的明信片。正面印着标准的钱多斯莎士比亚肖像（戴着那只引人注目但不太可能是真金的耳环），反面印着一句话："你相信奇迹吗？ 2011年4月"。她还附来了封面设计，还有推特推广和脸书页面的计划。玛莱也发来了一位顾问的建议：无聊的小提议。印有**"我是休息中的刽子手"**的恤衫、捏一捏就会叫"你这个烂甜瓜！"和"长着乔丹面孔的皮克兰流氓！"的弹簧头；还有一些印着小孩子手拉手的黑白照片的贺卡，里面印着“飞出去的心，很难用一声呼哨把它唤回家中 / 它会把真心哭泣的爱人丢在身后”；还有在线竞猜测试，赢一趟去斯特拉特福的旅行，赢两张《亚瑟的悲剧》在伦敦西区首演的票。我在其中也被拉进去为莎士比亚大业出力，为他发送推特文字（而且，像国王的谄媚者那样，用夸张的赞扬来削弱他）。

日期：2009 年 11 月 10 日星期二，09:30:17—0600

致：“詹妮弗·赫希”

抄送：玛莱·卢索夫

主题：回复：大问题

不，詹，你没有真正弄懂我的意思。我的意思是这一切不应该发生。图像上的话实际上是该剧演员写下的。没有四百年的历史。我们得叫停这一切。你如果看不明白我的思路——我不是要做什么怪人——但是你一定得明白我的意思，因为我准备全身而退。对不起。这件事情上我也完全理解你。但只有此路一条。亚。

发自：“詹妮弗·赫希”

抄送：卢索夫代理行

日期：2009 年 11 月 10 日星期二，10:50:44—0500

主题：回复：大问题

亲爱的亚瑟，

啊呀。这是个大事情。我明白了。我们今天晚些时候谈吧，也许可以考虑一下这样的选择，即你可以把你的名字拿掉。正如我所说，我们至今尚不知最后的真相，我们谁都无法肯定。让我们再等上十几位学者名单上的人给我们的反馈。我们一定要等到法庭鉴定结果出来。现在我们尚未准备好说那就是最终结论，谁都没有。**如果**结论是剧本的确是真品，**如果**你依然对该结论感到不放心，那你就把自己的名字拿掉。说实话，反正导言就是一个学者的问题及责任。你已经做得够多了，没必要再忍受那份头痛。我相信我们能把余下的事情做好，而你依然能拥有你该得的那份稿酬。我们今天谈谈，好吗？反正我们还不必赶时间。我唯一不愿意让你做的就是做仓促的决定，我也知道，我们若没有百分之百的信心，你是不会让我们继续往前走的。

詹妮弗

我考虑过告诉她说剧本是我自己写的，就此使“这一场骗局秀迅速而肯定地收场”，但我的确感觉到，这样一来可能影响我未来的出版前途。我退缩了。

那天下午我不接手机来电，就看着手机屏幕上来电者的名字飘来荡去，先是她的名字，后来是代理商的名字，来了一遍又一遍，每个名字都闪闪烁烁地召唤着我的注意。按计划，我有个访客来谈四开本的事，尽管不是官方的，我很快就与他谈了起来，而把来电丢在了一边。是黛娜戏中的伴侣汤姆，他在《两贵亲》中演帕拉蒙一角，他对我姐姐满怀激情，还问是否可以来看看那个剧本。他比舞台上的形象要年轻许多，比我们年轻许多，甚至比佩特拉还年轻。另外，首演之夜我觉得他的英语口音有点弱，但他本人的确是英国人。

我没有让他做发誓不泄密之类的事情，不过他倒是做了个鬼脸，说："黛娜说此事相当诡秘，因此我一定闭口不言。"

"爱谁谁吧。"

他坐下来，看了看封面，脑袋侧过来侧过去。"真的？"他问道，"就是这个？"

大约三十秒之后，他放声笑了出来。"你是在……就是这个？"他的反应十分真切，让我感到一阵轻松，好像我终于被人从一间本不该进去的疯人院里放了出来。"这不是莎士比亚。对不起。真的就是这个？就是黛娜为之昏了头的剧本？我觉得你让人给耍了。"他往下看了几页，然后说，"噢，让我把剧本读完。"

他读完剧本，我手里拿着酒瓶，酒瓶和身体一起朝他靠过去。"怎么样？"

"这是一件戏仿之作，对吗？甚至连一点点都难以令人信服。这根本不四（是）莎士比亚。文质全不对，剧情套路也不同。不是他的步调，不四（是）他的思路。他是……反正这个不四（是）。他不会这么写的，不会这样开始一段独白。我怎么说呢？莎士比亚的感觉，人们四（是）绝对无法仿造的，就像指纹。别人不可能写得出听起来像他那样的作品，就像无法仿写莫扎特一样。就四（是）不能，谁都不能。你四（是）个作家，不四（是）吗？你明白的。谁写的都不可能听起来像你，而你也不四（是）莎士比亚。不四（是）我说话不好听，这就不四（是）莎士比亚。"

我一般最讨厌任何人把"是"说成"四"，特别是英国人，因为那听起来就像一个自鸣得意的家伙，一个醉醺醺的贵族，又要装穷酸又想勾搭上女主人公。可是在目前情况下，"四"倒让我十分开心。他兴致勃勃地往下说，我则记着笔记，准备甩给兰登书屋去。他用了一大堆词语，把他形容为“彻底败露了真相，恐怕如此，没给你的大戏扫兴，对吗？”

“哪里的话。该扫就扫吧，汤姆。反正不四（是）我的戏。”

发自：“詹妮弗·赫希”

日期：2009年11月10日星期二，18:26:35—0500

主题：关于专家意见

亚瑟，

我看你是故意要给我添乱。请给我回电。我正要回家，请你拨我家电话或我的手机。认真的。

你有没有去查一下“彻底败露了真相”的句子或词语？其中每一个词（甚至你说他大声嚷着说“哪怕在蓝色的地狱里都不可能”的那个词）都出现在莎士比亚正典之中。每一个。你去www.shakespeareswords.com或其他索引表查一查。我不是说他是个傻瓜，我也很赞同你把反对者的意见传达给我。我们当然需要听听所有的观点。但在目前的情况下，我觉得这家伙的反应，并非是一个不带偏见者仔细阅读的结果。事实上我认为，如果我们最终获得鉴定结论并出版了这部剧本（**如果如果如果**），我们依然会听到诸如你这位朋友那样的反应。人们也许宁愿错过上船，也不愿被人当傻瓜看。我觉得这很自然。你对自己说，“这不可能是真的，这样的好事不可能是真的。”然后你就去寻找不相信的理由，还发火，来证明你不会上当。这完全是错误的推论。“我熟悉莎士比亚，但这个剧本我不熟悉，因此这一定不是莎士比亚。”不管怎样啦。请你一定给我电话。

汤姆走了。他喋喋不休地谈黛娜，谈到她可能对他怀有的感情，最后被我劝走了。我真的回家搜索了几种在线词典：查查 *terms of manage, extraught, endamagement*, *whinyard* 这几个词，还有 uncle（叔父）一词的老式拼写法 *unckle*，还有“*In litter sick did he still lead*”这样的短语写法。（“不，”汤姆说，“算了吧，不四（是）他。根本不可能，不可能。”）

詹妮弗说得对。最让汤姆感觉不舒服的，是莎士比亚使用过的词，汤姆自己想不起来，便把它们当做是在戏仿莎士比亚。他的自信十分奇怪，因为他除此之外所说的任何东西都无法衡量，无法证实。步调？文质？指纹的比喻？我不知道，但我知道这害相思病的演员总体上是对的，哪怕在具体细节上他都错了。不过，詹妮弗也是对的：汤姆的反应体现了某一类莎士比亚热爱者面对新发现剧本（如果真有这样的东西出现的话）时都会有的感受。

我也很同情詹妮弗和整个兰登书屋，同情我那位代理人，她参加了那么多次的会谈，把自己的名誉托付给了网络，而她的语音留言我实在不忍心去回应。兰登书屋投入了巨大的钱财，他们期待能有巨大的回报，出版业所有人都参与进来了，场面壮观。这我都明白，但更重要的是，詹妮弗是真信了，她此前（现在依然）打算把自己的名声和诚信与这一桩她认为（这完全可以理解）是自己职业生涯中最重要的事件联系在一起，她认为这是一件对文学和文化都具有丰碑式意义的礼物。而我却在那里咆哮，“出去，出去，出去。”我肯定这让她十分不快。但是明年出版后她一定会感觉更加糟糕。对不起了，詹。

发自:“詹妮弗·赫希”

日期:2009 年 11 月 10 日星期二,23:11:08—0500

主题:关于:证据接踵而至

其实我宁愿在电话上说。但如果你愿意,我可以整夜不睡给你写邮件。我感觉我是不是谈着谈着要把你彻底推翻。不过我保证以后你可以爬起来的,行了吗?我们会找到办法的。如果真有确凿证据说剧本是赝品,我们谁都不会再继续进行下去。你不明白,是吗?我不想出版一部伪造之作。其实你也并不真认为我愿意出伪作,对吗?你觉得我真那么无可救药了吗?兰登书屋里谁都不愿意。没人愿意。这一点你总还能相信我的吧?我们合作八年也不是白合作的。我们什么时候强迫你做自己不愿意做的事情了?我们就是改了一本小说的标题。就那一次。

好吧,咱们说说正事。我不认为那张检索卡能证明你心里想的事情,无法证明。我看过很多遍,我的理解是这样的:这可能是什么人写的关于该剧的笔记,他在做研究,他记错了行。写的是一系列研究问题?是要拿到图书馆去而不是关于一部四百年历史的剧本?难道你不觉得,如果真是这样,那张卡的数字一定会比 14 大,如果他真的已经研究到第三幕的话?我也不愿意算到你头上说那是你伪造的!

我能问你一个个人问题吗?如果这件事真发展到我们都在企盼的那个结果时,你会怎么做?你想过吗?至少,你会真正成为“富人”。

你觉得你还会继续写作吗？我一直很好奇，那些雄心勃勃的作家，一旦钱不成问题了，他们的雄心会变成怎样。

也许就我而言，这只是一种廉价的心理活动，可你内心的某个地方是否可能对那样的事件怀有恐惧呢？这么想还是有点道理的。这对所有人都不是件小事，但也许我们还没有好好谈谈这样的事实，即它对你，对我们所有人，都是最大的大事。这件事最能改变的是你的生活，而不是其他人的。如果我是你，我想我会思索，当我一觉醒来发现自己成了百万富翁，我是否还会继续写作。就连莎士比亚，装满了包袱之后就退休还乡了。约翰逊博士写过这么一句名言："不为钱，只有笨蛋才写作。"

但你要听听我的看法？我了解你。你是个作家，我觉得即便如此，你还会继续写下去。

请给我电话。

日期：2009年11月10日星期二，22:51:17—0600
致："詹妮弗·赫希"
抄送：玛莱·卢索夫
主题：关于：证据接踵而至

詹，不对。这与我的心理或金钱或恐惧都没有关系。事情很简单。我不干了，我还是要收回四开本。我们就此了结。我真的很遗憾，但一切就这么定了。

43

在那个时代，莎士比亚也就是众多作家中的一个。他的确受人追捧，但并未超过理性的程度。有几个作家的地位比他高。专制控制之外，人们各持己见，理应如此。诗人迈克尔·德雷顿写过一首诗，颂扬那个时代所有的名作家，莎士比亚是那十几个人中的一个，排名仅在塞缪尔·丹尼尔之上，正好处在名单中间，受赞扬的是他的喜剧和“明白的愤怒”(不知道这个词是什么意思)。剧作家约翰·韦伯斯特列数了身边他所崇拜的人们，莎士比亚被放在了长长一列名单的很后面，崇拜的原因也并非他创造了宇宙天地，而是多产，就像当代的乔伊丝·卡罗尔·欧茨。换句话说，威廉·莎士比亚是一个勤奋的作家，许多勤奋作家中的一个。那么，为什么现在我们非把他看成唯一最伟大的作家呢？他是如何设下的骗局，又得到了谁的教唆呢？

答案没那么简单，而且，竟然有人对莎士比亚心存怀疑，甚至对莎士比亚死后轻而易举获得的显赫声名感到困惑，这在刚开始了解莎士比亚的人，或那些一读到十年级就长吁一口气、不再对其加以关注的人看来，似乎有点奇怪。

但我们依然听任此人虚名赫赫，尽管这么做对我们、对他都没有好处，更别提那些与他同时代的作家了，因为我们给他们贴上了落败者的永久性标签，便从来也不去读、不去研究、也不去上演他们的作品了。但这就是视角问题，是人际关系中的一块滚落的巨石，是我们天性中普遍存在的怯懦，是我们既期盼出现英雄又满足于简单答案的欲望。懒惰：把一切都集于某人一身，事情就简单多了。

A) 我们认为他是最好的。B) 他代代流传。不过说真的，如果情况是倒过来的又怎样？到底我们拥有他是因为他的确是好的，还是我们评判他好是因为他为我们所拥有？现在，我们很难很喜欢他的任何一位同代人，可在当时，喜欢他戏剧的同一批人也同样喜欢其他人的戏剧。我们已经失去了喜爱那些其他剧作家的能力，因为我们太过沉溺于对他的喜爱了。

他的生意伙伴出版了第一对开本，就是那部戏剧集，出于对他的喜爱，对钱的需求，出于真诚的信念。他们这么做，使他得以流传的东西远远超过了其他人。保存迄今的全部伊丽莎白时代戏剧中，他的就占了六分之一，他占了这么大的份额，完全是因为他的朋友具备了精明的生意头脑，出版了一部戏剧集，还在最开头的地方安上本·琼森那首浮夸的赞美诗，由此发明了现代文学推广术，制造了一场文学轰动。全部戏剧的六分之一！如此的不成比例也使我们对他的价值和重要性的认知产生偏差。别忘了，同时代有人将莎士比亚位列于“最善悲剧”的四人之一，包括托马斯·沃特森。可沃特森的剧本一部都没流传下来。如果沃特森的朋友和莎士比亚的朋友一样忠诚，一样有头脑，我们现在的学校里会教什么？T恤上会印什么？男孩子们会说什么样的话哄女孩子和他们上床？我们所说的英语会有怎样的不同？我们会如何重新想象人类心理？

就因为他流传下来了。莎士比亚为我们制定了质量标准，尽管当时他饱受批评，说他违反前人的规矩，而最遵守他定的规矩的人又是谁？如果“莎士比亚式”就是“好”的意思，那伊丽莎白时代哪一位作家堪称最好？谁最莎士比亚式？而那人不是马洛。

就凭着抗拒催人朽败的时光得以流传，就靠着有人研究有人教授，他定制了世人的欣赏口味。我们受到的教育，都让我们喜欢他，喜欢他独特的品质，我们就此忽略了其他人。只有他独行无羁（没错，汤姆，他的指印），而这很好。可是，我们称他为最好的，是因为有人震住我们、褒奖我们、吓唬我们，让我们相信那一个指印就是一切真理和美的标准。

于是，我们编制了电脑程序，尽数他使用过的所有语句，然后去扫描其他人的文本，如果那些文本使用了足够多的"他的"语句，我们就说那文本是他写的。詹妮弗于11月12日通过电子邮件把电脑文体辨识结果发给了我。足足123页，而剧本只有76页，内容包括小品词、后接词、小片语、语义搭配、弱音节结尾百分比、情态组，等等，等等。

可正如我父亲常说，"有一样东西是文体辨识软件无法测量的，那就是风格。"它也无法测量我父亲，无法测量这个会在麦田里挖上一个圈、让众人相信外星人来过地球的人，无法测量这个能在《亚瑟的悲剧》的每一行台词中都留下自己的颜色的人。

人们面对这些可怕的为什么，这些问题近在眼前，我们却想不通，看不透，就像看着站在玻璃橱窗背后的脱衣舞女，可望不可及，让人产生很强的挫败感。他为什么要这么做？他为什么先把它藏起来，然后拿出来，但依然一路说谎一直说到死？我可以想出一大堆解释来（可能的、部分的、部分可能的、可能是部分的），可这些解释却始终把我带到另一些为什么的面前，让我感觉自己是个白痴，更因为对这样一个无法理解的父亲（或一个无法知道真身的剧作家）还抱有感情而更感觉自己像白痴。

这么说吧，用如下长度的一段文字（因为现在这是我能编造它的最长时间）来说一下，就算克莱勒芒-麦肯纳学院莎士比亚研究所的电脑文体辨识结果是正确的，就算《亚瑟》“的统计结果是研究所有史以来所得出的最接近莎士比亚核心文本的结果”，那父亲为什么把剧本给我而不是给黛娜？这决不是因为我在文学界的关系和名声有什么了不起，任何人拿着一部新发现的莎士比亚剧本走进任何一家出版社，他立刻就会声名大作。你不必说是你写了《布拉格》，以此来赢得他们的注意。黛娜说那表明他爱我，是向我道歉。可如果是赝品，这些话就一钱不值。

另外，无论文体辨识报告说了什么，那东西反正就是赝品。既然剧本不是真品，我们就得问：我父亲干嘛要写这么个剧本？要伪造一件并不存在的东西，需要相当特殊的思考方式，这是我的一位艺术家朋友对我说的，当时我去他在明尼阿波利斯的工作室，边喝咖啡边向他倾诉自己的苦衷。“画笔要用对，油彩和画布要绝对符合科学，要经得起年代检测，要有天赋，除了这一切，还得有那位被模仿的艺术家所没有或并不需要的技巧。通感。伪造者真正的本事就在此。技术上的事都是二等的，我们不会去关注。”

很难把父亲想象成具有普通意义上的通感的人。尽管从他那箱子里翻出来的监狱心理报告上有这样的话：“菲利普斯先生具有惊人的能力进行跳跃式通感推理，能迅速推断他人的情感状态和需求。不过，这一能力在相当程度上具有自恋倾向。”他能很透彻地读懂别人的内心，但目的是为了控制他们。

被揭发出的伪作给我们提出了这样的问题：“什么样的人会在乎这么做？”啊：“这一行为极具矛盾，既傲慢不羁又自我泯灭。在极端案例中，可以将此归于一种心理自杀的形式，它同时召唤他人关注，又羞愧地期望无人注意（相比较于名声显赫的原作而显得无足轻重）。它既希望能愚弄全体世人，又希望在愚弄众人的同时肯定自己那未得到认可的非凡之处。把伪作当真迹接受下来的人也参与其中，为犯罪者建造着自我的纪念碑。”这段话是心理分析案例书上的文字，这一经典描述在一般情况下都能成立。以凡·米格伦为例（我的艺术家朋友将他描述为“那个可悲的小个子”），他伪造了维尔米尔整整一个时期的画作。“当然啦，他不可能真的像维尔米尔那样去画，于是就起了念头，说那是维尔米尔早期不太成熟的作品。主意真聪明，作品很糟糕。”

“别忘了，专家都看不出来；他们都发誓说那是维尔米尔的作品，直到凡·米格伦当着他们的面画了一幅。人们之所以看不出，是因为凡·米格伦对画作主题，对维尔米尔，都有着相当深入的了解，这使他感觉自己就像是维尔米尔，即使自己并不能如维尔米尔一样画，但他依然能让我们感觉自己就和维尔米尔在一起，透过维尔米尔的目光看待这世界。”

那么，我父亲就是这样的吗？但是父亲并没有伪造早期作品；他的目标是1590年代，此时的莎士比亚正脱颖而出。当然啦，为他的自我竖起的纪念碑说得没错：这些教授写信过来，有的提出初步鉴定意见，有的还相当冲动（一位来自东安格利亚大学的教授写道，“无法让人不相信，完全无法让人不相信”），他们都在粉饰我父亲的纪念碑。

那座纪念碑实在太壮观了！编辑团队兴奋地在兰登书屋里挂起一幅巨大的地图，每收到一位大学教授的来信，助手们就会在相应的地点扎上一颗带标签的图钉，红标代表认可，蓝标表示否定。英国牛津一位、密西西比牛津一位、剑桥两位、罕布什尔与新罕布什尔各一位、约克与纽约各一位、泽西与新泽西各一位、威尔士与新南威尔士各一位，等等，等等。红色浪潮流遍整幅地图，轻信流感像割草机横扫草坪般飞速散播。

我父亲就是那个样子？一个有通感天赋的人，竟能够通感出生于四百年前的那个手套商的儿子？竟能让莎士比亚专家们读了他的赝品而搔首惊叹？如果真是我父亲写了《亚瑟的悲剧》，那我们眼前就有了一幅相当差劲的艺术家肖像，他具有非凡的爱和理解力，却无法将任何一点这样的能力发送给我。“你知不知道我会觉得这一点太让人尴尬了？”我十五岁时这么问过他，当时我正在写职业日要交的作文，主题是父母的职业。

“我不知道，”他断然回答道，“这和我没有半点关系。我是我，你是你。”

一位传记作家问道，“要是我什么记录都没有，我笔下的传记主人公也许会做些什么呢？”这位伪造者反问了一个稍稍狡猾的问题：“我的主人公可能会做什么他肯定*没做过*的事呢？”接着，伪造者迫使我们大家都问了自己一个有可能十分可怕的问题。“哪些念头和行为有可能是我的，*就是我的*，尽管我从未有过那样的念头和行为？”这就直接引出了莎士比亚迷狂者或莎士比亚恐惧者的虚妄极端的念头：认为来自华威克郡的某位手套商之子在1589年至1613年间为我们计划好了一切，除此之外，我们无能为力，我们无法想象。

我父亲的通感无法对活人起作用，我母亲就是他能力缺陷的受害者。我是另一个受害者，而我对自己孩子、妻子和姐姐的所作所为也一样糟糕，日子一天天过去，佩特拉一直没来对我说原谅我，没来说会给我一个新的开端。我全部的通感能力都用在了试图理解虚构的人物上，用在了我自己编造出来的虚幻想象上。

The Random House Publishing Group

Ballantine Books · Del Rey · Modern Library · One World · Presidio Press · Random House · Random House Trade Paperbacks · Villard

[redacted]

2009 年 11 月 13 日

亲爱的菲利普斯先生：

主题：2009 年 10 月 7 日《亚瑟的悲剧》出版合同事项

我们是兰登出版集团的顾问团队。

我们详阅了本月 10 日您致詹妮弗·赫希的信，又详阅了您与兰登书屋签订的关于本书的合同条款。我们以及我们的委托人兰登出版集团均认为，您计划实施的行为违反了合同条款。这一行为将严重损害我们的委托人及您本人的信誉。

请于合同约定之日提交剧本的校注本原件、您撰写的内容提要及导言、并说明在监控条件下翻拍复制原件的途径。

若未能照章提交上述物件，将构成对合同的实质性违反。

若此情况发生，我们将尽一切努力确保委托人的权益。

您真诚的

弗兰西斯·柯林斯

高级副主管兼总顾问

[redacted]

在莎士比亚所有的精辟引语中，大多数人都记得的那句是："首先，我们杀掉所有的律师。"我父亲经常引用此语，我也经常听许多人引用这句话，而我肯定，这些人从未读过一行莎士比亚的剧本，从未听过一句莎士比亚的台词，但他们就凭天生的本能喜欢莎士比亚的权威性。

这种情感真的不该归于莎士比亚(就像印在恰克·格拉斯哥有一次送给我父亲的那件T恤上的文字)。莎士比亚干的活，是虚构人物，虚构观点，不该让他为力主杀尽律师负责。说这句话的人物是《亨利四世(下)》中的杰克·凯德，一个闹革命的家伙，一个浑身沾血的盲从者，其兴趣根本不在公平正义，或是放过任何在理论上说是无辜的人，他只是一味地攻击现存秩序。人们引用他的台词，经常是用来映证莎士比亚具有类似预言家的能力：莎士比亚写了凯德，三百年后出了个波尔布特[①]，他把该人物的创造者的想象带入了现实。

除非……。如果波尔布特当年在巴黎求学时读到了《亨利四世(下)》？他看了一场在法国上演的戏？或者是希特勒？那个具有某种倾向和政治主张的人欣喜地发现了自己的榜样，他完全认同那个榜样人物，于是就采用了他的一些行为策略？"首先，我们杀掉所有戴眼镜的人……首先，我们杀掉所有的富农……首先，我们杀掉所有脑子有病的人。"我觉得甚至可以控告莎士比亚，说他双手沾满了20世纪人们的鲜血。

我知道，这种观点十分荒唐，但如果评论家坚持认为他在教导我

① 波尔布特(Pol Pot，1925—1998)，原柬埔寨共产党总书记。1975年发动红色高棉运动，建立独裁政府。

们如何生活，如何思考，如何去爱，那他肯定也教会了我们如何挑起一场以恐怖为基础的革命，去犯下杀人之罪？

一位信佛教的评论家曾写道，莎士比亚用雄辩的台词宣传抵抗变革，分析人类情感，感叹时光流逝，坚持个人意志，一句话，他用明确的语言令人不安地传播着与佛教世界观完全相反的思想，而他也就此参与了摧毁西方文明的行动。

我认为，他无法从自己被神化中获得好处。说句公平的话，我并不讨厌莎士比亚，而这么说，是把他当作家来看的，因为我无法想象还能有人比我更有理由讨厌他。可是我无法在他的作品中找到自己。无论有多少评论家喋喋不休地奉承他，说全体人类尽收于他眼中笔下，我依然一个人物都不能认同。

黛娜见我在莎士比亚的全部作品中到处找茬，理查二世的高傲，伊阿古那毫无道理没有节制的仇恨，班弗里奥的友谊，墨邱西奥的忠诚，提伯特的怒火，罗密欧的理想主义，福斯塔夫的胃口，亚瑟的激情。其中最主要的就是亚瑟，而我依然不得不笑出声来，因为，如果莎士比亚那么轻而易举就能被他所创造的人物模仿，那他就根本不是一个神。

“他当然不是啦，”此时黛娜会附和我的话，“他就是一个作家，像你一样。他应得的，也就是你所应得的，让人把他当作家来读。有读者喜欢你写的某些东西，但另一些就不太喜欢。很好啊。他也如此，他不该因众人迷信他的完美或预言而受到惩罚。对所有人都无可置疑的完美的东西，谁会愿意去读？这对我们没好处，对他也没好处。他肯定不愿意这样。”

44

我不是一个天不怕地不怕的人。对此我并不感到骄傲，可是面对来自兰登书屋律师的这类信时，我还真拿不出多少勇气来。我知道，写那种信就是为了吓唬人。我的确被吓住了。瞧，我靠坐在椅子上，什么都不做，什么都不写，不做出公然不合作的表示，对詹妮弗和玛莱的每一封电子邮件都给一个不置可否的回复，就等着来一个比我聪明、比我有说服力的家伙来了结这件事。一定会发生某个事件来证明那一点，甚至是向他们证明那一点，整个事件就从此成为过去。我一定是对的，但我不愿意用抗争来证明自己是对的。或者是被人起诉。

每当名单上的一位教授就此事表明自己的观点，詹妮弗就会给我发一封邮件。有些人拒绝做出鉴定，甚至还有几篇观点鲜明、论证充分的文章，反对将此剧归于莎士比亚名下，詹妮弗也十分真诚地一一转给了我。但是，进入十一月后，那样的邮件和传真日渐稀少，成了被欺压的少数派，到十一月底，詹妮弗给我传来挂在百老汇大街1745号里的那张大地图的数码照片，上面如战神之脸，一片鉴定认同的红色。那封邮件的标题是“学者观点一览”。

看着这些完全错误的观点源源不断地进来，真折磨人。有时候我实在忍不住诱惑，回她几句电子咆哮：

你认真听听这家伙怎么说的：“目前学术界的看法是他的确写了部分或全部的《爱德华三世》，在我看来，《亚瑟》也是部分或全部由威廉·莎士比亚写成。”那好，詹妮弗，到底是部分还是全部？是一些还是所有？为什么现在的学者都愿意允许莎士比亚把名字挂在《爱德华三世》下，而两三百年前的学术界观点却认定莎士比亚与该剧无关，并认为该剧文字完全在莎士比亚水平之下？这不是一个严肃的领域，是赶时髦，是公关。

“亲爱的菲利普斯先生，

“我希望能将我的报告直接寄给您一份，因为我在美丽的明尼阿波利斯拜访的那几天，受到了您和您家人的热情款待。我希望在接下来令人激动的几个月时间里我们还能再次见面。请向您父亲转达我热烈的问候。

“我们要做的，并不是严格意义上的科学研究，而是在精确描述和完整支撑基础上的推测。应当承认，有些情况的确让人觉得可能性不大，甚至是绝无可能，但在过了那么多世纪之后，其他问题无法得到完全的回答。就我而言，从文本角度看，《亚瑟》处于完全可能的地带。

“我们的欣赏口味和文化观点并未因电脑而泯灭。您知道，一个多世纪前，有些评论家只知道莎士比亚不可能写出《泰特斯·安德洛尼克斯》，原因是他们自己不喜欢这出戏。今天，大多数人不太喜欢《亨利六世·上》，结果呢，瞧，电脑告诉我们说那出戏里可能没他多少的份。唉，我们真得稍微多长个心眼了。

“《亚瑟》的文本，与我们所知的1590年代早期到中期的那个莎士比亚完全一致，在我看来，是三部《亨利六世》和《理查三世》的同时代产物，或略迟一点。其词汇已根据该时代的资料中得到检验，而在他似乎在新创词语和合成词语（当然，如果我的日期判断没错，此剧中出现此种情况的频率要比其他剧本高许多，也早许多）时，他的做法与其一贯风格一致。文本中未见任何伪造的痕迹。毋庸置疑，这一观点还未考虑您从纸张、油墨与装帧方面的报告中获得的信息。

“我看到的那份电脑风格辨识报告肯定无法做出的确是莎士比亚写了《亚瑟》的结论。当然啦，此类检测并不完美。它们仅能稍微佐证一下我们的预感，或者是一个谜，如果您愿意这么说。（您知道，有些莎士比亚写的段落居然没能通过这样的辨识检测！）就本案而言，某些短语和频率检测还表明马洛或许也参与其中，不过我认为不太像。也许是罗伯特·格林。有些因素指向托马斯·基德，这我的确觉得多少有些说服力。但是，当然啦，对整部戏剧的数据做一番检测，没有任何可以将莎士比亚排除在外的证据，特别是那个依然行尾断句、很少使用句中停顿或断行的莎士比亚。在我看来，是1590年代早期到中期的莎士比亚，不迟于1594。

“如果我们这一代人不喜欢莎士比亚所写的某些东西，我们就会说那不是他写的；而如果有人把莎士比亚模仿得惟妙惟肖，写出了我们十分喜欢的东西，我们就会忍不住说那的确是莎士比亚写的。他就是这样自己为自己做了编辑，无论哪个时代，他都享有如此的奢华待遇，在他人的帮助下写出最最优秀的作品集。他把最好的东西留了下去，还能依靠我们替他排泄掉最差劲的东西。这就给我们带来了《亚瑟》的问题。

“我不得不承认，我觉得自己在读剧本时十分享受，其中的某些部分我十分喜欢。我觉得亚瑟向格温妮拉求爱的场次写得特别好。这出戏就整体而言并非我最喜欢的，但我对例如《终成眷属》这样的戏也有同样的感觉。因此，虽然电脑说那不是莎士比亚写的，我倒很愿意把它归于莎士比亚名下。他的名字就印在封面上，日期也十分合理，我知道您认为这根本无法证明剧本是他写的，但也无法证明不是他写的。总本而言，我很享受这个剧本，更重要的是，我更乐于认定他就是作者。我乐见也许是他写了格温妮拉生育阵痛的那一场。(我承认，这不像是作为学者的我！）我很高兴把这一好消息告诉你。我很高兴能把自己的名字写在鉴定书上。祝贺您，并真诚地希望您和《亚瑟》继续赢得书迷。”

不错的老太太，当然啦。我可不想嘲笑她的学识或善良。不过，说真的，这就是科学方法？设计出来的目的就是证明所有糟糕的东西都是其他人写的？这也太具有本行业典型特征了。“除了上帝，创造最多的当属莎士比亚”，大仲马就是这么随声附和的，他是又一个向这位石膏诗人顶礼膜拜的大人物。无法想象莎士比亚能写出糟糕的剧本，因此印着他名字的糟糕剧本就一定是伪作。甚至还包括我们认定是他写的剧本中某些糟糕的部分！《佩里克利斯》中最糟糕的部分现在被认为是威尔金斯写的。电脑说的。

如果这一切都是推测，都是设想，那好吧，还有别的证据。我记得黛娜对我们那部“1904”年版“旧作”是如何反应的，当时她觉得自己看到的是一部许多人在争论不休的剧本，如《爱德华三世》和《约克郡悲剧》。她一阵头脑发热读完剧本，没顾上约束自己的狂喜，冲到父亲面前向他报告了自己的文体辨识结果，那时她还只是个十岁大的女孩，却骄傲地向父亲说出了自己的判断，骄傲地看到父亲十分重视她的观点。“我认为是他写的。”她高声嚷道，一字一句都活像我刚才抄在上面的那位爱尔兰老太太的话。

“没错！你心知肚明，对不对？”他对她说，“你大声朗读时，就明白那是他写的。就是他写的，别管剧本里用的是古体还是近体的‘你’，全写还是缩写的‘他们’①，所有的细微差别都别管它。就这么大声读，像你在正式表演那样，就想着如何去吸引站客和贵族，也许还包括女王，那样，你就明白这剧本是他写的。这会使你像莎士比亚一样放声大笑，一样会让你浑身起鸡皮疙瘩。”说着他背诵起亚瑟在二幕七场里的几句台词：

这些人的眼珠都像是有瑕疵的镜子，
我们本希望在镜中看见英俊的身影，
可真看见的却只是颠来倒去的阴影，
根本不可能满足我们那深深的自恋。

黛娜鼓起掌来。“就是他。”她说。那是个心有偶像的女孩，眼神中闪现着对父亲与莎士比亚合体的爱。“非得是他。”

“非是他不可，”父亲表示赞同，“态度是他的，趣味横生的怀疑是他的，谈到国王，谈到我们自身，他看清了我们所有的动机，所有的爱。他爱生活的全部，可是即使是生活中的糟糕部分，他也实话实说。”

“那为什么不是人人都明白那是他写的？”黛娜问道，“为什么人们不把它演出来？”

---

① 莎士比亚常交替使用“ye”和“you”，“them”也常因音节考虑而写成“'em”。

“他们没有喜欢它的许可。他们需要宝贵的证据，需要一纸证明，一份说明。他们不相信你我所能听出的声音。他们要的是鸡毛蒜皮：剧本下落如何？为什么这样，为什么那样，为什么没有证明？可我们并不知道。怎么可能知道？一切皆有可能：也许剧本没通过审查，也许莎士比亚想再修改润色一下。我们无从知晓，可说真的，谁在乎这些？你明白的，对吗。你能听得出来。上帝啊，黛娜，这真太奇妙了。”

当时，我觉得他们只是想刺激人。现在我明白他的目的了，因为他就这么对我说过：他信任黛娜的观点，如果她相信了（可她在1974年只是个十岁大的女孩子），他便觉得自己的剧本通过了某种测试。

即使在文体辨识测试和学者鉴定之后，关于真伪的辩论其实也没有比当时长进多少：一些人（他和黛娜，某些学者，某些软件）一如既往地爱着《亚瑟的悲剧》，不是对《哈姆莱特》的那种爱，不是对《李尔王》的那种爱，而是对《约翰王》和《理查三世》的那种爱，一样的情感。“我爱你，因为你像你母亲，”爸爸曾这样对黛娜说，黛娜听了这句不太合时宜的真情吐露，侧身抱了抱爸爸的肩膀，爸爸赶紧弥补道，“因为你就是你，是你自己。不过你真的很像她。”他俩说话时我不在场，上面的话是为了回忆的目的，根据黛娜自己的话和我对父亲的了解而写下来的，父亲老喜欢吹嘘自己如何爱妻子，爱女儿。“我好几年没见你妈了，因为……你知道的，上次我去接你和阿蒂，她身上穿的衣服我从没见过，不该戴眼镜的时候还戴着眼镜，头发也染了新的颜色，你以为我认不出她了？你以为我不像从前那样爱她了？那些东西藏不了她。哼，一如既往。”

电脑就是这么感觉的。这样一来，《亚瑟的悲剧》的赞成论就大功告成。合同得到执行。

这些教授啊！他们一旦把自我拿出来当赌注，就永不退场了。这早已不是名誉或是否能拿到终生教职的问题，而与他们的灵魂息息相关。一旦成了“全世界主要莎士比亚历史剧研究专家”（随意从那些语焉不详的传记中挑一个头衔出来）之一，若读到了他的剧本却依然有可能无法辨识那就是莎士比亚历史剧，那就足以让你感觉你自己就是件赝品。你就会感到非常难受，心里像被戳了个大洞，因此，只有最勇敢的评论家才敢于站出来强烈支持或反对这一剧本。

此外，英国一位左右逢迎的学者写道，“这是一件富有创造力的天才作品，尽管我尚未准备好确认这是否就是1564年出生于斯特拉特福的同一位天才所为。”

事情就这么结了，真让人气得发疯。《亚瑟》居然能走到这一步，这应该使任何真正热爱莎士比亚的人气愤不已。明摆着的，每一行每一字都看得出来这不可能是他写的。《亚瑟》十分糟糕。剧本糟糕。就是糟糕，不值一读。

下面这段话我喜欢：“莎士比亚在第一幕格罗斯特那段令人心碎的独白中，写进了自己痛失孩子的经历。我认为这一段也可能出自一位同样有痛失孩子经历的父亲之手。请想一想，莎士比亚自己的儿子哈姆奈特死于1596年。我愿意赌上任何钱财，认为此剧就是他写的，而且是在1596—1597年之间。”该给这家伙发个普利策奖。

还有最后一道栏：可是我父亲手上的技术都是1986年之前的，而他本人还具有几乎完美的被发现伪造的职业记录，因此，这道栏我父亲是绝对无法跨越的。等法律鉴定报告出来，我们大伙就各自回家，忘记曾经发生过这件事。

“到 11 月 19 日止，我们尚未在此文献的材质及成品中发现任何非该时期的因素。我们必须强调指出，此语并非认证或鉴定词。进一步检测仍可能发现异常结果。”接下去，这部长达 48 页的报告宣布说，油墨的化学成分没问题，纸张也的确是 16 世纪热那亚印刷所用的那种原色纸。没有证据表明印刷正文的字体与印刷 1598 年四开本《爱的徒劳》的那种设备所用的字体有什么差别。印刷史检测还包括异体拼写比较，签名点数等等。我不再往下读了。

发自：“詹妮弗·赫希”

日期：2009 年 11 月 24 日星期二，09:46:09—0500

主题：转发：用科学蒙蔽了我的眼睛！

AP!

还真有这样的东西存在，我爱死它了。他们了解得那么多，太让人惊讶了，不是吗？你有没有读到印刷史家的那一段？**爱死**它了！读读 41 页。他居然顺藤摸瓜研究了怀特的印刷所。他们能说出 1598 年时怀特的字盘里有多少个小写 p 字母块，因为他排的一页上需要很多的 p，最后缺了几个，他只好把 d 倒过来做替代。用完同样数量的 p **之后**，此情况在亚瑟的两页上也出现了。简直令人难以置信。

威尔说法律检测完全没问题。我真心觉得不会再有任何一点可疑之处了。你还坚持吗？我认为，伪造者不可能骗过所有的检测。

瞧现代科学以为自己的两只眼睛能看透一切而沾沾自喜，再听听那认为凡人才智无以为继的论断：这倒反使我有点相信那份本来还让人有点不知所措的法检报告有可能是假的。

我只想说，总有办法蒙骗某种检测手段的，而且最复杂的检测现在正被某一个从未被逮个正着的家伙所愚弄着。别忘了，高明的伪造者从不会让人发现。彼得·布赖斯就这么对我说过："我看呐，我所抓到的只是严格意义上差劲的伪造者，是不是这样？"明天的检测会捉出今天的大罪犯，就像今天的科学家都心安理得地嘲笑着昨天的大罪犯一样。总有那么些搞技术的人，高傲却错误地坚信，他们永远不会上艺术才能的当。可一向有人上当，永远有人上当。我不知道父亲是怎么伪造的，但他的确是在伪造。

亚瑟，我越想，越敬佩你的作为，坚持反复验证每一条对你那幸运之物的可能的解释。我完全理解你，理解你那种极度彻底的无法信以为真的心态，如果我手里拿着像你一样的一张彩票的话。

45

佩特拉一路冒雪来见我，湿漉漉的浑身发抖，她听任我用毛毯裹住她，把她抱在怀里。这是好几个星期以来的第一次。她什么都没说，只是站在那里，由我抱着。我明白，一切都将没事了。

随后她挣脱我的拥抱，告诉我她刚从医生那里来。她怀孕了。她说，她原本只是想惩罚一下黛娜，也许不止是这样，黛娜从来不想要孩子，而佩特拉想要，也许夏天里她对我有了点异样的感觉，不过现在没关系了，一点都没了。她要这孩子，她要离开明尼阿波利斯，和家人一起回家，回到另一个国家的另一个城市去，她是来向我告别并把这件事告诉我的，不过她不指望也不希望我做出任何反应。

“但是我爱你。这可不是小事。佩特拉，这不是空发的诗情，不是说谎。就是我爱你，就是我希望和你一起快乐地接受这件礼物。说完了。”

“你觉得那可能吗？”

我笑了笑，以示肯定。“没错。等等。你还不明白吗？这一来什么问题都解决了。这就是*在认证*。”上帝助我，那可是我心里想到的第一个词，我能想象（不幸的是我无法停止想象）佩特拉做出回应的表情。“我的孩子，我们的孩子：你会明白的。我们可以把这一切聚集起来。每一件都对上了。真了不起，这能写出一个了不起的故事。你得相信我。留下吧。相信我。一切都让我来负责。”我试图再次把她拥在怀里，可是她闪开了，甩掉了身上的毛毯，也甩掉了我。

“你错了。”

“但你没有……你没有对我*无动于衷*吧？”我怀着希望这么问道。我发问的时候，眼前的这副表情被投射到了我们在一起度过那几夜时的面容、姿态和形象之上，可尽管如此，它们都变了，都被现在的她重新涂上了颜色，激情变成冷漠，惊喜变成后悔，爱变成恨，羞愧被浓浓地涂在所有这一切的表面上。“我们该对黛娜怎么说？”

“那其实不是你的问题，是吗？”她带着深深的厌恶神情问道。

“我来告诉她，”我说，“就明天。她上午场之后，我去剧院接她。你要是想来就过来，不然我一个人说也行。”

她把我一个人丢在暗黑的公寓里，看着雪花飘落，而我父亲的阴魂依然在后间卧室里鼾声阵阵。我一个人坐在沙发上。酒喝完了。那股伪造被揭穿的感觉：反胃作呕，突然变老，满心愤怒、羞愧和耻辱：我努力想象着你得知你弟弟让你的女友怀了他的孩子时你会有的那种感觉。

日期：2009年12月8日，21:51:08—0600

致：詹妮弗·赫希

主题：结束

亲爱的詹妮弗，我的编辑兼朋友(但愿如此)。

最近几周我的生活一团糟。你不停地给我发好消息，可我就是不相信，我无法让自己静心下来去写那个我明白是谎话的导言，我不想靠谎话赚钱，我不停地盯着兰登律师所来的那封口气吓人的信，我得承认，它把我吓坏了。

我“未能”提交威廉·莎士比亚写的“亚瑟的悲剧”一事是完全可以预料的(借用律师的口吻)，因为事实上，这件东西根本不存在。我和你签订合同是因为我相信它的存在。我错了，它不存在。存在的是别的东西，而要用我的名字和你的社标来出版那件东西，会使你我看上去像傻子，甚至更糟。为此事对你造成的任何伤害我表示深切歉意。我真的深表同情。我知道你把自己职业生涯的很大一部分都投注于其中。至于真正的资金，我会把预付款全数退还，你我就此告别我们曾有过的共同的贪婪与名誉之梦。赫希，“我命令你，甩掉勃勃雄心：天使都会因雄心而从高天跌落。”至于我自己，我会把老罪犯的这部狂热与邪恶野心的丑陋作品付之一炬。

我一直拖着没告诉黛娜。机会不请自来，我觉得来得很有特点，甚至可以预料。星期五，我下定决心付诸实施。《两贵亲》那晚结束演出，我给她留了个语音信息，让她来和我一起吃晚饭。我等着，反复排练着该怎么说话。我觉得自己能成功。我准备好了。

可来电话的是佩特拉。她不停抽泣，电话里只听见哭声，最后才听到断断续续的几个字。“你愿意来我这里一起说吗？”我问道。可她只是哭啊哭的。“佩特？”我让她平静一下，或说了其他什么空洞、愚蠢、无意义的话。最后她说，“我告诉了她。对不起。今晚我告诉了她。你一直没说。她让我走，我就走了。对不起。我就在她这里。现在。她吞了什么东西。我不知道。亚瑟，她害了自己。她、她、她……噢上帝啊，她……”我姐姐死了。

46

我父亲一生都在把自己伪装成其他人，创造着其他人的作品，创造着仿制品。人人都知道那是不可能的，无论他们是一眼看穿还是事后发现。他献身于自己的非原创行为。到最后，他什么都没有了，只剩下那股永不消停的努力，设法让我（和世人）相信是莎士比亚写了《亚瑟》，而事实上，写了莎士比亚这部戏的显然是亚瑟。他孤独一人濒临死亡时，唯一重要的就是杀了自己当祭品的行动。

奋力挣脱出来，把自己身上他人的东西一层一层地剥去，直剥到最里面那唯一独特的细胞，努力在那一个唯一独特的元素上重建自我，不计成本地躲开任何拼凑、模仿、焦虑影响，最后爆发出来，展现出想象中从未有过的色彩，从未有过的色彩组合。这就是我一直拼命追寻的狂想，我还是一个普通的、不起眼的、心怀失望的孩子时，一想到父亲是什么样的人，我就一直会有这样的念头。这一点也解释了我们那如潮水般涌来的回忆，具有反讽意味的是，这些回忆都大同小异：每一个人都觉得自己独一无二，那关于自己的故事也独一无二。

但是，在一个有着七十亿生灵的星球上，我们当中不太可能有许多人（如果真有的话）具有真正意义上的独一无二性。这一击打在心爱的身份独特观上，真让人难以承受，因此伪造者就退而求其次：他发现那些受到认可的、被认定的独一无二的人物（如莎士比亚），然后对自己说：（一）“好吧，如果我能成为他，那他就不是独一无二，这样我就不必为自己是一包低等复制品而感觉糟糕了”，或者（二）“好吧，如果我能成为他，我也是独一无二的，就像他一样，而不像那七十亿件活动复制品了”。

可是黛娜，美丽的黛娜，她的工作就是要装成其他人，要说别人写下的话，而其他这些人则做出喜欢她或讨厌她的样子，让满满一屋子坐在黑暗中的人钦佩她做作的模仿或颂念。

《两贵亲》首演之夜，我坐在佩特拉和我母亲之间。黛娜首次出场。

她身穿伊丽莎白时期的华丽戏装，可剧情却发生在想象中的古希腊时代，剧本本身是另一部更好的戏剧的前篇，其依据是一个由 14 世纪英国人写的故事，经两个 17 世纪英国人的改编，其中一人正尝试着按另一人的风格来写戏，包括一场显然是用来向此前一出更好的戏致敬的戏文，而那出戏是根据一则11世纪的丹麦传说写成的。黛娜背诵着这些人的韵文台词，走步动作都严格按照导演事先安排的来进行。导演是克罗地亚人，叫安东尼奥，他谙熟导演一职，执导完这出戏后，紧赶着去执导一部颇受欢迎也颇有点陈腐的网络医院剧中的一集。

尽管有这一切的人工技艺，依然需要有黛娜。我决非唯一一个认为她（爱米丽娅）在舞台上是一个独一无二的、独具创造性的人物的人。每周演五个晚上，每晚演出有好几百观众，连续演了四周，许多的陌生人看着她，眼里都闪现着惊讶，似乎从未见过像她演的那样的人物，他们的确没见过。在莎士比亚的剧本里没有任何细节能预示黛娜这样的人物，也许，唯一的例外就是《亚瑟》中的格温妮拉，而这只能证明我父亲有多么爱她。

我们十六岁时，我一次考试就拿到了驾驶执照，比黛娜多得了关键的一分。我过了，她没过。次日，我借机独自去探视父亲，那是我第一次那么做。（我的通感十分有限，无法解释为什么母亲把车钥匙递给我时只是点点头，毫无表情地一言不发。我想，因为这不是什么新鲜事：一个纽约报纸上的书评人，出了名的恶，出了名的对人不屑一顾，一二十年前在耶鲁的一次聚会上，我为他犯下了使自己职业生涯大倒其霉的错误：我居然去吻了他，挑逗了他，后来却一个电话也没有，导致他对我最后那部小说拼命挑刺，说它“十分奇怪地不见了通感”。）

我很幸运地读懂了黛娜的内心：我没有告诉她我要去探视爸爸，因为我不想让她和我同去，我也不想在她要和我同去时说不。结果，我回来时（父亲已经计划让恰克·格拉斯哥为黛娜办一张驾驶证)，显然因这次探视而心情烦躁，我发现黛娜忍住怒火，压住受伤的情感，准备听我倾诉。我躺在她房间的地板上，一边就是她的床，她一直躺在床上凑着台灯看书。她关掉灯，我俩就沉浸在明尼苏达四月的傍晚那几近纯粹的暗黑中。我侧过身，背朝着窗，看着她床下的旧玩偶，客厅里的灯光从玩偶背后投射过来。玩偶被丢在那里已经有些年了，但依然被好好地留在安睡中的女主人的床下，等待她重起兴趣，又发欢呼，再度雀跃，可再也没有了。茶倒好了，却始终没人去喝，手一直在桌子底下偷偷地敲击着，眼神穿过茶会上攒动的人头永远在交汇着，希望也永远被堵在了撅起的塑料嘴唇后面。

“他怎么样？”黛娜在黑暗中问道。

“老样子。”

“你怎么样？”

“不幸的是，我也老样子。”我随口胡说了一句，算是回答。才十六岁，说不清自己为什么那么恨他。

“我真为你们俩难过。”黛娜说。听上去她好像是故意让语调显出反讽的意味，但事实上她真的对我们俩都很在意，我很感激她对我的那份关切，可没一会儿我就拒绝了那份安慰，觉得它太廉价，因为如果黛娜也同情父亲(他根本不配受到她的任何温柔同情)，那她的情感就模棱两可，也就一文不值。上帝啊，这混账内心有多扭曲！

我只能说，“这些笨蛋样的玩偶怎么啦？你干吗还留着？它们在搞同性恋吗？”

“是啊，是女同玩偶呀。”她叹了口气。我觉得这太好玩了，一阵心绪涌动，立刻再次珍视起她来。“他干嘛老是让你生气？”她问。

“他就是太坏了。”对此我并没有不同意见，但直到现在我才能用成人的话表达出那时的意思：一想到作为男人，作为父亲，我就为他感到羞愧，感到愤怒，感到尴尬，感到茫然，而他，为什么不明白自己的行为极大地伤害了我的幸福感？

这样的回答平淡无奇。令人惊讶的是，当时黛娜给我的回答竟好像她已经是成年人了。这就是通感。“你不原谅他，自己也得不到解脱。”她的声音从黑暗中传来。

“‘没有道歉就没有原谅’，”我脱口而出，我当时正在读一本清教小册子上关于自立的说教，被埃恩·兰德弄得神魂颠倒，这句话就出自那里，“‘而即便如此，道歉原谅也不过是两个弱者之间的协定。’”

“不，我觉得那是强大。原谅他意味着你再也不需要他来使你成为自己了。”黛娜这么说，或大概说了这样的意思，我记得当时自己侧躺在地板上，躺在她那条粗毛毯子上，一言不发，感觉有点热，热得难受，几乎有点痛苦。我再次愤怒起来，肯定她也是那一伙搞阴谋的人中的一个，这些人知道我在想什么，个个企图让我承认没有一点自知之明。就在此时，黛娜在黑暗中问道，“这一下你也恨我了，对吗？”(听起来很像是她的玩偶在问。)

我几乎说不出话，说不清为什么哭，说不清为什么爱黛娜超过我认识的任何人，说不清为什么只有和她在一起时我才觉得自己真实存在。但最后我明白了，我咳着哭着，一只手早已抬了起来，紧紧地捏着睡在床上的她的双手。

拼命希望成为独一无二的人，又拼命地想和另外一个人合为一体；拼命试图挣脱父亲的束缚、影响、期望、限制，又拼命希望自己被容纳、被了解、被认识、被理解；既希望别人赞扬我的独特，又希望别人喜欢我与他颇多相似。我拼命希望自己成为姐姐那样的人，同时也被她所爱，因为她发现了获得独特性的秘密途径。

床底下的那些神秘的玩偶，在客厅射来的灯光下就像是舞台上的演员，套着的衣物很不协调：女乘务员制服，高筒帽，摄政时期[①]的高腰客厅礼服，军队杂役工作服，啦啦队短衫短裙，冕状头饰和貂皮长袍，所有这些玩偶都在表演着黛娜心里的某一场景，都是她人生的一个方面，某一天，她不再需要它们来寻求自我，便把它们统统塞到床下。

莎士比亚的很多情节都与身份缺失相关，人物或迷失于异乡，失去了用以定义自我的家人与朋友，或迷失于海难，因孪生失散多年而困惑，失去了惯常的力量，被人当成小偷，当成另一性别的人，当成乞丐，坚信自己成了孤儿。可不知怎么地，黛娜却自己解决了这一切问题。我相信她永远不会陷入迷惘，无论生活如何风云突变。在我心里，黛娜从来不是盲目崇拜的对象。她是我唯一无法拒绝的事实。

我立刻开车去她公寓，去面对我的行为造成的后果。

47

我直喘粗气，挥拳敲门。门没有栓上，一拳砸上去就开了。我跑进去，无论她吞的是什么药，我都准备抓一把一口吞下，和她一起上

① 英国历史上1810—1830年代。

路，倒在她身边，我发誓，我准备好为自己犯下的错误去死。我发誓：我回想起那一刻时，我觉得自己没有片刻犹豫，没有任何装腔作势要死要活的样子。我该死，我只想死。

“亚瑟王来啦。”黛娜像个调皮的男孩那样咯咯直笑。

我一下瘫倒在地板上，只见她和佩特拉坐在沙发上，喝着热饮，玛利亚则四脚朝天躺在两人中间，正享受着两位女士的腹部搔揉服务。它的脑袋后仰，在沙发前沿顺势耷拉下来，耳朵尖几乎要碰到地板。母亲在厨房。我一阵摇头，大口换气，几乎喘不过气来，又笑又哭又喊。鼻涕无法控制地挂了下来，问的问题不成句子，谁都没搭理我，最后我跪倒在地，要去抱住黛娜的腿。“别这样。”她像狗一样弯起小腿把我挡开，动作轻柔，但很坚决。我实在停不下浑身颤抖。“去浴室里暖暖吧，等可以听我们说话了再回来。”

我在取暖灯下站了几分钟，对着虚荣镜看着，试图看清楚自己，或看清楚到底发生了什么事情。我一动不动，直到听见门上传来表示不耐烦的刮抓声。我打开门，跟着玛利亚回到客厅。

我站在她俩面前，听着她们从另一个角度把有关这件事的一切从头道来。见我眨着眼睛朝地毯看去，黛娜认真地命令道，“我对你说话时请你看着我。”从第一夜起她就起了疑心，但到了她首演的那一晚，就全明白了。爸爸死的那夜凌晨两点她来电话时她就明白了。她在墓地时就明白了。在伯特事务所宣读遗嘱那天她在尼柯莱特购物中心时就明白了。我把检索卡一事告诉她、说我打算停止出版剧本的计划、而她甩门而出时她就明白了。那晚佩特拉来告诉我关于孩子的事时她就明白了。

“我一直在等你为这个故事找到一个合适的结尾，”黛娜说，“你是个作家，什么都能写。著名作家？可看来你总是写不好结尾。其实你根本想不出什么结尾，对吗？瘸腿的笨驴。你就是把我撂在那里自己去找出路，自己放弃！我就该意识到你是她最合适的人，我就该让路，放过你和她和那孩子。因为你就是个了不起的丈夫兼父亲？你甚至连符合人物性格的东西都想象不出来。这就是你所谓的最好结果？”

“对不起。”

“太迟啦。我们要的是圆满结局，”黛娜说，“你有什么建议吗？最后一次机会。”

“对不起。”我依然浑身发抖，“我真的、真的……”

“我觉得，都到了这份上，我们需要的是行动，不是言辞。”她盯着我，直摇头。“哈姆莱特，你真以为我会跳到河里寻死去？”

“我不知道，我真的无法理解，我感觉……”

“别，别。别再提什么感觉，就说情节。来呀，抖擞起精神来，振作起来。这很重要，作家，给我一个结局。你有什么结局的点子？没有？真没有？那好，我们找个厉害的。你最喜欢的莎士比亚结局是什么？”

“我不明白。”

佩特拉说，“千万别挑《安东尼和克莉奥佩特拉》，那戏里的中东姑娘把自己给杀了，我可不想惹是生非。”

黛娜瞥了佩特拉一眼，笑了。“我可没想到那一出。那不错，你还真行。”她俩好像已经私下里解决了问题，我不知道是什么时候，只见佩特拉一脸感激的神情。

“我不明白。”我底气虚弱地重复了一句。

“那好，你这杀手，我来让你更容易下手吧。你觉得我们要的是悲剧呢还是喜剧？我给你个提示：我不打算为你而杀了自己，她也不会。妈妈，我看也不会。”

“那好，是喜剧。”

“好样的，有进展啦。那，哪一出喜剧？”

我努力跟上思路，尽管我浑身冷战，不得不紧咬牙关，咬破了皮肉，满嘴的血腥味。“那出戏怎么样？戏里的混蛋终于觉悟到自己不该去偷好朋友的女友，他道歉，最后大伙都原谅了他？”

“《维罗纳二绅士》？”黛娜轻蔑地一笑，“就那个一厢情愿的垃圾货？全是胡说。那家伙处心积虑，先偷后奸了最亲近的朋友的恋人，然后大伙就放他一马了？我觉得不行。那不是莎士比亚写的最好的桥段：谁会那样原谅人啊？再试试。请你再现实一点。”

我在她们面前弯腰曲背，不停颤抖，浑身依然湿着，胃一阵阵抽得生疼，虽然穿着衣物却依然感觉像赤条条地一丝未挂，我的面前是五位坐在沙发上的女陪审员：母亲不声不响，一脸痛苦，血液里弥漫着咖啡因，心里塞满着难受，交叉着的双腿一颠一颠的；佩特拉讨好地靠在黛娜身边，因为我不在场时与黛娜重归于好而表情愉悦；玛利亚又四脚朝天躺下了；黛娜则喜忧参半，像是半拉下大幕遮住了灵魂，她对我极度失望，把我彻底排斥在她的同情圈外，这是当时我能想象到的最残忍的惩罚。刚才我是说有五位女性吗？没错。黛娜的手会不时离开玛利亚的肚皮，放到佩特拉的腹部上。

我喏喏道，“是《皆大欢喜》？”

“是《皆大欢喜》的什么？大点声，孩子。”

“就那出大伙都跳来舞去最后都结了婚原谅了那个最后没弄到妻

子的那个家伙的戏？”

“这还像个真正的莎士比亚学者说的话。”

尽管那天晚上我并没有掌握剧中所有的细节，碰巧才看过，显然我说对了。（我也刚注意到，那出戏里那个忠心耿耿的羊倌恋人名叫西尔维斯，因此《亚瑟》里出现那个名字也就不那么可疑了。）在《皆大欢喜》的结尾，愤世嫉俗的杰奎斯自作自受地离开了跳舞和聚会的人群。我希望，这就是我们这件事的结尾，我跳出局外，但并不远去，并没有完全被驱逐。这样很公平，其他人都手拉手欢庆生活，一起接受着未来的一切安排：新生、新婚、死亡。这将是最好的落幕时刻：莎士比亚之神从升降机上降落①，为我们每一个人送来祝福，甚至还包括并不信仰他的牧师，就是我。黛娜和佩特拉一起回到从前，母亲最后也原谅了我。然后她兑现了接踵而来的巨额面值支票中的第一张，那是她忠心不渝的第一任丈夫留给她的，而这位丈夫的阴魂也终于得到安宁，因为他弥补了一切。与此同时，亚瑟叔叔安静地独自生活，偶尔有母亲、姐姐、变得陌生的儿子、小侄女等来看看他。黛娜和佩特拉共同抚养着一个孩子，那孩子仅凭16世纪的技术，就长得活像她俩，取悦着21世纪的大众。希望我们小小的喜剧没有冒犯各位。晚安。

“不，我觉得不是，”黛娜说，“不，你不是杰奎斯。再试试。”

“黛娜，我真不知道。我真的很抱歉。一切的一切都乱了套……”

---

① 古希腊戏剧中，当剧情陷入胶着，困境难以解决时，突然会以升降机之类的装置把一个扮演神的演员载送到舞台上，解决所有的危机。

"这一点你我现在早过去了。我们需要一些肯定的东西。行动，证据。真正的变化是我们都能信任的东西。我们三人都可以立足的东西。现在，孩子要来了，大家都需要知道你在其中扮演什么角色。"

"那就告诉我我到底是什么角色。你们要我做什么？"

母亲终于开口了，虽然她说话时并未朝我看，只看着黛娜，而黛娜则完全掌控着此时的局面。母亲的语气里没有一点开玩笑的味道，有的只是对又一个亚瑟的彻底失望："不是有一出戏，里面那个放荡鬼让人绑在树上，让小孩子们用火把来戳他、吓他，最后让他讲了实话的吗？"

"《温莎的风流娘儿们》，"黛娜叹了口气，"不错，挺好玩，但还没完全到点子上，因为让人觉得福斯塔夫不会真的悔改。"她边说边盯着我上下打量，我不停地颤抖，我拼命想挤出一丝笑脸，我的五脏六腑显然扭作一团，疼痛难熬。"我们可以强迫他娶那个他错待了的姑娘，《一报还一报》，《终成眷属》。你觉得呢，佩特拉？那的确是你叫的牌啊。"

"不，不，不，我不叫。"佩特拉的一只手在鼻子前挥舞，另一只手依然放在黛娜那只放在自己尚未见隆起的腹部的手上。

"嗯，典籍搜完了，阿蒂。你觉得《爱的徒劳》的结尾怎么样？"

"那出戏我从来读不了。"我坦言道。

"太糟糕啦。值得一读的，你真该去读一读，因为那部戏对我们正合适。把这一株苦艾从你脑袋中的果园里拔掉。"

"我甚至不明白这句话是什么意思。"

"我知道你不懂，你就是一个读到了莎士比亚也认不出那是莎士比亚的家伙。穿上大衣。"

“什么？”

“去拿大衣。我发现你出门来看我的尸体时还是有时间披上大衣的，是不想路上着凉吧。”

“那时候我已经……我已经穿着……我已经穿在身上了……在身上了。”我结结巴巴地说着，但那是真话。

“沉重的心情触不动如簧巧舌。随你啦。好吧。穿上大衣。”我拿起还在滴水的大衣。“穿上。拉好拉链，外面很冷的。好，把车钥匙拿出来，不错。你的结局是这样的：你必定要为我做完此事／我决不会相信你的誓言。整整十二个月，说不定还要长一些，要根据出版情况而定，整整十二个月，你不见我们任何一个人，不打电话，不发邮件，什么都不行。一个字都不行。妈，是不是这样？妈，点点头就成。一个字都不行。包括我们三个人。在这段时间里，如果你能向我们证明自己能做点什么，那我们就欢迎你回来，我们就会为你的改过自新感到欢欣鼓舞。你要出版《亚瑟的悲剧》。没错，你要出版。别说话，就听着。你要去掉自恋，丢掉你如数家珍的名声，那么多年来，这些东西让我们走进了一条又一条倒霉的死胡同。你一定要向我们证明我们在你心目中更为重要。你要把我们的故事写出来出版，但主要是你自己的故事。你要说实话。你一生中要写一次小小的非虚构作品，你要当众接受教育，让读者大众认识你，评判你，而不是躲在自己的想象里，躲在模棱两可中，躲在作品人物的背后，躲在可笑的回忆中，而是站出来，一丝不挂地当街站出来。让人们按你的所作所为评价你。接受每一个人的评价。因为牵扯着莎士比亚的戏，人人都会来读。如果我们觉得你写得不错，我们可以再谈谈《如愿以偿》的结局。如果不好，嗯，我觉得我们就得回去看看悲剧了。别，什么都别说。现在谁都不想听你说。我们没人要听。拿上钥匙走人，马上就走。一个字都别说别发，直到我们有机会读到你的书。不是什么校样。要精装本。走啊，别说话，走人。”

母亲眼皮都不抬一下，甚至到了最后一刻都不抬眼看看，佩特拉则只顾抚摸玛利亚，抓得它后腿朝天乱踢。只有姐姐盯着我，直到我把门关上。她没有悲伤的表情。

当年，出于孩子的嫉妒心或天真的无道德感，我有一次（或几次）在姐姐的书桌上翻来翻去，发现了她的日记，以及她和父亲之间往来信件的一半。我读着他们之间的笑话，充满爱意的文字，以及关于书和剧本的讨论，这和我所写所得的完全不一样。在偷看秘密时我被姐姐捉了个现行。“哦天呐。”她假装发出喉音，试图装出大人的样子，试图把我当做一个比她小好几岁的弟弟，就因为我偷窥了她的秘密。她试图装出没生气的样子，只是突然就不再是我的孪生姐姐，而成了一个有些距离的、开心的大姐姐了。“我们当中有贼啦！”她笑着说，而我就非常讨厌起她来，讨厌这个样子的她，她抛却了我们的孪生关系，假装不明白我这么做的原因，假装换作是她就不会那么做，假装我俩没有联手对抗世界的约定。（没错，是我翻了她的书桌，破了规矩，但那些秘密本身就先破了我俩联盟的规矩啊。）我逃出她的卧室，背后还飞来一只布袋熊。

也是在这样的情形下，我回家去了，浑身颤抖，大汗淋漓，我想量一下体温，老式体温计一下掉在浴缸里，一条银色的汞液像蠕虫一般从玻璃碎片里爬了出来。

几周之后，她给我寄来了那本1904年版的《亚瑟》。没有片言只字，只有题献：致亚瑟，黛娜。

The Random House Publishing Group

Ballantine Books · Del Rey · Modern Library · One World · Presidio Press · Random House · Random House Trade Paperbacks · Villard

[redacted]

2009 年 12 月 9 日

亲爱的菲利普斯先生，

主题：2009 年 10 月 7 日出版《亚瑟的悲剧》之合同

詹妮弗·赫希已将您 2009 年 12 月 8 日的电子邮件转发至本事务所，您在邮件中表示将销毁威廉·莎士比亚所作之《亚瑟的悲剧》的原件。赫希女士已接到指示，不再与您就此事做进一步的沟通，直至您按合同规定履行职责。

如果您未能履行合同，兰登书屋指示本所寻求各种合适的补偿措施，其中可能包括强制减轻及补偿包括利润损失在内的所有损失。

当然，合同允许并要求您撰写"导言"，其最终文本如何呈现完全由您决定。您完全可以在该文中表达您对剧本真实性的异见观点。您的观点也会与其他人的观点相互对照。

请于本信所标日期后两日内回复此信及本所 2009 年 11 月 13 日给您的信函，说明您愿意满足我们的委托人的要求和您的合同职责。

您真诚的，

弗兰西斯·柯林斯

高级副主管兼法律总顾问

[redacted]

48

第五幕：莫德雷德来到朝上。他知道亚瑟现在爱尔兰，因此有意要赢取格温妮拉支持自己成为官方的王位继承人，甚至还企图引诱她，使她怀孕，以此证明自己有权戴上王冠。来迎接他的是几个戏子，他们把他也当成一个戏子了。他对此极为愤怒，同时又受到格温妮拉的羞辱，便去密会约克的菲利普，后者坚持说他就是神选定的皇嗣。莫德雷德便绑架了二人。亚瑟终止了对爱尔兰的入侵计划，转回约克郡，在亨伯河一带阻击莫德雷德。在一段独白中，亚瑟认为自己的一生和为王的政绩均是失败，但却不知道自己还能怎么办。他的军队陷于泥泞之中，处境险恶。他听天由命，甚至有了自我毁灭的念头，他迫不及待地要走向终点，哪怕是一个糟糕的终点。皮克兰的使臣来访，提出要用格温妮拉和菲利普来换取亚瑟退位。亚瑟寡不敌众，准备接受这一条件，恰好有人来报，说皮克兰人来犯。亚瑟觉得自己上了当．愤怒之极，杀了使臣，下令立即向敌人发起冲锋。莫德雷德本来也没有下令要进攻，对英国方面的举动大为震惊，遂下令杀掉两个人质，投入战斗。格温妮拉和菲利普遇害。亚瑟集结起军队。莫德雷德杀了格罗斯特。亚瑟先后得知格罗斯特和妻子的死讯。他伤心欲绝，愤怒咆哮，甚至以为自己赢得了林肯郡之战，可事实上他却绕道而过，自己成了自己骑士精神的牺牲品。他无法前进，意识到自己其实是个可怜的国王，现在只能把命运交在上帝手中。他见了莫德雷德，明白自己必须不惜一切代价拯救不列颠，哪怕要牺牲自己的生命，这是他唯一有可能流传的遗产。亚瑟身受重伤，但是他杀死了莫德雷德。濒死之际，他将王冠交给康斯坦丁，后者成为了统一的不列颠的国王。

如果我做得更好一点，就不会不加思考就贸然行动，就不会在没人加害时受伤，就不用浪费那么多时间后才明白要原谅，就不会一次次笨拙地企图修补关系却时常把事情弄得更糟。我不会活下来写出这么恶心的故事，不会与我父亲描画的那个卑劣的我如此相像，那时候的我甚至还未成年(也许是我出生前几百年莎士比亚所描画的那个，那就更糟糕了)。

认识我的人都明白，上述的一切在每个细节上都相当真实，道歉是真的(而且真诚)，吹嘘是真的，伪造也是真的。对其他人而言，这不啻泥水一潭，或混沌之美。如果你读完后觉得愉悦，在其直爽、谎言、涕泪横流的异装坦白中获得几小时的享受，那很好，很不错。

现在，我会把这东西交给兰登书屋，校对编辑过的清样，对这部作品付诸莎士比亚本人不可能赋予的关注，然后兑现支票，把我从这一项目中的所得放进我为孩子、为前妻、为母亲、为佩特拉、黛娜以及她们的小女儿专门开设的银行账户中。那个小女儿，出生时她们竟不允许我在一旁守候，我至今尚未获得看一眼女孩小脸的权利，至今尚未能闻到她的呼吸，未能抚摸到她的脸蛋，她整个的第一年生命就让我这么错过了，她的名字我至今一无所知，而她的性别，我也是从一位双方的朋友处得知的(他的不慎后来得以澄清，而我现在也不能再得到他的回电了)。

在自我怜悯的阵痛中，我的确考虑过自杀。我最喜欢的莎士比亚台词是，“当所有的戏子死去，无人需要为此担当罪名。”但我不是那种人，故事也不是那么发展的。我的儿子们要回来过圣诞，或稍迟一些；雅娜十分慷慨地答应了，就像我母亲对另一个同样名叫亚瑟的可怜父亲。我为自己和孩子们定下了很好的计划，要在冰天雪地的明尼阿波利斯做很多事情。另外，他们喜欢侦探小说，我想，我也许可以写一部小说，把他们当主人公，孪生私人调查员在巴黎什么的。好多种情节。

眼下，我会按黛娜（以及兰登的律师团队）的指示做。我不会撒谎，说那部戏是真的，哪怕为了她我也不说。她也没说我必须说。我也不会说她讲述的我们的生活比我说的更真实。但是我会再次说，真的非常对不起，对不起一切值得说对不起的事情。

那么，这是个什么样的故事呢？不太像是悲剧，反正对其他人来说不是悲剧。也不太像喜剧，反正对我而言不是喜剧。一出问题剧，我觉得可以这么说。以后我们可以慢慢把它归于某种体裁的戏剧。毕竟，结尾是人为的，直到最后一幕。这完全要看你怎么读这本书了。如果你觉得我说的是真话，那这本书可以有某种读法。如果你不那么认为，那就可以有另一种读法。就像那剧本。

就这样了。大幕落下，也许在下落过程中在什么东西上钩住了，舞台助理们跑过来试图松开幕布，而做着单人秀的演员独自站在台上，朝眼前的一片暗黑中望去，一脸傻笑，睁大了眼睛，一排一排地扫视过去，试图寻找到那一张特殊的脸，要看看她是否喜欢。

亚瑟·菲利普斯

明尼阿波利斯

2010年11月

亚瑟的悲剧

威廉・莎士比亚

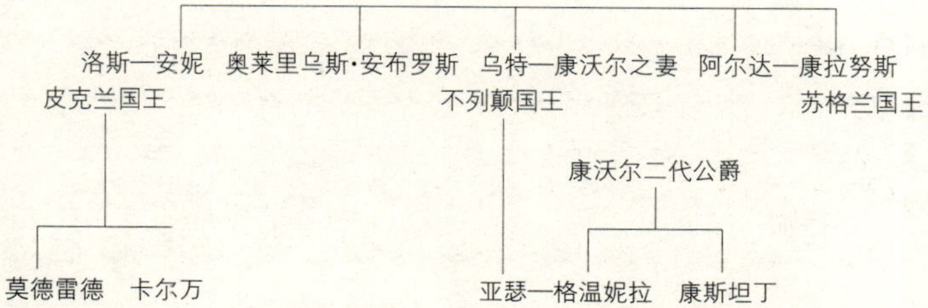

亚瑟故事中英国王位继承表，根据霍林谢德的《编年史·莎士比亚的资料》编写

剧中人物

英格兰及威尔士朝廷

亚瑟，威尔士亲王，后不列颠国王

格罗斯特公爵，亚瑟的监护人，后护国公

康斯坦丁，康沃尔伯爵，后不列颠国王

格温妮拉，其妹，后不列颠王后

萨默塞特公爵

诺福克公爵

肯布里亚伯爵

肯特伯爵

达比的斯蒂芬爵士

卡利恩主教

柯里尔夫人及其他朝中贵妇

格温妮拉的侍女

皮克兰及苏格兰朝廷

罗斯，皮克兰国王

莫德雷德，罗斯之子，洛特塞公爵，后皮克兰国王

卡尔万，莫德雷德之弟，奥克尼亲王

康拉努斯，苏格兰国王

阿尔达，苏格兰王后，罗斯之弟媳，莫德雷德与亚瑟之姨妈

赫布理德斯公爵，康拉努斯之子

亚历山大，信使

太医

柯尔杰尼，撒克逊人首领

一牧羊女

皇家猎犬总管

猎犬总管的跟班

丹顿，一英国兵士

萨姆纳，一英国兵士

迈克尔·贝尔，一年轻英国兵士

法国使臣

约克的菲利普

伶王

伶后

信使、仆臣、猎人、侍从、号手、高音号手、兵士、伶人

剧情梗概

（罗兰·威尔教授）

第一幕

6 世纪的不列颠，国王乌特·潘德拉贡奸污了一位贵族的妻子，结果该女子生下了亚瑟。亚瑟被安置在格罗斯特郡长大，以远离其父亲与撒克逊人频频征战的地方。乌特被杀后，亚瑟继承王位，但他的合法性遭到了质疑。莫德雷德是皮克兰 (东苏格兰) 国王位继承人，他声称自己对不列颠全境 (英格兰、威尔士、苏格兰与皮克兰) 的王位拥有合法权利。莫德雷德的父亲罗斯拒绝为此发动战争，而莫德雷德则决意为王冠而战。英国贵族用刑法折磨皮克兰使臣，使莫德雷德有了借口，将皮克兰 (及苏格兰) 拉入战争。

第二幕

亚瑟率军在约克与撒克逊人、皮克兰人和苏格兰人战斗。莫德雷德退入林肯郡，加入了隐藏在那里的撒克逊增援部队。亚瑟派格罗斯特公爵率军追击，发誓要先期到达，阻止任何战事发生。可是，化妆成亚瑟的格罗斯特面对强敌却出人意料地取得大胜。亚瑟随后赶到，允许敌人在保证不战的前提下回家，留下莫德雷德的弟弟以求赎金。

撒克逊人再次发动攻击，亚瑟大怒，杀掉了所有的囚犯，包括留作人质的那个弟弟。莫德雷德成为皮克兰国王，发誓要向亚瑟报仇。

第三幕

格罗斯特为亚瑟与一位法国公主安排婚事。亚瑟的目标是实现统一、和平、繁荣的不列颠王国，此项婚事会使他拥有实现目标的财富、同盟和力量，因而意义重大。可是，亚瑟却娶了他幼时好友的妹妹格温妮拉，后者自小就深爱亚瑟。格温妮拉两次流产。群臣抱怨亚瑟过于听从妻子而荒废军事，说他将朝廷变成了脂粉艺术与娱乐的场所。一位贵族甚至设想要暗杀亚瑟以拯救危在旦夕的王国。

第四幕

亚瑟对再次怀孕的王后言听计从，允许她以举止粗鲁或不合行为规范为由对骑士进行审判。此时，撒克逊人再度来犯。亚瑟意识到自己已无保卫王国的手段，因为他已在冲动之下与法国及名义上的臣属皮克兰人切断了联系。他被迫进行谈判，提名莫德雷德为自己的继承人，以换取对方的援助。莫德雷德帮助亚瑟在林默斯战胜了撒克逊人，但他怀疑亚瑟可能会食言。

第五幕

亚瑟正在爱尔兰与叛军作战，莫德雷德前往伦敦，得知格温妮拉再次流产，但亚瑟已经将王位许给了约克的菲利普，后者是亚瑟的非婚生子之一。羞辱之下，莫德雷德绑架了格温妮拉和菲利普。亚瑟离开爱尔兰，在亨伯河边一处泥沼地扎营，准备同莫德雷德开战。不清楚哪一方率先开战，总之，使用外交方式结束战事的希望破灭。莫德雷德杀了格温妮拉，并在战场上杀死格罗斯特。亚瑟伤心欲绝，意识到自己作为国王却天性软弱，明白了自己唯一的责任就是杀掉莫德雷德，以结束不列颠内乱。他杀了莫德雷德，同时自己也阵亡。统一的不列颠的新王加冕。

第一幕第一场

地点：格罗斯特郡一林中

【亚瑟与格罗斯特携长枪猎野猪上。

格罗斯特　尊贵的亚瑟，您的猎物在那里恭候。
但请留步，王子。别独自冲锋在前。
野猪用后臀正抵着橡树粗壮的树干。
请下令让两位勇士从左右包抄过去，
跪着拉满那搭上了尖厉箭头的硬弓。

亚瑟　好心的格罗斯特，你是王国的守护，
我喜爱你对我一片赤诚的备至关怀。
可这里是唯一没有战争践踏的地方，
你对威尔士亲王的关切稍有些过分。
你真相信它会起杀人之意冲上前来？

格罗斯特　它那刀刃般的利齿会咬穿您的护甲，
就好像咬穿了薄薄的一层天鹅绒里。

亚瑟　它的利齿？

格罗斯特　主公？

亚瑟　我们隔得有些远，
我听不清楚。你喋喋不休谈着野猪，

亲爱的朋友，你的心怎么就错过了
那位心有所许的牧羊女设下的圈套？

格罗斯特 牧羊女？

亚瑟 天，你怎么只会学舌聒噪！
就是那边树丛密林里的那牧羊姑娘
她躲藏，她说谎：因为她装睡着了。
说实话，真没看见？

格罗斯特 王子，我见的
是野猪，是您的猎物。

亚瑟 我请你千万
不要用林子里的火腿肉来诱我上当，
其实下面的美食滋味要更好上很多。

格罗斯特 少主啊，我知您会不听劝阻，径自
追击而去，但这很不符合亲王身份。
我请求您用基督徒的灵魂好好思考，
与我一起加入追求道德贞洁的行动。

亚瑟 善良的好公爵，白头发的格罗斯特，
你给我那么多智慧劝导与细心照顾，
我一定会把你牢记于国王般的心胸，
等有朝一日金冠环绕在我天庭四周。
但是你千万别学那缺智慧的预言师，
总是用虔诚做外套包裹贫乏的建议。
我最不愿听到我义父的声音哼唱起
牧师般的曲调。不，公爵，不是你。

格罗斯特 您刚才称我为父亲吗，亲爱的王子？
那我就要充满爱意地把你称为儿子。
那一晚，城门震天响，睡眠遭谋杀，
一匹战马飞奔而来，黑马衬着黑夜，
征战中的国王给我发来了绝密信件，
密信里提到一件了不得的惊人事件。
兵士把不情不愿的奶妈推到我面前，
我注意到她老弱的双臂抱着个包袱，
晨曦般红色的襁褓包裹着您的身躯。
奶妈啜泣着对你说，“再见我的儿”，
却不愿意松开怀抱把你交到我手中。
于是，我和我的新娘几乎一宿未眠，
就这样在黑暗中度过了整一个夜晚，
两人的眼睛只盯着你小小的光脑袋。

亚瑟 她于我，竟比我的亲生母亲还要亲，
是你的幸运夫人。

格罗斯特 她后来一生未育，
直到死，都把你当做她自己的亲生。（叫声起）

亚瑟 您的猪做完忏悔，说完了最后的话，
而我却还等着把这杆枪往羊肉里插[1]。

格罗斯特 王子，您有没有良知这东西在心里？

亚瑟 公爵，我只知道自己的确有那玩意，

① “枪”(spear) 和“羊肉”(mutton) 当时暗指男女性器。——威尔

每当我想沉溺在记忆里的过去时光，
或让大嚼瓜果的野猪咬掉一边睾丸，
我就会去山坡下她困倦低头的地方，
在温情的梦里遇见王子或乡下姑娘。
梦境女王[①]种啥我收啥。好嘞，追过去！（亚瑟下）

格罗斯特 “亚瑟在格罗斯特郡安全地远离战争。”
这就是乌特国王的密信。格罗斯特—
当年那英勇的格罗斯特丢去了勇气。
每一个骑士受封，每一位贵族授爵，
都因他们的前任刚刚在战场上捐躯，
要他们填补空缺，戴起血污的头盔。
他们鄙视我，说我当奶妈逃离战场。
我无可选择，只能听从国王的召唤：
不仅要担任小王子的保护人与摄政，
还要替他确保王国未来，为英格兰
担任威尔士亲王的监护人与太子傅，
要培养出英武的继嗣，贤明的君王，
让战争远离我们浸染着鲜血的海岸。
我没有亲生儿子，妻子也早已故去。
我为这孩子削出一柄木剑的那一天，
我冲向他，被刺中后佯装倒地死去，
随后便整天把他背在背上到处转悠，

① Queen Mab，传说中能使人做自己所渴望的梦的仙后。——亚瑟

想起来好像离眼前还不到半周时间。
可他从不是我的后嗣，而只是寄养。
现在跳着跑开的小伙已是英俊青年，
不再是当年那错把我当战神的小孩，
有些放纵，尚未成材，可他的臂膀
虽纤弱，却须担起全不列颠的信托。
要么抚养起君王，不然就与他逃亡，
命里注定，要躲避凶险的撒克逊军，
还有心怀不满不停捣乱的苏格兰人。
不领路就随从，而他生来既随且领，
可他若做不好国王，受责备的是我，
挨骂的是身心疲惫的公爵格罗斯特，
他牺牲自己的名誉来养育这位王子，
我教出怎样的国王？让全英格兰作评判吧。（信使上）
孩子，喘不过气啦？

信使 是，大人。我
是第一个把今天的情况告知您的吗？

格罗斯特 没有人来说过，除你以外别无他人。

信使 我们共有十人受命从约克赶来这里
要向您和亚瑟报告至关重要的消息。

格罗斯特 是应该先向他报告还是我可以先听？

信使 那可得让明事理的报信人来回答了。
大人，您是护国，可以先向您报告，
可以是他，因为他现在是您的国王。

格罗斯特 我的国王？怎么是国王？他父王呢？

信使 我急急赶来，要说的就是这件事情。
老国王饮下了从毒井里打上来的水，
下毒的就是那背信弃义的撒克逊人，
虽病入膏肓，他依然在战车上指挥。①
他手中的权杖正渐渐从手掌中滑落，
他用难以听清的微弱语气传达军令。
尽管他竭尽全力，却依然无法奏效。
眼下约克城的高墙上飘着撒克逊旗，
而皮克兰②王罗斯宣称有权加冕为王。

格罗斯特 看来，一人之死让怯懦的北方边民
壮起了胆，竟与外国军队勾结联盟，
起兵进犯，图谋夺取不列颠的王冠。

信使 大人，王子现在哪里？

格罗斯特 王子？国王
在那里，坡下，在打猎。

信使 我去见他？

格罗斯特 去吧。让他最后来一口无忧的呼吸，（信使下）
让他稍停下职责，让时代稍稍喘息。

---

① 见《亨利六世·上》三幕二场 95 行，此处这一句是我父亲从那里偷来的。[也许是莎士比亚从同一来源引用的，或是《亨利六世·上》可能的合作者如纳什、皮尔或格林从莎士比亚早于该剧的《亚瑟》剧中引用的。对此解释众多，均无法证实，但都不能从任何角度支持菲利普斯先生在导言中提出的伪造说。——威尔]

② 皮克兰是这出戏中统治北方的势力，似乎自罗马时期起就统治着苏格兰东部，直到 10 世纪。——亚瑟

让人既担心又渴望的一天令人惊惧。
来人。（一臣仆上）

臣仆 大人有何吩咐？

格罗斯特 去，请主人把四散的猎犬聚拢起来，
扎起皮索，结束今天最后的欢乐行。
然后派人去联络威伊河对面的朋友[①]，
让他们速来伦敦的道院，再去约克，
哀悼故君，加冕新王，然后上战场。（同下）

第一幕第二场

地点：格罗斯特郡一旷野

【亚瑟扮牧羊人与牧羊女同上。

牧羊女 你要是愿意，就坐下和我一起看着羊。这里的草地足够让你坐下的，还有树可以为你的白脸挡挡太阳[②]，随你。

亚瑟 乔恩，我很愿意。看呀看呀[③]，送你一朵九轮黄花[④]。

---

① 指威尔士的军队。——威尔

② 可能此时牧羊女已看穿亚瑟的装扮，因为他肤色白皙，不像整日在室外的人。——威尔

③ 原文为拉丁语。

④ 又名“黄花九轮草”。我只能想象这是父亲在监狱时从某一本英国花志中勉强找来的。[菲利普斯先生此处又在小题大作。“黄花九轮草”(primula veris) 在莎士比亚其他三部作品中都有出现。——威尔]

牧羊女 痒什么痒，你痒啦？谢谢，我自己找到花啦。

亚瑟 小傻瓜，你说得没错。可你会把它们编成花冠吗？我从前可拿手啦，心里想什么，就能拧着花草树枝编成那样的形状。你要一顶花冠吗，女王？

牧羊女 你叫我什么？

亚瑟 女王，周围一带最尊贵的夫人。

牧羊女 啊，那你愿意做我的国王吗？随便哪个小伙子，坐在我面前想要我吻他，都会许诺送一个王国给我做礼物的，可谁都没真的给过我。

亚瑟 可怜的家伙！我的乔恩，你可不能只听他们嘴上说的就让他们亲了你，不然太可怜啦。不过我可不是一般的放羊人。你看出来了吧？

牧羊女 没错，长得漂亮一点，不过那也只是飘在天上的一朵像公鹿样的云，保不定什么时候就变了形，头上还长出几根一两尺长的角来了呢[①]。

亚瑟 她真聪明，完全可以做王后！那我就一切如愿了。你还想在漂亮的手指上套一只花枝做的戒指吗？要我把这些花编成订婚通告的形状吗？

牧羊女 你不愿意为我做？

亚瑟 高至王孙贵族，下到卑贱凡人，谁会不愿意啊。那么鲜红的双唇，我怎么会舍不得拿一个王国来换

① 意思是男人也会变老变难看，那时候女人也许会给他戴绿帽子（头上长角）。——威尔

取。不过，说起王国，为什么这棵垂柳就不能算一个王国？为什么河岸边那片湿湿的草丛就不能算一个王国？为什么做朋友还嫌这白天黑夜时间不够长？

牧羊女 当然，放羊的小子搭讪上姑娘，还留下一小时有太阳的时间去逃跑，时间也足够啦。

亚瑟 有你这样如花姑娘在身边，谁会傻到要逃跑啊。

牧羊女 一顶花冠哪里能保证情定终身。

亚瑟 姑娘家就爱胡说八道。今天是哪一天？说呀，说呀。

牧羊女 小伙子，是星期一。不是昨天早晨才听的那个牧师说这道那的吗？

亚瑟 星期一，那就是星期一啦。那你知道星期四会发生什么事情吗？说呀，小巫婆，说出来让我预知未来！也许我们会逃开撒克逊军队，也许河里涨水，把田野村镇都淹了，也许发生瘟疫，死掉了三分之一的人？告诉我，乔恩，你知道星期四会发生什么事？

牧羊女 头都给你搅昏啦！你以为别人没用过你这样的毒舌来向我甜言蜜语？我知道星期四会怎样！呸！我就知道我什么都不怕。我就知道星期四和今天，就像两片青草叶子那样没什么两样。我知道那天我会站在这棵或那棵柳树下，看着挂铃铛的头羊，它最喜欢那片地上的三叶草了。我的花王子，星期四我坐在这里，就坐在这片花草王座上。我都看见了，是不是很容易就比你看得多啊？星期四你在哪里？瞧你这胆战心惊的小伙子，难道下星期四或十年后的星期四把你吓得浑身发抖啦？

亚瑟 哈！我太喜欢你这样了，乔恩。在这片翠绿大海上坐在你身边，什么都不会让我害怕。乔恩，听我说，我肯定我永远不会离开你。我无法想象我会有一天失去今天这样的感觉，无论是星期四还是以后永远。我是斑鸠情人鸟[1]，心底里只剩下此刻，种子种下，发芽，长大，直至永远。

牧羊女 发芽，长大，是啊是啊。不就是嘴上说说嘛，你张嘴说也好，闭嘴不说也好，随你那条舌头怎么甩，太阳也不会动得快一分。

亚瑟 智慧女王！来骂我个狗血喷头吧！用一柄温柔的锁，锁上我饶舌的嘴，堵住我忤逆的话。来，来锁定我的缄默不语。（两人相吻）

（远处响起号角声，有人在喊“亚瑟”、“王子”……）

牧羊女 有人在喊王宫里的人。

亚瑟 不知是哪个倒霉的公爵，让人叫了去给什么穷人断案，不然就是去领着些心惊胆战的孩子和撒克逊人干仗。（喊声又起）

牧羊女 他们快找到他了。他们会发现我们的。

亚瑟 我真为那家伙感到可怜，整天呆在厅房里，躲在密室里，裹在盔甲里。我要是那个倒霉的王子，我一

① 忠诚的象征。——威尔

吃完早饭就溜了。

牧羊女　来啦，他们过来了，越走越近了。可附近没王子模样的人呐。我们安安静静地躲在这里，他们干嘛要来打扰我们？

亚瑟　啊，啊，啊，莫非你就是宫里的姑娘溜到田园上来寻开心，还穿上了花裙子！现在我看出来啦，调皮鬼，羊群就是你宫中侍从，你的女仆都在高坡上，插着树枝，穿着绿叶，顶着鸟巢。你这位瘦骨嶙峋的大管家，一听你下令就会扑过来咬我的脚踝。（喊声再起）

牧羊女　可他们越走越近了。

亚瑟　那我就得赶紧逃开，免得殿下嫌我粗俗之人，一生气把我关进地牢，或把我这身皮肉拉它个一两寸长。

牧羊女　小丑！蠢乌鸦！往哪逃啊？跑什么，跑什么。

亚瑟　躲开你的警卫啊。如果你不是扮牧羊女的王后，那就在这里等着我，我一个钟头之后回来找你。你愿意起誓不走吗？

牧羊女　想逃啦？逃吧。往哪逃？拿着，我的信物，你的呢？（两人交换信物）

亚瑟　一个钟头，就一个钟头。

牧羊女　说谎说谎尽说谎，不过我会在这里一个钟头一个钟头等下去，直等到羊群回到羊栏里，我会一天一天等下去，只要你愿意娶我。（喊声再起）

亚瑟　一个钟头，乔恩，就等一个钟头，我发誓。（两人

各下）

第一幕第三场

地点：皮克兰宫廷

【喇叭奏花腔。皮克兰国王罗斯坐轿上，苏格兰国王康拉努斯、洛特塞的莫德雷德[①]、卡尔万、阿尔达[②]及其他人上。

罗斯 太激烈了，孩子，太激烈了。

莫德雷德 父王，

过去您愤怒时也曾发出如此的激愤，

我们都领教过皮克兰王罗斯的脾气。

他只要一不高兴，就能让全岛震颤，

使出可怕的力量，掀起狂暴的风波，

① 1398年至1603年间，苏格兰王储的称号是“洛特塞公爵”，与英格兰的“威尔士亲王”类似。但莎士比亚在此似乎犯了年代错误（如果霍林谢德没有错，那么本剧情节故事应发生在公元6世纪），同时也犯了地点错误（无论古皮克兰国的领地面积如何，它可能最多只覆盖今天苏格兰的东部，而洛特塞位于苏格兰西部）。——威尔

② 此处似乎是我父亲的错，因为阿尔达没有一句台词。[似乎不是。阿尔达王后在这一场中的沉默是莎士比亚的有意安排，值得注意。《亚瑟》一剧尽管有国王间的冲突和战斗场面，其实是一部女性味相当重的戏，这一点其他论者在其他地方也注意到了，无疑会在一些研究莎士比亚与女性主义的文章中加以深入讨论。格温妮拉生育时的痛苦及婚后的悲伤，被遗弃的母亲，以及阿尔达在本场被迫出场、其发言权却受到公然嘲讽，在我看来，这一切都显示出莎士比亚作品中前所未有的对女性问题的敏感。我们甚至可以略带反讽地算上一幕一场中的野猪，剧作家用了既色情又暴力的语言来描绘野猪，同时又明确地将它比作亚瑟先诱后弃的牧羊女（“追上去”的原文是“To her!”）。——威尔]

喷出凶恶的胆汁撞翻那格兰帕山峰①。
您以为我忘了为儿我应如何行动吗？

康拉努斯 走吧，愤怒的公爵，你父亲要休息。

莫德雷德 不，叔父，我是杀掉一切休息的人——（对罗斯）
伟大的国王，您的勇力消失得太快。
想想您头上的王冠！别抛弃应尽的
君王职责，不要因一时之事就撒手，
更不要时辰未到就沉溺于天堂地界。
您的身躯尚能够稳据于尘世的王座，
尚能够将所有的事务掌控于您手中。（对卡尔万）
兄弟，给您父亲讲讲我们刚在楼下
读到的消息，来砸碎他冷漠的冰套。

卡尔万 亚瑟王子飞赶去了伦敦的罗马塔楼②，
一到那里就聚集起一支强大的军队，
借军队之力，他在大教堂套上王冠，
在那里他得到祝福，成为不列颠王，
他计划凭着强大的权威前往约克郡，
要为父亲之死向撒克逊人复仇雪耻。

莫德雷德 要套王冠！强大的权威！要去复仇！
卡尔万，你是说谁？那小老鼠亚瑟？
他躲在威尔士，连眼睛都不敢睁开！

① 格兰帕山峰，苏格兰的三座山脉之一。——亚瑟

② 伦敦塔（事实上始建于1078年）被很多人认为是罗马人留下的建筑。——威尔

那爱虚荣的坏小子只会玷污了王冠，
竟想去挑战伦敦和撒克逊人的刀刃，
而勇敢的皮克兰人和苏格兰人，竟
让刀剑入鞘，将铠甲腰带挂上南墙，
如贵妇淑女般安然傻坐于厅堂之中。

康拉努斯 亚瑟是乌特之后，我们如此又何妨？
他继承的好事，不过是一场场征战。
祝愿他能活到和他老子一样的岁数，
一生不停地专心去和撒克逊人打仗，
撒克逊军队将年年月月与英王军队
势均力敌，秋色平分，我们便可以
将势力从特威特扩展到泰恩与梯河。
让亚瑟为保住头上王冠而疲于奔命，
让北方大潮势不可挡向南奔涌而下。

莫德雷德 你最多就是把疆土边境外推一两寸，
做不列颠国王却能统治这整座岛屿，
英格兰、威尔士、皮克兰，苏格兰，
都统一在一顶王冠之下，我的王冠。

康拉努斯 您父亲的王冠。

莫德雷德 没错，是我父的王冠，
只要他能伸出手去揪下亚瑟的头皮。

康拉努斯 你这番言辞激昂的话语不过是风一阵。

莫德雷德 乌特播下的种长不出合法的皇家后裔，
那罪孽的国王，陡起了他疯狂的情欲

爬上了尚在外乡的康沃尔伯爵的睡床，
用铁尖制服抵抗，满足了自己的淫欲。
那夫人就此怀上了罪孽的威尔士亲王，
乌特则得寸进尺，竟然要将伯爵杀掉，
他设下杀人密谋，如犹太人的大卫王①，
说他有国王的性情，只像在这一点上。
他的确答应那位伯爵夫人让她做王后，
但却使亚瑟失去了做国王的必需品质，
像一块抹了酱汁的肉，周围飞满苍蝇，
最多也只能在盛宴上当一道开胃小菜。
就这样，乌特被撒克逊人的军队推翻，
因为上帝要重续这一支折断了的索线：
他规定国王有线索相传，顺线索承继。
如果亚瑟称王，我们就有违上帝之法，
您难道想把苏格兰皮克兰都打入地狱？
乌特死去的妹妹安妮，就是您的王后，
是我母亲，父亲，她在坟墓里给了您
这合法的座位，请求您争取您的权利。

康拉努斯 别急！已故的乌特两方面都是你叔父。
我的苏格兰王后为兄长的亡故而悲伤，
你对她也太残忍：威胁要夺他的王冠，
还要让死亡降临到她兄长的儿子头上。

① 在《撒母耳记》中，大卫王将乌利亚派去作战，趁机使其妻拔示巴怀孕。——亚瑟

莫德雷德 姑妈对此有何要说？她何时说过想法？
还有您，受封地的叔叔，我父亲罗斯
治下臣属。苏格兰与皮克兰人有盟约：
康拉努斯的王位由皮克兰国王赐封，
他只能在皮克王恩慈下静默地等候。（对罗斯）
父王，站起来，喊出你雄壮的声音，
用强大的呼喊摧毁伦敦偷来的城墙，
直喊到软弱的亚瑟捂起震聋的耳朵，
把偷来的王冠还给上帝，也还给您。

罗斯 （嗫嗫）若无人听到喊声呢？

莫德雷德 说大点声。
我只听见咳嗽。

罗斯 若喊声无人听见呢？

莫德雷德 那就让他们听一听正义之战的喧嚣，
让英格兰人充耳都是您英勇的呼喊。

罗斯 我们现在谈论战争，未免为时过早。

莫德雷德 如果您要暂缓行动，等充沛的力量
再次回到您身上，就按此计策行事：
派使臣前往英格兰传达我们的要求，
同时再向撒克逊大营送去绝密旨令：
便可以不事声张说动他们为我所用，
并让他们刻不容缓率大军向南进发，
然后，我们借口满足英格兰的需要，
可以寻机会向他们提供我们的帮助，

条件是要把那王冠放在合法者头上。
等您成为不列颠新王，在伦敦掌权，
那我们和新加入我们的英格兰臣属
就能齐心如一把撒克逊人赶离河岸。

康拉努斯 我的王兄，你可以嘲笑我内心软弱，
或说上年纪的人的确经常躲开劳苦。
可是在艾奥那，我曾和你并肩作战，
我的剑刃也染过挪威人头颅的热血。
请认真听一听朋友给你的如此建议：
激烈的战争一旦迅雷般急速地爆发，
就很难再回头使自己复归平静往昔。
你看！我们的军队为我们筑起高墙！
沿特威特河为我们提供了安全屏障，
我们的高地会让敌人的弓斧成笑料。
罗斯，你倒说呀，那没脑子的王子
凭什么以为自己是全不列颠的国王？

莫德雷德 和平的享受哪一次不是用鲜血换得？
你有梦想，我父亲也拥有同样的梦，
而傻小子亚瑟，外屋[①]之王，却企图
要剥夺我该享受的三分之二的权利。

罗斯 住嘴。我没有开战的胃口。
派使臣去，推举亚瑟做国王。

① 与主宅分开的附属建筑，通常作厕所或杂物间用。——亚瑟

莫德雷德 不是不列颠王。

罗斯 就听您，英格兰王。

莫德雷德 我一定会严格按您的要求逐字照办。

罗斯 王储莫德雷德公爵，就这样吧。

莫德雷德 好。
我一定完全按父亲大人的意思行事，
这本身就让挚爱您的儿子心满意足。

罗斯 那就来拥抱你的叔叔，苏格兰国王。

莫德雷德 我真心诚意。

康拉努斯 太开心了。(两人拥抱，罗斯晕倒)

莫德雷德 叫医生，拿酒来！
拿杯子来，倒一点酒！(对罗斯) 大人，你怎样了？
(对仆从) 来人！扶他回房去，我马上过来。

(除莫德雷德与卡尔万外均下)

亲爱的卡尔万兄弟，我最信任的人，
我们要派出两个使臣。第一个是你。

卡尔万 我该怎么对他们说？

莫德雷德 说善意的言辞。
去约克的撒克逊军营。他们的首领，
性情暴烈的柯尔杰尼会前来接待你。
他在约克对着狗踢打痛骂喂以垃圾，
焚烧动物内脏向他的红眼战神献祭，
腐肉烟火极大地冒犯基督徒的感官，

错过了自己的有利时机。去说动他。
以我的名义许诺金钱，让他率兵士
从约克出发，进军周围的荒野地带。
不过，我们的双手只能在暗中紧握，
告诉科尔杰尼，我们的友谊在暗中才盛开。

卡尔万 这毒蘑菇般的友谊我定会热心传达。（卡尔万下）

莫德雷德 来的是何方信使？（一信使上）

亚历山大 大人。

莫德雷德 你叫什么？

亚历山大 公爵，我名叫亚历山大，从威克来。

莫德雷德 亚历山大大帝居然有一张清秀的脸。
从脸上表情来看，你一定举止温和。

亚历山大 禀报大人，那是我母亲悉心的教养。

莫德雷德 过来，让我来教教你新的说话语气，
教会你如何严厉地表达不屑与抗争。（两人同下）

第一幕第四场

地点：伦敦塔

（格罗斯特、卡利恩主教、萨默塞特、诺福克、肯布里亚、肯特、达比上）

肯特 怎么？这么一来你就是王国的庇护？

格罗斯特 各位请稍安勿躁，我只做一天庇护，
卡利恩，明天你就要亲自用你双手
为亚瑟王子在伦敦的教堂祝福加冕，
他结束跪拜起身，就成了你的新王，
再也不需要护国公在一旁辅佐协助。
今天我要点起我们强大军队的人数，
因为明天一过，我们就将重回战场。
亚瑟王子要详细了解各大人的力量，
包括所有的臣属部下与马匹的数字。
各位手下的贵族和平民各有多少？

萨默塞特 别忙，格罗斯特大人未免催促过急，
事先就认定我们会毫无抱怨地服从。
但英格兰贵族长久拥有权利与习惯，
要自由地选择愿臣服于哪一位国王，
无论他是否是乌特之子。

格罗斯特 有反对的？

诺福克 就算黑脸乌特之子也并非当然后嗣，
若以此为证，会有上万的不列颠王
围着五月柱起舞，或给牛套上犁枷，
或站在桌边侍酒，以抚慰我的饥渴，
尽管他们都不如亚瑟与老子一般像，
那家伙把脏东西全留在窑里鸡身上，

为圣乔治街区[①]宁愿丢掉整个英格兰。

萨默塞特 他生于圣乔治日，所以那里就是家[②]。

格罗斯特 无耻粗鲁的流言蜚语，如此的臣属
全丢了你们应赋予王子的那份敬爱。

诺福克 格罗斯特，国王明天给你什么名分？

格罗斯特 国王将委任我为英格兰的总管。

萨默塞特 看来你要替他掌管后门洞的钥匙啦[③]，
好让他趁这黑夜从卫兵身边溜出城。

格罗斯特 诸位，如此污言秽语会受现世责罚。

肯布里亚 可有谁能质疑亚瑟王位的合法地位？
各位，乌特王驾崩时都拥抱过先王，
他胜过我，胜过你，胜过任何大人。
在约克城下他对着我高声呼喊，
“现在，亚瑟王子是你们合法的国王。”

肯特 唉，软心肠的肯布里亚，话虽如此，
可是你自亚瑟年少时就没再见过他，
那时候这孩子还没有长出成年胡须，

---

① 伦敦以妓女业著名的街区。——威尔

② 圣乔治日：4 月 23 日恰好是我的生日，也是亚瑟王的生日。祝贺我父亲，这也证明黛娜所说的话，这出剧写的是“关于我”的事。[圣乔治日也被认为是莎士比亚未经确证的生日。这里提到亚瑟王的生日，有可能是莎士比亚留下了生平痕迹，萨默塞特也描写了一个经常光顾妓院的人。他撇下妻子一走就是几星期甚至几年，很有可能对圣乔治地区的情况十分熟悉。更有可能的是，4 月 23 日也是嘉德勋位设立日（其中有亚瑟的意味），因此，有众多解释可以说明这一日期，无需认定此剧就是为纪念一个 21 世纪的美国作家而伪造的。——威尔]

③ “后门洞”暗指“肛门”，暗指亚瑟性欲强烈，格罗斯特做的只是为他拉皮条的营生。——威尔

也未在八月阳光下为黑莓[①]修枝剪叶。

萨默塞特 而自从他长出了毛须，就无人见过
王子的那根拇指[②]。

肯特 只有那么一点长？

萨默塞特 就像蛇皮上长的毛发或裁缝的汗毛[③]。

格罗斯特 这侵犯了大人们哪些自古来的权益？

诺福克 整整十七个夏天，王子隐身躲藏在
格罗斯特郡，而外面人人都在传言
说亚瑟整日沉溺于女色，只是一个
乳母侍女的国王，吹了吹柳叶响笛
把一个个新王后勾引上草叶的眠床。
他良心泯灭，也没有人敢于站出来
阻止这孽种随心所欲满足疯狂欲望。

萨默塞特 父亲的激情继续在儿子心胸里激荡！
教堂牧师是否能使他稍稍平息怒火？
本应该赞扬他的人这样描述其脾气，
说只要稍不顺心，亚瑟就勃然大怒，
曾指责一贵族心怀恶意而将他痛打，
却将温柔的话语施加于厨子的头上。

格罗斯特 传言多是谣言，却总让人盲目跟从。

---

① 在《亚瑟的悲剧》被发现之前，“黑莓”(raspberry) 一词最早有记载的使用是在 1602 年，大约此剧本出版五年之后。这一细节再次使我确信这一文本的真实性。——威尔
② “拇指”暗指生殖器，此句暗示王子过度纵欲。——威尔
③ 迷信人为裁缝与傻瓜汗毛短。——威尔

这孩子打仗相当厉害。你跟他试试，
一回合他就能把你撂倒在地面朝天，
就像胡桃壳里的小跳蚤。
他能举起巨大的剑往你脑袋劈下来，
剑刃劈，剑把砸，剑背敲，由你挑。
在约克他如洪水般快速迅猛地前进，
冲锋陷阵，如迅雷闪电横扫过世界。

肯特　难道他就像父亲那样渴望投身战场？
父亲的战争让父亲为此付出了生命，
父亲的儿子为了与父亲相匹的功绩
会把我们所有人驱赶进死神的领地，
为让儿子像父亲一样也陨落在北方。
不停的战争，不停的征战，无宁日。
可撒克逊人很看重饱受蹂躏的约克，
很愿意再一次投身于战争。这地上
走过太多军队，流过太多血，打过太多仗，
亚瑟王子却依然要去那里挥剑舞刀！

肯布里亚　懦弱的南方肯特为何危险担惊受怕？
肯布里亚才真受到北东两面的夹击。

肯特　疯狗，我才不想听你的谣言秽语呢！

肯布里亚　撒克逊人绝不会因肯特有意而主张和平。

卡利恩　吵够啦！诸位英格兰大臣，别吵啦！（亚历山大上）

格罗斯特　这位，你来要说什么？

亚历山大　　　　　　　　这里没国王。

格罗斯特 说来就来。你要说什么，快点说吧。

亚历山大 主人命令我这么说："这里没国王。"

诺福克 傻瓜，哪个主人？

亚历山大 哪位是护国大人？

格罗斯特 你这饶舌鸟把他烦死了。

亚历山大 他让我传话：
"非法占位、鬼鬼祟祟的王子的代表[①]"。

格罗斯特 什么样的主人让你说出这样的话来？

亚历山大 各位英格兰大人请听我说，我的话
也许说得太直，但指派我的是罗斯，
即皮克兰王与洛特塞公爵莫德雷德。

格罗斯特 信差，等了那么久你才亮出身份来，
现在最合适的只能是对你表示原谅，
不过别害怕这些人对你发火。说吧。

亚历山大 皮克兰王罗斯有言。

肯特 还有莫德雷德。

亚历山大 对，还有洛特塞公爵莫德雷德有言，
长话短说，实话实说，他们这么说。

肯特 我可是再不敢指望听明白什么话了。
直说吧，你那小矮子公爵有何话说？

亚历山大 说亚瑟是强暴奸污产出的后果，
而不是神圣的婚约诞下的子嗣。

---

① 原文"viceregent"，疑为"vicegerent"（"代表"）之误。

乌特国王从康沃尔的床上偷来子宫，
施下了罪恶之种，随后把伯爵杀掉。
觊觎王位者虽受封贵族却不得继嗣。
按基督教法，通奸产下的只是野种，
私生子并无继承王位的权利，
如若挥舞刀剑，为毫无价值的主张
做砥柱[①]支撑，是对上帝犯下的罪孽，
而乌特和他的弟弟均未有留下子嗣[②]。
他们的姐姐安妮是罗斯国王的妻子，
罗斯统领着皮克兰苏格兰和爱尔兰，
从安妮算，他是英格兰与威尔士国王。
罗斯国王与莫德雷德命英格兰各位
大臣主教，召集起伦敦市民，打开
教堂大门，按不列颠人的传统礼仪
向你们的国王罗斯表示应有的敬意。

达比 就这些？

亚历山大 此外他还需各位表示忠诚，
他命令威尔士与英格兰的所有骑士，
与他国内及西部群岛上的军队联手，
一起将撒克逊人从他的领地上赶走。

达比 接不上气了吧？

---

① "pillar" 在此作动词用，显然是莎士比亚的又一创造。——威尔

② 若此剧上演于 1590 年代早期，无嗣的英格兰王位由苏格兰人取代的情节在政治上可能尚不属敏感话题，但到 1597 年时，完全可能相当敏感了。——威尔

格罗斯特　他要求的就是这些？
要我们奴隶般向他献出生命与财产，
屈尊俯就，就为让他可以子嗣永远？

亚历山大　若各位想要争辩我刚才说话的意思，
公爵还教了我如何反驳你们的话语，
只是后面的那段话我不敢当面说出。

达比　看你们北方人一说起话就满嘴喷粪！
信神[①]真应该把翅膀插到这家伙头上，
可以挥动翅膀扇干净这一口口臭气。
你来祈求事先原谅[②]，却肆无忌惮地
对我们讲着一个个酸牙辣舌的笑话？
来呀，这就是我给罗斯国王的回答。（打亚历山大）

亚历山大　不懂规矩的骑士，对来使如此冷酷
如此暴力，是要被上帝逐出教门的。

达比　哼，信差，听好了我要说的这些话。
你写字用的是什么体？用书记员体[③]？
孩子，请你用笔墨把我的话记下来，
再撒一把精细的加莱白沙吸干水分，
或者把水分全装在你漏水的脑袋里，
回去后把达比的话向你那国王转达。（打亚历山大）

① 即墨丘利，传该神脚上绑有飞翼（故能飞速传信）。
② “pre-pardon”，在做出一行为之前先请求对方原谅。本剧之前，该词有记录最早使用的年份是 1625 年。——威尔
③ “书记员体”是 16—17 世纪时拉丁字母的几种相当难写、很难模仿的字体之一，因此十分适用于写密信。——威尔

亚历山大　太凶了！恶人！无法无天无风度的骑士！

诺福克　罗斯和莫德雷德要夺走英格兰的快乐，
还企图长占我们那丰饶的南部土地？
告诉他，你这被打趴下的紫脸信差[①]，
诺福克用达比爵士同样的钢铁字眼
让他们冷了激情，冰了那几只鸟蛋，
呆在冰冷的北方，英格兰自有国王，
他受到众人爱戴，他天性和煦温良，
他的血统自古代英雄的血脉中流出，
他掌控自如，生来就是要统治世界，
像蛇怪[②]让顽劣的苏格兰人身心瘫软。
就这样把诺福克的话转告莫德雷德。（打亚历山大）

亚历山大　难道伟大的英格兰没有了正人君子，
沦落为上帝要焚作灰烬的沙漠小城？[③]

格罗斯特　各位大臣，请勿冲动，请再勿动手！

肯特　我们要从罗马塔一路北上去见罗斯，
要用战争做钥匙打开他紧握的国土，
越过高地的屏障对他施以严厉惩罚。
好好看看肯特伯爵脚上尖锐的马刺，

---

① 表面看来这里的“紫色”是指“淤青”，但我看到了我父亲喜爱的克罗格特·约翰逊的经典儿童作品《哈罗德与紫色蜡笔》的影响。——亚瑟

② 原文“basilisk”是一蜥蜴怪或蛇怪，据说任何人一见它就浑身瘫软。——威尔

③ 指《圣经·创世记》中的所多玛与蛾摩拉两城，上帝因城中人道德沦丧、罪恶横行而将其烧毁。——威尔

去警告莫德雷德那撒野的北方小马[①]，
他一定会被亚瑟王的千钧力量压垮，
或者挨我这一脚给你的皮囊钻个洞。（抬腿用马刺靴踢亚历山大）

亚历山大 残忍的家伙，够了！放我赶紧离开！

格罗斯特 好肯特，退后，发火与您名分不符。

萨默塞特 不，格罗斯特，不是发火而是执法。
好牧师卡利恩，我请您在此作证：
按法规信使有权利做下面六种事情：
媾和、宣战、建立亲善与否的关系、
定下赎金数目，或传达众臣的责难。

卡利恩 恰如其分。

格罗斯特 可法律并没有允许动手。

萨默塞特 他不合情理地要我们做他们的奴隶，
使我们对皮克兰王产生强捺的愤怒，
对我们的人格和国王竭尽冷嘲热讽，
因此他犯下了罪大恶极的叛国之罪。
数不清的罪过让我们感到极度愤怒，
若非这混蛋必须听我们合理的回话，
我真想把这片无用的东西[②]一刀斩去。

① 莎士比亚在《亨利四世（下）》中首次提及“北方小马”（galloway nag），这里也是第二次影射莫德雷德身材矮小。——威尔

② “hanging latters-patent”：字面意思是证明亚历山大身份的书面文件，此处萨默塞特是威胁要割去亚历山大的耳朵。——威尔

这恶棍缺了堂该如何说话有礼的课，
让我们和颜悦色地给他补一下。来！（打信使）

肯布里亚 莫德雷德和罗斯都不是英格兰出生，
英格兰出生者最讨厌外乡人来统治。
不列颠诸岛属于英格兰出生的人们，
这一尊王位只属于高贵之熊亚瑟王。
好，过来，你这个无礼任性的信差，
把我刻下的文字带回给你那位北佬，（拔出短刀）
铁羽毛笔，涂白了眉毛，鲜红的墨：
亚瑟为王！（将四字刻于亚历山大额头）

亚历山大 住手！上帝啊，残忍的恶魔，放手！

肯布里亚 别动，你这懒散的寄生虫，这里是
雄鹰之巢，你带上这几个字朝北飞，
好让那黄鼬般的皮克兰王有空读读。（亚历山大下）

格罗斯特 各位蛮横胡来的大臣，明天的国王
会为今天这一通不理智的[①]脾气懊悔。
眼下的事情容不得马儿用慢步缓行：
现在得扬鞭催促各位迅速赶路前进：
臣属我们有多少人誓言拥亚瑟为王？

肯布里亚 我们全体宣誓效忠于亚瑟。

全体 我们宣誓。效忠亚瑟！亚瑟为王！

---

① “不理智”原文是“intemperature”，莎士比亚在他处也用“intemperance”。——威尔

格罗斯特 那就静候国王加冕，随后奔赴战场，
我们耐心期盼和平于远方的战场。（除格罗斯特外均下）
罗斯的目光短浅，虽然他并无善意，
他的鲁莽与骄横倒拯救了我的国王，
反倒让意见相左内斗不息的大臣们
团结一致，将各人的剑锋齐指向他。（下）

第一幕第五场

地点：伦敦，朝廷宫中

【亚瑟戴王冠独上。

亚瑟 就这样我被突然扶上王位成了国王。
这样的事情哪一个男孩不朝思暮想：
从林间的猎人一步将王冠戴在头上。
但伦敦的赌徒都出了十比一的赔率，
赌一赌到了夏天，亚瑟的王冠是否
还在头上，或脑袋是否还在脖子上。
这赔率太好笑；我要派遣格罗斯特
去下一千金币的注，就赌我会失败。
就在此刻，多情皮克兰和日耳曼人
正从北自东前来我朝廷上参见拜访，

在王位上坐坐，试试戴王冠的感觉。
这一把木头做的椅子里会发出声音，
召唤着野心勃勃却缺少智慧的众人。
什么？我竟敢自认比他们高贵？不！
我明白自己并没有戴上王冠的权利。
主教们称我为国王我当然不会反对，
可是在私密的议会上国王能讲真话：
我并无权，我的权利决不高过罗斯。
我是私生，是暴君般父亲播下的种，
我不配做王，因为母亲是被迫受孕，
怀上我的时候，没有温情，没有爱，
有的只是父亲的淫欲和母亲的愤怒。
人们说，我在这一场床战中的角色
是我的诞生使诅咒降临于国土之上，
上帝会复仇不止，降下瘟疫与干旱。
我能做些什么来缓解如此灭顶之灾？
要我去康沃尔的坟前袒背鞭挞自责？
我受父亲的诅咒，成了篡位的国王。
哼，懦弱的亚瑟！不知感恩的家伙！
你是谁？有什么权力来严苛地审判
造就了你的他，把他从母亲边推开，
还不知感激，竟觉得自己身世可怜？
生下我这国王的他是多可怜的国王？
我这身皮肉中的他又是怎样的国王？

我承袭他的血、智慧、错误和罪孽，
不同的是他亲手创建了自己的王国，
而眼下套在我头上的王冠不寻自来。
这闪亮的头箍是从父亲尸体上取来：
难道我竟没有决心去为他的死复仇？
他在战场被杀，而那时我却在用草茎
编织起花冠，套上一位姑娘的额头。
她戴上了花冠，难道她就有了变化？
没有，而王冠也不能使我成为国王。
我能做怎样的王？不聪明，不大胆，
我统治的王国应该是树林与河岸，
应该是那些长空无限的夏日夜晚。
可这听起来好像我有选择的权利。
振作吧，别哀怨，用利斧斩了疑虑！（照镜子）
好好看看这玻璃：怎么真有个国王？
无论如何，头上的王冠的确适合朕[①]。
无论什么敌人，来吧，但不会有人
说看见亚瑟在战场投降而不是阵亡，
这就是他的命，是父亲的临终寄望。（下）

① [注意亚瑟在此用了“皇家复数”，这表示他已接受为王的事实，并在称呼上也开始改口。——威尔] 英文原文是所谓“皇家复数”，即国王自指的“us”（我们）。

第二幕第一场

地点：皇家犬苑

【皇家猎犬总管及跟班上。

总管 现在我可是提啦，升啦，高高在上啦。教皇亲口说的，你瞧啊，要是亚瑟成了国王，那他的侍犬公爵就是国王的侍犬公爵，所有的猎犬都是国王猎犬，而不是王子猎犬啦。罗马的教皇亲口说了，那我们就都晋升啦。赶紧去告诉那些小狗——虽说它们也不会听你的，现在它们可都是国王的小狗啦，它们叫的声音没变，可意思全变喽。还有你自己，不再是王子犬官的跟班了。小子，挺直了腰，都快高到大狗的肩膀啦！你现在跟着的可是国王的犬官，其他跟班，你可以想揍就揍啦。

跟班 那他们揍得我更厉害怎么办？

总管 他们要这么揍你，你就说教皇会把他们租出去的[①]。

跟班 他们说国王不会再来狗场了，没时间打猎去了。

总管 国王像你这么大的时候，他整天都跟我混在一起，

① 此人经常胡乱造字。这里的原文是“excommasticate”，显然是“excommunicate”（逐出教会）的意思。——威尔

逃过守卫，到这儿来撵着狗去打猎。对这些狗可熟悉啦，连哪对哪的名字都叫得出来，能把它们唤回来上皮带，还能用肉把它们引过来。我说，“殿下，那边的人要您去上课哪，”可心里边，我知道他不会走的。“去练武”，我说，“去跳舞”。可国王——噢那时还不是国王——可国王对我说，“求你啦，”边说边揉着狗儿毛茸茸的身子，“求你啦，别说出去，就让我在这里照顾佩利塔吧，看他的腿伤了，走起来不方便。”没多久，他就比你现在能干多了，让它们叫它们就叫，让它们停就停。他喊一声“唱”，它们就真唱了。“停，”他一说，立刻都住了嘴。“唱！停！唱！停！”要是野猪或狗熊伤害了哪条狗，他会伤心流泪的。

跟班 现在他要遇上的事可更糟糕呢。都去打仗了。没时间打猎了。

总管 不同的王子不同的王，我看你是不会去打猎的，可那孩子十分喜欢狗，喜欢打猎。还有，无论身边走过什么家世的姑娘，他总是一眼就看上。假如一个国王就喜欢这个，像浪荡公子或拉皮条的那样喜欢，把她们金屋藏娇，宁要姑娘不要战争，你就给我记住了。他宁愿躲开战争，看见贵族相互厮杀，听见战场上的叫喊，目睹人们血肉横飞，他就一点开心不起来。我敢保证，要让他挑，他宁愿去青楼，遂个愿，再套上裤衩，立马回到这里来，到咱俩身边来，你准能听见他唤着老埃德加，唤着卢修斯，抚摸着苏格拉底的长耳朵，而我们这些人，国王干啥咱干啥，不用上战场啦。如果他没变，干嘛要变？说说他现在换了个人啦？变不了：一滴油，一王冠，总归不能把人变。

跟班　大人，我可说不上。这话也说得太神了。

总管　鹩颤永远成不了鹰啊。还是我喜欢的那个孩子，一点没变。能和平他绝不会打仗。你看着好了。

跟班　我母亲的孪生兄弟是戴维爵士军团的长枪兵。

总管　真勇敢，但愿他是个威尔士人，上帝保佑他。

跟班　我母亲就希望，当兵的别为了戴维爵士而被人砍掉了胳膊。

总管　你妈妈还真想把王国的大事都按她的喜好来安排呢。好啦，小子，你来倒是不来？要喂肉去啦，你还在这里磨磨蹭蹭个啥？（同下）

第二幕第二场

地点：约克城墙下

【亚瑟王与大臣及军队上。号角响起。

亚瑟　看那约克城灰色的厚灰墙冷峻高耸，
一道道堞堆城垛像豪猪浑身的尖刺，

剑戟上散发着英格兰人躯体的味道。
我的英格兰兄弟与英格兰的朋友们，
各位听见的是我第一声起兵的号召，
虽不愿听，我依然要敦促你们前进，
快将骑士的怒气转变为战士的激愤，
有些人在我出生前就是天生的战士，
请允许我带你们去曾经流血的战场，
可是我未流过血。这算是什么国王？
我生在约克，也决意要战死在约克，
决不会让人说我不像是乌特的儿子，
看这泡沫般的生命也不会比他更重。
但我们的敌人却配不上这样的话语。
可是诸位，在城里等着我们的是谁？
骄横的撒克逊人扬帆于亨伯河水上，
随后与皮克兰王率领的反叛军会合，
他们筋疲力尽，胆战心惊，龟缩于
高耸的约克城墙之后，紧闭起城门，
就像犯错误的小孩子躲进母亲裙下，
最害怕大孩子前来找他们复仇算账。
可现在亚瑟就在门前，不列颠之拳
正重重地砸在行将破碎的城门之上。
如果说英格兰人的鲜血稀薄如甜酒，
那我们就收起刀枪，悄悄离开此地，
嘴里唇间不断流淌撒克逊人的语言。

你们要学入侵者的话语？天理不容[①]。
那就让我们英格兰军队去教教他们，
给词语结尾会多艰难[②]——但是听啊！（炮声起）
约克城温柔地恳求要朕率大军前去！
各位大臣，时不我待，进去拯救她，
把英格兰身上的撒克逊印记全揩干净！

（号角与炮声起。众下）

第二幕第三场

地点：从约克到林肯的大路上

【莫德雷德、卡尔万及军队上。

莫德雷德 哪怕凶猛的巨人神骑上凶悍的战马[③]，
毁我们的军队，烧我们傲慢的脸颊，
我们今天遭受的沉重打击依然不及
亚瑟在约克战场上几个小时的所为。

---

① 原文是拉丁文：Abist omen，大意为“但愿不会成为现实”或“天理不容。”——威尔

② “艰难”一词原文是“hard”，此句本意是指教会对方英语名词动词变格后的不同词尾写法，因此说“难”，但此处似有双关，即：事态易起“难”(difficult) 收。——威尔

③ 原文“Diomedes”是特洛伊之战中的英雄。[尽管不错，但此处所指应是希腊神话中的巨人狄俄墨得斯，他有四匹悍马，其中一匹名为“Deinos”（“可怕”）。赫丘利斯的业绩也包括有盗马。——威尔]

亚瑟是神圣之王，但决不是基督徒：
他对我们心平气和的使臣残忍相加，
与我的猜测正好一样，不过这一来
正好刺激起我父亲往日好战的性情，
派遣大军进逼约克以宣示他的意愿，
可惨淡的羞愧依然压在北人的眉头！
我对那个篡位的私生子、英格兰的
暴发户亲王发起五次强有力的进攻，
我的刀剑斧枪如暴雨一般向他砸去，
可透过他护面盔甲的洞孔我却听见
孩子般的笑声或魔鬼恶作剧的欢乐。

卡尔万 南方的勇士从亚瑟身上获得了信念，
高喊着“为亚瑟、乔治与不列颠！”
不但是英格兰，而是整个不列颠。
他四片甲胄画上了他的四个希望：
威尔士的红龙与英格兰金狮并肩，
西部群岛的竖琴弹奏着轻快小曲，
拂过北方的蓟草原野[①]。

莫德雷德 军旗之上，
战马的披甲，都画上同样的雄心！
自恋自大的亚瑟此时安卧在床上，

① 当然，这里的象征与实际年代不符。——威尔

而我们却不得不走后门仓皇出逃[1]。
但今天在约克所受到的所有打击
不过是一笔小小的血债，我们将
在林肯城全数收回。喂，你过来。

信使甲 大人有何吩咐?

莫德雷德 你速去林肯城下，
那里的柯尔杰尼军力有十倍之强。
我们要佯装虚弱把敌人激怒起来，
把他们引到那里来一场突然袭击。
告诉他我们会让亚瑟在身后急追，
他就可趁机一路上布下陷阱埋伏。(信使下)
死神一定会砸下亚瑟高傲的脑袋，
拿过来做装饰我父亲额头的王冠。
再来一人，来人! (又一信使上)

信使乙 大人有何吩咐?

莫德雷德 你迅速去求见苏格兰和皮克兰国王，
请他们立刻离开高地大营发兵南下，
如命运女神展开双翅飞到林肯城上，
戴一戴那顶我满怀敬意献上的王冠。
快上路! (信使下)
卡尔万兄弟，奥克尼王子，

---

① 莫德雷德在此处无意中丑化了北方人以取悦伦敦观众，后来很可能得罪于詹姆斯六世，导致 1598 年的尼克尔森来信。——威尔

向所有队长宣告：从此地到林肯城
不留下一颗粮食，不掉落一滴水珠，
只让拒绝对我们行仁义者痛哭流泪。
让亚瑟在这条路上见不到一片面包，
找不到一点点哪怕是最粗鄙的食粮，
就让他如此一路走到肯特，用鲜血
浸洗他画满了痴心妄想的四片胄甲。（同下）

第二幕第四场

地点：约克市政厅

【亚瑟与格罗斯特上。

亚瑟 我真的不知道当晨曦破晓天亮之际
等待着我的将会是怎样的欢乐之时，
而我却是唯一未品尝过战争盛宴之人。
虽然其他众人都满脸的惊惶和恐惧，
我却把同样的慷慨馈赠与每一个人，
我向自己有幸面见的人们祝以幸福，
无论撒克逊、苏格兰还是皮克兰人。
我觉得这么做才是最为恰当的方式。
胜利属于我！

格罗斯特 让我们全体感谢上帝。

可是明天将会如何，我却不敢打赌。

亚瑟 难道说你不愿意傍着我强大的肩膀[①]？

格罗斯特 若全英格兰都像约克，全英格兰人
都是亚瑟，那我就押上冥王的财产[②]
赌一把，赌我能在胜利女神旁安睡。
但在安宁的约克和皮克兰国王之间
并非如茵草地而是崎岖艰难的道路，
而骄傲的撒克逊人也已经破釜沉舟，
因此，每一个敌人我们都不得放过。

亚瑟 朕定会好好设局。

【萨默塞特、诺福克、肯布里亚、肯特及达比上。

各位兄弟早上好！

萨默塞特 伟大的国王，啊，凶猛的狮子之皇！

肯布里亚 我内心渴望投入更多的血肉搏杀。
飞扬吧！我要用牙齿去拖来重炮。

诺福克 可陛下，是您让我们众人倍感惊讶！
当黄昏映上约克城墙，我挥旗叫停：
我蹚过苏格兰人的血池时滑了一跤，
仰面倒在地上。两个撒克逊人举刀

① “傍”的原文是“pound”，双关，既有把“自己的重量（磅）托付在强大的肩膀（原文 arm 意为“手臂”，译文为配合上下文改为“肩膀”——译者）上”的意思，又有“用英镑（大数目）来下赌注”的意思。——威尔

② 冥王（Pluto）被认为掌握着阴间大部分的财产，因此极为富有。——威尔

朝下向我劈来，我以为我末日来到。
可是我绝望的呼喊刚出后，圣乔治
杀到，愤怒的脸溅满皮克兰人鲜血，
胳膊如新生的紫衫树枝[①]般强健灵活，
他在危难中杀开血路，扶我站起身，
然后转过身去，在我周边奋力砍杀。
主公，我在此屈下老迈之膝表忠心。

肯布里亚 陛下，现敌军溃逃，我军如何行动？

亚瑟 法兰西的布列塔尼国王是我的外甥，
还有那年轻的康沃尔伯爵康斯坦丁[②]，
他父亲的康沃尔公爵是朕亲手加封。
我写信让他们前来参加林肯的盛宴，
就着这一大堆叛军乱党的残灰余烬[③]
暖暖自己，也暖和属下兵士的身子，
并在战场的废墟上跳一段皇家舞蹈。（信使上）
你带来了什么消息？

信使 上帝保佑陛下。

亚瑟 上帝有时候也会故意让你事事不顺。

① 紫衫树枝多用于制弓原料。——威尔

② 有意与一生折磨我父亲的泰德·康斯坦丁同名，此人是亨尼平县检察官，也是我最好的朋友道格的父亲。——亚瑟
[此名在霍林谢德、马洛里和其他几处有关亚瑟的故事中都有出现。莎士比亚并未故意挑此名来暗讽一位20世纪的明尼苏达检察官。——威尔]

③ “ember”（余烬）一词我怀疑是父亲从他常光顾的一家明尼阿波利斯餐馆的名字“余烬餐厅”得到的灵感，我能想象他就坐在那里写的本剧。——亚瑟

信使 敌军备受打击，惊慌失措，乱糟糟
向南方逃窜而去，一路上损兵折将。
沿途还不断遭遇您臣民的侵扰羞辱，
一个小孩朝他们扔出去好几块石头，
吓得皮克兰人浑身发颤，落荒而逃，
以为是我军朝他们发射的连珠炮弹。

亚瑟 朕不愿在此静待小布列塔尼的军队，
请尽速赶往林肯，在那里结束战争。
尽管林肯之战的规模与约克的相比
只有四分之一，但若不能尽快前进，
我们将会输给那些抛箭投石的孩子。
各位贤卿，两小时后起身前往约克。（除格罗斯特外余大臣下）
好公爵，我在这城里还有些公务
需要我在此地稍稍逗留一段时间[①]。

格罗斯特 我的王，您是要暂缓进军？

亚瑟 不，不。
军队仍要全速前进，哪怕并无必要。

格罗斯特 那我留下些精干兵士听你调遣指派。

亚瑟 谢谢你细心安排，不过那没有必要。

---

① 剧本中始终没有说明亚瑟在约克神秘留住的原因。我认为有四种可能：(1) 1597 版有误；(2) 应该把第四幕中菲利普的到达看作第二幕情色之行的终局；(3) 在最初演出时舞台上发生了一些事，而现在我们对此并不清楚（现代导演一定会对此做出自己的阐释）；(4) 莎士比亚有意使其人物的行为带上神秘色彩，如他稍后在《奥瑟罗》中所为。——威尔

格罗斯特 陛下，今天的战斗让我脑子愚钝了。
您是说您打算独自一人留在约克城？

亚瑟 正是。

格罗斯特 要我留下侍奉？

亚瑟 无此必要。

格罗斯特 若听了您的话让我犹豫，那是因为——
但我还是得说，您刚刚才加冕为王——
我即刻会让自己——王上，就留下吧——
如果我刚才的话违背了朝臣的规矩，
那是出于我对您的爱，恭请您原谅，
但此事万万行不得——您不过是孩子，
只是刚受了膏油礼，成了新的国王。

亚瑟 你充满智慧的劝导朕真心表示感谢。

格罗斯特 我的智慧能为您效劳是我最大快乐。

亚瑟 不错，不错。你现在能为我效劳的
就是率朕的大军立刻向林肯城进发。

格罗斯特 我说了半天结果还是绕到自己头上？

亚瑟 去吧，替朕去率领怒火喷发的大军，
注意，别让自己离开后卫部队太远，
殿后分队是支撑着全军的坚强后跟。

格罗斯特 身体若没有了头颅一定会四处游荡，
若他们不见了刚才还在征战的国王。
您才打完第一场战事，消失得太快，
大臣们依然互不信任，谁都不听从

他人命令，也不会随我的指挥行动。
强健的肯布里亚和坏脾气的诺福克
只听国王的指令而决不会听从管家。
亚瑟，您不是一般的人，您是国王，
无论您做什么，都必须围绕国家的
事务，都必须听从上帝恩慈的意愿，
都要把您挥杖指引的群羊放在心上。

亚瑟 听你的意思，我是在有意失责渎职，
你的话里饱含着阳光的温暖，为我
烘干了那条我从泥沼里寻到的路径。

格罗斯特 陛下，臣的卑微之心感到万分幸运，
圣上亲见更为睿智的道路，决意要
循此一路前去，这使微臣倍感敬佩。

亚瑟 你去平息大臣的怨言，鼓起将士的
士气，朕会让国王的战旗伴你同行，
再带上朕的铠甲头盔，王旗与盾牌。
你不用说话，就凭着国王气度姿态，
虽然在军事行动中我们要言简意赅，
三言两语却能在可怕的平静中打开
战争之结。我不久就催马飞奔赶来
与你汇合，我们在亨伯河那边相见。

格罗斯特 有什么样的障碍能阻挡国王的意愿？
若阻挡，我俩都将头顶不忠的罪名。

亚瑟 别说顺口话，顺顺眉头上的担忧吧，

尽管我应该对王国的事情全神贯注，
国王也依然有权利做一个正常之人。

格罗斯特 陛下，对您的说法我恐怕无法苟同。

亚瑟 现在不是你说这话的时候，绝不是。
你赶紧趁着大好晴天迅速赶路过去，
去安抚那些沮丧阴郁的大臣，他们
只需要看见国王的坚定信念，而你
穿上这彩绘铁甲就象征国王的信心。
等到了林肯城门之前，箭矢会欢唱，
它们对我放歌，对着我的这身服装。

格罗斯特 孩子，我任性的孩子，好好听我说。

亚瑟 住口，格罗斯特公爵，我是你国王。
尽管你被授予权力可以向国王质疑，
好公爵，授予你权力的依然是国王，
或者温和些说，是你的孩子兼国王。
好啦，现在就按我命令你的去做吧。(同下)

第二幕第五场

地点：去林肯的大路上

【丹顿、萨姆纳和贝尔上。

丹顿 听着，大人说话大风送。他们要你卖力填满他们的布丁袋了，就拼命唱起特洛伊，让咱们更加卖命地干。

贝尔　我承认，在约克我平生第一次遇上打仗。我活到现在才有这么个机会，我本事不大，可我在约克七弯八拐的道路上看见的情形，还真让我惭愧啊。

萨姆纳　啊呀，又出了个勇士啦！一切的荣耀都归于他，而你和国王平起平坐啦！他也在约克第一次上战场，你和他并肩作战啦？

贝尔　你干嘛皱眉头？我在吹牛吗？不。没错，我上阵时的确两腿发软，但我逃了没有？见大龙炮口吐火焰，炮弹炸响，我没有退缩。我砍倒了两个日耳曼人，真砍倒了。其中一个我一个大背包摔到地上，一刀刺进他的身体。真的，就这样，一刀刺穿了。就像我和弟弟一起刺兔子时那样，就像刺那种、那种有点硬的其实也不那么硬的东西。刀软软地就进去了。扎进去的时候，我从来不敢对着兔子的眼睛看。这次也不敢朝这个金发大家伙看。他说了句什么撒克逊话，我想应该是撒克逊话。

丹顿　不是那种“祝你一路走好”之类的。

贝尔　你觉得呢？

萨姆纳　还是“勇敢的战士，祝你好运”。

贝尔　也许吧，他也许是这么说的。

萨姆纳　你还真是个木脑袋不是？不用送你上什么撒克逊学校，你也该知道他是在求饶，或是在诅咒你的灵魂，或是在为自己留在了撒克逊的孤儿或母亲哭喊。告诉你，撒克逊离约克可远着呐，太远了，你别指望听到别人跟你友好地打招呼。你还指望他会原谅你？向你的勇敢致敬？哄自己睡觉也不该唱这样的歌啊！

贝尔 我不是编故事，我说的都是亲眼所见：为国王而战，大伙都视死如归。

丹顿 快弯腰，孩子，低头，你的战友骑马过来了。

【格罗斯特披亚瑟甲胄骑马飞奔过

萨姆纳 他拉下了面甲，一言不发。

丹顿 鬼魂，有点像。我第一次打仗是为他父亲。我吓得两腿乱抖，都能把奶油搅成黄油了。

萨姆纳 可这一位打起仗来和他老子一样，没有半点害怕的样子。

丹顿 他不是肉做的？他是别的东西做的，所以刀割了皮也感觉不到？眼睛是玛瑙，一箭射进去也不会淌浆水？他的骨头就那么硬，不会像我看见的尼克·萨福的胳膊那样戳破了皮露出来？

贝尔 说这些有什么用？没上场就把人吓成那样可算不得胜利，我们也不可能这样就赢了。傻瓜都知道这一身肉值几个钱，可是像咱们的国王那样亲身冲上战场，这就是榜样，打仗之前别乱嚼舌头让全队人丢了胆。这可比虫子咬了谷穗或花心烂起来更快。你让我们这样丧失信心，那你就真是撒克逊人的代理啦。

丹顿 孩子，这根手指就竖给你那堆谷子花朵看。

贝尔 你说话口气太臭。香花也只能堵上你半张臭嘴。

萨姆纳 他的臭气是从几个法国同伴那里传来的，没日没夜地冒，冒完了再去灰盆里泡[①]。

丹顿 你们两个混账，看我怎么教教你们说撒克逊话。

贝尔 胆小鬼，我才不要你教什么说话呢，我鼻子连闻都不要闻。(号角声起)

萨姆纳 你们两个，住口。林肯那边有号角响起来了。

贝尔 经过了约克，什么都不在话下了。还好我有机会去约克打了仗。我要是把这事儿宣扬一下，没准还有人会给我在豹头酒店专享服务呢。

萨姆纳 还是个傻瓜，前前后后就是傻瓜，从头到脚都是傻瓜。你坐着不说话，说话的不是你，是坐在你一边的那个人，而你就坐在那里一声不响，然后你说不是这样的，根本不是，然后你又说你不想说，然后等大伙嚷着让你说，然后你就说，“好吧。我来告诉你们在约克是怎么回事，不过我可没法快快地说，而且——”结果你等了一会，你咳了几声，说，“嗓子眼干了。”然后老弗兰西斯就为那去过约克的人打开了管子。(号角声起)

贝尔 是我们部队的号角。上城墙去，事后再听我接着说当兵的事。(同下)

① “灰盆”被认为是治疗花柳病(俗称“法国病”)的药方。——威尔

第二幕第六场

地点：林肯

【战斗号角响起，众兵士厮杀格斗，身披亚瑟铠甲的格罗斯特也在其中。莫德雷德、卡尔万、柯尔杰尼、苏格兰及皮克兰大臣、撒克逊兵士等上。

莫德雷德 到底是什么样的巫婆才生下这妖魔？
可亚瑟依然稳操着战局，刀枪不入！
他决不是凡人，而是战神从天而降，
到人间来亲眼目睹一个个生灵灭亡。
他一冲锋我们就溃败，人人吓破胆！

柯尔杰尼 他不像乌特：这儿子比父亲更好战，
走起路来像带着漏气的风笛般安静。

卡尔万 我们还有足够的军力，队形也未乱，
只要有人来激发起众人去奋力拼搏，
我们仍可能反击，把敌人打回南方，
在林肯城墙上竖起我们父辈的军旗。
你就扯起嗓子，发出上阵的召唤吧！

莫德雷德 卡尔万的这番话使我重新鼓起勇气：
北方人，冲啊！拿起武器投入战斗！
今晚我要用亚瑟的鲜血洗我的胳膊，

凭着我无可置疑的权利进军不列颠！（战斗号角响起。同下）

第二幕第七场

地点：林肯

【战斗号角响，厮杀。格罗斯特扮亚瑟上，赫布理德斯上，两人交战。赫被杀。英格兰众大臣上。

诺福克 被打败的敌人一个个转身落荒而逃！

达比 这里是林肯，不是约克，即使他们
想编造胜利消息，也得用英语发布。
我们在此遭遇比预计多四倍的敌军，
城里守卫众多，城池坚固，但亚瑟
凭着他猎犬般敏锐的眼光发现破绽，
率大军势不可挡地一条血路杀进去。

肯布里亚 而格罗斯特却悠闲度过战斗的一天。
我这一双肌肉健壮的胳膊和这张脸
为英格兰奋战多年留下了道道伤痕，
我发誓护国公是个胆小卑鄙的家伙。

萨默塞特 轻点声，肯布里亚，别说了。国王
召唤我们去一个清净的地方做祈祷。（众同下）

【格罗斯特脱去盔甲，跪。

格罗斯特 设骗局的人靠骗局去赢另一个骗子，
而胜一筹的骗子可以再设新的骗局。
从来如此，可现在被泼上了粪臭的
是格罗斯特的英名，而亚瑟的名声
却如插上羽翼高高飞起让世人敬仰。
就因为我听任了他小孩子般的行为，
这身盔甲紧裹住我身，割痛了皮肉，
也迫使我放弃了低俗与粗鄙的举止。
我们今天的战斗赢得什么样的王国？
不名誉的拼杀能推出什么样的君主？（亚瑟扮修士上）

亚瑟 （旁白）这里有一面镜子让人把自己的脸看得
看得更清楚。我的膝盖若像此前那样
再柔软些，我定会跪倒在地表达谢意。
真希望这一位可以代替我君临天下，
他是智慧的老王，坚定却从不急躁，
我真希望自己从臣下凝视的目光里
也能看见一位令人虔敬景仰的国王。
但不是。
这些人的眼珠都像是有瑕疵的镜子，
我们本希望在镜中看见英俊的身影，
可真看见的却只是颠来倒去的阴影，
根本不可能满足我们那深深的自恋。
但还是让朕多想想让人开心的事情：

让我裹起头巾，向浑身沾血的替身（蒙起头巾）
打听林肯和我自己命运的消息。（对格）啊，国王！
要不要我云游修士来安慰你的忧伤？
你浑身上下沾满了尘土和鲜血，但
灵魂依然可以清洗干净并彻底治疗。

格罗斯特 修士，看你吓的，差点撞上我刀尖了。

亚瑟 忏悔吧，听完后我会赦免你重回战场，
清白如前。

格罗斯特 但是我无法公开作为。
背负的重罪也非我一个人独自所为，
要忏悔也得要那共谋与我一起下跪。
再者，国王要忏悔只能向教皇忏悔，
或向您的大人，我的主教卡利恩。

亚瑟 说实话，他是我的朋友，我经常去
拜访他的教区，我与他在那里嚼肉
吃鱼啃香梨，直吃到胃里胀肚子撑。

格罗斯特 什么样的修士敢如此谈论他的主教？
看我用剑来教会你该怎样说话有礼！（拔剑）

亚瑟 格罗斯特，别刺！别割到王的肉身，
要不然等我们再次交换各自的衣装，
用我身上的条条烤肉，你也许能够
在我兵士的心中激发起复仇的意志。

格罗斯特 难道说亚瑟从约克安全地回到这里
要做的第一件事情就是拿臣下开心？

亚瑟 别急，让我们还是穿回原来的服装，(两人交换铠甲)
显露出各自真容和各人原来的风度。

格罗斯特 国王啊，您留驻约克是否功德圆满？
您暂离战场是否达到了预想的目的？

亚瑟 好公爵，千万别忘了戴上我的头盔，
要不然别人会以为我们交换了脑袋。

格罗斯特 国王啊，您把我当折凳[①]，就坐下吧。
可陛下，您并不喜欢我对您的劝谏。

亚瑟 我从早到晚都将它镌刻在心胸之中，
除了你，再无他人能在我内心端坐。

格罗斯特 那就听我一句。今天我们赢了战斗——

亚瑟 公爵，如此愉悦的消息真让我高兴。

格罗斯特 可胜利的原因是这一场大大的骗局，
您的部下都以为是您在领他们拼杀。

亚瑟 若他们都这么想，那就是我在领军[②]。
好，朕既然已换回这身国王的铠甲，

【众大臣押莫德雷德、卡尔万、柯尔杰尼等俘虏上。

让我们欢迎各位押来了戴枷的囚徒——
英格兰骑士，你们带来的客人是谁？

肯布里亚 这几捆干草是我们收成的十分之一，

① “折凳”(joint stool) 有“当然可靠的朋友”之意。——威尔
② 毫无疑问，我老爸拿着鹅毛笔也是这么干的。——亚瑟

他们躺在泥土地上静候命运的处置，
而我们则期待您论功行赏赐予奖励。——
啊，格罗斯特！你好！仗打完你露面，
来这里用一脸狰狞吓唬这几个囚犯。

亚瑟　众位大臣，你们用武力赢回了不列颠
久违的和平，使它重新在朕之岛扎根。

全体　万岁亚瑟！万岁不列颠！向国王致敬！

亚瑟　四十年来，这几个恶棍从北方和海上
不断骚扰朕的疆域，给我们带来灾难，
践踏我们的财产，败坏我们的收成，
摧毁我们的教堂，猎杀我们的禽畜。
我看见这些人一脸的阴郁，这些个
撒克逊人，皮克兰人和苏格兰小人。
若朕难忍愤怒，一口恶气就足以让
这片刚晒干的大地重新泡在鲜血里。
英格兰人啊！难道会有人不愿奋起，
不愿砍下苏格兰人的脑袋，为惨遭
杀戮的可怜的英格兰婴儿报仇雪恨？
他们的快乐哪一点不偷自我们家园？
我的年轻时光，我的王国，我的父亲，
我失去了这一切，这给了我充足的
理由，要杀光这一群染上恶疾的羊。
我是神授君王，但我也是常人一个，
常人信奉的就是以血还血以牙还牙。

全体 杀了他们！为亚瑟！把他们全杀掉！

亚瑟 可这几只哀声乞饶的鼠辈有多少血
能消除朕的怒火，满足朕嗜血如渴？
他们的哭喊不仅无法平息朕的愤怒，
反使朕更加有理由对他们怒火倍加；
他们的母亲、孤儿和寡妇也会嘶喊，
向他们自己的神咬牙切齿将朕诅咒，
祈求以朕之血洗清他们流泪的脸颊。
没有谁比朕更愿意刀割眼前的肉体，
朕眼看他们，不由得怒从心头升起。
但是这一永无止境的仇恨有如瘟疫，
它击倒了我父王，还夺去他的性命。
都说国王的触摸能治愈人臣的恶病[①]，
它同样也能将人的仇恨转变为相爱，
可刹那间将严冬从这片大地上扫除，
使我们收获和平果实。

肯布里亚 （旁白）这什么意思？

亚瑟 让已是不列颠国王臣属的柯尔杰尼
带上自己的全体兵士回到日耳曼去，
一刻不得延误，如果今后再敢回来，
等待他们的将是死命。

肯布里亚 （旁白）我没糊涂吧？

① 原文是“scrofula”（淋病），据说君主的触摸能治好此种病症。

亚瑟 狎昵生不敬[1]；

分离得越远，两人间的感情会加深，

再加上英格兰国王的仁慈作为榜样，

撒克逊人会乐意拥抱吾主。上路吧，

走林肯水道，快离开朕的领土疆域。

格罗斯特 我相信您一定会留下几个作为人质，

不会克扣了该发给您兵士们的奖励。

亚瑟 我的好公爵，我正有打算这么去做。——

莫德雷德，你赌上了你父亲的王冠，

但时运不济，你输给了强过你的人。

现在你回皮克兰把你父亲带到此地，

孩子，给他在这里压一座人形蜡像，

让他在亚瑟的应允下统领皮克兰人。

为表达我对你父亲最最真诚的情谊，

朕打算把年轻的卡尔万留在我身边，

就在伦敦高塔里宴请我尊贵的客人。(除肯布里亚外均下)

肯布里亚 他的父亲可曾如此赢得过一场胜利？

他的父亲可曾如此放走过手中之敌？

用裹着铁甲的手在战阵上抓来敌人，

却随心所欲地放他们回去重上战阵。

这虚张声势的花花公子！还谈情谊，

① 此语出自伊索寓言。——威尔

对我们要求赎金的恳请却无情无义。
一定是听信了未沾血迹的格罗斯特，
战争大计竟出自见争吵就躲的家伙！
眼见那家伙胆小如鼠，还有谁愿意
去听一听他提出来的各种征战策略？
对如此差劲的国王我绝不愿意效忠，
只因我对他被毒死的父亲仍有情义。（下）

第二幕第八场

地点：亚瑟在林肯的大营

【亚瑟、格罗斯特、仆从、信使等上。

亚瑟 朕方才遍巡不列颠令人伤怀的疆土，
这一片大地因战争而全成满目荒芜，
人人都饥寒交迫，法律也废弃不行。
瘟疫与饥馑在城镇集市上并肩横行，
秃鹰站在死者的尸体上兴奋地嘶鸣，
而亚瑟却要在这片土地上施行柔政，
这一切正是对一位国王最大的挑战。
历史上未曾有王侯目睹过我所目睹，
若是要衡量一位国王的成功与荣耀，
就看他的臣民欢享多少繁荣与快乐。

看亚瑟把病灾、死亡和战争横扫出
他的疆域，像我横扫苏格兰人一样。
派人去查看那些城镇还有粮食储备，
向每一个郡县派长官落实我的律法，
要加强沿海与北部沿线的护卫城堡。(康斯坦丁上)
我亲爱的康沃尔！起身让我来吻你！

康沃尔 王上，我带来对您的敬爱，更重要的，
还有您所需要的五千名康沃尔兵士。

亚瑟 康沃尔，再拥抱我一下，了不起的康沃尔！朋友，请提醒我一下，上一次我们在一起是在哪里？

康沃尔 在格罗斯特郡。我们的父亲住在那里，我俩每天都在一起游泳赛跑。每次你总是赢。

亚瑟 而你，总是第二，正好凑成天造地设的一双。

康沃尔 真可惜，此话不错。

亚瑟 你做森林之王，我当水上之王，或我在森林称王你在水上称王，我们的消遣就是为百花公主效劳。你那位温柔的妹妹怎样啦？还是那位天性快乐，我俩争先恐后要奉承巴结的小姑娘？

康沃尔 不再是小姑娘啦，但还真的谦卑地请问您是否还记得她。

亚瑟 我可不记得她有什么谦卑的时候。

康沃尔 您记性可真太好啦。不过您肯定会发现她变样了，她骑马很快就要赶来与我们会合了。这是她的主意，而她的主意我可没法管得了。

亚瑟 好伯爵，你让我年轻时期充满快乐，
现在我要在这片丰饶的土地上起誓，
你我此生将永不再分开。

康沃尔 您觉得这饱受摧残的泥沼依然丰饶？

亚瑟 没错，康沃尔！朕的敌人全都逃离，
朕将在这片沃土上播下和平的种子。(信使上)
这家伙眼神里透着恐慌。——怎么回事？

信使 陛下在上，您命令撒克逊人按协定
从林肯水道扬帆启程离开这片土地。
可风向突变，把他们全都拉回这里。
他们的牧师认定是异教神灵的庇佑，
他们的兵士下船再登上我们的宝岛，
趾高气扬地踩在我们的海滨沙土上。
他们两眼紧盯着黄金、教堂和农田，
他们杀戮我们的民众，烧毁了田庄。

亚瑟 上帝啊！您为什么要如此将我嘲弄！
是怎样的恶棍？我到底引来了什么？
我是个多么骄横又无所事事的国王！
可有谁来指责我年轻人的愚蠢疯狂？
我天性中的无用宽厚应该受人嘲笑。
我受的嘲笑还太少！唉，软蛋王子，
犟脾气劣马应领教马刺的猛踢狠打！
让指责我软弱无用的人们立刻担任
我最重要的枢密顾问。——朝哪里去？

信使 正朝巴斯去，我的王。

亚瑟 朕要抢先去阻止他们。
这一桩可恶的罪行燃起我心头火药，
向后方传达我的话：朕善意的合约
已遭到违反，立刻把囚犯统统杀掉。

格罗斯特 信使消息中只说撒克逊人背信弃义，
未有苏格兰与皮克兰人。请勿擅动。

亚瑟 好公爵，我再也不发善心施温情了。（信使下）
各位大臣，朕的流血事业尚未成功，
跟我来，拔出你们刚刚入鞘的刀剑，
把来自地狱的敌人再送回地狱阴间。（同下）

第二幕第九场

地点：皮克兰朝廷

【太医与康拉努斯上。

太医 臣已为罗斯国王用尽了所有的医术，
想尽办法，用尽发明，抱最大希望，
抹最强劲的香精，放血吸血贴膏药，
可是他依然在生死的边缘跌跌撞撞，
生命从国王全身流出，臣回天乏术。（莫德雷德与随从上）

康拉努斯　亲王与随从已经从战场上归来，
一定想与父王谈谈那里的情况。
去看看国王是否还能听人说话。（太医下）
莫德雷德公爵，你已多日不在朝上。
莫德雷德　我带来了痛苦消息，多名贵族阵亡，
布特、莫雷与林利特戈的伯爵战死，
道格拉斯驾着大船驶向柯梅基尔岛[①]。
康拉努斯　为区区小事，我们的损失太惨重啦。
莫德雷德　叔父，怎么是小事？那是王冠王座！
从您手里偷走王国不足以让您愤怒？
那是一个威胁您国土与宗族的暴君，
他竟折磨合法的使节，他仇视和平，
要给皮克兰人与苏格兰人套上铁枷！
康拉努斯　小小的亲王，居然敢妄言朝廷软弱，
我们真该给他点教训，这小子就像
冲黑熊乱叫的斗熊狗，可一旦挨到
利爪拍击就只能躲在一旁戚戚哀嚎。
说实话，你对上帝的意愿太无耐性，
若上帝真有意让你坐上伦敦的王座，
不会让你带着贵族的死讯回到这里。
莫德雷德　陛下，在林肯我与您儿子并肩战斗。
康拉努斯　别再说下去。他没有随你一起回来？

① Colmekill：苏格兰国王传统安葬地，见《麦克贝斯》二幕四场 33 行。——威尔

没有一直伴随着你也不来这里见我？

莫德雷德 勇敢的赫布理德斯战场上骁勇无比，
无论骑马或步战——

康拉努斯 住口。我不想听！

莫德雷德 可陛下，苏格兰必须记下他的功绩！
即使您流泪，也必须正视他的英勇！

康拉努斯 可怜可怜我灵魂，听从我的恳求吧。

莫德雷德 您是条汉子吗？竖起您惊恐的耳朵
听听我教您怎样用豪言壮语来说话。
上帝让我们为自己的事业艰苦付出，
要我们相互赞扬优点作为献祭牺牲，
我们必如此去做，那是我们的权利。
上帝不希望我们因为他付出而悲伤，
他赞美用自己的鲜血激励他人的勇士。

【罗斯卧于担架被抬上，侍从及太医等上。

让您苍白的心涌起血色吧：我父亲来了——
（对罗斯）父王，您得马上做好准备听我的话。
我长话短说：卡尔万建议我们速速
前往伦敦塔，到那里把他带回家来，
交换条件是说几句没有价值的空话，
几句亚瑟喜欢听人对他说的话。
我们总有再次聚集起力量的那一天，
到那时，我们再抓住机会重新搏斗。

太医　亲王，您父亲身患中风，无法行动，
即使从这里到城堡大门他都走不了。（罗斯似语似动了一下）

莫德雷德　什么？他说不了话？他到底怎么啦？
还是他是要我走过去更靠近他耳朵？

太医　他说不了话，头脑也已经混乱，我
恐怕也已经无法完全明白他的意思。（第一位信使上）

康拉努斯　（对信使）快说。

信使甲　撒克逊人背弃了保证，
再次发兵进犯，此刻正在围困巴斯。

莫德雷德　柯尔杰尼说的？

信使甲　正是。

莫德雷德　是他的污点。
不过，如果他能让篡位者流点鼻血，
倒也不失为上帝回应的声音，
回应亚瑟对他无休止的亵渎。
但我们还得用言语为卡尔万付赎金。（一信使携袋上）
消息如潮水汹涌一浪接一浪冲击着
我们壮美的海岸。你有什么好消息？
那杂种被杀了？撒克逊人逃海上了？
这一场战斗到头来总归会对我有利，
失败的一方都是我的敌人。
来人，你怎么说都是好消息。说吧。

信使乙　我带来的不是好消息，请殿下宽恕。
我不敢说。
莫德雷德　说还是死，你两者挑一。
信使乙　我说了是死，沉默到底也难逃一死。
莫德雷德　孩子，这样我们才都能活下去。说吧。
信使乙　背信弃义的撒克逊人向国王告了密——
莫德雷德　哪个国王？
信使乙　大人，亚瑟王。
莫德雷德　不许说国王，
他不是国王，或者说只是一天国王，
用“杂种”或“篡位的猪”来称呼吧。
信使乙　背信弃义的撒克逊人请求那头猪
让他杀掉所有在等待赎金的俘虏。
莫德雷德　还是说“等待赎金的撒克逊人”吧，
背弃诺言的是撒克逊人，不是我们。
信使乙　可是大人，这话我真不敢开口说出。
他立刻下令把交了赎金的人也杀掉，
还在穷凶极恶的怒火中亲手杀掉了
一个人。
莫德雷德　你刚才还不如别开口说话。
康拉努斯　不，不，让他说下去。
信使乙　为尊重贵族，
他递给卡尔万一把剑，让他来挑选
与他单打独斗了结生命。

莫德雷德 别再说了。

信使乙 亚瑟王满腔愤怒挥舞起举剑的胳膊。

莫德雷德 别说了，住口！住口，住口，住口！

信使乙 他砍倒了您的弟弟，一把揪起他的头发，
抓住头发用力把他的头颅往后拉去。
亚瑟的脸上透露出魔鬼般狰狞仇恨，
他把砍下的头和裂了口的剑送给您，
就装在这袋子里，要我告诉您——

莫德雷德 住口！

（莫德雷德杀信使）

信使乙 恶王子，我诅咒你和你的子子孙孙！

康拉努斯 怎么？轮到你自己悲伤了，没话啦？
刚才豪情万丈的心此时已经凉了吧。
要青史留名的胃口全没啦？

莫德雷德 你尽可以用我骂自己的话来痛骂我，
再来听听我充满大丈夫气概的宣言，
给你听，也给那杂种听，他竟然用
最纯净的血去满足自己一时的干渴。（打开袋子）
啊，卡尔万王子！啊，被杀的孩子！

太医 轻点声。这话会堵住您父亲的咽喉，
刚才这一番话就像死神在胡言乱语。

莫德雷德 不！亚瑟就是匹驽马，纸做的国王，
难道你们要违背心意让他统治下去？
病弱的国王啊，我父亲唯一的儿子

恳求您不要向威严蛮横的死神让步。
我现在不能失去父亲。
您要说话吗？让我弯腰凑到您耳边。（靠近罗斯。）
说吧，说下去。父亲，我发誓一定，
一定完全按您的指挥尽责到底。——
（对仆从）来人，把他抬到教堂，为他的灵魂
做好忏悔，为他念诵合适的经文。

【除莫德雷德与康拉努斯外均下。

康拉努斯 聊那么久！国王临死还说这么多话！

莫德雷德 你肯定周围的人听清楚了每一句话？

康拉努斯 我们什么都没听见：你尽可以放心。

莫德雷德 他催促我抓住机会，不要因悲伤而
浪费时间，套上连环盔甲和闪亮的
王冠，要我现在就发誓效忠，还有：
立我为苏格兰王位继承人，要按照
上帝的意志，用生命统一两个王国，
待我们实力恢复，把亚瑟送进坟墓。

康拉努斯 国王难以喘气，真对你说了这么多？

莫德雷德 真说了那么多，可能还没完。

康拉努斯 饶舌[1]

① Loquacity：这是该词首次见于使用。《牛津英语大辞典》中记载的下一次使用是 1603 年。——威尔

在临终人极为罕见，虽说并非没有。
他有没有急切地说到我会怎么死去？

莫德雷德 颐享天年，时日方长。但他大限已近，
我们赶紧去他身边以助他安心上路。（同下）

第三幕第一场

地点：伦敦，朝廷

【格罗斯特及法兰西使臣上，随从上。

法兰西使臣 格罗斯特公爵大人，法兰西王向您
致意，也向亚瑟王致以衷心的问候[1]。

格罗斯特 谢谢您，也谢谢伟大的齐德伯特王，
他为法兰西带去和平与安详的生活。

法兰西使臣 可贵国的亚瑟王年纪轻轻就打败了
撒克逊人，把他们赶回到北海对岸。
叛军将士现正仰面向上帝苦苦哭喊，
“我们被打败了？谁来支持我们？唉！”
如您所言，亚瑟将为王国定下律法，
他要大力推崇艺术，倡导各种美德。
但依然有人心存反叛之意兴风作浪，

---

① 法国使臣台词中英法语夹杂。

还有更多的蛮族之人，他们不知要
敬爱上帝耶稣，只崇拜虚妄的恶神。
我说这些话时心里充满悲伤与愤怒，
但亚瑟国王拥有足够的力量与手段，
他有强大的军队和充足的库藏，能
满足一切需要，他还有爱他的朋友。

格罗斯特 大人，您所言极是。

法兰西使臣 而法兰西就是这样一位爱他的朋友！
我王正希望用一条昭示友谊的腰带
紧紧地围扎在他与亚瑟国王的腰上，
两人紧密相连，各自的力量会更强。
此外，我王送上他的一位公主小女，
作为赠礼，让她做王后侍奉亚瑟王，
使亚瑟就此能继承齐德伯特的王位！
我带来了公主肖像，它覆盖着绸缎[①]，
亚瑟王只要看一眼就一定能爱上她。
请收下，这是她写给贵国王的书信，（递信）
她在信中表达了自己最真挚的心意。

格罗斯特 国王一定会立刻细细阅读她的来信。
尊贵的大人，我去去，很快就回来，

① 这一有关外国公主肖像的细节可能为《亚瑟的悲剧》失传提供了又一个解释：伊丽莎白女王的父亲亨利八世开始同意与其第四任妻子克莱夫的安妮结婚，是因为先看到了她的一幅肖像。但见面之后便起诉废除这次婚姻。——威尔

请您在大厅上小坐一会，稍安勿躁。

法兰西使臣 谢谢公爵。这一桩婚事乃天作地合。

格罗斯特 单凭我们不行，但我想国王会答应。（使臣下）

若所有的国王都能够听我们的忠谏，

世上的所有的王国都将是繁荣昌盛。（亚瑟上）

陛下，我请求您再次听我说一句话。

亚瑟 格罗斯特！是丘比特躲在树荫下面？

别再给我提什么佛罗伦萨的女公爵，

或威尼斯总督之女，或西班牙公主。

大人，我不想再听这一切无聊闲谈，

只想把这样的婚事安排往后推一推，

推一周，推一天，先欢庆朕的胜利，

然后再让人用喋喋不休来烦扰于我。

格罗斯特 您已在林肯、约克和巴斯三次大胜，

陛下，一场婚事能使和平得到保证，

您希望不列颠繁荣，这需要很多钱，

而法兰西国王愿意让您将王位继承！

亚瑟 你觉得她怎么样？就那法兰西公主？

格罗斯特 那只是使臣所言，那一方锦缎依然

覆盖着肖像，就等陛下愿亲眼一见。

但她定不会难看。

亚瑟 上帝保佑我灵魂！

有这样的赞扬，我就不担心难堪了。

格罗斯特 她的容貌举止她全写在了这封信里。（递信）

亚瑟　我不要看信。你知道我不懂法国话。

格罗斯特　陛下，不是西班牙语亦非意大利语。
我知道您稍加练习就能够说好法语。
现在您只需学会说“我结婚”三字。

亚瑟　若他们真爱我，完全可以学说英语。
外国公主中就没有会说英语的人啦？

格罗斯特　陛下，我恳请您认真听我要说的话。
当浑浊的大海伸出油腻的手指企图
将呻吟的船员一拳扫下油滑的甲板，
王国的幸福就全赖那只稳健的大手，
引全船人度过惊涛骇浪和恐怖风暴。

亚瑟　格罗斯特，少来华彩，有话直说吧。

格罗斯特　国王的权杖必须紧紧掌握在您手中，
由不得随意一阵风就吹得左右摇摆。

亚瑟　顶着王冠的脑袋听不懂深奥的比喻。

格罗斯特　陛下，您性情太急躁，火气也太大，
而手握统治大权的人们需要冷静的
性情，而不受一时突发激情的困扰。
婚姻是一件大事，不应该放纵情欲，
她能让愤怒消散，能让人找到平静。

亚瑟　你这恋爱之神却描画出可怕的情景。
如果那位女士觉得我并不合她心意？

格罗斯特　确有先例。

亚瑟　　　　好啦，公爵，你太残忍。

格罗斯特 那不合的感觉却随时间推移而消融。
人皆如此，正如您到秋季就不再是
那一位春天里走进婚姻的年轻恋人。
妻子与丈夫渐渐地已找到新的事业，
两人的共同事业，如战争中的联盟，
虽无必胜之势，但他们依然满足于
能并肩战斗相互支持。

亚瑟 高尚的教导。
公爵，给我一点时间让我来做决定，
正如你刚才所说，公主虽未谋面但
决不丑陋，与法兰西联姻定能增强
国力，确是不列颠及其国王的上选。

格罗斯特 太好了，陛下。我在外伺候。

亚瑟 朕谢谢你。

（格罗斯特下）

寒意袭来，比开战时的那一阵更甚。
我敢不敢揭开纱幔看看后面的真容？
无论我看见的是什么，都不能当真，
宫廷画师们都是靠省略细节来谋生。（揭开锦缎）
“公主早安。”法兰西话我只会这一句。
这一句能保证我们安度过婚后时日？
那是一生了无情趣单调平凡的日子。
“早安公主。我的王国需要一位王后。
你怎么说？现在的我是否合你心意？

就这样，我们得共同度过日日夜夜，
两人虽相伴相守，却相对默默无语，
直到有一人心生怜悯之意了却此生，
以此让另一人重新获得愉悦的安宁。”
也许我应该赞扬一下她的种种优点。
“在你湛蓝的双眸中，我看见倒映着
法兰西的战舰，列队听从我的指挥。
太阳的光辉也不及你长发金色飘然，
这使人联想起你的无尽宝藏与财富。
我多么急切地想伸出双手紧紧按住
你那些温柔顺从的同胞以征收税金。”
还是来看看她那封甜言蜜语的信吧：（看信）
“伟大的亚瑟建立了卓越的英雄功绩。”
她写得不错。“爱您的朋友，马蒂尔德。”
“这里写的都是些应景的话语。
马蒂尔德，马蒂尔德。”就该如此。
必须如此，如格罗斯特所说，该如此。
我把他叫回来，就把一切安排确定吧。
可怎么不出声？逆贼，你为什么沉默？
胆小鬼，叫他呀！叫啊。

【康斯坦丁与格温妮拉上。

啊，兄弟，看见你的眼睛真让我安心！
刚才我正需要你的智慧，需要你陪伴，

来把我从国事的重重羁绊中解救出来。

康沃尔　只要您希望我留下，我就在此留多久。

亚瑟　紧紧跟在你身边的那位女子是什么人？

格温妮拉　这位姑娘您当年曾称她为讨厌的蛤蟆，
说她是叭儿狗，是您最讨厌的跟屁虫。

亚瑟　讨厌的蛤蟆？我可不相信这样的谎言，
也不意相信你就是她，是当年让我们
在格罗斯特郡时如痴迷恋的格温妮拉。

格温妮拉　迷恋？哈！国王陛下，你不觉羞愧吗？
那么多年来我一直害怕苹果砸在头上，
就因为它老是让我回想起当年的痛苦，
回想起被苹果砸中脑袋的感觉。因为
你每次开心起来，就喜欢朝我扔苹果，
而且还总是把苹果往我的脑袋上砸。

亚瑟　太让我羞愧难当啦。当年我还是只
没长大的雄鸡，做起事来没头没脑。

格温妮拉　也许是我自己的行为有点不守规矩，
未能够谨遵姑娘应有的风度和礼仪。
事实上，我觉得恐怕是某一位骑士，
虽风度翩翩，却朝我脑袋砸来苹果。

亚瑟　没想到真的是你，我可是大吃一惊，
我记忆中的模糊形象现在终于成形，
你变了，可又没变，同时变而不变。
时间竟然如此技巧精湛，善变魔术！

你出落为完美无比的女子，却同时——
在你的内心，就像在你的面具背后——
依然看见了当年的姑娘，更神奇的
是我觉得自己也变成了当年的男孩，
就站在你身边，把自己装扮成国王。

格温妮拉 你要是变回当年的男孩，我就赶紧
逃开，怕被你扔来的苹果砸到脑袋。

康沃尔 可你还是条缠人的藤蔓，我的格温：
国王现在有更为急迫的事情要处理。

格温妮拉 我没听见他抱怨啊，我应该听见的，
那男孩说过我的耳朵和猎犬一样长。

亚瑟 骂得没完没了！怜悯飞到哪里去了？
你要把我年轻时的罪错都历数出来？

格温妮拉 控告书上一条条都刻在我的心里面。

亚瑟 那国家大事就不得不靠边站，让我
准备为自己辩护，或向你恳求谅解。

格温妮拉 这么说虽没用，但希望永远会出现[①]。

康沃尔 陛下，若我的妹妹并没有让您讨厌，
请允许我暂时走开找您的马倌聊聊：
我的马好像感染了肠道病。

亚瑟 你要去

① 此句十分蹊跷：蒲柏（Alexander Pope）于 1733 年写有“希望永远会出现”（hope springs eternal）一句。也许他就是在菲利普斯先生从中窃取到《亚瑟的悲剧》剧本的那幢乡宅里读到该剧本的？——威尔

照看自己的马就尽管去吧，条件是
好伯爵，你得发誓要与我共进晚餐。
康沃尔 陛下，我以生命担保，一定会来的。（康沃尔下）
格温妮拉 你是不是发现我比从前改变了许多？
亚瑟 我胡乱的狂想实在无法用语言表达。
格温妮拉 那你还是从前那个游走树林的孩子，
我当年一心爱着的那个。
亚瑟 你心未变？
可现在我身上披着的是国王的服饰。
格温妮拉 在我最美好的当年你不也是个国王？
亚瑟 没错，我把自己打扮成古代的帝王，
扮恺撒、所罗门、大卫王和扫罗王。
现在我穿着的这身衣装到底像不像？
格温妮拉 不多不少。当年格罗斯特的树林里，
你完全就是国王，坐在树枝上统治，
每天都给我判一次死刑。
亚瑟 别这么说。
格温妮拉 就是这样的。
亚瑟 那我真是暴君和白痴。
现在我要奏起的是舞乐而不是战鼓。
等等，你刚才是不是说你爱那男孩？
格温妮拉 是啊。
亚瑟 可现在不爱了？算什么爱啊？
我戴树枝王冠时向我唱起甜蜜的歌，

我戴上裹着黄金的王冠时却卡了嗓？

格温妮拉 那林中的国王并没有报答我的爱意，
别忘了，是他把我从他的身边赶走，
命令她离开他本人，离开我的哥哥，
说康斯坦丁对宫廷十分重要。

亚瑟 那专制的孩子，的确是可怕的国王。
真希望我能够越过时间划下的鸿沟，
用手重重按在那短视男孩的肩头上，
让他好好去爱那位神奇的仙女姑娘。
不，我永远不会说那个男孩就是我，
因为那人若真是我，与你整日同坐，
而且十分喜欢我俩争吵的那些话题，
那我肯定会用善意的话语来回答你，
格温，并且向你表达最温柔的情意。
若如你所言，那林中男孩并未表示，
那他怎敢声称他就是我？
而如果他从来就不是我，我怎能够
希望你仍然能向我表达那一份心意？

格温妮拉 什么，什么？陛下，您要假装爱我？
国王就有权不把普通人的心当回事？

亚瑟 不是假装，而是我无以言传的自我，
不是写诗，格温，也不是在做讲演。
每当我需要新辞时却总是张口结舌，
无法把你的美貌长久存留在记忆里。

会说的辞藻我总是很快就全部说完，
就好像是准备仓促不够充分的戏子，
或者像一个去非洲海岸旅行的游人，
他发现身处未知的沙滩而感到惊讶，
可发现嘴里的话都已经在内陆说完。
我要说的话，别人听来一定像谎言，
另外，我是用诗的语言描述了所见，
但最擅长描画美景的肯定是你本人，
因为你比别人更会装点自己的美丽。
面对镜子你显露出峰谷的错落高低：
这一片海岸草坡都是你闪亮的领地，
在这片美景大地之上我无法赢过你。

格温妮拉　原来我就是你想象中虚荣的化身？

亚瑟　如果每一面镜子中的形象都是那么
娇美诱人，天底下任何圣人都无法
抵挡那样的诱惑。说你依然爱着我。

格温妮拉　啊！君王谈起爱说的都是政治手腕！
莫不是格罗斯特和我哥哥康斯坦丁
按你的意思来强迫可怜的格温妮拉，
让她重燃年轻时甘菊[①]般强韧的希望？
国王的婚姻完全由战略决策来确定，

① “甘菊”(camomile) 被认为越遭踩踏越强韧。此处的形容词 camomiled 是莎士比亚的发明。——威尔

那盲目顽童[1]的箭矢却要按计划发射，
很少有可能一箭正中人心。
他们说我能为不列颠国王带来什么？
我是有土地还是有金银还是有军队？

亚瑟　虽然我应该谨慎保守秘密，但听着：
刚才就有人让我认真考虑恋爱的事，
要想想，国王虽然也是人，但必须
牺牲自己的愿望以满足社稷的需求。
今天刮来的风都让我眼界大开，说
新登基的不列颠之主若要建立联盟，
须更靠近——

格温妮拉　康沃尔？

亚瑟　法国，法兰西。
格温，朕已经是康沃尔的合法君王。
虽然治国策略中并未安排格温妮拉
做亚瑟的王后，但我依然心有所系。
突然间我仿佛重新做回了那个男孩，
却拥有了现在这年龄的经验和智慧，
年轻的眼光因新得的智慧更加锐利，
看见你身上远超康沃尔峭壁的品质。

格温妮拉　您父亲爱上的也是一位康沃尔姑娘。

亚瑟　但不那样温柔。我肯定与他不一样。

格温妮拉　要不是乌特国王对我们偏爱有加，

---

① 指天使丘比特。

我哥哥不可能常据水国领地于一方，
我自己也无法在君王的目光前现身。
亚瑟 我们经常做诸如此类的假设，而我
的结果更糟：生不下我，做不了王。
我不想在这里继续无望地敲打燧石，
不妄想重燃你对我已经熄灭的爱火。
格温妮拉 熄灭了？我这么说的？我可不知道。
亚瑟 那也是把希望绑在离手一寸的地方，
用又甜又酸的话语来挑逗一位国王，
这罪孽可是要将你冰清的名誉玷污。
格温妮拉 你说我为爱而受玷污，未免太随便！
你福运亨通，谁都不敢来让你难堪，
都知道你没有让人阻拦意志的习惯。
像潘德拉贡家族的人，你可凭强力
来夺得无法用语言轻松获得的东西。
亚瑟 亲爱的格温，我再说一遍我不是他，
我温和轻柔的回答足以说明这一点。
任凭你把我粗暴地绑在那铁桩上面，
往场子里放进狂吠的狗朝我扑过来，
尽管满场的站客爆发出嗜血的呼喊，
我只会蜷缩起身体发出一阵阵叹息。
格温妮拉 高贵的熊[①]啊，当年我陷入深深的爱，

① 小时候，父亲反复告诉我，说在某种凯尔特语言里，“亚瑟”是“高贵的熊”的意思。——亚瑟

可世人都知道，我爱着的那个亚瑟
身边却围满着小甜心小乡妞小村姑。
说真的，我并未生气，因为他一笑
就能赢得他所想要。

亚瑟 而格温却只能
默默地忍受着盛夏时光的烈日煎烤。

格温妮拉 人的心一旦放了出去就很难再收回，
哪怕留在身后的是为爱而哭泣的人。

亚瑟 但愿我能用一吻把所有的痛苦消除。

格温妮拉 国王啊，您的嘴唇像阿基里斯之矛[①]，
能把人刺伤但也能使人的伤口痊愈？

亚瑟 难道我不能治疗你时也把自己治疗？

格温妮拉 呸！你这淫欲的国王会有什么伤痛？

亚瑟 后悔如荆棘，能在人心底划出深痕。

格温妮拉 胡编也让人痛苦。传言你谈情说爱，
我听后比自己亲眼所见还感觉难过。
啊，没错，我躲在扎人的荆豆丛里，
目睹你向她们求爱，赢得芳心，还
为她们编织花蕾王冠在阳光下开放。

亚瑟 那东西不过是一些胡乱生长的黄花，
我的奶妈需要时常将它们研磨成粉，

① 希腊神话中，阿基里斯的矛刺伤了特雷弗斯（Telephus），却也替他治好了伤口。——威尔

再用这花粉调制出疗伤的私家秘方[①]。
因此，你看见的不该让你感到难过。

格温妮拉 我看见她们在哭，我也流出了眼泪，
满心后悔的国王，现在我真的认为，
你应该把你的半张脸刻印在金币上，
再给每一位哭泣的姑娘送一块金币，
让她们时时怀念，也算给她们补偿。

亚瑟 就因为那男孩在你心里留下了悲伤，
我要对他重重责罚，并为他的缘故
我要用我手里的这顶王冠作为报答，
那可不是只能存活一天的草编花冠，
而是能配上你美貌与地位的金王冠，
我希望它能将你我心头的伤痛愈合。

格温妮拉 啊，油嘴滑舌的国王，你现在所说
哪一句不是你从前已说过几百遍的？

亚瑟 这不对，美丽的格温妮拉，你听好：
格罗斯特半个月来直在我耳边唠叨，
大谈治国的方略，说什么结盟联合，
还把我从小到大犯下的错误数个遍。
一小时前，在他言辞凿凿的劝说下，

---

① “黄花”、“秘方”：这几行暗示了莎士比亚在沃里克郡度过的童年生活，人们很乐意将此读为具有自传因素。荆豆花（金雀花）是英格兰中部的一种野花，的确随日出日落而开闭（但被采摘后就不会这样了），也的确被用于治疗伤痛的“秘方”膏油。——威尔

我正想放弃抵抗，俯首帖耳听从他，
谨遵君王之恋的规则，为王国赢得
些许外国的土地与征收税赋的权利。
可现在我与普通男孩一样沉默无语，
他们从来都没有触碰过恋人的嘴唇。
我唇干了。难道要国王跪在你面前？
我跪下了。难道要国王放弃他领地？
再见吧，等候在大厅的法兰西使臣。

格温妮拉 若结果倒转，被抛在身后哭泣的人
是我而不是你，悲叹遭抛弃的爱情，
你对我新生的爱意真有那么的坚强？
你真能原谅我说的话，并立我为后？

亚瑟 和我一起回到格罗斯特郡的树林里，
让我们重新开始走我们该走的路径。
伸出手。把手伸过来，拉住我一起
上坡下坎走在透着阳光的橡树林间。
格温，过来吻我，半闭起你的眼睛，
在这飘浮着金色斑纹的晨曦雾霭中，
让我们尽情呼吸，聆听鸟儿的晨歌。
格温，过来吻我，戴上这金花王冠，（给她戴上后冠）
和我一起在树荫下静坐亲吻，格温。（吻她）

格温妮拉 我们是否该请大臣上朝？

亚瑟 立刻请上。（同下）

第三幕第二场

地点：皇家犬苑

【皇家猎犬总管及跟班上。

总管 他该打的仗打完了，现在全过去啦。瞧瞧和我说的是不是一样。他把军队都解散了，把当兵的都打发回家种地做生意。你那几个叔叔，也都回家啦，没缺胳膊没缺腿的。田地里一派丰收，集市上人声鼎沸，大路上车轱辘跑满。王后挺起了圆圆的大肚子，朝廷上日夜歌舞升平，国王又变回了我喜欢的那个男孩。昨晚他又来了，你知道的，把我称作朋友，就站在门这边，还走到围栏那头凑过去看狗，看了有一个钟点呢。问了它们的名字，完了就一步走进栏去，跪下来把它们抱在怀里，让它们舔自己的脸，还不停地摸着它们毛茸茸的耳背。说他觉得哈密西是埃德加的种，宽肩膀，浓眉毛，壮鼻头，他说了，那颜色让他想起了埃德加。它眼神里透着勇猛。现在王后怀上了王子，等着瞧吧，小王子一定也会到这里来看狗的。父子俩都会来的。

跟班 如果她生的是王子，那乔恩生的汤姆怎么办？菲比生的孩子呢？他们都不是王子吗？

总管　对狗来说那都不是什么事，因为按规矩，大狗体质好，就能传给小狗仔。狗妈再差也不会伤到小狗。狗爸棒，狗仔好：脑袋好，牙齿硬，后腰壮，狗爸是怎样，狗仔就怎样。可说到人，就不同啦。就看看你说的汤姆吧，听着，他老妈随便找了个什么西尔维斯[1]的嫁了，所以汤姆就成不了王子，哪怕他曾经是，现在也不是啦[2]。再瞧瞧他的脸和其他特点，他更像他老妈，甚至更像那个西尔维斯，反而不像那个——你知道是谁的[3]。虽说西尔维斯身宽体胖，连宅子里的穿堂道[4]都难挤过去，而汤姆却瘦得活像——咱不该说这话[5]。再说菲比，她现在连老公都没有，教堂里的人说啦，她的孩子得算孤儿。

跟班　可她还是管他叫王子，说他在天上有一个王国。

总管　她与其这么说，还不如把他当条好狗好好地养着呢。瞧瞧艾格尼丝，她有没有整天想着老天留了什么东西给她？她是为昨天的饭菜操心还是为明天下

① Silvius：英国田园文学和民间故事中普通男子的名字，如菲利普斯先生所言，莎士比亚的《如愿以偿》(*As You Like It*) 中的一个牧羊人就叫“西尔维斯”。——威尔

② 我母亲读到这一行时立刻对整个剧本极为不满，说它“荒诞不经”，更别说是“不忍卒读”了。她叹了口气说，“真该让他在监狱里一辈子做苦役。”——亚瑟

③ 总管想说的是“亚瑟”。——亚瑟

④ Cross-passage：这是本剧作者身份认定的又一语言证据。“穿堂道”是中世纪建筑中连接室内两扇相对的门的过道，一门通向街道，一门通向宅院的内庭。莎士比亚出生长大的宅子里就有一条穿堂道，从他父亲的手套作坊前经过，能允许一架装着皮料的马拉车进入宅院，卸货后再循原路离开。说西尔维斯挤不过穿堂道，是莎士比亚的夸张形容。——威尔

⑤ 还是想说“亚瑟”。——亚瑟

不下雨操心啦？还有谁比她更心满意足的？整天睡了叫，叫了睡的[1]。孩子，省省心。国王让咱们省了心，咱也别让国王操心啦。

跟班 太阳起得老高的了。

总管 来吧，把它们两两拴起来，让我看看你知不知道哪条狗最懂猎人的意思。别拴阿格斯，让他再多休养一天吧。(同下)

第三幕第三场

地点：伦敦，朝廷大厅

【肯布里亚与诺福克上。

肯布里亚 在朝上的这些天让我心里空空如也，
现在的我们身弱体衰，阴柔气盛行。
诺福克，我真为未来担心，请问你，
该如何看待亚瑟对朝臣的骄横跋扈。
他声称自己英名永垂，却大肆嘲弄
他父亲的言行，说是野蛮人的举止。
他愚蠢到坚信自己的世界不会终结，
说走向灭亡的都只是些古代的王国。

① “艾格尼丝”是一条狗。

可去古书上看看昔日国家崩溃之由，
便可明白，每一个国家在灭亡之前
一定是自己先抛弃了大丈夫的品德。
现在亚瑟所为也使我们不得不研习
史上王国兴衰：英格兰就是下一个。

诺福克 肯布里亚大人说出了我的极度担忧。

肯布里亚 每个蠢人都以为自己不会重蹈覆辙，
都觉得不可能做出前人的疯狂举动：
我朝的衰败当然与罗马的衰落不同，
可如此衰败同样会使国家走到尽头。

诺福克 我曾担心亚瑟的朝廷会屈从于淫欲，
未曾想居然是阴气盛行的女人当朝。
他年轻时的激情已经完全颠倒过来，
情欲犹在，可对象却只有王后一人。
王后就是一切，他对她则言听计从。

肯布里亚 他把每一个人都按他的喜好来打扮，
我们不是人，只是扮演男子的角色，
内里是套着铠甲、空空如也的虚无。
宫廷里戏子横行，无稽的传言四起，
曾经的骁勇战将都一个个翩然起舞，
信口胡言的说书人最能够得到恩宠。
骄纵的国王已不是英勇善战的君主，
谁要是提出兵打仗就惹他眉头紧皱，
他一心想着让上天把和平降临大地，

还自欺欺人地沉浸于这样的白日梦，
觉得英格兰的敌人也会感到很快乐，
干坐着对他的艺技表示由衷的叹服，
而我们的军队则按兵不动安然大睡，
决不会因为激烈的战斗而经受伤痛。

诺福克 王后对王国的任务也只有区区一个：
她忙乎良久，依然生不下一个子嗣，
可国王却一再宽谅她那无用的子宫。
她每一次流产都让我们的敌人欢呼，
他声称她句句智慧，对她言听计从。
若我是莫德雷德，至少还胸怀高远[①]，
或齐德伯特，他女儿颇受我们嘲讽，
我定会将瘟疫与战争撒到这片地上。

肯布里亚 格罗斯特未把敌人的情况告诉国王？
他们惊讶地观望，如恶狗张开血口，
我们王国的大门上将涂满死神印记，
英格兰鲜血将流遍歌舞升平的宫廷。

诺福克 亚瑟的王后，格罗斯特只是个侍女：
为满足这蜂后，他只需发带与布条[②]。

肯布里亚 对饱经战阵的蜂群太不公平。

---

① 莫德雷德的侏儒症在此得到证实。我父亲又一次被带出法庭时曾对泰德·康斯坦丁说，“泰德，地位高永远不可能把塑像也造得高。你可以做美国总检察长，但我的鸡巴蛋依然会架在你头套上。”——亚瑟

② 布条暗指女性例假时的用品。——威尔

对白痴的君王我们难道还负有职责?

诺福克 伯爵稍安。这句话你可要出言谨慎。
我们的效忠无法选择，也不可能因
怨恨如胆汁在喉而收回效忠的立场，
国王由上帝选定，而非我们的意愿。

肯布里亚 让慎思冥想在路上随意地到处游荡，
我们的行动却不必要跟随思想乱逛。
我此番话不是针对今天亚瑟的情况，
说的是普遍意义，具有哲理的意味。
如果国王的确因仁慈之手离开人世，
王国能赶在沙漏滴尽之前获得拯救，
那施行暴力就不会干扰上帝的意愿，
只管放心做，犹如是他的手在行动。

诺福克 但是，肯布里亚，这哪里是个头啊。
下一个国王在你看来是严厉而慎重，
却每时每刻担心会受到另一种惩罚，
怕的是有人错误地理解了各种迹象，
从而对上帝的意愿做了错误的解释。
冥思苦想的道路绵长悠远没有终结，
而杀手一代代更替，迅如野兔产崽。
代代国王的愚蠢行为我们只能忍受，
我们的结局都只能唯当今国王是命。
伯爵，我请你赶紧放弃这样的念头。

肯布里亚 您的学识足以去大学里向学生宣讲。

诺福克 我们的德行将通过无畏的话语传扬，
竖立起伟大的榜样。好，就此告别。

肯布里亚 再见，我的朋友。我会记住你的话。（诺福克下）
在一粒小小的火星中可见熊熊烈焰，
可是，那几句没什么重量的良心话
虽不足以阻止我们的王国受到煎烤，
却如铁钩般把我的心从胸腔中撕掉。
我不图谋王冠，也不要凡俗的仰慕，
可以用平静的良心实施弑君的计划，
皆因浅薄的亚瑟扮演国王时间太长。
来吧我的手，能干下这极恶之举吗？
但是细想一下，让良心的眼睛看见
这样的时刻：惊惶四起，哭喊震天，
血流如河，遭到背叛的人死死盯着
你的眼睛，却怎么都找不到那答案：
你为何要以永久牺牲灵魂作为代价，
你为何情愿把它交付到魔鬼的手中，
尽管你全部的意愿都高尚而又正确？
但是，我转身离开，不敢继续下去；
到底有何缘由？我一点也说不清楚。
是不是怯懦使我的内心蒙上了冰雪？
是的。我看清了结局，却无法行动，
王国就是这样在恶人的伎俩下崩坍，
而正义的人士却怀揣良心驻足旁观。（下）

第四幕第一场

地点：伦敦，王宫

【国王、王后(有孕)、康沃尔及众大臣上；女官携法律天秤、女导引官携软杖上。高音双簧管及竖琴奏乐起。

亚瑟 众爱卿让开。全体男性请屈膝下跪。
现在的朝庭上应是女人统治的时刻，
我也放下朕所有的君王的威严权势，
放在这一双托举着法律天平的手上。——
我的王后，我已让她再次怀上王嗣，
我在此将王权禅让与你[①]。

格温妮拉 亲爱的朋友，
感谢上帝你能信任温柔之性的智慧，
朕要在法律之轮上将智慧打磨尖利。
读吧，传令官，向朝臣宣读指控书！
可是被指控的肯布里亚伯爵在哪里？
去，立刻派人把他找来站在朕面前。

【肯布里亚与女导引官上。

① 原文是拉丁文。

亚瑟　呸，肯布里亚，别像唉声叹气的毛孩。

格温妮拉　大人，如果是我统治，就让我来统治。

亚瑟　啊，温柔的暴君，请千万要将我宽恕。

格温妮拉　除非我视而不见，不然就显得我软弱。
好，传令官，说吧！

女引导官　啊，肯布里亚伯爵！
作为被告的标志，在罪罚未定的状况，
插上柳枝，那是代表背弃爱情的标志，
插好茴香叶，那是对真心恋人的祝福。（递给他两根树枝）
审判结束时，其中有一根会留你身上。（读诉状）

首先：肯布里亚伯爵于圣兰伯特日[1]向本庭女子罗萨蒙德表达了爱意，并以花言巧语说动其心；其次：伯爵既以巧言融其真心，遂将其引去一浓荫树丛；再次：伯爵于两日后的马上枪术赛上，并未在其头盔或身上佩戴该女之信物，而且将斯蒂芬爵士击倒在地后，亦未向该女子跪求祝福。此状特告其恋爱举止极度无礼。

格温妮拉　当事女子就站在那边，案情很清楚，
朕所听闻的实属重罪，决不可轻判。

---

① 9月17日。

若被判罪行成立，朕便做如下宣判：
你背叛罗萨蒙德，判赋商籁诗一首。
以十而有二的诗行为枝桠，支撑住
被你唤起的爱情那清香甜美的苞蕾，
在场的女士对你唤起的爱有目共睹。
好肯布里亚，您大人对此有何回应？

肯布里亚 国王，您能否重重责罚这样的儿戏？
让您的臣下远离这样的虚华，离开
这一群不女不男的野鸡，在朝廷上
迅速摈弃这胡闹，恢复男人的统治。

亚瑟 跪下，做王后的奴仆，说话别太刺，
再刺下去，当心刺穿你自己的脖子。
赶紧为这位可怜的姑娘写十四行诗，
不然别怪我违背心愿将怒火加与你。

格温妮拉 你俩火气太盛，不适合安静的朝廷，
我将你俩判为粗鄙之徒，两人都是：
没错，国王本应以王后的名义施压，
实际上却压制了你理应服侍的王后。
好伯爵，您的十四行快胀得翻了倍，
再这样怒容满面，诗歌会越拉越长。
气哼哼的国王，听好我给你的重判：
圣马丁节[①] 上来一台化装舞会，主题

① 11月11日。

是王后的智慧。（格罗斯特上）

格罗斯特 陛下，快清空这地方，
召集宫中议会，听我讲重要的消息。

格温妮拉 公爵，这是女士时间，为何来喧闹？
朋友，这么做可忤逆了陛下的意愿。

格罗斯特 陛下，这里是刚刚有人送来的传报。
德文的林默斯海外突冒出树林一片，
海上树林，但它们上下升降的情形
却与左右摇摆的陆上之树大不相同。
无数高耸的帆桅，每一根上都飘着
撒克逊三角旗：印着野狼凶魔图形。
可海岸上威严的城墙尚未完全筑就，
而来犯之敌的数量之大为此前所无，
他们正无情地舔舐着英格兰的血泪。

亚瑟 蔚蓝的夏日顷刻被撒克逊乌云遮蔽，
他们竟卷土重来，实让朕惊讶无语。
女士们，请原谅朕突然间变换话题，
此刻，朕不得不去聆听另一番曲调。

格温妮拉 过一个钟点再听吧，先把此事做完。

亚瑟 亲爱的，看着你遵照书本上的指示
对宫廷礼仪精益求精，我点数时刻，
沙漏尽便再次倒转，多美好的感觉。
但十分遗憾，现在朕必须转向战争，
命令你带领你的女官一起离开朝廷。

格温妮拉 威严的主君，我们虽有怨依然从命，
但条件是让我们很快再来一次聚会。
亚瑟 王后，请不要再说下去。好了，走！（众女士下）
说，格罗斯特，肯布里亚，军人们：
情况紧急，如何能迅速召集起大军？
格罗斯特 陛下，都是那凤凰让我们行动迟缓，
总让我们以为那不过是一堆堆灰烬[①]。
亚瑟 这些被征服的撒克逊人玩弄起巫术，
使他们从溃败中迅速起身，顷刻间
他们就重新充实了消耗殆尽的力量。
肯布里亚 陛下，不是巫术而是您温柔的怜悯，
在约克，您听信了他们卑鄙的誓言，
放他们回海上重新补充力量，然后
在巴斯您心有不安，杀了一半人马，
放走了所有哭诉的男孩，任其逃命。
他们就此在林默斯回报了您的亲和，
而您却在此哀叹巫术与突变的风云！
格罗斯特 肯布里亚，别如此放肆自己的愤怒，
你须俯首，以免受国王威严的怒火。
亚瑟 不，不，合理的谏责国王本应接受，
是我年轻气盛，想与父亲有所区别，
这使我做出了如此不合情理的举动——

① 以凤凰浴火成灰获得再生为喻。

德文河上的壁垒目前依然不够坚固，
我也更担心无法招募到足够的兵士。

格罗斯特 说实话，受过训练的兵士不足千人，
再加上些使短刀舞草叉的佃户农夫。

康沃尔 我的军队当时就驻扎在林默斯附近，
可现已被调派到北方图协防泰恩河。

亚瑟 如果撒克逊人发现了朕的兵力不足，
不等朕发兵阻击就会一步进逼伦敦，
我们从北方疆土能获得怎样的帮助？

肯布里亚 可借调皮克兰人的铁军听您的指挥，
但前提是他们的国王怕受您的责备。

亚瑟 他在大教堂下跪，还吻了我的戒指，
我决不怀疑他会迅速响应我的指令。
派人去见他，让他把全部军队派出。

肯布里亚 陛下，您想得太浅。他向您下跪时，
陛下正权势鼎盛，而皮克兰的王位
全由亚瑟来决定。

亚瑟 现在呢？

肯布里亚 而现在
他对您既没有惧怕，更谈不上友谊，
更因卡尔万被杀对您暗暗怀恨在心，
决不会冒死为您派遣他自己的军队，
而只会拖延，笑看英格兰战火纷飞。

亚瑟 不列颠自罗马人以来首次享受和平，

充沛收成超乎嗷嗷待哺的孩童所需，
教堂钟声回荡库房充盈，集市繁荣，
本朝廷英名远扬，一直传于俄罗斯，
蛮族人如鼠群穿过陆地向这里涌来，
但摩尔人头羊莫德雷德却并不怕我。
我定要亲手将那条恶狗开膛破肚——
朕能与法兰西结盟吗？

格罗斯特 肯定结不了。
谁让您把他们送来的公主一推了之，
却非要娶一位无盟约可缔结的女子。

亚瑟 他们干嘛要回来？这玩的什么把戏？

肯布里亚 您骄傲的王国全以女人之梦为根基，
和平仅存一日，您不为此感到心惊？
我们的海岸上又重现魔鬼肆虐横行，
该死的潮水竟对您的朝廷大逆不敬！
每一天都会有敌人前来舞刀动枪，
这样的情况不到末日不会有终结。
永远会有战争，这是人类的遗产，
没有和平，只有战争间的片刻喘息，
更因为时间的短暂而显得弥足珍贵。
您父亲乌特教导我的就是如此道理。

亚瑟 他什么也没教我，没教这样的话语。
既然莫德雷德要朕乞求朕应得之物，
朕该向这逆贼交付多少赎金？

该拿出多少钱财方能换回他的友谊？

格罗斯特 金手指克罗伊斯[1]也无法拿出这数目。

亚瑟 那又怎样？他要的是土地还是权力？
我肯定他想做的是土耳其人的苏丹
或非洲公爵。

肯布里亚 也可能是威尔士亲王。

亚瑟 这是什么意思？

肯布里亚 没有后裔就没有亲王。

亚瑟 王后腹部日见隆起，婴儿即将诞生。

肯布里亚 王后因血淋淋的流产两次丢失子嗣，
接下去还可能一次次流产。这一点
莫德雷德很清楚。为借用他的军队，
请立下文书，答应他继承您的王位，
前提是，王后或您此后娶为王后的
均无法为王上自然地诞下血脉子嗣。

康沃尔 此后？肯布里亚，我要打断你骨架，
看你还敢不管住自己和你那条毒舌。

亚瑟 伯爵，你作为兄长对王后一直关心，
但请你怀着十分冷静的态度来听听
理智做出的判断：莫德雷德肯定会
把我看成王族的尾巴断后不再连根。

① 吕底亚王国末代国王，其王国一度兴盛，他也被认为是当时最富有的人。——亚瑟

若几句假意的允诺能让他派兵助朕，
此后我子嗣安全降生，何乐而不为？
此后我就要学我父亲的榜样来行动，
做好准备，应对那永无休止的战争。
去吧，把朕要做的事情告诉你妹妹。
将王国的命运托于一未出生的王子
和他可能有的力量，简直命悬一丝。
肯布里亚，请召集起朕的全部兵力，
格罗斯特，把朕的话告知莫德雷德，
力请朕这位临时儿子与继承人前来
与朕并驾齐驱，合力迎接这场战争。（同下）

第四幕第二场

地点：伦敦，后宫。

【已到怀孕末期的王后独上。

格温妮拉 难道无人在伺候？ （侍女上）

侍女 王后，是您叫我？

格温妮拉 林默斯有无消息？国王有话传来吗？

侍女 娘娘，没有。您有什么要人相帮吗？
又开始阵痛了？要召唤接生婆来吗？

格温妮拉 我自己的这片战场上尚无任何消息，

就如同没有消息传来的撒克逊之战。
来替我推推背。

侍女 是，您坐。

格温妮拉 不，站着好。

侍女 只要您舒服，怎么都行。

格温妮拉 哎呀！哎呀！
我站着太难受了。

侍女 那您还不如坐下。

格温妮拉 也许侧身坐着会好些。

侍女 那就侧坐吧。

格温妮拉 那里是不是没什么情况？

侍女 现在没有。
整整九个月前您抛却了舒坦的时日。
哎，哎，坐着别动，别颠着了王子。
您坐好啊！王后陛下，老动来动去，
我怎么给您洗干净沾满泥巴的脸啊。
是这里痛吗？

格温妮拉 就这里，对。你真好。
哪个古代圣人最先划下月份分界线，
先有恋人的微笑，后接阵痛的哭号？

侍女 据说是亚当第一眼看中夏娃那一刻。

格温妮拉 国王策马出征前给我出了一个谜语，
他满脸微笑地向我问了这样的问题：
"亲爱的王后，一种包袱，若不能包，

便不再被抱。那是什么样的包袱？”
我说，“陛下，您爱开玩笑就开吧。”
他说，“不，我爱抱就抱啦。”你懂吗？
谜底是妻子，妻子。他当时吻了我，
催马上阵，还称我是他心上的格温。

侍女 就丢下您的王子，让他自己来上路。
现在他在踢腿蹬着您吗？

格温妮拉 他好像有一个钟点没动静啦。
就好像海底气泡用裹在其中的氧气
让水下的生物呼吸，王子，呼吸吧，
快浮上来，让我能听见你，抱住你，
让国王陛下骄傲欢喜。——还没声音？
我怎么还是听不到他有一点点动静？
难道他不来找我？难道他不想我吗？
他不知道我在战争时期多么想念他？
难道他以为我对胜利或死亡
都漠不关心？但谁操心更多？

侍女 王后您又来了，快坐坐好，别烦躁。

格温妮拉 瞧这亚瑟，他拿我当赌注，和那个
陌生的北方之国的陌生国王下赌局。
两个人都为我隆起的子宫竞争拼杀！
若陛下有幸，那我的孩子身体健康，
一露面先哭着要奶喝，接着要王杖。
若孩子真死了，那另一个好运当头。

男人都是些什么东西，竟要把王国
建在夭折婴儿的坟上？

侍女 啐，啐，住口。

格温妮拉 若亚瑟战死，他的后嗣也必死无疑，
莫德雷德决不会怜悯于小儿的哭喊，
而不把他拉下王座。那我就扮农夫
裹头巾和他一起逃命；若亚瑟不死，
但孩儿死了，那我还会有什么出路？
必须有后嗣出生，王国才不致败亡，
天下没一个国王会留下不孕的王后。

侍女 好王后，您别说了，听我讲讲道理。
如果我们得胜，制服了撒克逊人，
真正赢得胜利的是英勇的王后您！
因为是您的子宫为王国获得了同盟，
国王依然活着，孩子出生，您就是
拯救了林默斯的勇敢王后格温妮拉。

格温妮拉 我为两个亦敌亦友的国王感到可惜，
他们针锋相对要从我身上一决命运，
未来竟要由这片被遮挡的空间[①]决定。
他为何不给我消息而让我万分焦虑？
难道无人在伺候？竟没有一点消息？

① 原文指伊丽莎白时期剧院舞台后方用布帘遮挡的空间，此处喻指子宫。——威尔

啊！啊！

侍女 来了！国王都这样出生的！
拉着我稍走几步到下面的厅房里去，
走走路好催促我们的王子尽快降生。（同下）

第四幕第三场

地点：林默斯战场

【莫德雷德独上。

莫德雷德 亚瑟说他对我敬爱有加，说我是他
所爱比生命还弥足珍贵的亲密朋友[①]，
他亲爱的子嗣，兄弟，与儿子无异。
撒克逊人的长枪把我挑落马下之时，
亚瑟王冲过来，把我从尘埃中扶起，
高喊着说我是“勇士赫克托再生！”
我知道他在说谎，他决不会如此想。
他经常自夸比我快速比我强壮，可
今天，他的激将话的确起了点效果，

① 马洛诗“希罗与利安得”中有“我们爱比生命还弥足珍贵的亲密朋友”一句。该诗发表于 1598 年，但莎士比亚读到此诗的时间可能更早些。这两人之间的情况经常如此，几乎无法断定是谁影响了谁。详见詹姆斯·夏皮罗教授的《剧作对手》(James Shapiro: *Rival Playwrights*) 一书。——威尔

我使出了更过的勇力打败撒克逊人，
因亚瑟说我能做到，所以我做到了。
战斗结束后，我们在点数阵亡人数，
那时我本应该一剑从背后把他刺死，
但他却转身看着我，认真听我说话，
假装友好，让我不禁因喜悦而脸红。
听上去他好像没有别的念头，只求
速速地离去，让我来坐暖他的王位。
我知道他说谎，可还是喜欢这情分。
击溃了撒克逊，他催马飞奔回朝去，
要前往叛军再次骚扰的爱尔兰海岸，
去面对死亡，面对毁灭一切的仇恨。
他吻我的脸颊，我看着他匆匆离去，
这时便想起来，他杀死了我的兄弟。
我要是他，定会让莫德雷德回北方
等待着并不确定的王冠，等着等着，
而让王后在阵痛中将他的权利消除。
我居然自己同意让他对我设阱下套！
但我就是我，决不会在沮丧中等待，
我要前往伦敦，去向王后表达敬意，
我要让她承诺我为后嗣，还要目睹
她那众口赞扬的美貌。若亚瑟真在
爱尔兰战死，定要让她做我的王后。
据人们私下传言她的名声，我听说，

她似乎对向她示爱的人们来者不拒。
莫德雷德家族高贵，我何不能尽快
植下我自己的王子以确保我的王位，
借她子宫来证明莫德雷德称王之权。
对。这样，我就能上自英格兰贵族
下从各类需要花钱买通的藩属人群
获得可以收买的尊敬，服从与畏惧。
此计成功在望，我要把抵抗的念头
化为行动，以兄弟的名义开始复仇。（下）

第四幕第四场

地点：伦敦，王宫

【国王上。

亚瑟 说实话，海外并无急迫的战事发生，
但人们总需要一个地方做战争训练，
而肯布里亚的话让我动了心，他说，
“您父亲一生从未能征服爱尔兰步兵。”
就这样，朕决意去爱尔兰泥沼走走，
同时也暂时让叛逆之徒的喧闹消声。
我没说“永远”，因为经验教导我
不要去梦想会有永久的和平，杀掉

一两个爱尔兰人，喘口气，接着打
日耳曼人，休息，杀皮克兰人和异教徒，
这是为王之道，我喜欢不断的战争。
我的和平只在顶针环里以微粒度量，
不以大桶来计算而只用便士来论价，
谁还想要更多，那只能算贪得无厌。(格罗斯特上)
王后怎样了？

格罗斯特 陛下，她在等待召见。
现在的格温妮拉是悲伤的可怜奴仆，
她擦干脸颊强作欢颜迎接您的到来。

亚瑟 快去。朕的大军要出发是否已就绪？

格罗斯特 万事俱备，只等多变风向转为有利。
不过主公，有一个人等着与您说话，
他说从约克一路赶来有话让您听听。
他在这里等您已经等了好几个星期，
并一直不愿公开说清楚自己的意图，
除了对国王您。

亚瑟 把他带到朕面前来。(格罗斯特下)
我心爱的王后正等待着与国王重逢，
我最期待与她一起度过宁静的时光，
在战舰前将我的头枕在她胸脯之上，
在拥抱中将所有的疲倦与痛苦消弭，
她和我，我们有共同的职责要完成，
不然会醒来发现变成了皮克兰臣民。

【格罗斯特领菲利普上。

这年轻人四肢健壮，相貌俊秀高贵。
孩子，你是何人，有何事求见于朕？

菲利普 上帝佑您。我是菲利普，来自约克，
我为您带来了我母亲对您的思念，
她在濒死时表达着温柔真挚的爱意，
向您，她唯一的国王。

亚瑟 你母亲是谁？

菲利普 在约克，她专为市长大人缝制衣装。

亚瑟 制衣女子，对了——就是她吗？
记得那位好夫人的名字是伊丽莎白。
你母亲就是伊丽莎白？是约克郡人？
但现在她将不久人世？

菲利普 是的，大人。

亚瑟 朕听来十分痛心。她怎么说，孩子？

菲利普 她让我跪下，把您认作父亲来敬爱[①]。

格罗斯特 不要再说荒唐话，你这说谎的孩子。

亚瑟 把我当作你自己的父亲那样来敬爱？

---

① 这一个关于约克的菲利普的片段可能是《亚瑟的悲剧》失踪的另一个原因。伊丽莎白女王的父亲亨利八世也类似地加封贵族头衔于他的一位非婚生子亨利·菲茨罗伊。菲茨罗伊卒年十七，但国王本人只有女儿，显然考虑过将他立为王位继承人。就像三幕一场里的肖像情节，这一场也很可能被认为是暗指女王的父亲，从而使该剧被禁止在伦敦剧院上演。又：亨利八世是亨利七世的小儿子，若非兄长夭折，他本不可能成为国王，而该兄长的名字就是亚瑟。——威尔

菲利普　爱您就是爱我父亲。

格罗斯特　住嘴。

亚瑟　真是这样？

菲利普　先不说国王，这也完全是我的权利，
我自打会说话就知道了我们的秘密。
母亲对我唱着思念您和爱您的歌曲，
但是说我们决不能到朝廷来打扰您。

格罗斯特　这样的骗局未免来得太快演得太真，
对你的说法我没有半点耐性，因此，
别再用你那卑鄙的伪装来混淆视听。
来吧，说清楚你到底想要什么东西。

菲利普　不，好大人，我并不想要什么礼物，
我只要各位用高贵的手抚在我头顶，
而您则接受可怜孤儿传达的我母亲
临终表示的爱意，我随后便回约克。

亚瑟　菲利普，虽成孤儿却重新有了父亲，
也许更好：回到了真正父亲的身边。
从你的每一条筋骨和眼睛中我看见
你所言证据确凿：你就是我的翻版。
这些线条我十分熟悉，就像在镜中
窥见了昔日的身形，这久远的镜子
将我久远以来的所有形象好好保存。
我的菲利普王子，快过来我的怀抱，
我收下你，你就在宫中居住生活吧。

格罗斯特 主公，您这么快就做出这样的决定？
他到伦敦来，只想能拿到一枚金币，
您却要将他的容貌刻在所有金币上。
在我看来，您从这卑鄙骗子的脸上
看到的证据也并不是那么准确无误；
我们没有任何与此相关的律法规定
可以这样来摆弄国王与王国的命运。
即使他真是您儿子，就没有别人啦？
也许这一位按年龄并无继承的权利？

亚瑟 说得对，全都对，但这一个来找我，
而且这一个除了我已经没有了母亲。
我决不让自己的亲生儿去黑夜游荡，
也决不在陌生的土地上抚养亲骨肉，
而要将他留在身边，把他养成国王。
好格罗斯特，请王后过来分享欢乐，
把伤心流泪的她从床上唤起，朕将
好好安慰她，消除她那悲伤的心情。
她失去三位小后嗣，却得到了王子，
真应该为上帝的公平处置感到高兴。

格罗斯特 陛下，这么做是不是有点操之过急，
对此意义重大的事件似乎不太合适，
这一刻的后果将会产生深远的影响。

亚瑟 格罗斯特，你不像我，从未有儿子，
无法从他眼睛里看见朕未来的力量。

现在请你不要再纠缠这一事实问题，
去请伤心的王后出来迎接朕的儿子。（格罗斯特下）
年轻人菲利普，你可喜欢打渔狩猎？
你是否善于骑术，能投掷尖锐长枪？

菲利普 所有男子汉的技艺我都已熟习掌握，
定能够证明我不会辜负父亲的血脉。

亚瑟 高贵的孩子，这正像是王子的口吻。
朕将骄傲地亲眼目睹你直视着太阳[①]，
威尔士亲王如不列颠之鹰直冲云天。

菲利普 陛下，若我说话时发颤或无法出声，
那是因为我惊讶万分：醒来是孤儿，
上床睡觉时却成了儿子和王子。

亚瑟 我也因这样的变故内心充满了惊喜。

【格罗斯特扶格温妮拉上。

今天我来做王后，而你就是那国王，
亲爱的格温，请接受我奉上的继承人。

格温妮拉 你设下这场罕见的局，如凛凛乔武
将密涅瓦从自己的额头上迸发而出[②]。
这精心的设计没让你脑袋开裂疼痛？

亚瑟 新王子，请为我去拥抱你王后母亲。

① 伊丽莎白时期的动物学家认为小鹰凭直视太阳而成熟长大。——威尔
② 罗马神话中，司智慧、发明、艺术及武艺的女神密涅瓦是从主神乔武（即朱庇特）脑门上蹦出来的。——威尔

格温妮拉 你不怕他兄长莫德雷德不愿善待他？

亚瑟 让我更害怕的是四月的阴风和冷雨，
不是这害疮的鱼，这猴子，这傻瓜，
这一脸尿黄浑身酸臭的皮克兰混账，
有这样的人，联盟早被砸成了碎片。

格罗斯特 那是否要派人去告诉他这倒霉消息？

亚瑟 等朕结束爱尔兰之战回国后再说吧，
因为他这个家伙最听不得糟糕消息。

格温妮拉 陛下，您还需要王后在这里做什么？
您要我做的事情我不是已做砸了吗？

亚瑟 嘘，格温！千万别说这么难听的话！
你是我唯一的王后，朕请你做的事
就是去开心地吻朕的儿子与继承人。

格温妮拉 您怎么说，我怎么做。来吧，王子。（两人拥抱）

格罗斯特 这一个温情之吻将引发多少场战争？

亚瑟 这样的战争无论何时何地都会发生，
如高天总有云飘，草叶总有露水起。
朕的人民决不能容忍皮克兰国王，
因为他始终不停地挑起兵变和战乱。
英格兰人决不愿让陌生人来做国王，
他们一定会发动无止境的民变抗争。
过去我们也和他签下了其他的协定，
他肯定无法想象那些协定能获遵守。
各位大臣，请去督查做好各种准备，

王子，班师回朝朕再与你尽心细谈。
来吧，格温，我们至少有一夜安宁，
两战之间，这一夜便显得分外甜蜜。（除菲利普外均下）

菲利普 我确有君王之心，因此与国王相见
我并未惊惶尖叫；我确有君王容颜，
因此英武的国王将我看做他的孪生。
我虽君王之心与容貌，可还缺血脉：
事实上伊丽莎白的确生下一个儿子，
就与我母亲生下一个男孩是同一天[①]。
好几年了，我母亲的儿子依然活着，
另一个几星期前却将生命走到尽头。
唉，我原希望得到小小的一点好处，
有一两次斗胆让自己的想象力驰骋，
也不过是受封骑士，加一点点土地。
可命运之轮这一转简直是太过疯狂，

① 从很多方面看，这是整出戏中最不像莎士比亚的一个片段，菲利普斯先生未对此做注，那就我来做吧：向观众泄露菲利普身份有假这一段，通常应该出现在他被亚瑟接受之前（如果亚瑟真的相信了那孩子的话，而不是假装相信，把它作为与莫德雷德分手的借口）。这样的戏剧性场面在莎士比亚的其他剧作中也有出现，我此刻想到的是《辛白林》中艾阿奇摩与大箱子以及《冬天的故事》中“已故”伊摩琴的塑像等片段，当然并非完全一致。即使如此，一特定剧场效果或台词在一特定剧本中出现，也无法证明这剧本不是莎士比亚所写。在莎士比亚剧作中，依然有出现某些独特词汇的例子，这用术语说就是 hapax legomenon。只用一次并不能证明该剧本非其所作。因此，即使有这样的情况出现，我依然不认为作者不是莎士比亚。也许，这是一次他后来觉得不值得重复的尝试？还是他发现观众并不喜欢这样的效果？——威尔

一切都超乎意料，把我吓成了野鸭。
我的翅膀在抖动，我应该飞回约克，
趁他们还不知道我其实是只小鹌鹑，
可有些东西却把我的腿脚栓在宫中，
如果我走了，所有的利益都将失去。
也许一两天后，我就是威尔士亲王，
父亲和公爵正并肩在那里浴血战场，
提供了大好机会让幸运光顾我身上。（下）

第五幕第一场

地点：伦敦，王宫

【英格兰仆从领莫德雷德与扈从及军旗上。

莫德雷德 亚瑟王的宫廷现在怎么如此空荡荡。

臣仆 大人，国王已带领大军去了爱尔兰。

莫德雷德 那王后在战争时期居住在什么地方？

臣仆 宫中，所有女侍与卫兵都在她身边，
还有那些唱歌跳舞替她解闷的艺人。

莫德雷德 去向她致意，说她最愿意见的朋友，
不列颠国王——还差一步——在此伺候。（仆从下）
（旁白）他要亲眼看见她当面跪倒在地，
泪流满面地向下一任丈夫发誓效忠。

【扮国王及王后的伶人上，其他伶人与众官女上。

这是什么宫廷？哪来的那么多国王？
难道亚瑟竟允许他们与他分享王座？

伶王　这位，没人叫你来，赶不及也无法
安排你的角色，我们早已安排停当，
妥帖合适，谁也不会把位子让给你[①]。
走开！这地方我们要占上好几个月，
国王已付了钱，让我们排演几台戏，
喜剧悲剧至少各两部，还要编一个
传奇故事，让所有骑士都参加演出，
搬演英雄寻宝的事迹，就等他结束
爱尔兰的战事，班师回朝前来观赏。
快走开，你这个套纸糊王冠的国王，
快走，不然我们就把你从城头扔下。
你演的国王太没有光彩，太过死板！

莫德雷德　难道你是个跑龙套胡说八道的混蛋？
傲慢无礼的家伙，快向真国王行礼。

伶王　纸糊的国王，君王的举止要靠练习，
不是你光凭着想象就能够惟妙惟肖。
我这辈子演过查理大帝和恺撒大帝，

① 莫德雷德误认为众人是异国国王来访，而伶王则误以为他是迟到的伶人。——威尔

演过大卫、希罗、普利亚摩和乔武，
而你对我却没有一点点尊敬的表示。
你得挺直身子，转过头，往高处看。
不，不，这样最多只配当个传信的。
把双手垂下，干嘛要捏得那么紧张？
这样的动作让人觉得你随时要逃跑。

莫德雷德 谢谢你给我上的这堂君王举止课程，
尽管你能在宫廷上逗留的时间不长。
夫人，若亚瑟能从爱尔兰平安回来，
你们打算要为他搬演什么样的戏文？

伶后 我们要为他演出飞天伊卡路斯[①]之事，
他的满满雄心最终害自己丢了性命。

莫德雷德 为开心的国王演此戏未免太过阴暗。

伶后 用更合适的话来说是未免太过真实。

莫德雷德 哈！真实只存在于牧师的布道文中，
戏子的嘴里古往今来都不会有真实。

【王后格温妮拉、菲利普及侍从上。

怎么？还有演戏的要来还都是真人？

格温妮拉 朝廷上一大堆国王是让人应接不暇，
但只有呆头海鸥才无法分清真正的

① 在希腊神话中，这个男孩因太过靠近太阳，蜜蜡和羽毛做的翅膀脱落，掉入大海淹死了。——威尔

血脉与涂抹的油彩。

莫德雷德 王后，我徒手，

您的美貌却将我砍伤——

格温妮拉 你带着刀剑的。

莫德雷德 陛下什么意思？

格温妮拉 你说你是徒手而来。

莫德雷德 我那是用诗的比喻。啊，赞美王后，

赞美您的美貌，爱和完美的您本人。

不列颠人满心自豪，争相告诉世人

可爱的格温妮拉王后拥有绝世美貌，

超过了历史上记载的所有绝世美人：

无论是海伦，维纳斯，还是欧罗巴，

都无法声称自己略略接近您的美丽。

格温妮拉 皮克兰国王，谢谢你说的动听言辞，

请问是什么事劳动你起身前来南方？

莫德雷德 来确认构成我们两国联盟之关系的

合法性：因为从现在起，我就是您

合法的儿子，而您是我敬爱的母后。

另外，若亚瑟死于这场残酷的战争，

我就成了国王，但会保留您的位子，

从“母后”中拿走一个无用的单字。

菲利普 你看来完全误解了亚瑟的真正用意，

还自说自话地坐进了别人的座位里。

你是什么人，悄悄摸上朝廷大殿来，

命令我美丽的母亲听你那一通胡言，
还嚷嚷地说什么爱戴和王位继承权？

莫德雷德 站在一边头戴君王冠带的是什么人？

菲利普 是威尔士亲王菲利普，堪比亚瑟的
头生儿子，是不列颠王位的继承人。

莫德雷德 又来一个戏子，到这里来亵渎上帝？
这里难道就无人能传达上帝的真相？

格温妮拉 这喜剧差不多演到了头，该下场了，
皮克兰国王啊，各走各的门离开吧。

莫德雷德 夫人，您太不温和，太无理又无礼。
我来此地是向您表达我的一片忠心，
就等着上帝立我为国王的那个时刻。
上帝的确希望我的血脉能得以延续：
他用预兆、行动和结果来昭示旨意，
您子宫始终不孕就说明了他的心愿，
而当我把我的神圣种子播入您子宫，
它决不会受到那杂种的污染和腐蚀，
从此会孕育出延绵不绝的王子王孙。
可是我一番好意却没有得到您好报，
相反，却让我遭遇这场饰彩的叛逆。
现在，您的国王因犯数罪而被废黜，
因为他将王位赐给了根本无权的他。
王后，也许现在我得改改我的命令，
请您立刻随我出发去我朝上做客人，

和假王子一起留在寒冷的皮克兰国。
我的人在等候，我们立刻动身。快。

格温妮拉 啊？你拔剑啦？

莫德雷德 现在由我来带你走。
无论是威尔士孤儿还是那布衣国王
行动起来都不可能像我那样的快速。

格温妮拉 你说变就变，变得也太快，一下就
从张口结舌的乞丐变成可恶的粗人。
前一天你不还是个讨人喜欢的小孩？

莫德雷德 格温妮拉，你误判我，说话太苛刻。
快走起来，到皮克兰王国的宫廷上
让你领略威严的君王如何一统四方。(均下)

第五幕第二场

地点：英格兰战舰上

【丹顿、萨姆纳及贝尔上。雷声。

萨姆纳 天裂了，降下千万条金蓝色的火焰，用冰冷的尖爪
抓着我们的皮肤，在上空的铁砧上敲得砰砰响。

丹顿 下雨了。

萨姆纳 是的，下雨了。

丹顿 是的，你还是到此为止吧。我宁愿下雨，也不愿在

晴朗的夜晚看见扫帚星，灰乌云，还有其他乱七八糟乱了套的天象。上帝之书翻开着，让所有有眼睛的人都可以看，可黑暗的火，掉落的星，明亮的半夜，都预示着不好的事情。

贝尔 该死的天。我宁愿踩在陆地上，哪怕是最泥泞的沼泽地。我这辈子在船上时间太长，真得死在船上了。这条船差不多就是我的坟墓。从南安普顿出发，绕过康沃尔角，来到爱尔兰，可我们踏到了爱尔兰的沙土地了吗？刚抛下锚，就得把它从海底拔起来，我们驶过奥克尼的冰海，再次绕着弯子回到约克。就像推石头的西西弗斯，我们不停地航行，航行。就没个头了？我们开船，打仗，再开船，再打仗。我真的再没胃口这么跑来跑去了。

丹顿 我们没打仗，你该满足啦。爱尔兰人会提出与我们做朋友，等我们背转身去，他们就转回来狠咬我们一口。

萨姆纳 我们只是背转身，让爱尔兰人干站在那里，因为国王刚失去了他用心不专的王后。我得说，太轻率了。

丹顿 他把她看得可紧着呢，不会让她这么荡来荡去的。

贝尔 你觉得天上一闪一亮的是在给我们发警告吗？还是说他犯了罪，惩罚的却是我们？他父亲没和他妈结婚。也许不管我们怎么勇敢，这仗都赢不了许多。我得回家去了。我一定得离开这条臭船！

丹顿 你息了火气，不再一心要挣功名，这我可就喜欢你啦。

贝尔 我可没有胆怯。

丹顿 那你还没说人话。那种声音就是让人害怕的。

贝尔 我就是没害怕。不太害怕。我只是想不干了，但我胆量还在的。

萨姆纳 船上有一半人都和你一样有胆量。这条快活的小船好像染了魔鬼的热病，等我们靠岸时，船上的人手准定比去爱尔兰时少很多。

贝尔 我可不点人数，点了也不会发牢骚，再多的倒霉我也不抱怨，只要我们能靠上陆地。

(*后台喊声*) 亨伯河口到啦！亨伯河口到啦！落帆！

丹顿 你的陆地来啦，贝尔，愿前面有千万种快乐等候着你。你心心念念的陆地就在眼前，可是你一定立马会把船叫回来，因为陆地上什么都没有，只有不停轰轰的大炮在等你。

贝尔 我就要上岸，管他该死的大炮，管他该死的下雨。

丹顿 还有冰冷的尖爪。

贝尔 对，尖爪，管他该死的尖爪，只要船一停，前面是一片草地，我哪怕浑身湿透也是高兴的。

萨姆纳 孩子，我们就跟着你走啦。前头领路吧。(*均下*)

第五幕第三场

地点：亨伯河边英军大营

【亚瑟上。

亚瑟　我们的背后紧贴浊浪咆哮的亨伯河，
为了生命，我们无法后退只能向前。
我们的腿脚都深陷在泥水草皮之中，
无形的命运正急切地要将我们埋葬。
这片既软且坚既坚且软的泥沼地上，
不久将为我们记录下怎样的编年史？
我的王国奠基于父亲的征战与拼杀，
难道说我命里注定要这样走向终结？
如果亚瑟的故事就在泥沼地里结束，
那人们怎么在戏台上将它好好搬演？
牧师会拖长了声音如此吟诵收场白：
“他辜负了命运所赐的种种赠礼，用
怨怒、纵欲和急躁将它们糟蹋殆尽。”
这太不公平：我出生时沾上的污点
人们从未有忘记，也从未加以原谅，
无论我努力拼搏建成了辉煌的王国。
我从未获得过任何好处，却不得不

时时刻刻与他人的意志作奋力抗争：
那些敌对的国王和心怀不满的藩臣！
我本可往法兰西一走了之，或做回
牧羊人，与格温妮拉共度良宵夜黑。
若有人再提退位一事，我一定应允，
退位之后，我宁愿选择和平的生活。
和平中，我也许能逃脱羞辱的把控，
那羞辱使得我无法成为真正的自己，
而那样的自己却不得不做一个国王，
因此，我根本没有选择退位的可能。
我无法写下自己的历史。
可又有谁知道自己一生将如何运行？
谁又会明白未来会遭遇怎样的厄运？
因此，若泥沼还能走，让我们向前
听从天命的意志，我不再等待下去。

【格罗斯特、肯布里亚、康沃尔、其他人等上。

各位来得正好，来参加今晚的舞会！
我刚才正想着如何能找点开心的事，
能有你们各位重新在我的左右陪伴。
朕如何能回到王后身边，无论陆路
水路，如何让各位摆脱鹰爪的牵绊？

康沃尔 陛下，我们的长枪手队形杂乱无章，
我们若在此地开战将毫无优势可言。

格罗斯特 无论步兵或骑兵都不可能离开此地，
踏着泥沼前进，不然就淹死在波涛。

肯布里亚 我们缺少箭矢，我们的重炮车也都
陷在了泥沼之中，泥浆没到了车轴。

亚瑟 各位朋友，我但愿有一个箭矢工匠
或者园丁能从天而降，或那辆天车[①]
能从高天跌落下来烤干这一片泥浆。
但康斯坦丁，你妹妹我的王后正在
为你我流泪，离此地不足一箭之遥。
如有谁害怕泥沼，那就友善地离开，
换个日子再来为战死疆场的我复仇。
破晓吧，若太阳能穿透约克的云层，
我宁愿按上帝的意志独自艰难跋涉，
穿越过这一片深及胸膛的泥水沼泽，
去夺回我王后与嗣子，朝骄蛮无礼
还口吐恶臭的苏格兰兵卒竖起中指。（二使臣上）
两位友好使者请长话短说，别捣乱，
朕正计划着给你们带去灾难和绝望。

使臣甲 陛下，大战当前您竟然能如此幽默，
莫德雷德让我们给您带来更多宽慰。
他明白您目前的处境已极度的危险，
他对您充满敬爱而没有丝毫的恶意，

① 太阳。——亚瑟

打算将您的私生子与王后归还于您。

亚瑟 很好，他向朕让步了。朕就此收下。
赶紧去放了他们，朕赦了你们的命。

使臣乙 不，作为交换条件，您必须要退位，
您必须废黜那孩子和他的所有权利，
王后也舍弃自己与任何子女的权利。
这是莫德雷德的条件，违者必遭殃。

使臣甲 若不答应他就将发动最无情的战争，
而您将活不到看见战争结束的时刻，
而王后等不到开战第一阵就已死去。

亚瑟 我若不退位，莫德雷德就要杀了她？
难道把刀架在她脖子上的人就是他？
你们竟乐意为这样的国王效忠尽力？
你们俩满口叛逆，究竟是什么东西？
竟敢来做使臣，也不怕要付出代价。

格罗斯特 陛下，别急着发怒，您须要看清楚
我们寡不敌众，兵士们也满心焦虑。

亚瑟 我必须废掉了王后才能救王后一命？
必须废了国王把自己献给皮克兰人？

肯布里亚 王国命悬于后？那只是棋盘上的事。
说什么我们若答应条件，王后无事，
我们也能离开战场，我决对不相信。
要找可以求爱结婚的王后到处都有，
您想弄个什么样的子嗣都十分方便。

康沃尔　是啊，莫德雷德岂敢溅洒君王之血。
(对两使臣) 去告诉你们的国王我和他一一对决，
与他单挑，无论他使长枪还是刀剑，
就把王后和这一小岛做决斗的奖赏。

亚瑟　好康斯坦丁，够了，我们被包围了，
兄弟们，别再争论下去，只能如此。
为了她我宁愿失去哪怕是我的王国，
决不让我任性的傲气使她失去生命。
(对两使臣) 他必须确保我所有将士都安全无事。

使臣乙　他保证会对所有臣服的人施以仁慈。(探察上)

肯布里亚　等等，这气喘吁吁的来人有话要说。

探察　陛下，敌军分成两翼已开始“兴”动了[1]，
就像天上的鹰隼伸展开巨大的翅膀，
用不了多久就会合拢过来。

亚瑟　再说一遍：莫德雷德已经发起进攻，
而朕依然在这里招待他派来的使臣？

格罗斯特　夜太黑，什么东西都无法看得真切，
但满地泥沼，皮克兰人也同样难行。
无论用什么策略都无法迅速地前进，
无法迅速通过这地狱般冒泡的沼泽。

---

① Abroach：“行动”。我记得父亲对我说过，他曾为 KUOM 电台做明尼苏达大学的一场美式足球比赛直播。此后没有再次受到邀请，据他说，原因之一就是他在直播中不断喊着“后卫在兴动”。——亚瑟 (译文为求与上下文一致的修辞效果，勉强以谐音的“兴动”代替“行动”。——译者。)

你就慢慢把自己看见的情况说说吧。

肯布里亚 他们趁黑夜的掩护悄悄向我们扑来，
却派出使臣用谎言哄我们上床安睡！
这样粗暴违反礼仪的罪行历史罕见。

使臣甲 陛下，我发誓，我们并不知道此事，
我们不回去复命，他们决不会行动。

肯布里亚 撒谎！瞧这身皮囊裹着这一口空气，
里边包藏着暗探，得给皮囊放放气。
大大的秘密得割个大大的口子放出，
让我们在这皮囊上割个大大的口子。

使臣乙 陛下公正，我发誓决不是这么回事。

亚瑟 刚才我差一点就把王国送给了豺狼，
可现在，我要把你俩一起送去地狱。(刺杀两使臣)

使臣甲 别杀！这是违法之举！

使臣乙 恶棍！我死了！

格罗斯特 您举动太疯狂！匆忙中您杀了王后
也杀了我们大家！

亚瑟 公爵，你这女人心肠！
让我们把雷一般的愤怒往泥沼里砸去，
出发，赶在莫德雷德的牙关咬住之前。
拿起武器！拿起武器！用仇恨作武装！
炽热的愤怒让我们乘风飞越遍野陷阱！
让弩炮飞出炮弹！让投石机甩起巨石！
火炮喷吐出烈火，让我们乘烈焰直上，

迅速去拯救王后，或向前去直面死亡！（众冲下）

第五幕第四场

地点：皮克兰军营

【莫德雷德、格温妮拉、菲利普及皮克兰兵士上。

莫德雷德 哪来的这番嘈杂？什么行动已开始？
我派去的使臣怎么还没有急赶回来？

兵士甲 篡权的人召集了各路队伍发动冲锋，
用最快的速度趁夜穿越这一片泥沼，
我们的两翼向前挺进但还没有合围[①]。

莫德雷德 他拒绝了使臣的条件决意拼死作战？
他竟然不愿意为这两条命支付赎金，
居然把王国和荣耀看得比他们更重？
（对格、菲）你们的国王宁愿笑迎你们俩的尸体，
也不愿用王冠换取与你们平安流亡。
这就是他的命令，是他现在的选择，
看来这两人已经是一文不值的人质，
我看不出他们还能派什么其他用处。

① 一场颇有趣的“雾中混战”：无法确定哪一方率先开战，是亚瑟的盛怒失控还是莫德雷德的计划被自己人打乱？——威尔

尽管今天我肯定需要有一人做王后，
她一定不能是如此骄横无礼的淫妓。
(对兵士) 这件事就交给你们来处理。我走了。

兵士甲 母亲身边的这个孩子也一样处死吗？

莫德雷德 下一代身上的毒药才是毒性最深的[1]。(莫德雷德下)

菲利普 不可以这样。收回这些可怕的言辞。

格温妮拉 温柔的骑士，你叫什么名字？

兵士甲 挑选吧。

格温妮拉 我要挑选的人他能用诗的语言说话，
诗人赞美他的翩翩风度与彬彬有礼，
他的名字一定要配得上高尚的战士，
他决不会忍心对无辜的人下手伤害。

兵士甲 那就选我这样的人吧，反正无所谓。
你想怎么做，好好准备。时间不多。

格温妮拉 我准备好了。你呢？杀不杀在于你。

兵士甲 我只关心必须要严格执行命令。

菲利普 你若杀我就是违反了你国王的旨意
你的国王要你砍断亚瑟的后代子嗣，
而我却没有一点亚瑟的血液或种子，
我不是子嗣，也不会对你造成危险。

格温妮拉 这孩子说的是实话，你们该放了他。

---

① 根据伊丽莎白时代的动物学知识，幼小的毒蛇体内毒素浓度最高，毒性随成长而减弱。——威尔

兵士甲　你已不是王后，不再有上天的荣耀，
王后应该住伦敦而不是在烂泥地里，
上天蔚蓝常在，不可能如漆黑一片，
现在所有的情况都不是通常的样子，
我们别多想，不然永远无法行动了。

格温妮拉　弑后的罪孽将使你永世得不到安宁，
再看着这天真的孩子好好想想清楚：
看他懵懂的神情还有这疯狂的局势，
哪怕是最暗黑的心里也会生出同情。

兵士甲　我倒是经常听见人反复说同情二字，
可就是不明白这个词到底什么意思，
听上去就是一阵哀嚎或无用的祈祷。

格温妮拉　那就让上帝可怜你吧。

兵士甲　　　　　　　　也可怜你吧。

菲利普　可是王后，您是否能把这噩梦唤醒？
我想要从梦中醒来回到自己的家去。

格温妮拉　勇敢些，这样才配得上王子的英名。

兵士甲　人们说，你很快就会醒的。来吧。（刺菲利普）

菲利普　住手，住手，我不能就这么死去！（死）

格温妮拉　上帝怜悯我，把我带到您身边去吧！（兵士甲刺死格温妮拉）

兵士甲　（对兵士乙）刚才你和其他人一样就干站在一边，
现在可以来派点用处，过来搭一把。

兵士乙　国王把杀人之事给你，让我来监督。

兵士甲 好你个监督。现在，抬起来去沼地。(两人抬尸体下)

第五幕第五场

地点：亨伯河边战场

【军号响。交战。皮克兰与英格兰兵士厮杀上。莫德雷德上。

莫德雷德 亚瑟死啦！英格兰人逃吧！亚瑟被杀了！

英格兰兵士 国王死了！我们输了！赶快撤退吧！（莫德雷德下）
国王没了，王子没了，王后没了，逃命吧！

【号角响起。亚瑟上。

亚瑟 看看吧！我展露的脸赐予你们勇气，
让我们把他们统统赶进泥水里淹死！

英格兰兵士 亚瑟王活着！他活着！继续战斗吧！（兵士冲下）

【号角响起。格罗斯特与莫德雷德交战上。

格罗斯特 我一定要拼到最后一口气把你杀死，
你是在最黑暗的地穴里出生的恶魔，
你永远都别想在不列颠称一天的王。

莫德雷德 老格罗斯特，上帝为我铸了这把剑，
按他的旨意引我向王座一步步走去，

而上帝的第一个计划就是你的死期。

格罗斯特 你当不了国王，你没有亚瑟的血脉。

莫德雷德 死去吧，可怜虫！断气吧，你死吧！（杀死格罗斯特）

护国公第一个踏上了去地狱的道路，
他教导出来的毛小子紧跟着就上路，
但无人做帮手我不敢与他对面交锋。
来人！来人！

（数皮克兰兵士上）

兵士甲 陛下有何吩咐？

莫德雷德 活干完了？

兵士甲 陛下，干净彻底。

莫德雷德 真是忠心的朋友！
就在我身边护卫，直到篡位者灭亡，
那懦夫发誓说要从我背后发动袭击。（均下）

【号角声起。两军交战。亚瑟上。

亚瑟 不，格罗斯特！我需要听你的哲言，
你曾经就像我父亲，我是你的儿子，
你无用的孩子今天要依靠在你肩上。

【肯布里亚上。

肯布里亚 陛下！疯狂的皮克兰王在阵上胡来，
为夺得王冠，他不惜用灵魂来冒险：

他杀了菲利普与您心上的格温妮拉。

亚瑟 住嘴！住嘴！难道死神如此嫉妒我？
它当我的面把我所爱一个个吞噬掉，
还要来嘲弄我的生命，夺走我的心，
只留下我独自在人世的地狱中游荡。
父亲啊！这结局是否我生来就注定？
可恶的阴魂，竟还是让我重蹈覆辙。
难道我藏身格罗斯特森林就为如此？
难道我四季征战就为了这样的下场？
我年轻时曾拯救了格罗斯特与林肯[①]，
我从未索求过一点个人安逸与享受，
只除了这位我爱她甚于一切的王后，
就这一点已胜于任何国王所应享有。

肯布里亚 陛下，没有了退路，只能拼杀向前。
亨伯河的血浪卷走为国捐躯的儿子，
波浪上翻腾着树枝般的断臂与残腿。
去砸烂奔逃的敌人！陛下，站起来！（康沃尔上）

康沃尔 亲爱的兄弟朋友，不列颠的英雄们，
拼死奋战吧，胜利仍可能属于我们！

【号角响起。康沃尔与肯布里亚下。

亚瑟 我要成为与过去的我完全不同的人！

---

① 事实上，亚瑟并未去林肯（见二幕七场）。——威尔

上帝啊，请将我从这泥沼地里拉出，
给我预示，教教我这无用之君如何
实现您的意愿。　　　　(莫德雷德与兵士上)
感谢上帝。来吧恶棍！

莫德雷德　哭喊的国王！可怜的杂种，死神的愚人，
举起你的毛线针，你这抽泣的女人
来砍我吧！(对兵士)你从他背后包抄过去！

【两人拼杀。亚瑟被刺伤，杀莫德雷德与兵士。

亚瑟　愿我的鲜血使不列颠大地更加丰饶，
为它增添力量抗击任何来犯的君王。

【号角响起。康沃尔及不列颠众大臣上。

康沃尔　陛下！

亚瑟　好康斯坦丁，请抱起这一具
生命将尽的虚弱躯体，从我的头上
拿去这沉重负担，将它安在你头上。(康沃尔取王冠)
让它在合适的额头闪亮并永久传扬。

康沃尔　再见，敬爱的国王；朋友们，我失去了兄弟。(亚瑟死)
请击鼓鸣号将鼓号的声音送达上天，
这鼓号声中交杂着几多感恩与悲伤。

今天整整有三万人英勇地战死疆场，
终于使我们在亨伯河畔赢得了胜利，
敬爱的国王也和他们一起视死如归，
用鲜血确保了他的王国能永享和平。
按他们各人名分将他们的躯体下葬，
愿不列颠从此永享上帝的仁慈庇护。
这一场战争使国人涂炭、国王命丧，
愿我们永不受如此惨烈的战争纷扰。
愿上天允诺我们的祈祷并赐予礼赠：
让和平紧紧地扎起这座小岛的裂痕。
为国王与王后建造起宏伟的王陵，
为他们与我们的灵魂一起来吟诵。(均下)

剧终

家庭、虚构、谎言与生活

帕特·康洛伊对话亚瑟·菲利普斯

亚瑟·菲利普斯：我们来谈谈文学中的家庭。首先，我们是否同意托尔斯泰的话，即所有幸福的家庭都是一样的？

帕特·康洛伊：我有个朋友，写军队里的小捣蛋鬼，她认为所有不幸的家庭都是一样的。

亚瑟·菲利普斯：文学中的不幸家庭具有某些固定形态：酗酒、通奸、虐待、疏离，即所谓的“四A”。[①]

帕特·康洛伊：但你知道，托尔斯泰并未就此止步。我特别喜欢托尔斯泰，几乎超过了对其他作家的喜爱。他能触及完整的世界，让人如痴如醉。他能把你带进一个俄罗斯家庭，读到结尾，你什么都经历过了。他把一切都给了你。他到底是怎么做的？在《亚瑟的悲剧》里，你写了一个小小的家庭，一个关系错综复杂的家庭，写出了一个完整的世界。

① 原文是以a开头的四个英文单词：alcohol, adultery, abuse, alienation。

亚瑟·菲利普斯：有人在网上评论（康洛伊的自传小说）《了不起的桑蒂尼》，说它代表了这样的一个时代，那时的人相信，做某种工作的人需要不时有些“补缀”，比如可以允许脑外科医生或战斗机飞行员之类的人必要时殴打妻子儿女，因为他们的工作极其重要，必须极端自我中心。如果你是那种会给孩子念故事的人，你显然就不是开战斗机的料。

帕特·康洛伊：杀人很不容易，可我爸就杀了好几千人。他临终时我问过他，可我还是无法理解。有一回他发现一个营的北朝鲜士兵正在涉水过河，就和僚机一起把他们都打死了，两三百人呐。我问，“你怎么能肯定把他们都干掉了？”他说，“我下去看了，就数胳膊和腿。”他把整条河都打红了。我听他说着，心里暗想：我小时候想要得到的到底是什么呢？是比尔·科兹比[①]？可这决不是科兹比。这家伙的工作就是杀人。

亚瑟·菲利普斯：那我们就来谈谈作家的情况。诗人切斯拉夫·米沃什[②]说，“一个家庭若生了个作家，这家庭就完了。”我一直在纳闷，作家要写某种类型的东西，他本人是否就得基本上成为“补缀”？是不是某一类型的文学就需要某一类型的作家？写家庭的作家，把自己的家庭作为小说素材的作家，我脑海里首先出现的两个美

---

① Bill Cosby (1937—　)，当代美国著名喜剧演员，以“科兹比秀”出名。
② Czeslaw Milosz (1911—2004)，著名波兰诗人。

国作家就是你和菲利普·罗斯[1]。如果你要成为那样的作家，是不是非得当“补缀”？人人都说你脾气好得让人难以置信，倒没怎么听人这样说罗斯。但要写那样的书，是不是多少需要类似的性格？是否可以允许作家有某种行为及粗鲁无礼？要写像《浪潮王子》[2]那样的书，你得把家庭成员的内心生活写下来并进行艺术处理，但他们会觉得对自己的内心生活拥有一定的主权，你就得具备格雷厄姆·格林[3]所说每个作家都必须有的“心中那一片冰块”。你心里一定有那样一片冰块，对自己说，“好吧，我要把你们的内心生活拿过来，我要拿它派用场。”

帕特·康洛伊：我觉得是这样的，有的。你知道，写作时，你进入了一个不一样的领域。但我还是喜欢《亚瑟的悲剧》中的父亲，姐姐，弟弟。他们勾出了我内心的“补缀”感。我边看边想，“可怜的亚瑟！我不知道他父亲是这样的人！我真不知道。”我对玛莱（卢索夫，两人共同的代理商）说，“上帝啊，写得太妙了，可我真不知道亚瑟小时候得受那么多的苦。”

亚瑟·菲利普斯：好！但至少在你读这本书的时候，我本人的生活经历不一定会让你产生这就是我的生活经历的印象。你在读其他人的家庭小说时，能肯定其中有多少成分是自传性的？你觉得你能肯定

① Philip Roth (1933—　)，当代美国最重要的小说家之一。
② *Prince of Tides*，帕特·康洛伊 1986 年出版的小说，同名电影亦译《岁月惊涛》。
③ Graham Greene (1904—1991)，当代著名英国小说家。

吗？你觉得有必要这么做吗？

帕特·康洛伊：我才不管呢。我真的不在意。哪怕他们来逼我。这样的事要我碰上了，就不会发生什么神奇的情况。亚瑟，我小时候没碰上太大的麻烦，是因为我看书的时候父亲总以为我是在学习。不是的，我是在逃避完全由他造成的可怕的家庭生活。看书是我唯一可以躲避父亲的办法。后来我开始爱上了故事。可你书里的那个父亲，那个姐姐，那个弟弟，他们就像我任何一本书里的父亲和姐弟。

亚瑟·菲利普斯：不过，你一旦开始写虚构作品，自传总有一个限度的。你把它弯过来折过去，把它变成可以供你再创造的碎片和细节。亨利·温格（《浪潮王子》中人物）和布尔·米彻姆（《了不起的桑蒂尼》中人物）各有差异。所以我们就有了这个若隐若现的唐纳德·康洛伊上校（康洛伊的父亲），他在不同的虚构力量之下变异为不同的形象。

帕特·康洛伊：爸爸临终时就觉得自己是虚构人物。

亚瑟·菲利普斯：因为你的小说？因为他成了你小说中的人物？

帕特·康洛伊：是啊。他说，“儿子，是我让杜瓦尔真正有了职业的。我是他演过的第一个有分量的角色。”（罗伯特·杜瓦尔在影片《了不起的桑蒂尼》中出演男主角。）我说，“噢，是啊，爸，《教父》不算？《现代启示录》不算？”那家伙，还真是影迷。他说，“不算，我才是让他演主角的那个。”我爸还来了一段挺不错的文学评论。《浪潮王子》出版后，他说，“你在这本书里把我写成了卑鄙的捕虾人。”等《海岸音乐》出了，他说，“这本书里我又成了醉醺醺的法官啦。”他说，“儿子啊，看来我对你的生活影响太大了，每当你写下父亲这个词，总有我在你背后游荡啊。”

亚瑟·菲利普斯：太怪异了：你一个人的父亲成了各种各样的父亲。就我自己而言，我不想在自己的作品里把父亲写进去。他是我父亲，我不愿意与他人分享，所以我随时可以去采访不同的父亲。你是否站在你父亲的立场上想过，你在很多作品里写了他，他是否感到过自己受了伤害或被杀死了？

帕特·康洛伊：太有意思了，现在我正写爸妈经历一场最最可怕的离婚的情节，提交法庭的证据就是一本《了不起的桑蒂尼》，爸爸冲进法庭，两人好几年没见了，妈妈歇斯底里地大发作，嚎啕大哭，说爸爸要当着法官的面把她的“补缀”全掏光了。然后爸爸也气得哭了起来。谁见父亲哭过啊？

亚瑟·菲利普斯：你的其他家庭成员怎么样？你和卡罗尔·安还有来往吗？[康洛伊的妹妹，诗人卡罗尔·安·康洛伊，《浪潮王子》中患精神分裂症的女诗人萨凡纳的原型。]

帕特·康洛伊：哦，不，不，不，不。那是另一回事了。卡罗尔差不多三十年没和我说话了。

亚瑟·菲利普斯：就因为《浪潮王子》？

帕特·康洛伊：起因是《了不起的桑蒂尼》。卡罗尔是家里最大的黑洞。我弟弟汤姆自杀了，是从哥伦比亚市一幢十四层的大楼上跳下去的。所以我觉得我的家庭是一个受过极大伤害的家庭。并不是每一个人都走出了阴影。每人都像乌龟那样背上扛着一个壳。家是我们生活的中心。

亚瑟·菲利普斯：我家也是。当然啦，也许家对人人而言都是生活中心，但并非都是悲剧中心。当你开始写作时，在背后推着你下笔的那台引擎，自然就是你的家史，你父亲也说过类似的话。他曾经说过这么一句很有名的话："要是我多打你几次，你就能写得更加出色。"你在写小说时，觉得自己就是受了那样的家史的驱动，你一定要把它写进虚构文学中，但是你必须不断地重新经历那些痛苦。你有没有尝试过让其他引擎推动你写作？

帕特·康洛伊：我想我只靠一台引擎推动，我觉得那是我作品的最大弱点，但当我坐下来写的时候，那台引擎就不停地冲我发出轰鸣。

亚瑟·菲利普斯：弱点？我可不知道。那是不是普鲁斯特[1]的

---

① Marcel Proust (1871—1922)，法国作家，以《追忆似水年华》著名。

弱点？

帕特·康洛伊：那孩子什么弱点都没有。

亚瑟·菲利普斯：你知道的，我常常很讨厌这一点，即我最喜欢的作家时常并不相互欣赏。那你觉得托尔斯泰为什么出了名地那么讨厌莎士比亚？

帕特·康洛伊：我们都跟在莎士比亚身后写作，我们都明白在世界文学中应该在谁面前屈膝致敬。我觉得托尔斯泰是嫉妒，这一点我在其他作家身上也发现了。托尔斯泰意识到莎士比亚的绝对伟大，这使他起了嫉妒心。他写不出莎士比亚那样的东西，我们谁都写不出。

亚瑟·菲利普斯：人们拼命要在莎士比亚的作品中寻找自传的因素，我觉得目前在大多数情况下都绝无可能。我觉得，他这个人一般不会在自己的作品里留下任何自己生活的蛛丝马迹，尽管我无法证明这一点。可以看看与虚构相对、特别是与自传性虚构小说相对的回忆录类的文学。两种类型你都写，我十分好奇，你怎么挑选类型？在一些情况下，你如何决定写与所谓虚构的“真实”相对的文学的真实？

帕特·康洛伊：嗯，你我都很清楚，“真实”是一个相当难写的小玩意。我写《失败的赛季》时，我有十一个家伙［康洛伊的大学棒球队友］，他们让我抓狂，他们的妻子也都怕得要死。我不得不满足这些家伙，所以任何一个在任何时候说了什么话或回忆起了什么事情，我就得一个一个都打电话，“你记得说过那样的话吗？你有不同的记忆吗？”他们一个个把故事重新讲一遍。最后，我得从中挑一个。不得不挑啊。

亚瑟·菲利普斯：要求人记得分毫不差太过分了。好了，说说托丽莎（《浪潮王子》中的祖母原型）：她和你祖母有多大差别？

帕特·康洛伊：当然啦，祖母的影响很大。我祖母在大萧条时期生了四个孩子。全家挨饿。我祖父没有工作，没有收入。结果她搭了一辆顺风骡车去了亚特兰大，把孩子全丢在了那里。我母亲身上留着的印记一辈子都去不掉了。

亚瑟·菲利普斯：是你母亲那边的家庭经历？因为在《浪潮王子》里，这个故事是放在父亲的母亲那一边的。这么一个具体细节的处理技巧，你干嘛要虚构呢？

帕特·康洛伊：我的家庭历史多变，但我父亲芝加哥爱尔兰移民的那一段我一点都不知道，于是就把这段故事移到母亲这边来了。

亚瑟·菲利普斯：挺好玩的。我妈妈倒真的是从明尼苏达的艾恩山区出来的。她在《亚瑟的悲剧》中的形象有如浮雕，我把她的名字用在了一个受过伤的人物头上，然后就退到一边，让位于我的虚构母亲。不过，她在艾恩山区的生活经历让我挺感兴趣，似乎很重要，应该记下来好在作品中派用处，比如祖母的成衣店。但我把这些都写进了一个虚构的家庭，把它从现实中搬了出来。也许我缺少了那一片冰块。……你为什么决定把《失败的赛季》写成回忆录？为什么不写成一部讲棒球队的小说？

帕特·康洛伊：我当然想过的，但我希望让那些伙计明白我对他们很上心的，我很爱他们，他们对我十分重要。结果事情进展特别顺利。其中有三个人还到我弗利普岛的家里来，上星期还在我家呢。我们曾经断了联系，现在重新成为朋友。不过，是的，我的虚构和非虚构作品之间显然是有某种融合。我妻子常用这样的话让我发疯。她从我弟弟妹妹那里听到了这些故事，然后问我，“那故事是不是写进了《浪潮王子》？”我回答，“嗯，是的，是写进了某本书里。”然后她说，“帕特，我觉得你什么时候该写写虚构作品了。”

亚瑟·菲利普斯：你看着自己的五部小说，是不是觉得它们就是你的生活经历？

帕特·康洛伊：是啊。你的书呢？

亚瑟·菲利普斯：仅对我而言。其他人谁都看不出书里有我的生活经历。那是我的生活经历，因为我在写这些故事时我记得我那一阶段的生活是怎样的。它们是我的纪念品，但其他人谁也无法从那些故事中读到我，除了能看出我作为作家的发展过程。你有时候是不是很想写一本家庭回忆录而不是虚构小说？

帕特·康洛伊：一开始没有，但现在正在写。我弟弟都急了，弟媳妇都疯了。

亚瑟·菲利普斯：你打算用写棒球队时一样的步骤吗？反复查验每一个人记忆中的细节？

帕特·康洛伊：每一个人都反复查验。

亚瑟·菲利普斯：这对我似乎工作量太大了。等你写完了，你就有了一部家庭回忆录，还有五部小说像棱镜反射般地从各个角度讲述了家庭故事。你觉得这些作品之间如何比较？它们是六部作品？或两部作品？还是就一部？

帕特·康洛伊：我为自己余生定下的计划是这样的：如果我活得足够长，在这部回忆录之后，我想最后说一句，"爸，妈，我要走了。我不会再回来了。"然后，写完回忆录之后，我的下一本书将是一本很厚很厚的书，写北卡罗来纳的波弗市。

亚瑟·菲利普斯：你觉得自己受到其他城市小说的影响吗？

帕特·康洛伊：我最喜欢城市小说了。我喜欢地方感。我一向喜欢写让人感到舒坦的地方的书。我一向喜欢《奥吉·马契》[①]。你还和

① *Augie March*，美国当代著名作家贝娄 (Saul Bellow) 的作品之一。

我谈过《踏着时间之乐跳舞》[①]。在《亚历山大四重奏》[②]里，地方感让我激动。因为我没有家，书里面的地方感对我特别重要。这就是我打算写波弗时尝试的。多年以来，我一直在搜集那里的故事。到头来你会意识到，你有了一个水库，你想把水放一点出来。

亚瑟·菲利普斯：书里会有你家庭的痕迹吗？

帕特·康洛伊：没有。再不会有了。

亚瑟·菲利普斯：所以，换引擎怎么都不嫌迟。真的很有启发，真的。

① *A Dance to the Music of Time*，英国作家鲍威尔（Anthony Powell，1905—2000）1975 年出版的著名小说。

② *The Alexandria Quartet*，出生于印度的当代著名作家德雷尔（Lawrence Durell, 1912—1990）的名作。

真实与戏谑：《亚瑟的悲剧》译后

（张琼）

若是假托莎士比亚的作品，将最真实的自我和盘托出，不亦快哉？掩卷长叹，这种精妙的结合，真可谓“假作真时真亦假”，美国作家亚瑟·菲利普斯（Arthur Phillips，1969—）[①]做到了，他沉湎于真实和虚构创作的错综结合，斗胆以莎剧遗珠为由，进行了一次癫狂式的创作，既剖析自我，又推出了模拟莎剧，挣脱了文学创作的影响焦虑。

先厘清人物。本书的作者是美国当代畅销小说家，没错，他笔下的主人公就是真名真姓的自己，主人公的父亲也叫亚瑟，而他假称莎剧遗珠的同名戏剧《亚瑟的悲剧》也是长篇小说的有机组成部分，剧

① 作家本人也出生于明尼苏达州明尼阿波利斯市，犹太人后裔，1990 年毕业于哈佛大学，获历史学学士学位，此后又在伯克利音乐学院学习过两年爵士萨克斯管（1992—1993）。

中悲剧人物国王也叫亚瑟。同一个名字、四个身份，即作家基于自己的真实生活，同时进行了现实主义传记描述与象征主义戏剧隐喻。

说回作家本人。亚瑟·菲利普斯在创作此作之前已经出版了不少作品，而这第五部长篇小说的构思最为大胆。正如学者斯蒂芬·格林布拉特（Stephen Greenblatt）所言，“菲利普斯本人显然想把表演带到剧场的围墙之外”，其实远不止此，他还带入了自己的家庭生活，与戏剧人物进行了象征对位，一一对应了人物的性格发展与命运走向。

说起莎士比亚，常有人玩笑似的说他写尽了一切，也被人写尽，可作家亚瑟关于莎剧的戏谑创作却令人不由心生嫉妒。亚瑟坦言，他的家人、朋友、自己的成长历程，以及身为小说家的写作生涯，都不断被莎士比亚的影子笼罩，于是他将全部努力放在了如何让莎迷们的注意力转移到自己的创作上。从一定程度看，这部作品就是他迄今为止最费心力的挑战和尝试。

小说中，作家亚瑟隐藏在第一人称“我”中，由“我”来叙述自己的故事：“我”是个年轻有为的作家，已发表了几部小说，并拥有一本很久前就遗失、后来一直没有出版的莎剧《亚瑟的悲剧》。“我”以遗作发现及所有者的身份与兰登书屋合作，要为剧作写一个前言介绍，讲清来龙去脉。可这个来龙去脉却喧宾夺主，以自传形式占据了作品的大半壁江山：从“我”的幼时讲起，关于家庭生活，与父亲、孪生姐姐黛娜等人的关系，直到父亲去世前托付给“我”一本莎剧遗珠，希望“我”由此真正在文学界立足并成名，为家庭带来丰厚收入。

阅读时有一层有趣的认知关系，即读者其实明白，这是一部以最真实坦诚口吻写就的伪传记，可作者对其中真伪细节处理，甚至比现实更真切、真实的剖析，却深深地吸引着读者。若有读者去对真相进行索引查证，反而会觉得索然无味。艺术真实高于现实，在这部作品中充分体现。

与真人亚瑟一样，小说中的“我”即亚瑟也成长于明尼苏达州，也曾在布拉格生活过，并出版了小说《布拉格》。情节中的细节与真实人物发生部分重合，相似度究竟多少已然不重要。不过，亚瑟必然与莎士比亚发生着神奇的联系，读者也不必看到伟大剧作家的名字而心生畏惧，作品并不需要读者具备一定的莎学学养，就像主人公亚瑟不断表述自己讨厌莎士比亚，尤其对父亲和姐姐的戏剧爱好以及人们对莎翁的崇拜敬仰心生抵抗和反感，不无揶揄反讽。所以读者可根据自己了解程度的差异获得各自的阅读乐趣，或共鸣、或质疑、或含混、或较真，各取所需。

小说的结构古怪奇趣，开头即出版商兰登书屋的简明前言，为推出新发现的莎剧兴奋自豪，要昭告天下，并感谢菲利普斯家庭分享这部剧作；此后是亚瑟长达两百多页的详细介绍，最后是《亚瑟的悲剧》全剧。在亚瑟真伪难辨的第一人称“我”的自传叙述中，我和姐姐黛娜与父亲有着不同于一般家庭的关系。父亲是个高超的赝品伪造者，曾屡屡因此锒铛入狱，在狱中度过了大半生。父亲有着狂放奇幻的想象力，生性浪漫不羁，善于在庸常的生活中炮制神奇，这样的例子不胜枚举，如带孩子夜间出行制造麦田怪圈，为自己的朋友伪造奖券和名酒商标，仿制名画等等。在父亲的影响下，黛娜热爱莎剧，最后成了舞台剧演员，而叛逆的我虽然讨厌莎士比亚，却一直从事文学创作，成了作家。父亲终于要出狱了，而垂垂暮年的他却对我透露了一个惊天秘密，即他私藏了一部莎剧遗珠《亚瑟的悲剧》，同时交代了来龙去脉，希望我以发现人的身份将剧作交由出版社，以此一举成名。我内心始终觉得这是父亲又一次胆大妄为的作假，可出版社和诸多莎学研究者及真伪鉴定师却基本认定剧作是真迹，毫不在意我的反复任性，坚持要出版，并以高额违约金来阻止我的撤回，同时我还必须为此剧写一个说明性的前言。此外，我又陷入了黛娜和黛娜同性恋人佩特拉的三角恋中，而我和黛娜手足情深，以及我在捷克已有家室的现状，都为这段感情平添了许多复杂和纠结。自传最后，我出于各种无奈和被迫，还是与出版社合作推出了整部莎剧。

这部被称为莎士比亚“佚作”的《亚瑟的悲剧》讲述了这样一个故事：六世纪时，不列颠国王奸污了一位贵族之妻，生下私生子亚瑟。亚瑟被安置在远离父亲宫廷的地方成长。国王被杀，亚瑟继承王位，但合法性遭到置疑。莫德雷德是皮克兰（东苏格兰）国王位继承人，他声称自己才是不列颠王位合法继承者，决意为王冠而战。亚瑟在个人婚事上力排众议，意气用事，娶了幼时好友的妹妹格温妮拉，但后者屡次流产，而群臣抱怨亚瑟过于听从妻子而荒废军事。亚瑟逐渐意识到自己已无保卫王国的实力和手段，便被迫进行谈判，提名莫德雷德为自己的继承人，以换取对方的援助。莫德雷德一直怀疑亚瑟会食言，当他得知亚瑟最后许诺要将王位传给约克的菲利普、即亚瑟的非婚生子之一时，便绑架了王后和菲利普。亚瑟准备同莫德雷德开战。莫德雷德杀了王后，又在战场上杀死亚瑟的护国公格罗斯特。亚瑟伤心欲绝，意识到自己天性软弱无能，决定奋力结束不列颠内乱。他最终杀了莫德雷德，自己也阵亡。剧终时统一的不列颠新王加冕。

全剧沿袭莎剧的五步抑扬格形式，模拟莎剧词汇和用典，为作品增加了意趣。它与之前诙谐自嘲的传记体自述形成奇妙的回应，让读者对真实和虚构、天才和模仿、情感的矛盾性等产生了疑虑和好奇，也让作者亚瑟、书中的小说家亚瑟、古代国王亚瑟的命运相互缠绕、混杂在一起。这种缠绕颠覆了读者阅读时固有的笃定感受，即他们习惯于托付信任的叙述者变得不再可靠，连隐藏在叙述者背后的作家本人也好像进入了唯我论的迷途。

当然，作家的才华横溢令人感叹不已，他一方面要尽可能地表达真诚和自我，一方面又巧妙地进行虚构，他既要模拟创作出莎剧，又要脱离剧本创造出一群莎学专家和鉴别大师，他通过“我”表达着对莎士比亚的“憎恶”，又通过黛娜和父亲表达着深入骨髓的莎剧痴迷和爱。阅读小说的传记部分，我们不禁觉得回忆贯穿着亚瑟和父亲之间的纠结关系，聚焦一个男孩成长中父亲的影响，而这个父亲，或许并非狭义的生身父亲，也包括莎翁这样的文学之父给亚瑟带来的身心焦虑和影响。亚瑟自觉父亲通过莎士比亚，首先将他最知己心爱的姐姐带离他的生活，将他的自信剥离，让他深陷信任危机，无论对爱情、亲情，还是事业。

直到传记部分的最后，亚瑟依然力排众议地怀疑并拒绝承认此后全剧公布于众的莎剧是真作，一切交由读者来甄别。当然，我们都心照不宣地早已知道一切都是虚构的，虽然其中不乏真实细节。作家本人也在作品发表后坦承后面的剧本全是他的模拟之作，而这个创作过程也让他对莎剧有了系统而充分的了解。他还做了大量广泛的资料查找和研究工作，其中包括细读莎士比亚所有作品，以及相关的莎学文献、历史资料等。据称，整部模拟莎剧还得到了不少知名莎学专家的肯定，包括格林布拉特、夏皮罗（James S. Shapiro）等，被认为是迄今关于莎剧的最大胆之作，涉及了真正重要的关键问题。

有不少读者认为此作与另一位美国俄裔作家纳博科夫的《微暗的

火》在形式结构上类似，都试图解构真实和伪作明晰的二分关系，质疑并颠覆人们对“虚构”和“真实”的期待和认识。它们都对学院派研究和刻板解读进行了反讽和揶揄，看似真诚地隐藏着戏谑之意。

真实与戏谑

关于真实与戏谑的微妙关系，书中有一部分提到了孪生姐姐黛娜在大学里的一段心路历程。黛娜从小和父亲感情深厚，在父亲的影响下爱上了莎士比亚。到了大学阶段，父亲因为伪造画作，屡次被捕入狱，黛娜对父亲的爱产生了怀疑，感到焦虑和挫败。她的反抗方式就是从两人都喜爱的莎士比亚入手，她成为了反斯特拉特福派，查找大量资料，也动用了自己的虚构故事能力，企图以推翻莎士比亚真有其人的论点，来激怒笃信莎翁的父亲。可是这段经历让黛娜经受了精神上的崩溃，最终她自动放下叛逆态度，从迷恋作家转向热爱作品。

这种只对作品不对人的审美态度，或许也是深藏于作家笔下的感喟，抛掉某种程度的“较真”，开启更为自觉和自然的阅读视角与体会，这样的心念启迪，也是阅读作品时的真正享受。反之，正如小说中的亚瑟所疑惑的：假如莎士比亚的名字没有印在剧本的首页，他的半数作品会被嘘下台吧，会有诸多批评家嗤之以鼻吧？可一旦被印上了视为权威和圭臬的圣名，我们会抛掉自己的疑虑，会将看不懂或阅读困难理解为自己的欣赏能力低下。这样的疑问，是亚瑟替无数读者说出的心声，也是作家对真伪高下的反思，什么是传世之作，怎样的作品才算优秀，你相信权威还是自己？

我们渐渐发现，自己面对的并非真作或伪作，而我们关注的也不再是传记部分的真实和虚构比例，戏谑和真实混杂交融，成了一种新的创作。真伪不是判断的标准，作品才是核心，就像书中的父亲倾尽全力要带来艺术创作的乐趣和想象力，带来生活中跳脱常规凡俗的好奇和瑰丽。创造奇迹是艺术家的天职，而作家菲利普斯也旨在以他的奇幻想象、学识、智慧让人们进入当下的认知真实和审美愉悦，即便理性上人人明白作品由虚构传记和模拟伪作组成，但人们难以否认其中戏谑的魅力和高超自信的艺术驾驭能力。

真实的生活和情感

作家在作品的虚构中获得最大程度的自由，在虚构的架设下，他在细节中倾注着真实的生活感受和情感。在小说人物亚瑟的生活中，他对父亲的感情矛盾而复杂：父亲是画家，可是他的创作才华全都用在了“作假”一事上，无论是炮制名画赝品，还是为朋友制作假的销售打折券，或者是名酒商标等，他让孩子们相信，世间有奇迹，而才华的真伪，俗人们只靠署名的确证，却忘记了无名的赝品制作者也有毫不逊色的卓越才华。父亲曾振振有词地认为，他模仿的伦勃朗伪作也是极有价值的，人们宁愿要真署名的垃圾，也不想要假署名的好作，看来浮躁的社会指鹿为马的嫌疑越来越深重。父亲最大的伪作，或许就是那部莎剧，即便“我”无数次认定这是父亲的伪造，可是各位学者却经过各种理论、仪器、研究考证，依然证明此作基本是真品。

书中多次阐述并反思了所谓的“莎士比亚情结”，以及人们将其神化后的影响焦虑和迷信，而其中的“莎剧”《亚瑟的悲剧》全文更是一种戏谑式致敬，尤其是戏剧人物性格的塑造，如亚瑟王虚妄的自恋和实际的无能，都似乎真切地指向了同名父亲和“我”在性格上的悲剧色彩，也正如亚瑟借用学者的话所阐述的，人类总是逃不出莎士比亚的世界，他的故事、人物、情感、关系都在人世间不断变奏幻化。不过作家的潜在意图或许在于揭示，这种情结的产生恰恰因为人类分享着类似的情感，拥有大量共性，活泼泼的生命，千变万化的世界，本来就是创作和展现的无穷资源，而他要着力挖掘的真实，就在人们相似的生活感悟里。就这样，在这个莎士比亚丝毫没有参与过的创作中，他的影响却时时渗透，无论是主观的理解，还是客观的现实，书中的亚瑟一次次想要冲破这样的影响，却始终挣扎和沉溺在语言建构的世界中，其实我们又何尝不是呢？

在对往昔的回忆中，“我”从自己幼年说起。我和姐姐的心心相印，黛娜对于莎剧的狂热，父亲创造麦田怪圈的往事，一切似乎都在向中年事业有成、已然成为作家的我揭示：生命中有我们错过的真正奇迹，而我与父亲的关系，或许也是一种彼此因爱而越发疏远的怪异，因为爱，所以在乎，因为在乎，所以敏感，为了维护那点自以为是的尊严，我们与至亲，甚至与真实的自己疏离。成长中的叛逆，维护自尊时的执拗和敏感，以及渴望被父亲认可的愿望，这些都仿佛是我们自己身上生发的情绪。我们就是在别人的故事里体会和理解自己。

小说中，我和黛娜经历着各自情感的困惑，母亲与父亲早早离异，父亲的异想天开和从不循规蹈矩让母亲难以承受，两人分手后母亲回到了初恋情人身边，回到她觉得可以为自己带来安定和平静生活的男人身旁。父亲虽然嘴边会挂着“女性朋友”等潇洒词汇，其实也并没有真正一起生活的女人，加之长年牢狱生活，他还一直惦记着母亲的幸福，令人无比唏嘘。当西尔，即母亲的第二任丈夫去世后，母亲在与我散步时道出了自己内心深藏的感受，即她虽然爱西尔，却明白西尔只能给她平静而平淡的一切，自己内心常常有“好过他太多”的遗憾。那种叹息，好像是对自己一生的某种失落表达，可她偏偏在理智上要强调两个人相伴到老的亲密不舍。最终，父亲要将莎剧遗稿交给我处理，并考虑到母亲将来的生活，这种情感也是至深忘我的。

“我”的情感经历同样曲折生动，28 岁在伦敦出差，酒醉后在一个德国姑娘的怂恿下抛弃了工作，随她去了威尼斯，而后独自流浪，开始了真正的文学创作。这种冲动逃离，借由情感或欲望的促因，由此真正抛下了现实的顾虑，有置于死地而后生的决绝。此后，我在布拉格坚持写作，娶妻并生下双胞胎儿子，从 2002 年至 2009 年间，发表了四部长篇小说，这些琐碎细节竟然惊人地吻合作家本人的创作经历。我所经历的那个“逃离”，就像缪斯的突然降临和某种天启，也是当下很多人在生活中希冀遇到的。

戏谑的构思和处理

于是作家借着莎剧这个外壳，真实地展现着自己记忆中的生活，这种几乎难辨真假的个人故事，是真实揉入虚构的产物，而文学创作基本如此。亚瑟借一个明显虚假的框架，放入了自己最为隐秘真实的情绪，这也是故事令人动容的重要原因。

全书看似旨在推出一部莎士比亚不为人知的遗作，仿佛为莎学世界投入了一颗重磅炸弹，可是稍有理智的读者马上明白，这是最显然

的虚构告知，而作家借由剧本来阐述前后经历和来龙去脉才是真正的创作企图。

小说遍布着亚瑟显意识中对莎士比亚的反感，可字里行间都是真正的痴迷。他笔下的人物，他的家庭生活，他的情感反应，他的人生反思，几乎都在被莎士比亚影响着，即便是人与人之间的关系，也在莎士比亚的戏剧中不断找到互文。倒是有一段话跳出了莎翁的影响，即我第一次看到孪生姐姐黛娜的女友佩特拉："欲望瞬间掠过，那种欲望比单纯的性欲更罕见，不过21世纪的成年人没人敢说确切体会过，即'一见钟情'。身体感到激动，不过是腰部以上的部位。思想激动了，坚信有意义的事情马上要发生，会觉得突然进入了某种田园风景，某部喜爱的电影，某种重复出现的梦境……"这是他较为升华的一次情感体验，可无奈是对着同性恋姐姐的恋人。这注定的苦楚仿佛又回到了莎剧中的情爱纠结。小说中的我拿着耶鲁教授哈罗德·布鲁姆的研究，提出了他的"集大成的疯狂理论"，即"当今人们生活、交流、思维的方式都是莎士比亚开创的。在莎士比亚之前，一切都不同，而自他的戏剧问世后（经过教学、诠释、表演、搬上银幕，以及被后来的艺术家们改编成其他作品等），我们渐渐地、也确实地变得越来越像他笔下的人物。我们的思维就像是他笔下展现的人物思维。生活就像是他笔下的作品，而不是作品模拟生活。”这种盲从和热爱，我看似理性批判，实则沉浸其中，我的家庭故事，父母关系，手足之情，都可以在莎剧中找到参照和对应，而这一切的生活细节，真令人惊叹。

书中有无数纯熟的莎剧诗行援引、典故、感慨，然而当下的现实生活又交织其中，这样的巧妙布局，这种艺术高于生活、源于生活的意趣，让阅读成了同样瑰丽奇幻的交织，让我们在旁观、感受、共鸣时，也意识到生命的意义得到了艺术的隐喻和编排，原来其中的困惑、欢乐、痛苦、迟疑都如此相像，或许这就是因为我们就在广袤的舞台上卖力地展现着自己，在结局难料却早已注定的悲喜剧中浮沉。

如果有兴趣重读，我们会发现，虚构的自传和剧本其实指向一致，都是个人的命运和成长，彼此呼应。亚瑟想奋力挣脱父亲的影响，从崇拜、渴望被承认、叛逆，到竭力摆脱，他从黛娜身上看到了自己的影子，在异同中探寻自我。他与佩特拉发生感情，甚至让对方怀孕，最后只能在黛娜了解一切真相后祈求原谅。有趣的是，黛娜让他从莎剧中选择一个结局，由此了结这段错综复杂的三角关系。最终亚瑟答应黛娜，为那部他认定是伪作的莎剧写导言，真诚地道出自己的感觉。其实，小说中这部神秘的剧作，这部在虚构中被出版社和莎学专家们基本肯定的真作，是对同名主人公，也是作家人生故事的对位作品，无论是现实、小说，抑或剧本中的亚瑟，他们面对的痛苦和困惑本质上类似，正如小说在结尾处所言：

那么，这是个什么样的故事呢？不太像是悲剧，反正对其他人来说不是悲剧。也不太像喜剧，反正对我而言不是喜剧。**一出问题剧**，我觉得可以这么说。以后我们可以慢慢把它归于某种体裁的戏剧。毕竟，结尾是人为的，直到最后一幕。这完全要看你怎么读这本书了。如果你觉得我说的是真话，那这本书可以有某种读法。如果你不那么认为，那就可以有另一种读法。就像那剧本。

在这样的作品中，有作家拉开距离的自我审视，有自传的细节真实，也有“我”对于莎剧和人生交织缠绕的困惑，有作家模仿莎剧创作的剧本，也有剧本内外的紧密互文，这种真假难分，都巧妙地编织在完整的作品中。身为读者，我们都明白这一切，我们的判断似乎站得更高一些，可偏偏在渐进的阅读中，我们的疑惑也层层叠叠地生成，发现原来现实可以被自己的阅读、艺术审美而塑造，我们的理解改变着我们的叙述，而我们的叙述又改变着我们对世界的反思。

图书在版编目（CIP）数据

亚瑟的悲剧 /（美）菲利普斯（Phillips, A.）著；张琼，张冲译.
—上海:上海译文出版社，2016.4
书名原文：The Tragedy of Arthur
ISBN 978-7-5327-7085-4

Ⅰ.①亚… Ⅱ.①菲… ②张… ③张… Ⅲ.①长篇小说－美国－现代
Ⅳ.①I712.45

中国版本图书馆CIP数据核字（2015）第244774号

The Tragedy of Arthur
Arthur Phillips

图字:09-2014-366号

亚瑟的悲剧
〔美〕亚瑟·菲利普斯 / 著 张 琼 张 冲 / 译
责任编辑 / 杨懿晶 装帧设计 / 张志全工作室

上海世纪出版股份有限公司
译文出版社出版
网址：www.yiwen.com.cn
上海世纪出版股份有限公司发行中心发行
200001 上海福建中路193号 www.ewen.co
上海颛辉印刷厂印刷

开本890×1240 1/32 印张15.25 插页2 字数246,00
2016年4月第1版 2016年4月第1次印刷
印数：0,001—5,000册

ISBN 978-7-5327-7085-4/I·4288
定价：55.00元